AF301039

JOSIE CHARLES

BOUND BY LOVE

Überarbeitete Neuausgabe Juli 2024

Copyright © 2024 dp Verlag, ein Imprint der
dp DIGITAL PUBLISHERS GmbH
Made in Stuttgart with ♥
Alle Rechte vorbehalten

BOUND BY LOVE

ISBN 978-3-98998-347-2
E-Book-ISBN 978-3-98998-158-4

Copyright © 2017, Josie Charles
Dies ist eine überarbeitete Neuausgabe des bereits 2017 bei Josie
Charles erschienenen Titels Love hits harder 2.

Covergestaltung: Jasmin Kreilmann
Umschlaggestaltung: ARTC.ore Design
Unter Verwendung von Abbildungen von
depositphotos.com: © NitChan, © fxquadro, © anterovium
Shutterstock.com: © yuutsu
Satz: dp DIGITAL PUBLISHERS GmbH
Druck und Bindung: Books on Demand GmbH, Norderstedt

VORWORT

Ihr Lieben ...

es ist mal wieder so weit: Ich schicke ein neues Buchbaby auf den Weg zu euch! Wobei, ganz so neu ist es ja diesmal gar nicht, denn Megan und Harley konntet ihr bereits in *Fighting for you* kennenlernen :-) Jetzt erfahrt ihr, wie es mit den beiden weitergeht, und ob überhaupt, und wo sie am Ende landen.

Dass ich hier gelandet bin und das Buch fertig geworden ist, verdanke ich ein paar ganz ganz tollen Menschen: Anja, Cornelia, Iris, Johanna, Mareike, Nicole, Silvia, Susan, Stefanie, Tina J. und Tina O, ich danke euch ganz lieb fürs Testlesen, Fehler finden und eure vielen Hinweise – ihr seid super! Nina und Michelle, auch an euch ganz, ganz lieben Dank für eure Unterstützung und für eure tollen Beiträge in meinen Blogtouren und und und ;-) Nicola und Hailey, wahnsinnig lieben Dank dass ihr mir vor der Veröffentlichung die Aufregung genommen habt! Und an alle Mädels von den Romance-Bloggern: Auch an euch ein großes Danke – ich freu mich sehr, dass ihr mich bei diesem Buch unterstützt!

Ich hoffe, ich habe niemanden vergessen und möchte unbedingt auch euch allen Danke sagen, meinen Leser_innen, die mich immer wieder motivieren, mir liebe Nachrichten schicken und mir zeigen, dass sich jede Zeile lohnt. Fühlt euch aus der Ferne gedrückt :-) Und wenn ihr wollt, erreicht ihr mich wie immer jederzeit per www.facebook.com/autorin.josiecharles oder über Instagram, wo ich auch autorin.josiecharles heiße.

So, jetzt bleibt mir nur noch, euch ganz viel Spaß und Spannung zu wünschen – auf geht's!

Eure Josie <3

KAPITEL 1

Auf dem Weg nach Somerset, Wisconsin
03. Dezember 2016

MEGAN

Der Wagen rollt nur langsam durch die verschneiten Straßen. Schneeflocken tanzen vor den Scheinwerfern durch die Nacht, manche bleiben an der Fensterscheibe haften, schmelzen und laufen in kleinen Rinnsalen das Glas hinab.

Ich strecke die Hand aus, vorsichtig, um Harley nicht zu wecken, und fahre die feuchte Spur mit dem Finger nach. Es ist heiß im Auto, sogar das Fenster fühlt sich warm unter meiner Haut an. Doch ich wage es nicht, meine Jacke auszuziehen oder den Fahrer zu bitten, die Heizung herunterzudrehen. Auf keinen Fall möchte ich, dass Harley früher als nötig wach wird. Ich blicke hinab zu ihm. Sein Kopf ruht noch immer auf meinem Schoß. Er atmet gleichmäßig, das ist das Wichtigste, aber er sieht schlimm aus. Als hätte er einen schweren Verkehrsunfall hinter sich. Mir tut es weh, ihn so zu sehen. Jede einzelne Wunde in seinem Gesicht schmerzt mich und gleichzeitig fühle ich mich unendlich erleichtert.

Wir haben es geschafft.

Ich bin versucht, ihm durchs Haar zu fahren, das nass und verschwitzt aussieht, aber ich lasse es. Er soll sich nach den Strapazen des unfairen Kampfes erholen.

Langsam wende ich den Blick ab und sehe wieder nach draußen. Es ist so still hier, dass ich das Knirschen des Schnees unter den Reifen hören kann. Eine Weile arbeitet sich das Taxi weiter über die glatten Straßen, dann passieren wir endlich das Ortseingangsschild von Somerset. Ich kneife die Augen zusammen, um etwas besser sehen zu können. Die Häuser, die in einigem Abstand zueinander am Straßenrand stehen, sind mit Lichterketten geschmückt, doch im Innern brennt nirgends Licht. Schnee liegt auf den Vordächern, den Verandastufen und den Fensterbrettern, er türmt sich unberührt in den Vorgärten und drückt die Äste der Tannen nieder, die hier und da vereinzelt in der Winterlandschaft stehen. Alles sieht so friedlich aus. Es hat etwas Beruhigendes, ganz anders als in Chicago, wo jeder stöhnt und jammert, sobald die ersten Flocken fallen. Dort färbt sich das Weiß ganz schnell schmutzig grau und neuer Schnee kann den Dreck der Autoabgase nur schlecht überdecken.

Ich starre weiter nach draußen und frage mich, wann ich das letzte Mal hier war. Es ist ewig her. Lange Zeit habe ich mich wegen meines prügelnden Ex Russell geschämt und den Kontakt zu meiner Mutter so lange reduziert, bis wir gar nicht mehr miteinander gesprochen haben. Und nun tauche ich plötzlich bei ihr auf. Mitten in der Nacht. Mit einem neuen Mann, der sein Geld damit verdient, sich in Käfigen zu schlagen. Und auch wenn Harley auf den ersten Blick hundertmal gefährlicher und stärker wirkt als Russell, auch wenn er mit seinen Wunden aussieht, als käme er aus einem Kriegsgebiet, schäme ich mich nicht. Im Gegenteil. Ich möchte, dass meine Mom und Harley sich kennenlernen. Und ich möchte, dass sie ihn genauso ins Herz schließt, wie ich es getan habe.

»Megan?«, durchbricht eine leise Stimme die Stille.

Ich sehe herüber zu Sally, die den schlafenden Dale im Arm hat und bis vor wenigen Augenblicken ebenfalls geschlafen hat. Jetzt sieht sie mich an. Ihr Blick ist schwer zu deuten.

»Ja?« Ich lächle und sie erwidert mein Lächeln nach einem Moment.

»Geht das auch wirklich in Ordnung?«

»Ja«, sage ich und nicke. Dann füge ich an: »Ich denke schon.« Denn ich habe noch immer nicht mit meiner Mutter gesprochen. Zuerst wollte ich die Fahrt nutzen, um sie vorzuwarnen, aber dann dachte ich, dass es besser wäre, ihr die Pistole auf die Brust zu setzen und direkt bei ihr aufzukreuzen. Auch wenn es ihr wahrscheinlich einen halben Herzinfarkt verpasst, wenn es mitten in der Nacht an der Tür klingelt.

So tiefe Nacht ist es gar nicht mehr, stelle ich fest. Die Uhr im Auto zeigt an, dass es bereits fünf ist. Fast schon morgens also.

Sally nickt langsam, dann schaut sie nach draußen. »Es ist wunderschön hier. Wie am Nordpol. Es fehlen nur noch die Rentiere und Schlitten.«

»Der Ort hat keine 3000 Einwohner, da würden ein paar Rentiere wirklich nicht schaden.«

»... Was willst du mit einem Rentier, Baymax ...?«

Ich sehe herunter zu Harley.

Er hat die geschwollenen Augen aufgeschlagen und grinst mich schief an. »... Tut's fürs Erste nicht auch was Kleineres? Ein ... Katzenbaby? Oder ein Hund?«

Auch wenn er mich schon wieder mit meinem verhassten Spitznamen anspricht und seine Stimme schwach und gebrochen klingt, ist sie das Schönste, was ich in den letzten Stunden gehört habe. Ich bin so unendlich froh, dass er wach ist, dass er Scherze macht und dass es ihm offenbar nicht so schlecht geht, wie er aussieht, dass ich mich kurzerhand zu ihm runter beuge und ihm einen Kuss gebe. Vorsichtig lege ich meine Lippen auf seine, um ihm nicht weh zu tun.

Doch Harley hat offenbar andere Pläne. Er hebt seine Hand und vergräbt sie in meinem Haar. Dann lässt er seine Zunge in meinen Mund gleiten. Sogleich beginnt mein Herz zu rasen und meine Kehle fühlt sich wie zugeschnürt an. Es ist ein unglaubliches Gefühl, Harley zu küssen, und sofort wächst in mir das Verlangen, ihm noch näher zu sein.

»Iiih, Onkel Harley!«

Anscheinend hat unser Gerede auch Dale geweckt.

Schnell lösen Harley und ich uns voneinander.

Ich sehe aus dem Fenster und lecke mir beschämt über die Lippen.

»Ah, du bist ja wach, Sportsfreund.« Ich höre die Amüsiertheit in Harleys Stimme. »Und? Was sagst du zu Somerset?«

»Sieht nicht nach Sommer aus«, antwortet Dale. Er spiegelt sich in der Scheibe und ich sehe, dass er sich aufsetzt und ebenfalls aus dem Fenster guckt. »Kann man hier Snowboard fahren?«

»Schlitten«, sage ich und erinnere mich an den großen Hügel, der durch ein Waldstück gleich hinter dem Haus meiner Mutter führt. »Es gibt in der Nähe –«

»Schlitten sind was für Babys.« Dale sieht wieder kurz raus, dann Harley an. »Du musst mir beibringen, wie man schießt.«

»Wie man ... schießt?« Harley klingt so irritiert, wie ich mich fühle. Er setzt sich auf und ich spüre, dass es ihn viel Mühe kostet. Er scheint nur schwer ein schmerzhaftes Stöhnen unterdrücken zu können. »... Was willst du denn erlegen?«

»Die Bösen.« Dale zuckt mit den Schultern. »Die, die dich geschlagen haben und vor denen wir weglaufen.«

»Dale, Schatz ...«, will Sally dazwischen gehen, aber Harley ist schneller.

»Woh, Halt, Kumpel. Ich werde dir ganz sicher nicht zeigen, wie man schießt. Und du wirst schön aufhören, auch nur darüber nachzudenken, irgendwen um die Ecke zu bringen, haben wir uns da verstanden? Dort, wo wir hinfahren, sind wir sicher. Du musst keine Angst haben und du brauchst keine Waffe. Alles klar?«

»Aber ...«

»Kein Aber. Wenn du Verbrecher fangen willst, dann musst du später zur Polizei gehen. Bis dahin schlägst du dir diesen Unsinn aus dem Kopf.«

Dale verschränkt trotzig die Arme und Sally zieht ihn an sich.

»Ist schon gut, Schatz. Du musst dir keine Sorgen machen.«

»Beibringen, wie man schießt ...«, wiederholt Harley leise und schüttelt grinsend den Kopf. Dann legt er einen Arm um mich und zieht mich an seine Brust. »Wie lange fahren wir noch?«

Ich versuche in dem Wirrwarr aus schneebedeckten Straßen etwas zu erkennen, aber es sieht alles so gleich aus. »Nicht lange. Somerset ist winzig, wir müssten schon fast einmal durch sein.«

Harley sagt nichts mehr. Er drückt mir einen Kuss aufs Haar und lässt seine Lippen dort. Gemeinsam sehen wir nach draußen und hängen unseren Gedanken nach.

***

Während Harley und Sally das Gepäck ausladen und den Taxifahrer bezahlen, steuere ich das Haus meiner Mom an. Es unterscheidet sich von den anderen in der Straße nur dadurch, dass es keine Weihnachtsbeleuchtung hat. Ich stapfe über den ungeräumten Weg zur Haustür und mein Puls beschleunigt sich. Auch wenn ich allen im Wagen weisgemacht habe, dass sie mich mit offenen Armen empfangen wird, bin ich mir da alles andere als sicher. Ich habe mich einfach viel zu lange nicht bei ihr gemeldet.

Aber was haben wir für eine Wahl? Wir brauchen etwas, wo wir unterkommen können und Dylan, Harleys ehemaliger Kollege von der Polizei, hat uns ausdrücklich gewarnt, in Hotels oder Motels einzuchecken. Alles, wo wir Kreditkarten oder Ausweise benutzen, könnte dazu führen, dass Luigis Handlanger unseren

Aufenthaltsort erfahren und das möchte natürlich keiner von uns.

»Sei kein Schisser«, wispere ich und sage mir, dass ich in der letzten Zeit Dinge getan habe, die sehr viel mehr Mut erforderten. Da sollte ich nun wirklich keine Angst haben, bei meiner eigenen Mom anzuklingeln. Trotzdem fühle ich mich irgendwie wie damals als Kind, wenn ich kurz davor war, ihr einen blöden Streich beichten zu müssen. Hey Mom, Dad und ich haben Badeschaum in den Springbrunnen im Garten geschüttet. Nun ja, ein bisschen was anderes ist es diesmal schon.

»3 … 2 … 1 …« Bei 1 drücke ich den Finger auf die Klingel und wundere mich, dass die Tür aufgerissen wird, noch ehe der erste Ton erklingt.

Eine hagere Frau zieht mich an sich und schließt mich in ihre Arme.

»Wie schön«, flüstert sie und mir wird erst jetzt klar, dass es meine Mom ist.

Ich erwidere ihre Umarmung und spüre, wie die Anspannung ein Stück weit von mir abfällt. Mit so einer Begrüßung hätte ich nicht gerechnet. »… Du bist noch wach?« Unsinnigerweise ist es das Erste, was mir über die Lippen kommt.

Meine Mom hält mich an den Schultern ein Stück von sich weg. »Ich habe euch kommen sehen. Gut siehst du aus. Wer sind deine Begleiter?« Auch in den Augen meiner Mutter stehen Tränen und ein breites Lächeln überzieht ihr Gesicht.

Ich muss sie nicht fragen, warum sie wach war. Seit dem Tod meines Vaters leidet sie an Schlafstörungen und starrt oft nächtelang einfach nur aus dem Fenster. Das war schon so, kurz nachdem er gestorben war und offenbar hat es sich selbst Jahre danach nicht gebessert. Sie ist dünn geworden, älter, und das ehemals goldene Haar hängt ihr, von grauen Strähnen durchzogen, über die Schultern. Trotzdem hat sie eine stille Eleganz an sich und eine Haltung, die zeigt, dass sie sich nicht unterkriegen lässt. Niemals.

»Das sind ...« Ich räuspere mich. »Mein Freund Harley, seine Schwägerin Sally und ihr Sohn, Dale. Wir bräuchten einen Unterschlupf für ... ein paar Nächte oder so.« Möglicherweise ist das untertrieben. Vielleicht bleiben wir sogar Wochen oder Monate.

»Warum kommen sie nicht näher? Ich beiße nicht.«

Erst jetzt blicke ich zurück zur Straße und sehe, dass Harley, Sally und Dale dort aufgereiht stehen und warten. Das Taxi fährt gerade weg und es ist ein skurriler Anblick, wie die drei reglos im Schneegestöber ausharren.

»Vielleicht wollen sie Schneemänner werden«, scherzt meine Mom.

Ich muss lachen und das durchbricht den Bann. »Kommt schon rüber«, rufe ich.

Die drei setzen sich in Bewegung, wobei Dale vorneweg durch den Schnee rennt.

»Nicht so schnell, sonst fällst du!«, ruft Sally, doch der Junge hört nicht auf sie.

Ich bin froh über jeden unbeschwerten Moment, den er durchlebt. Über jede Minute, in der er nicht über die ›bösen Männer‹ und Schusswaffen nachdenkt.

»Harley ist verletzt«, flüstere ich meiner Mutter zu. »Kann ich dir morgen alles erzählen? Wir sind ziemlich erschöpft.«

»Du kannst jederzeit mit mir reden, Megan. Aber du musst nicht. Ich bin froh, dass du hier bist und du erzählst mir einfach nur das, was du mir erzählen möchtest.« Sie drückt kurz und sanft meinen Oberarm, dann deutet sie ins Innere des Hauses. »Fühlt euch wie zu Hause.«

Dale bleibt auf der Fußmatte stehen und tritt sich die vereisten Schuhe ab. »Hallo, Misses ...«

»Das ist Dale«, erklärt Sally.

Mom beugt sich zu ihm runter und hält ihm die Hand hin. »Hallo, Dale. Ich habe einen Kamin, gleich da vorne. Wärm dich am Feuer auf, wenn du willst.«

Das lässt sich Dale nicht zweimal sagen. Blitzschnell ist er aus seinen Schuhen geschlüpft und flitzt ins Haus.

»Es tut mir leid, er ...«, beginnt Sally, aber meine Mutter lässt sie gar nicht zu Wort kommen.

»Fühlen Sie sich einfach wie zu Hause. Ich bin Patricia und freue mich immer, wenn ich Besuch bekomme.« Sie gibt die Tür frei und lässt Sally rein. »Wärmen Sie sich auf, ich bringe gleich Decken und heißen Kakao.«

Ich spüre einen schweren Arm auf meinen Schultern und Harleys Körperwärme, als er neben mich tritt.

»Das ist Harley«, erkläre ich.

Harley nimmt den Arm gleich wieder von meiner Schulter und schüttelt meiner Mom die Hand. »Eine tolle Tochter haben Sie.«

»Vielen Dank, aber das weiß ich, junger Mann.« Meine Mutter lacht und wirft mir einen so liebevollen Blick zu, dass ich Wut in mir aufsteigen spüre. Wut auf

Russell, weil ich mich wegen ihm so lange nicht bei ihr gemeldet habe.

»Ich bringe euch beide zum Gästezimmer. Dann könnt ihr euch ausruhen.«

Ich bin ihr unendlich dankbar, dass sie uns nicht ausfragt und Harley mit seinen Wunden nicht mustert wie einen Außerirdischen. Stattdessen schließt sie nur die Tür hinter uns und nachdem wir uns von Sally und Dale verabschiedet haben, bringt sie uns in den hinteren Teil des Hauses.

»Hier seid ihr ein bisschen ungestört.« Sie öffnet die Tür zum Gästezimmer, das früher, als dies hier noch unser Sommerhaus war, das Arbeitszimmer meines Vaters gewesen ist. Schmerzhaft lächelt sie in Richtung der riesigen Glasfront, die hinaus auf den Wald geht. Die verschneiten Bäume bieten einen märchenhaften Anblick. »Theo, Megans Vater, hat diesen Ausblick geliebt.«

Harley tritt an die Fensterfront und schaut nach draußen. »Kein Wunder«, sagt er und klingt ernsthaft beeindruckt.

Ich muss an die fensterlose Wohnung denken, in der er lebt, weil er alles Geld, was er verdient, ins Wohl seiner Familie steckt und bin froh, mit ihm hier zu sein.

»Sehen Sie die Wanne dort?« Meine Mutter tritt neben Harley und deutet nach draußen auf die kleine Veranda. Sie kichert verschmitzt. »Da habe ich mir etwas gegönnt. Sehen Sie?«

»Einen Whirlpool?«

Moms Lächeln wird noch eine Spur breiter. »Ihr könnt ihn benutzen. Die Wassertemperatur lässt sich bis auf 38 Grad hochregeln. Man kann also auch im Winter rein.«

Ich bin überrascht. Meine Mutter hat sich also einen Whirlpool gekauft? Warum auch nicht? Sie war schon immer ein Fan von Wasser. Egal ob eine Badewanne, das Meer oder kristallklare Gebirgsbäche, wenn wir früher in den Urlaub gefahren sind ... Nicht mal die kleinste Pfütze war vor ihr sicher.

Sie dreht sich zu mir um. »Ich glaube, für die Wanderer und Spaziergänger dort im Wald ist es kein schöner Anblick, wenn ich in die Wanne steige, aber dann sollen sie eben nicht hinsehen.«

Ich muss lachen. »Da hast du Recht!« Erleichtert stelle ich dabei fest, dass es überhaupt nicht komisch ist, wieder hier zu sein. Im Gegenteil: Es fühlt sich eher an, als wäre ich nur kurz weg gewesen.

»Ich bringe euch ein paar Bademäntel. Ihr seid schon eher was, das sich die Leute gerne anschauen. Und wir wollen ja nicht gleich den ganzen Ort vor der Tür stehen haben.« Damit verlässt sie das Zimmer.

»Sie ist eine tolle Frau.« Harley dreht sich zu mir um und ich sehe ihm an, wie kaputt er ist. Er deutet mir, näher zu kommen, und als ich bei ihm angelangt bin, schlingt er seine Arme um meine Hüften. »Wie fühlst du dich?«

»Wie fühlst du dich?«, erwidere ich.

»Wie ein Stück Mett.«

»Wie ein ... was?«

»Mett. Durch den Fleischwolf gedreht und –«

Ich lache und halt Harley den Mund zu. »Halt die Klappe, Harley. Du hast zu viele Treffer kassiert, du redest wirres Zeug.« Dass er ein wenig verwirrt ist, kann aber auch an den starken Medikamenten liegen, die er verordnet bekommen hat. Die Ärzte haben ihm eine Gehirnerschütterung diagnostiziert, was an sich nicht so schlimm wäre, jedoch haben Boxer und andere Kampfsportler meist länger etwas davon und sie fallen auch heftiger aus. Wegen unserer speziellen Situation konnte er nicht zur Beobachtung im Krankenhaus bleiben und wurde darum gleich mit ein paar echten Hammertabletten eingedeckt: etwas gegen die Schmerzen, etwas gegen drohende Entzündungen der Wunden oder Gelenke, dazu cortisonhaltige Augentropfen, denn dort hat er ganz schön was abbekommen. Kein Wunder. Sein vorgeblicher Manager hat dafür gesorgt, dass er so gut wie wehrlos war. Sonst wäre ihm das nie passiert.

Harley beißt mir spielerisch in die Finger, löst sich aber direkt von mir, als auf dem Flur die Schritte meiner Mutter zu hören sind.

Sie klopft leise an die angelehnte Tür und kommt dann rein, um Bademäntel und Handtücher auf unser Bett zu legen. »Wenn ihr noch etwas braucht, sagt Bescheid. Wenn ihr Hunger habt, meldet euch oder bedient euch an der Pastete im Kühlschrank. Die Tür neben eurer führt ins Bad und der Weg zurück, den wir gerade gekommen sind, zum Kamin«, fügt sie an Harley gewandt hinzu. Sie lächelt wieder und ich glaube, sie schon lange nicht mehr so glücklich erlebt zu haben. »Schlaft euch aus, wir sehen uns morgen.«

»Gute Nacht, Mom«, sage ich.

Harley fügt an: »Gute Nacht und vielen Dank.«

Mom scheint noch etwas sagen zu wollen, dann lässt sie es aber und schließt leise die Tür hinter sich.

Ich atme durch und schließe Harley wieder in die Arme. Sein Körper ist noch immer warm, fast schon fiebrig. »Du solltest dich hinlegen. Ich besorge Verbandszeug und werde Sally bitten, nach dir zu sehen.«

Harleys Schwägerin ist immerhin Ärztin und wird wissen, was zu tun ist.

»Hey.« Harley legt mir zwei Finger unters Kinn und hebt meinen Kopf leicht an. »Sieh mich an. Mir geht es bestens, okay?«

Ich sehe ihn an. Mustere seine blutunterlaufenen Augen, die vielen Cuts und das eingetrocknete Blut. »Wenn ich dich so ansehe, dann würde ich sagen, du stehst kurz vor dem Exitus. Bestens sieht anders aus.«

An dem Funkeln in Harleys Augen erkenne ich, dass er selbst weiß, wie schlecht er aussieht. »Pass auf, ich mache dir einen Vorschlag. Du gehst raus und schmeißt den Whirlpool an und ich wasche das Blut ab und so. Dafür lässt du Sally aus dem Spiel. Wie wäre das?«

Ich schaue raus in die verschneite Landschaft. »Es ist fünf Uhr morgens.«

»Deine Mutter hat gesagt, wir sollen das Ding benutzen, damit die Nachbarn was zu gucken haben.«

»Na, ganz so, hat sie es ja nicht gesagt.« Ich weiß selber nicht, warum ich mich gerade so ziere. Die Vorstellung, mit Harley im heißen Wasser zu sitzen, während es um uns herum schneit, hat etwas durchaus Verlockendes. Trotzdem erscheint es mir irgendwie falsch. Unter anderen Umständen wäre er jetzt in einem Krankenhaus und würde wahrscheinlich ein paar Tage zur Beobachtung bleiben. Andererseits muss er selbst wissen, wie gut es ihm geht. Die sechs Stunden Schlaf auf der Fahrt, scheinen ihm gutgetan zu haben. Dieses unsägliche Mittel, das Luigi und seine Leute ihm gegeben haben, ist vollständig raus aus seinem Blutkreislauf und er ist wieder Herr seiner Sinne. Und die Wunden ... Sagt man nicht immer, dass Menschen, die eventuell eine Gehirnerschütterung haben könnten, vierundzwanzig Stunden wach bleiben sollen? So gesehen wäre es sogar völlig unvernünftig, jetzt ins Bett zu gehen.

Harley lacht leise. »Du müsstest dich sehen.«

»... Ich denke nach.«

»Das sehe ich. Ziemlich deutlich sogar.« Er musterte mich, dann legt er die Stirn in Falten. »Ungefähr so guckst du.«

»Was?«, frage ich empört. »Ich gucke gar nicht wie so ein ... Basset!«

Jetzt lacht Harley lauter. »Oh doch. Ganz genauso.«

»Du musst wirklich an deinen Komplimenten arbeiten.« Ich verschränke die Arme und mache ein paar Schritte durchs Zimmer.

»Sei nicht eingeschnappt.« Harley klingt immer noch amüsiert. Dann spüre ich, wie er die Arme von hinten um mich schlingt und sofort bin ich drauf und dran, jeglichen Widerstand aufzugeben. »Ich wette, ich weiß, wie ich dich dazu kriege, nicht mehr sauer zu sein ...«, flüstert er nah an meinem Ohr.

Ich kann seinen Atem auf meiner Haut spüren und schließe die Augen. »Ach ja?«

»Mhm.« Harley beginnt meinen Hals zu küssen. Ganz sanft wandern seine Lippen herüber zu meiner Schulter.

Ich schlucke und mir wird warm. Also gut. Widerstand bis auf weiteres zwecklos. Ich freue mich auf ein paar entspannte Augenblicke mit ihm im Pool. Trotzdem werde ich ihn noch ein klein wenig zappeln lassen. Schließlich hat er mich einen Basset genannt. Nicht, dass ich was gegen die knautschigen Hunde hätte, aber so aussehen will doch nun wirklich keine Frau.

»Schön, du hast mich überredet …«

Ich spüre, wie sich Harleys Lippen zu einem Grinsen verziehen. Er denkt wohl schon, er würde als Sieger aus dieser Runde hervorgehen. Aber da liegt er falsch. Erstmal verpasse ich ihm noch einen kleinen Dämpfer.

»Aber zuerst kümmerst du dich um deine Wunden und ich stelle das Wasser warm.« Damit löse ich seine Hände von meinen Hüften und mich mit einem Schritt nach vorne von ihm. Ich drehe mich zu ihm herum und sein Gesichtsausdruck spricht Bände. »Basset und begossener Pudel«, sage ich. »Ich finde, wir passen perfekt zusammen.«

Mit diesen Worten lasse ich ihn stehen, öffne die Terrassentür und trete raus in die eisige Nacht.

Ich spüre Harleys Blicke noch eine ganze Weile auf mir, bis er sich schließlich umdreht und endlich ins Bad geht.

***

HARLEY

Ich schließe die Badezimmertür hinter mir, lehne mich an das kühle Holz und sehe mich erst einmal um. Alles hier wirkt edel, aber ein wenig alt, so als wäre es in den achtziger Jahren mal der neueste Schrei gewesen. Doch auch wenn Waschbecken und Wanne leicht vermackt sind und der Spiegel in den Ecken, dort wo er in silberne Halterungen gefasst wurde, belaufen ist, komme ich mir dennoch vor wie im Hilton. Vielleicht liegt es daran, dass das hier so ungefähr das komplette Gegenteil von meiner Wohnung ist, einem Einzimmerapartment, das ich gemietet habe, um möglichst viel von den Schulden meines Bruders bei Luigi und seinen Männern abzuarbeiten.

Luigi. Ich stoße mich von der Tür ab, spüre, wie jede Faser meines Körpers gegen die Bewegung protestiert und weiß, dass ich die Prügel, die ich gestern Abend bezogen habe, ihm verdanke. Er hat mir irgendein Medikament geben lassen, das mich vollkommen benommen gemacht hat. Wehrlos. Er wollte, dass ich verliere, damit er und seine Strohmänner hohe Wettgewinne einfahren. Keine Ahnung, was er danach vorgehabt hätte. Mich fallen lassen? Mich von Neuem zum Unbesiegten aufbauen? Die Menschen mögen Comebacks. Und Luigi mag Geld.

Aber darum muss ich mir jetzt wohl keine Gedanken mehr machen. Ich trete an die Wanne heran, dann beginne ich mich auszuziehen. Gar nicht so einfach, denn meine Arme fühlen sich an, als hätte ich die letzten drei Tage damit verbracht, einen LKW zu stemmen. In meinem ganzen Leben bin ich noch nicht so verprügelt worden, noch nicht mal in dem Trainingslager in Italien, wo ich ein Jahr lang war, ehe meine Karriere als MMA-Kämpfer begann. Doch was mir Sorgen macht, sind nicht die Verletzungen. Die werden heilen. Nein, das, was mir Kopfzerbrechen bereitet, sind die Konsequenzen.

Ich ziehe meinen schwarzen Sweater aus und mustere mich im Spiegel, während ich versuche, mir auszurechnen, was wir nun zu befürchten haben. Wenn ich ehrlich bin, dann hätte ich nicht getan, was Megan gestern Abend getan hat. Ich wäre den Schritt nicht gegangen, Luigi und die anderen bei der Drogenbehörde anzuschwärzen. Ich habe Luigi morden sehen. Ich weiß, wozu diese Leute fähig sind. Und ich hätte darauf spekuliert, dass sie sich zurückziehen, sobald ich Scotts Schulden beglichen habe. Vielleicht war das naiv. Vielleicht war ich feige. Möglicherweise ist die zierliche Megan, von der ich bei unserer ersten Begegnung niemals so etwas erwartet hätte, einfach eine Kilotonne mutiger und stärker als ich.

Aber vielleicht war die ganze Aktion auch einfach nicht sehr klug, sondern eine Kurzschlusshandlung aus Angst um mich, und wir haben jetzt erst recht Ärger zu befürchten.

Ich setze mich auf den Rand der Wanne und streife meine Schuhe ab. Draußen höre ich jemanden leise reden. Wahrscheinlich zeigt Patricia Sally und Dale gerade ihr Zimmer. Ich lausche ein paar Momente lang ihren gedämpften Stimmen und spüre, wie etwas Seltsames geschieht. Obwohl die Zukunft alles andere als gewiss ist und ich keine Ahnung habe, was die nächsten Tage oder Wochen bringen werden, fällt eine riesige Anspannung von mir ab. Wir sind raus aus Chicago. Alle, die mir am Herzen liegen, sind hier. Und zumindest heute wird nichts geschehen, denn Luigi und die anderen sind bei der Razzia verhaftet worden und werden sich erst einmal verantworten müssen.

Und auf einmal bin ich mir doch sicher, dass das, was Megan gemacht hat, der einzig richtige Schritt gewesen ist.

Ich stehe auf, ziehe den Rest meiner Kleider aus und stelle dann die Dusche an, um das Blut abzuwaschen, das im Krankenhaus nur notdürftig und in aller Eile beseitigt worden ist. Ich stelle mich unter den heißen Wasserstrahl und spüre, wie sich neue Zuversicht in mir breit macht. Was auch immer vor uns liegt – wir werden es schon schaffen.

***

MEGAN

Keine fünf Minuten, nachdem ich den Whirlpool angestellt habe, steigt bereits gekräuselter Dampf in die kalte Winterluft auf. Ich stehe drinnen vor der Fensterfront, höre die Dusche rauschen und bin hin- und hergerissen.

Wie soll ich Harley empfangen? Warte ich hier auf ihn? In Unterwäsche oder angezogen? Oder nackt und im Bademantel? Oder sollte ich bereits im Pool sitzen, wenn er kommt?

Ich trete an den mannshohen Spiegel und ziehe mich bis auf BH und Höschen aus. Die Wäsche, die ich trage, ist nicht schäbig, aber auch alles andere als sexy.

Schwarze Pantys und ein dunkelgrauer BH, der mit viel Glück als Seide durchgehen könnte.

Mit den Fingern fahre ich mir durchs Haar. Es lag schon mal besser.

Auch mein Gesicht ist nach der langen Fahrt blass. Ich beiße mir auf die Lippen, damit sie etwas mehr Farbe bekommen. Dann schüttle ich mein Haar, bis es etwas mehr Volumen hat und betrachte mich erneut.

Schon besser. Aber nicht gut genug.

Vielleicht sollte ich doch ...

Ich sehe nochmal zum Fenster.

Der Wald liegt ganz still da. Ich kann niemanden am Waldrand entdecken und bin mir auch ziemlich sicher, dass um diese Uhrzeit und bei der Kälte kein Mensch unterwegs ist.

Ich könnte es also wagen ...

Zögerlich öffne ich meinen BH, dann überlege ich es mir doch anders und lege mir den Bademantel über die Schultern. Ich stelle mich mit dem Rücken zum Fenster und entledige mich jetzt schnell meiner Unterwäsche. Dann knote ich den Mantel zu und wende mich wieder der Terrasse zu.

Der Whirlpool ist beleuchtet, das heiße Wasser blubbert und spritzt und alleine der Gedanke daran, gleich dort mit Harley zu sitzen, zaubert ein freudiges Kribbeln in meinen Unterleib.

Ich verzichte auf meine Schuhe, tappe barfuß zur Tür und schiebe sie auf. Dann trete ich nach draußen. So kalt ist es komischerweise gar nicht. Die klare, frische Luft sorgt nur dafür, dass ich mich wacher fühle.

Noch ein letzter Blick zum Wald, dann trete ich auf die Stufen zum Pool und lasse den Bademantel von meinen Schultern gleiten. Ein kühler Windhauch umspielt meine Haut und sorgt dafür, dass sich meine Nippel augenblicklich aufrichten. Ich genieße das Gefühl einen Moment, dann steige ich ins heiße Wasser. Es bildet einen aufregenden Kontrast zu der Kälte zuvor und ich lasse mich bis zum Kinn hinein sinken. Dann schließe ich die Augen und konzentriere mich ganz auf das Sprudeln des Whirlpools.

Es dauert eine Weile, bis ich höre, wie die Verandatür erneut aufgezogen wird. Lächelnd öffne ich die Augen.

Harley ist nach draußen getreten und trägt nichts außer schwarzen Retro-Pants. Während er auf mich zukommt, lasse ich meinen Blick über seinen Oberkörper gleiten. Die muskulöse Brust, der flache, trainierte Bauch, die starken Arme. Und dieses Lächeln ...

Seine blauen Augen haben sich auf mich geheftet und ich erkenne Verlangen darin. »Du bist wunderschön, Megan«, flüstert er und steigt die Stufen zu mir hoch.

Ich lasse meinen Blick tiefer wandern und sehe deutlich die Beule, die sich in seiner Hose abzeichnet.

Er will mich. Und ich will ihn.

Ich kann es nicht erwarten, ihm endlich nah zu sein ...

Harley wohl auch nicht. Kaum sitzt er neben mir, zieht er mich auch schon auf seinen Schoß. Meine nackten Brüste ragen jetzt aus dem Wasser und ich höre, wie Harley ein leises, überraschtes Keuchen von sich gibt.

Damit hat er wohl nicht gerechnet.

Er musterte mich einen Moment ausgiebig und ich spüre, wie seine Härte gegen meinen Schoß drückt. Dann senkt er die Lippen auf meine linke Brust und umspielt meinen harten Nippel mit der Zunge. Ich stöhne und genieße es, wie seine Hände über meinen Rücken gleiten, hinab zu meinem Po.

Ich lege meine Hände in seinen Nacken und lasse meine Finger durch sein vom Duschen feuchtes Haar fahren. Seine Erektion unter mir pulsiert und ich drücke mich enger an ihn. Noch immer liebkost Harley meine Brust mit seinen Lippen. Dann beginnt er sanft an meinem Nippel zu saugen und ich keuche vor Verlangen.

Als Harleys Hände wieder höher wandern, lehne ich mich ein Stück nach hinten. Mir raubt es den Atem und ich lege den Kopf zurück, um besser Luft zu kriegen. Ein weiteres Stöhnen dringt aus meiner Kehle und auch Harleys Atem geht deutlich schneller als noch vor wenigen Momenten.

Seine Hände fahren wieder runter über meinen Rücken, kneten meinen Hintern und ich fange langsam an, mich auf ihm zu bewegen. Uns trennt nur noch der wenige Stoff seiner Shorts und ich spüre, wie er immer härter wird.

»Harley ...«, stöhne ich und als wäre das sein Stichwort, packt er mich und dreht sich mit mir herum.

Nun sitze ich im sprudelnden Wasser und er ist über mir. Ein paar Sekunden sieht er mir tief in die Augen, dann presst er seine Lippen auf meine und küsst mich mit einer Intensität, dass mir schwindelig wird. Seine Finger bahnen sich dabei ihren Weg über meinen Körper. Sie fahren über meine Schultern und von dort hinab. Ich recke ihm meine Brüste entgegen und er nimmt sie in seine großen Hände und knetet sie. Dann lässt er seine Finger weiter gleiten, über meinen Bauch und hinab zu meinen Schenkeln. Mit sanfter Gewalt drückt er meine Beine auseinander und das blubbernde Wasser, das nun an meine empfindlichste Stelle gelangt, lässt mich erschauern.

Langsam, ganz langsam, fahren Harleys Finger weiter über meine Oberschenkel zur Innenseite.

Ich küsse ihn noch intensiver und kann es kaum erwarten, dass er mich endlich berührt.

Doch er tut es noch nicht. Seine Hände wandern wieder zurück über meine Beine und meinen Bauch, hinauf zu meinen Brüsten. Ich räkele mich im Wasser, doch es ist kein Ersatz für Harleys Hände. Zwar umspülen die kleinen Wellen meinen Schoß und lassen ihn kribbeln, doch ich will ihn.

»Harley«, sage ich wieder, lege meine Hände auf seinen Rücken und ziehe ihn näher an mich heran. »Harley, bitte ...«

Harley grinst und gibt mir einen kurzen, aber heftigen Kuss, während er wieder mit meinen Nippeln spielt. »Ja?« Ich sehe ihm an, wie viel Spaß es ihm macht, mich so zu quälen.

Ich gebe ihm keine Antwort. Stattdessen schlinge ich die Beine um ihn und sorge so dafür, dass er mir nicht mehr entkommen kann. Seine Härte presst sich jetzt direkt gegen meine Mitte und ich bewege mich erneut ein wenig hin und her.

Jetzt ist es Harley, der stöhnt und sein Griff um meine Brüste wird zupackender.

Wieder entlockt er mir ein Keuchen und ich gleite mit den Fingern in seine Shorts, umfasse seinen Schaft, fahren langsam daran rauf und runter.

HARLEY

Sie macht mich vollkommen wahnsinnig. Vor Megan war ich es gewöhnt, beim Sex den Ton anzugeben, aber anders als die Frauen, die ich vorher hatte, lässt sie das nicht zu, und wie sie mich zu steuern versucht, wie sie probiert zu bekommen, was sie will, turnt mich extrem an. Ich sehe in ihr Gesicht, während sie ihre Hand an meiner Härte rauf und runter gleiten lässt, und entdecke nicht den geringsten Anflug von Scham auf ihren Zügen. Ich küsse sie. Sie erhöht den Druck ihrer Finger und ich muss gleich wieder damit aufhören, um Luft zu holen. Megan nutzt den Moment, um ihre Lippen dicht an mein Ohr zu bringen und zu flüstern: »Willst du mich jetzt immer noch zappeln lassen ...?«

»Ich werd dich gleich so richtig zappeln lassen«, erwidere ich atemlos und spüre mehr als dass ich höre, wie sie leise lacht.

»Leere Versprechungen«, sagt sie dann und lässt ihren Daumen über meine Eichel kreisen.

Ich vergrabe mein Gesicht in ihrem dunklen Haar, damit mich im Haus keiner stöhnen hört. Verdammt, wenn sie so weitermacht, dann ...

Erneut erhöht sie den Druck und lässt ihre Hand wieder über meine Männlichkeit wandern, und jetzt reicht es mir. Ich nehme meine Hände von ihrem schlanken

Körper und entledige mich endlich der Shorts, die sich so eng anfühlen, als wären sie zwei Nummern zu klein.

Megan lächelt zufrieden, und als ich ihre Finger mit sanfter Gewalt von meinem Schwanz löse, beißt sie sich erwartungsvoll auf die Unterlippe.

Ich sehe ihr in die Augen, während ich mich ein wenig von ihr löse, aber nur, um ihre Schenkel zu packen und sie unter Wasser weit auseinanderzudrücken. Jetzt ist Megan diejenige, die um Fassung ringen muss. Sie atmet scharf ein und die Düsen des Whirlpools scheinen ganze Arbeit zu leisten, denn ihr Blick verklärt sich leicht, als das sprudelnde Wasser ungehindert über ihre intimsten Stellen strömt. Sie stöhnt leise und legt den Kopf auf dem Rand der Wanne ab, und ich nutze den Moment, um meine Lippen auf ihren zarten Hals zu senken und mich gleichzeitig zwischen ihre weit geöffneten Schenkel zu schieben. Ich bilde mir ein, trotz des Wassers zu spüren, wie feucht sie ist. Ihr Unterleib presst sich gegen mich und ich muss gar nicht viel tun, denn meine Spitze gleitet ganz automatisch in sie hinein. Ich packe ihre Seiten und dann schiebe ich mich ganz langsam sehr tief in sie.

Megans Stöhnen wird zu einem atemlosen Keuchen. »Harley ...«, flüstert sie und greift mir mit beiden Händen ins Haar.

Ich lasse meine Lippen über ihren Hals gleiten, während ich mich in ihr zu bewegen beginne. Nicht sacht, nicht vorsichtig. Ich stoße sie kraftvoll und ihr Körper verrät mir, dass sie genau das jetzt braucht. Sie schlingt die Beine um meine Lenden, drückt sich gegen mich, scheint mich noch tiefer in sich zu wollen und ich tue ihr den Gefallen, halte sie fest und ramme mich bis zum Ansatz in sie, immer und immer wieder.

Megan sagt jetzt nichts mehr. Bei jedem meiner Stöße gibt sie ein unterdrücktes, fast gequältes Stöhnen von sich, und als ich mich schließlich in ihr ergieße, ziehen sich ihre Muskeln um mich zusammen und sie gräbt ihre Nägel in meinen Rücken, während auch sie heftig kommt.

Ich sinke über ihr zusammen. Gewisse Teile meines Körpers fragen mich, ob ich eigentlich bescheuert bin, gleich nach dem Kampf schon wieder so was Anstrengendes anzustellen. Gewisse andere Teile meines Körpers sind allerdings extrem zufrieden mit dieser Entscheidung.

»Verdammt, Harley«, flüstert Megan vollkommen atemlos, während ihr fester Griff langsam zu einer normalen Umarmung wird. »Du bringst mich komplett um den Verstand ...«

»Ich dich, ja?«, frage ich nicht minder atemlos und sehe sie an.

»Wir einander vielleicht«, erwidert sie und lächelt erschöpft, aber glücklich.

Ich betrachte ihre geröteten Wangen, streiche mit dem Finger über ihre vollen Lippen und gebe ihr dann einen Kuss. »Darauf können wir uns einigen.«

***

MEGAN

Als ich am nächsten Tag die Augen öffne, muss ich mich erst mal orientieren. Es ist extrem hell im Zimmer und ich blinzle ein paar Mal, bis ich richtig sehen kann. Draußen scheint die Sonne und wird von der Schneeschicht reflektiert. Das Gästezimmer in Moms Haus ist lichtdurchflutet, doch ich widme mich nur kurz den pastellfarbenen Landschaftsmalereien an den Wänden und den altrosa Vorhängen. Denn etwas – nein, jemand – zieht direkt wieder meine Aufmerksamkeit auf sich.

Harley.

Er liegt neben mir, auf dem Rücken, und ist nackt. Na ja, fast. Ein schmaler Streifen Decke verläuft zwischen seinen Beinen, ansonsten kann ich jeden Zentimeter seines Körpers sehen.

Ich liege in seinem Arm und stemme mich vorsichtig in die Höhe, um ihn nicht zu wecken. Ich drehe mich auf die Seite und die Decke rutscht von meinem Körper. Auch ich habe nichts an, doch diesmal störe ich mich nicht an der Glasfront.

Stattdessen strecke ich die Hand aus und fahre Harleys Brauen mit dem Finger nach. Seine Augen sind noch immer geschwollen, aber nicht mehr so schlimm wie gestern direkt nach dem Kampf. Die Cuts, von denen er das Blut gewaschen hat, sind tief, aber klein. Sein Oberkörper ist von blauen Flecken übersät und ich hoffe, dass er keine Schmerzen hat, wenn er nachher aufwacht. Vor allen Dingen hoffe ich, dass sein

Kopf keine bleibenden Schäden davon getragen hat. So was liest man ja immer wieder ...

Boxerdemenz, kommt mir in den Sinn.

Dann sage ich mir, dass dieser Mist nicht ausgerechnet ihn erwischt haben wird. Trotzdem bin ich froh, dass Harley nie wieder kämpfen muss. Ich hoffe für ihn, dass er wieder in den Polizeidienst kann. Vielleicht kann Dylan ein gutes Wort für ihn einlegen. Wer weiß, vielleicht bleiben wir sogar hier und kehren Chicago für immer den Rücken zu. Harley müsste sie nicht mehr verstecken, Sally und Dale könnten in Ruhe von Neuem beginnen, ich müsste mich nie mehr wegen Russell sorgen und Mom wäre sowieso froh.

Ich spüre, dass sich ein Lächeln auf meinem Gesicht ausbreitet, streiche mit der Hand über Harleys Wange und über seinen Hals und spinne meine Zukunft weiter.

Wahrscheinlich würde ich es wirklich mal mit einem Buch versuchen. Ich liebe das Schreiben und genug zu erzählen habe ich nach den letzten Wochen sowieso.

Aber eigentlich ist das auch alles zweitrangig. Harleys Job, mein Job ... Das Wichtigste ist, dass wir zusammen sind.

Also, eins nach dem anderen. Zuerst mal bleiben wir hier und warten, dass die Polizei Entwarnung gibt. Nein, ich muss noch früher ansetzen. Beim Frühstück. Ich habe einen Bärenhunger. Hatte ich gestern schon. Aber nach der ... Sache im Whirlpool hatte keiner von uns mehr Lust, in die Küche zu gehen. Wir haben unsere vom Wasser feuchten Körper ins Bett gelegt, fest entschlossen, uns ein paar Stunden Schlaf zu gönnen. Doch daraus wurde nichts. Unsere aufgeheizte Haut, die Nässe und unser beider Verlangen, das noch immer nicht gestillt war, haben dafür gesorgt, dass unser kleiner Kampf in die nächste Runde ging.

Ich rufe mir gestern Nacht im Detail ins Gedächtnis und spüre, dass ich schon wieder feucht werde. Dieser Mann bringt mich einfach um den Verstand. Gedankenverloren streichle ich Harleys Brust und merke erst nach einiger Zeit, dass er mich anblickt.

»Hey«, begrüße ich ihn und hoffe, dass ich nicht zu ertappt klinge. Ich beuge mich vor und gebe ihm einen Kuss. »Starrst du mich schon lange an?«

Harley grinst. »Das Gleiche könnte ich dich fragen, hm?«

Ich grummle etwas Unverständliches, weil ich ihm nicht Recht geben will und lasse zu, dass er mich in seine Arme zieht. Als mein Kopf auf seiner Brust liegt, verspüre ich schlagartig keinen Hunger mehr auf ein ausgedehntes Frühstück. Ich kuschle mich an ihn und lege ein Bein über ihn.

Harley packt meinen Schenkel und streichelt ihn. »Wie spät ist es?«

»Will ich gar nicht wissen.« Ich verberge mein Gesicht an seiner Schulter. »Viel zu spät, um noch im Bett zu liegen, fürchte ich.«

»Hatte da jemand zu wenig Schlaf?« Harley drückt mir einen Kuss aufs Haar.

»Ich weiß nicht, wovon du redest.«

»Ach nein? Also entweder hast du ein Gedächtnis wie ein Sieb oder ...«

»Oder?« Ich öffne ein Auge und sehe zu ihm auf.

»Oder du willst, dass ich dir auf die Sprünge helfe.«
Harley sieht mich fragend an. »Eine Gedankenstütze,
du weißt schon.«

Ich muss lachen. »Also, plumper geht es wohl kaum.«

»Doch. Doch es wäre schon noch deutlich plumper gegangen. Zum Beispiel, wenn ich gefragt hätte, ob wir –«

Ich presse Harley eine Hand auf den Mund und
bringe ihn so zum Schweigen. »Untersteh dich!« Ich
schwinge mich rittlings auf ihn und halte ihm jetzt
auch noch die Augen zu.

Er gibt protestierende Geräusch von sich, wehrt sich
jedoch nicht.

Als ich mir sicher bin, dass er jetzt still ist, nehme ich
eine Hand von seinem Mund und ziehe die Decke unter
uns beiden weg. Ganz langsam und vorsichtig, sodass
der Stoff zwischen unseren Schenkeln reibt. Dann
werfe ich die Decke beiseite und sitze vollkommen
nackt auf ihm.

Harleys Atem beschleunigt sich und ich nehme nun
auch die Finger von seinen Augen.

Sein Blick huscht über meine Brüste, zu meinem Gesicht und hinab zu meinem Schoß. Dann sieht er mir
wieder in die Augen.

»Mein Gott ...«, sagt er heiser. »Megan, ich ...«

»Ich weiß«, flüstere ich. »Ich liebe dich auch.«

Harley packt mir ins Haar und zieht mich zu sich hinunter, um mich zu küssen. Doch kaum haben seine Lippen meine gefunden, wird auch schon die Tür aufgesto-
ßen.

»Onkel Harley, draußen liegt Neuschnee und –«

Blitzschnell rolle ich mich von Harley herunter und
ziehe mir die Decke bis ans Kinn.

Harley bedeckt seine Männlichkeit mit den Händen und scheint nicht weniger perplex zu sein als ich. Er starrt seinen Neffen nur an und Dale starrt zurück.

»Also ...« Harley ist der Erste, der die Sprache wiederfindet, doch mehr bringt er nicht heraus.

Schritte auf dem Flur, dann steht auch schon Sally hinter ihrem Sohn.

Ich spüre, dass ich feuerrot werde und presse die Augenlider fest aufeinander.

»Dale, ich habe dir hundertmal gesagt, dass du Harley und Megan –« Dann verstummt sie und ich bin mir sicher, dass sie erst jetzt sieht, dass ihr Schwager nackt ist. »Oh, das ... das tut mir leid, ich ...«

»Schon gut.« Harley versucht ein Lachen, doch es klingt gequält.

»Dale war schon den ganzen Vormittag so quengelig und ich habe ihn wirklich nur zwei Minuten aus den Augen gelassen, da war er schon durchs halbe Haus und ...«

»Sally. Können wir das vielleicht gleich besprechen. Draußen?«

»Oh, na klar. Ich ... Entschuldige. Komm, Dale.« Ich höre Schritte, dann wird die Tür geschlossen.

Ich öffne die Augen vorsichtig und kann grad noch sehen, wie Harley sich ein Kissen über den Kopf zieht.

»Das musste jetzt sein, he?«, stöhnt er, dann höre ich sein gedämpftes Lachen. »Spanner.«

Auch ich muss jetzt lachen. »Wie soll ich Sally je wieder in die Augen sehen?«

»Und ich erst mal.« Harley wirft das Kissen nach mir. »Verräterin. Das nächste Mal klau ich dir deine Decke.«

»Das nächste Mal«, sage ich und schiebe das Kissen unter meinen Kopf, »schließen wir einfach die Tür ab.«

»Guter Plan.«

»Aber zuerst gibt es Frühstück.« Ich setze mich auf.

»Nicht ganz so guter Plan, aber auch okay.«

»Bleib liegen, ich geh zuerst ins Bad.« Ich gebe Harley noch einen Kuss, dann stehe ich auf und suche meine Klamotten zusammen.

Das Bett quietscht und ich drehe mich zu Harley um. Er hat sich auf die Unterarme gestützt und sieht mir zu.

»Das Spanner-Gen liegt bei euch wohl in der Familie.« Ich ziehe den Bademantel über und schlinge mir den Gürtel demonstrativ fest um die Taille. »Mach noch ein bisschen die Augen zu. Ich wecke dich, sobald ich fertig bin.«

Damit verlasse ich das Zimmer und höre nur noch, wie Harley stöhnend zurück ins Bett sinkt. »Du machst mich fertig«, sagt er.

Ich schmunzle. Besser hätte der Tag doch nicht beginnen können. Na ja, weniger peinlich vielleicht.

Aber man kann eben nicht alles haben.

KAPITEL 2

MEGAN

Als ich frisch geduscht und in sauberen Klamotten durch den liebevoll dekorierten Flur in den vorderen Teil des Hauses komme, bin ich überrascht, dass es nach Frühstück duftet, nach frischem Kaffee, Waffeln und Eiern mit Speck. Ein Blick auf die Wanduhr verrät mir, dass es nach drei und die Frühstückszeit somit lange vorbei. Ich höre Stimmen aus der Küche, die sich jenseits des gemütlichen Wohnzimmers befindet, und setze meinen Weg fort, bis ich Mom und Sally entdecke.

Sie stehen zwischen Spüle und Küchentheke und teilen sich den Abwasch. Dale ist nirgends zu sehen.

»Hi«, sage ich, weil mir »Morgen« um die Zeit ein wenig seltsam vorkommen würde.

Sofort drehen sie sich beide zu mir um und strahlen mich an. In Sallys Blick liegt noch immer Dankbarkeit, was mir irgendwie unangenehm ist. Wir wissen ja noch gar nicht, wohin das alles jetzt führt. Ob die beiden Chicago nicht nach ein paar Tagen vermissen werden ...

»Guten Morgen, Maggie«, sagt Mom, und aus ihrem Mund klingt mein alter Spitzname nicht verdorben, auch wenn ihn zuletzt nur noch Russell benutzt hat. Sie legt das Spültuch weg und kommt mich umarmen.

»Habt ihr gut geschlafen? Es muss ungewohnt für euch sein in der Stille hier draußen.«

»Es war himmlisch«, sage ich und mir entgeht nicht, dass Sallys Lächeln eine wissende Note annimmt.

Klar, sie hat ja gesehen, was Harley und ich alles so Himmlisches angestellt haben.

»Das freut mich«, sagt Mom, dann lässt sie mich los und mustert mich von oben bis unten. »Du siehst gut aus. Viel besser als bei unserer letzten Begegnung. Geht es dir gut?«

»Es geht mir bestens«, sage ich und meine es vollkommen ehrlich. Klar, Harley und ich kommen gerade aus ernsten Schwierigkeiten und wir wissen nicht, was die Zukunft für uns bereit hält. Aber jetzt gerade, heute Morgen, spielt das überhaupt keine Rolle. Die Welt könnte um Somerset herum zusammenbrechen, eine Armee aus Zombies könnte an unserer Tür kratzen und ich wäre immer noch froh, mit einem Mann wie Harley Jones hier zu sein.

Nein, nicht mit einem Mann wie ihm. Mit ihm. Harley Jones.

»Und dieser Harley«, sagt Mom mit einem kurzen Blick in Sallys Richtung, »er ist dein Freund, ja?«

Ich lache leise. »Das hoffe ich doch!« Unser letzter Stand war, dass Harley meinte, ich solle mich aus seinem Leben fernhalten, weil es zu gefährlich für mich sei. Nun ...

»Und er ist Boxer?«, hakt Mom nach.

Überrascht sehe ich Sally an.

Sie zuckt mit den Schultern.

»Na ja, er war früher mal Cop, aber dann ...«

Mom wirkt unbeeindruckt und in keinster Weise abgestoßen oder erschrocken. »Du bist eine starke Frau und ich finde es gut, wenn du einen starken Mann an deiner Seite hast. Solange er weiß, gegen wen er seine Fäuste einzusetzen hat und gegen wen nicht ... und ich gehe davon aus, dass er das tut.«

Ich sehe sie einen Moment lang nur an, dann umarme ich sie gleich noch mal. Ich bin unheimlich erleichtert, dass sie mir nicht dieselben Vorhaltungen macht wie meine Freundin Ellie – auch wenn ich Ellie natürlich verstehen kann. Es mutet ein bisschen seltsam an, wenn eine Frau, die von ihrem Freund geschlagen worden ist, ausgerechnet etwas mit einem Profikämpfer anfängt. Dennoch bin ich froh, dass ich meine Gefühle hier nicht erklären muss.

»Es ist schön, hier zu sein«, gebe ich zu. Eigentlich will ich noch mehr sagen, aber dann knurrt mein Magen so laut, dass er wohl jeden weiteren Unterhaltungsversuch übertönen würde.

Sally lacht leise, dann deutet sie auf ein paar abgedeckte Teller und Schalen auf der Theke, von denen einige auf einer Warmhalteplatte stehen. »Wir haben euch das Frühstück aufgehoben.«

»Das ist die beste Nachricht des Tages«, gebe ich zu, und höre, wie hinten die Dusche angeht. »Sobald Harley fertig ist, werden wir erst mal richtig zuschlagen. Soll ich solange mit dem Abwasch helfen?«

Mom gießt mir eine Tasse Kaffee ein und schiebt sie mir herüber. »Das erledigen wir schon. Ist ja nicht viel. Auch wenn der Kleine reinhaut wie ein Erwachsener.«

Ich sehe mich nach Dale um. »Wo ist er überhaupt?«

»Baut wahrscheinlich einen Schneemann.« Sally deutet nach draußen. »Für Dale ist das gerade das Paradies.« Damit wendet sie sich wieder dem Geschirr zu.

Ich zögere, weil ich nicht als Einzige faul herumsitzen will, doch dann lasse ich mich auf einen der Hocker an der Theke gleiten und nippe an meinem Kaffee. Er ist wunderbar stark und macht mich gleich viel wacher. Jetzt noch etwas zu essen, dann bin ich fit für den ersten Tag in Somerset, wenn der auch ziemlich kurz sein wird.

»Megan, jetzt wo schon ein Mann im Haus ist«, sagt Mom, »hättet ihr Lust, nachher mit mir gemeinsam einen Weihnachtsbaum zu besorgen? Ich kriege kein Exemplar gestemmt, das höher als 30 Zentimeter ist.«

Ein wenig überrascht sehe ich sie an. Ach ja, es ist ja bald Weihnachten. Das hatte ich trotz der allgegenwärtigen Beleuchtung ganz vergessen. Ob wir es hier alle zusammen verbringen können? Das wäre ein fantastisches Geschenk.

»Harley schleppt sicher gern«, sage ich und denke sogleich an seine Blessuren. »Das heißt, wenn er das hinkriegt nach gestern, also ...«

Mom winkt ab. »Morgen ist auch noch ein Tag«, sagt sie, dann spült sie weiter.

Ich lausche, aber die Dusche ist nicht mehr zu hören. Dann trinke ich weiter meinen Kaffee, leere die Tasse zur Hälfte und frage mich, wo er bleibt. Vielleicht sollte ich nach ihm schauen, immerhin ist er nach wie vor verletzt. Ich stehe auf und sage den anderen, dass ich mal sehen werde, wo Harley bleibt. Dann gehe ich zurück zum hinteren Bereich, wo unser Zimmer liegt. Die

Badezimmertür ist nur angelehnt und dünner Wasserdampf wabert daraus hervor. Ich bleibe stehen und öffne sie einen Spalt weiter, aber das Bad ist leer. Okay, wahrscheinlich zieht er sich gerade an. Ich gehe weiter zu unserer Tür und zögere, als ich dahinter Harleys Stimme vernehme. Auch wenn man das eigentlich nicht macht, lege ich mein Ohr an die Tür und lausche.

»Nein, geben Sie mir einfach Detective Coleman, er weiß Bescheid. ... Hören Sie ... Natürlich nicht, aber ... Ja, genau. Harley Jones ... Ja, der Harley Jones ... Das hoffe ich.«

Er sagt nichts mehr, also gehe ich davon aus, dass das Gespräch beendet ist. Eigentlich könnte ich jetzt zurück in die Küche gehen und dort auf ihn warten, aber ich will keine Geheimnisse vor ihm haben.

Also trete ich ein und mache die Tür hinter mir zu.

Harley sitzt auf der Bettkante, mit dem Rücken zu mir. Oben ohne. Seine Schultern und Rippen sind blau, außerdem erkenne ich leichte Kratzspuren auf seiner Haut. Das muss ich gewesen sein.

»Alles okay?«, frage ich.

Harley dreht sich ein wenig ertappt zu mir um. Er scheint gar nicht gehört zu haben, wie ich eingetreten bin. Sofort lächelt er, aber der besorgte Ausdruck in seinen Augen entgeht mir nicht. »Ja, alles in Ordnung«, sagt er. »Ich hab nur versucht Dylan zu erreichen, aber der ist gerade nicht zu sprechen. Ist wahrscheinlich ein gefragter Mann, jetzt wo er in Sekundenschnelle vom Sicherheitsvertreter zum Leiter einer Razzia wurde.«

»Ich wusste nicht, wem ich den Tipp sonst geben sollte«, sage ich und komme näher. »Jemand anders hätte sicher nicht so schnell gehandelt. Dylan ist ein Freund von dir.«

»War«, sagt Harley und legt den Arm um mich, als ich mich zu ihm setze und meinen Kopf an seine Schulter lege. Gemeinsam sehen wir ins Schneetreiben vor der Glasfront. »Er war ein Freund.«

»Du selektierst ziemlich genau, wen du in dein Leben lässt, was?«

»Ist besser so«, sagt Harley und drückt mir einen Kuss aufs Haar.

»Hättest du die Wahl gehabt, was mich angeht ...« Ich sehe zu ihm auf.

Harley lacht laut- und weitgehend humorlos, dann blickt er zu mir herunter. »Du weißt, wie ich mich dann entschieden hätte. Nicht, weil ich dich nicht liebe. Sondern weil ich dich liebe.«

Klar, das verstehe ich. Trotzdem verletzen mich seine Worte irgendwie. Er soll gefälligst um jeden Preis mit mir zusammen sein wollen.

»Meg«, sagt er und streicht mir eine Strähne aus der Stirn. »Dir ist klar, wie ernst ich es mit dir meine, oder?«

Ich zucke mit den Schultern, auch wenn es das eigentlich ist.

Harleys blaue Augen ruhen einen Moment lang auf mir, dann sagt er: »Du hast Luigi auf andere Art und Weise kennengelernt als ich. Als ich ihn zum ersten Mal traf, in seinem Haus, führte er mich in seinen Keller. Dort befand sich eine Frau, die Ehefrau eines Geschäftspartners, der ihm Geld schuldete. Sie war in Panik, offensichtlich misshandelt worden. Er erschoss sie, ohne mit der Wimper zu zucken, ehe ich auch nur verstand, was da passierte.«

Ich schlucke unmerklich, als Harleys Worte Bilder in meinem Kopf erzeugen. Brutale Bilder voller Blut. Ich wusste, dass Luigi skrupellos ist, aber für so schlimm hätte ich ihn nicht gehalten. Erst jetzt wird mir wirklich klar, worauf wir uns eingelassen haben. Dass wir uns mit einem Mörder angelegt haben.

Ich schließe die Augen, atme tief durch und spüre, wie er mir einen weiteren Kuss auf den Kopf haucht.

»Ich liebe dich«, sagt er dann, »und was man liebt, das schützt man. Und es wäre am sichersten für dich gewesen, wenn du kein Teil meines Lebens geworden wärst.«

»Simple Logik«, sage ich ein wenig bitter.

»Nein, alles andere als simpel. Und das weißt du auch.«

Ich mache die Augen auf und sehe ihn an. Sein Blick ruht immer noch auf mir und ich erkenne die Liebe, die darin liegt. Verdammt, ich weiß es doch. Ich weiß, wie unendlich viel ich ihm bedeute. Ich empfinde ja dasselbe für ihn.

»Eins kannst du mir glauben«, sagt er. »Auch wenn es unlogisch ist. Auch wenn es anders sicherer gewesen wäre. Ich bin froh, mit dir hier zu sein.«

Ich sehe ihn einen Moment lang einfach nur an, dann lächle ich und richte mich leicht auf, um ihn küssen zu können. »Ich bin auch froh«, erwidere ich und gebe mir einen Ruck. »Aber ich bin auch am verhungern. Gehen wir frühstücken. Aber zieh dir vorher was an, du Angeber.«

»Als wärst du so wild drauf«, sagt Harley und zwinkert mir zu.

Und auf einmal ist die finstere Stimmung verschwunden, als wäre sie bloß ein verblassender Traum gewesen.

***

MEGAN

Ich habe mir Moms Schaukelstuhl ans Fenster gezogen, mich in eine rosafarbene Fleecedecke gewickelt und sehe Harley und Dale zu, wie sie draußen herumtollen. Sie haben sich beide kleine Festungen aus Schnee gebaut, hinter denen sie sich verbergen und versuchen, sich gegenseitig abzuwerfen. Sowohl Dale als auch Harley sehen glücklich aus und ich bin froh, dass wir hier sind. Am liebsten würde ich da draußen mitmischen, aber so ganz kann ich mich der sorglosen Weihnachtsatmosphäre noch nicht hingeben.

Deshalb hole ich mein Handy hervor und gehe ins Internet. Unser Gespräch vorhin hat Fragen aufgeworfen. Wie soll es weitergehen? Werden Luigi und die anderen für längere Zeit weggesperrt werden, sodass wir uns ein neues Leben aufbauen können? Ich fürchte, diese Hoffnung ist naiv. Aber wer weiß? Während Harley und Dale draußen Spaß haben, checke ich die Newsseiten.

Ich gehe auf die Homepage der Daily News und finde eine kleine Schlagzeile am Rand. Eilig überfliege ich den Artikel. Im Großen und Ganzen werden die gestrigen Ereignisse zusammengefasst. Es wird erwähnt, dass es, nachdem ein anonymer Hinweis eingegangen war, eine Razzia im Ivory gab. Die Verantwortlichen beider Teams wurden daraufhin vorläufig festgenommen. Von Harley ist nicht die Rede. Die Leute werden davon ausgehen, dass er ebenfalls in Gewahrsam der Polizei ist. Nicht sehr gut für seinen Ruf, aber der sollte unsere kleinste Sorge sein.

Die nächste Newsseite aus Chicago hat eine schwarzrote Schlagzeile auf der Startseite platziert: Mafia, Drogen, Schlägereien – der Szene-Club Ivory im Fokus der Verbrecher!

Ich schüttle den Kopf und ärgere mich über diesen reißerischen Titel. Erst dann wird mir klar, dass ich die Sache früher genau so aufgebauscht hätte. Früher ... Noch vor einigen Wochen.

Es kommt mir ewig lange her vor, dass ich bei den Daily News als Journalistin gearbeitet habe. Es wirkt wie ein anderes Leben.

Ich klicke die Schlagzeile an und lese den Artikel. Er befasst sich eher mit dem Ivory als Treffpunkt für Kriminelle als mit der Razzia gestern Abend. Sie bildet nur den krönenden Abschluss des Artikels.

Ein paar weitere Klicks und mehrere Seiten später komme ich zu dem Schluss, dass sich die Polizei bedeckt hält und ich im Netz nur auf Halbwahrheiten und Mutmaßungen stoßen werde. Unsere zuverlässigste Quelle ist wahrscheinlich Dylan, auch wenn er sich offenbar gerade rar macht. Vielleicht will er uns auch nur nicht beunruhigen. Oder vielleicht ist es im

Moment auch einfach zu gefährlich, uns zu kontaktieren. Ob wir in eine Art Zeugenschutzprogramm kommen werden?

Eigentlich glaube ich das nicht. Obwohl die Zeitungen teilweise über die ›Mafia‹ schreiben, bin ich mir sicher, dass wir es bei Luigi und den anderen nur mit gewöhnlichen Kriminellen zu tun haben. Mit mordenden Kriminellen – schießt es mir durch den Kopf.

»Scheiße«, flüstere ich und wische mir durchs Gesicht.

Diese Männer sind gefährlich. Wahrscheinlich sollte ich hoffen, dass Dylan und die anderen Cops uns in den Zeugenschutz schicken.

Ehe ich diesen Gedanken vertiefen kann, öffnet sich die Terrassentür und Dale und Harley kommen lachend rein.

Dales Gesicht ist rot und er strahlt. »Ich habe ihn besiegt! Ich hab den Unbesiegten besiegt!«

»Scheint mir jetzt öfter zu passieren.« Harley tritt sich den Schnee von den Boots ab und kommt zu mir herüber.

Schnell lege ich das Handy beiseite und lächle zu ihm auf.

Harley küsst mich, dann mustert er mich plötzlich ernst. »Ist alles in Ordnung?«

»Aber klar doch.« Ich will ihn nicht anlügen, ich will mit meinen düsteren Gedanken aber auch nicht die Stimmung versauen. Also lenke ich kurzerhand ab. »Können wir morgen mit Mom einen Weihnachtsbaum besorgen?«

»Er muss mindestens fünf Meter sein!«, ruft Dale und reckt die Arme über den Kopf.

»Fünf Meter? Sollten wir hinkriegen.« Harley sieht sich grinsend um. »Wir legen ihn einfach quer ins Wohnzimmer.«

»Scheiße, nein«, protestiert Dale und dann flitzt er auch schon wieder nach draußen.

Ich sehe ihm nach und bin fasziniert von der Mischung aus kindlicher Unbeschwertheit und frühem Teenagergehabe, das sich bei ihm stetig abwechselt. Bald schon wird er ein Jugendlicher sein, der hoffentlich nicht allzu gern die Fäuste fliegen lässt.

»Scheiße, nein«, äfft Harley ihn nach. »Sally wird noch ihren Spaß kriegen mit ihm.« Damit lehnt er sich ans Fensterbrett und mustert mich erneut. »Worüber machst du dir Sorgen?«

»Worüber wohl?« Ich ziehe die Beine an, was angesichts des Schaukelstuhls keine leichte Angelegenheit ist, und verstaue sie unter der Decke.

»Hier sind wir erst mal sicher.«

»Erst mal, du sagst es.«

»Wir überlegen uns was, Meg. Das ist keine Dauerlösung hier. Wenn wir Glück haben, dann wandert Luigi ins Gefängnis und wir können sogar zurück nach Chicago.«

»Und wenn wir kein Glück haben?« Ich schüttle den Kopf. »Du und ich, wir kommen schon klar. Aber da sind auch noch Sally, Dale und meine Mom. Die drei sind hilflos.« Ich wundere mich selbst ein wenig über mein neu gewonnenes Selbstbewusstsein – anscheinend hat Megan Clark die Opferrolle ein für alle Mal abgelegt und ich wette, damit hat nicht nur Harleys Training, sondern auch die Tatsache zu tun, dass ich gerade erst meinen brutalen Ex aus eigener Kraft in die

Flucht geschlagen habe. An meiner Sorge um Mom und die zwei anderen ändert das jedoch nichts.

»Du musst keine Angst haben. Ich passe auf die drei auf. Ich werde keinen von euch jemals hängen lassen.« Harley geht um meinen Stuhl herum, legt mir die Hände auf die Schultern und beginnt sie sanft zu kneten. »Es wird alles gut werden. Entspann dich ein bisschen.«

Ich schließe die Augen und konzentriere mich voll und ganz auf Harleys Berührung. Auf seine starken Hände. »Und wenn sie dich ... wenn sie dir etwas tun?«

»Mach dir keine Sorgen. Ich sorge dafür, dass wir alle heil aus der Sache herauskommen.«

Harleys Worte sollten mich beruhigen, aber das tun sie nicht. Im Gegenteil. Da ist so ein finsterer Unterton in seiner Stimme, der alle Alarmglocken in mir schrillen lässt und mir gleichzeitig eine Sache umso klarer macht: Es ist noch nicht vorbei. Unser gemeinsamer Kampf ist noch nicht ausgestanden. Ich greife nach Harleys Hand und halte sie fest, während ich entschlossen nach draußen in den Schnee blicke. Was auch immer noch auf uns zukommt, ich werde an seiner Seite sein. Mit ihm für unsere Zukunft kämpfen. Egal, was auf uns zukommt – gemeinsam stehen wir es durch.

***

Doch in den nächsten Tagen zumindest bleibt alles ruhig. Harley schafft es am Morgen darauf, Dylan ans Telefon zu bekommen, der ihm erklärt, dass sein Dezernat schon länger Interesse an Luigi und seinen Schergen gehabt hätte und man die Jungs deswegen gerade gründlich durchleuchte. Das ist gut – je länger es dauert, bis sie wieder auf freien Fuß gesetzt werden, desto besser für uns. Und wer weiß, vielleicht findet man ja den entscheidenden Hinweis, der dafür sorgt, dass sie wirklich lange im Gefängnis bleiben.

Fürs Erste jedoch können wir uns ganz auf etwas konzentrieren, das ich die letzten Jahre über gar nicht genießen konnte: Weihnachten. Mit Russell war Weihnachten eine Zeit der Anspannung, mehr nicht. Über die Feiertage war er fast pausenlos zu Hause, und häufig kam uns auch noch seine Familie besuchen. Russells Verwandtschaft stammt aus dem ländlichen Kentucky und führt sich auch so auf. Seine Mutter ist eine fiese, selbstgefällige, alte Kuh, die Streitigkeiten und Ungerechtigkeiten einfach an sich vorüberziehen lässt, als ginge sie das alles nichts an. Sein Vater ist einer vom alten Schlag, wobei ich Schlag wörtlich meine, und Russell würde fast alles tun, um seinem Dad zu gefallen. Oft genug stand ich Weihnachten gestresst in der Küche und musste mir irgendwelche Beleidigungen anhören, und einmal hat mich Russell sogar vor seinen Eltern und Geschwistern geohrfeigt, wofür sein Vater ein zufriedenes Grinsen und seine Mom nur ein müdes Lächeln übrig hatte. Heute verstehe ich selbst nicht mehr, wie ich mir dieses Leben antun konnte. Es war wohl eine Mischung aus Angst und Selbstbetrug.

Aber das ist Vergangenheit, und dieses Jahr sieht alles anders aus. Und so freue ich mich richtig, als wir am zweiten Tag nach unserer Ankunft alle zusammen losziehen, um einen Baum zu kaufen. Zumindest denke ich, dass wir ihn kaufen, aber als Mom ihren robusten SUV – kaum zu glauben, dass sie einen solchen Wagen fährt! – nicht in Richtung des kleinen Stadtzentrums von Somerset, sondern stattdessen aus dem Ort hinaus steuert, werde ich stutzig.

Ich sitze neben ihr auf dem Beifahrersitz und blicke zweifelnd zu ihr herüber. Mit ihrer flauschigen creme-farbenen Wollmütze und den beinahe weißen Pony-fransen, die darunter hervorschauen, sieht sie wie eine moderne Großmutter aus. Ich frage mich unwillkür-lich, ob sie irgendwann ein Enkelkind von mir erwar-ten kann. Dann sehe ich zu Harley und stelle fest, dass er mich ebenfalls anblickt. Seine Augen sind nicht mehr stark geschwollen, nur noch blau umschattet und er sieht fast schon wieder so umwerfend gut aus wie bei unserem Kennenlernen. Ich mag seine markanten Züge und die sinnlichen Lippen. Und natürlich seine hellblauen Augen, die immer, wenn er in den Ring steigt, eisig kalt werden.

Er zwinkert mir zu. Mein Herz schlägt schneller und ich lächle ihn an. Dann kommt im Radio Frosty the Snowman und Dale bittet darum, dass wir das Lied lau-ter machen. Ja, er bittet darum. Wenn meine Mom an-wesend ist, ist er meist ziemlich höflich. Anscheinend hat er Respekt vor ihr.

Etwa eine halbe Stunde später, als wir irgendwo in der Wildnis halten, wird mir klar, was Mom vorhat. Schlagartig fühle ich mich in diesen alten Weihnachts-film versetzt, wie hieß der noch gleich ... Ach ja, Schöne Bescherung. Dort fährt die Familie ganz am Anfang raus in den Wald, um einen Weihnachtsbaum zu fällen und erlebt eine Menge Abenteuer, bis sie schließlich mit einem Ungetüm von Tanne zurückkehrt. Mom hat offenbar Ähnliches vor, denn sie holt aus dem Kofferraum ganz stolz eine Axt, die aussieht, als würde sich jeder Serienmörder die Finger danach lecken.

»Normalerweise hacke ich damit nur Kaminholz«, sagt sie stolz, »aber heute bekommt dieses Schätzchen mal richtig was zu tun.« Damit drückt sie Harley die Axt in die Hände. Bei ihm sieht sie gleich viel kleiner und zierlicher aus.

Er lacht. »Ma'am, Sie meinen, wir stehlen einen Baum?«

»Du bitte. Mein Name ist Patricia. Und es ist doch kein Diebstahl, etwas zu nehmen, das in der Natur einfach so wächst.«

»Doch, Mom, ich bin mir ziemlich sicher, dass man das nicht einfach so machen darf.«

»Wir müssen es ja nicht an die große Glocke hängen!« Mom sieht uns alle der Reihe nach an. »Nun kommt schon, Kinder, jetzt stellt euch mal nicht so an.«

Mit ihrem Tatendrang überzeugt sie uns schließlich alle, und als wir erst einen Baum gefunden haben, komme auch ich auf meine Kosten, denn natürlich ist Harley derjenige, der ihn fällt, und wie sich dabei seine Muskeln unter seiner abgewetzten Lederjacke spannen, ist ein Schauspiel für sich. Mein Gott. Kaum zu glauben, dass ein dermaßen heißer Typ mit mir zusammen ist. Nicht, dass Russell hässlich gewesen wäre – früher. Aber allein Harleys Körperbau ist ein Geschenk an die Frauenwelt. Er ist nicht nur groß und hat breite Schultern, sondern auch athletisch schmale Hüften und schlanke, muskulöse Beine, und all das wird dadurch perfekt in Szene gesetzt, dass sich Harley durch seinen Sport einfach zu bewegen weiß. Wie er mit der Axt ausholt. Wie er sie gekonnt auf den Stamm niedersausen lässt …

»Erde an Megan«, grinst mich Sally an und reißt mich dadurch aus meinen … Beobachtungen.

Ich blinzle perplex und sie lacht mich aus.

»Weißt du, wenn man den Kerlen zu deutlich zeigt, wie begeistert man von ihnen ist, dann werden sie eingebildet. Weiß ich aus eigener Erfahrung.«

»Dann war Scott also eingebildet?«, frage ich. Ich weiß mittlerweile, dass ich sie ruhig auf ihren verstorbenen Mann ansprechen kann. Sie scheint es manchmal sogar zu genießen, über ihn zu reden. Als wäre dadurch ein Stück von ihm wieder da.

»Er konnte ein ganz schöner Gockel sein«, sagt sie. »Klar, er sah ja auch ganz gut aus, das haben die Jones-Männer so an sich. Manchmal musste ich ihn schon zurück auf den Boden der Tatsachen holen.«

»Und wie hast du das gemacht?«

»Hab ihn auf seine schiefe Nase angesprochen. Hey Hakennase, komm mal wieder runter. Das hat geholfen.«

»Hmm«, sage ich und sehe herüber zu Harley, der gerade Dale und Mom mit sich zur Seite zieht, weil der Baum zu kippen beginnt. Bisher kann ich absolut keinen Makel an ihm ausmachen. Seine Nase ist nicht schief und auch sonst … Ich sehe wohl alles noch durch die rosarote Brille.

»Hach ja, ich glaube, ich muss mich auch mal wieder verlieben!« Damit geht Sally rüber zu ihrem Sohn und ich sehe ihr zufrieden hinterher. Ich bin froh, dass sie aus ihrer Trauer um Scott langsam herauszufinden scheint. Wer weiß, vielleicht findet sie ja hier in Somerset einen Mann, mit dem sie wieder glücklich werden kann.

Kaum ist der Baum gefällt, ziehen Harley und ich ihn gemeinsam durch den Wald bis zum Auto. Der Schnee macht es uns leicht, und als wir ihn auf dem Dach befestigt haben, stelle ich erleichtert fest, dass er nicht so riesig ist. Er hängt weder über die Windschutzscheibe noch schleift er hinten über den Boden, also wird er wohl auch ins Wohnzimmer passen.

Und wir haben Glück: Als wir ihn aufgestellt haben, macht er sich in Moms gemütlichem Zuhause richtig gut. Zwar nimmt er die komplette Ecke zwischen Kamin und Tür ein, aber dafür sieht er auch total prächtig aus. Ich helfe Mom, die Kartons mit dem Schmuck aus dem Keller zu holen, und dann passiert etwas, das mich ziemlich verblüfft: Dale besteht darauf, den Baum zu schmücken, und zwar ganz alleine. Und Mom besteht darauf, dass wir anderen ihr in der Zeit mit dem Abendessen helfen.

»Wir alle?«, ächzt Harley.

Ich grinse ihn an. »Da ist wohl jemand kein Meisterkoch.«

Er stöhnt, während er uns in die Küche folgt. »Du wirst dich noch wundern.«

Harley bekommt dann zum Glück keine schwere Aufgabe, sondern muss lediglich das Gemüse für den Salat schneiden. »Gut so?«, fragt er, nachdem er einen Eisbergsalat halbiert hat, »oder wollt ihr noch mundgerechtere Stücke?«

»Harley«, tadelt ihn Sally, die wie ich mit Kartoffelschälen beschäftigt ist.

»Was denn? Wir haben doch alle gesunde Zähne!«

Ich muss lachen und sehe zu, wie er den Salat schließlich doch noch klein schneidet. Er sieht dabei so konzentriert aus, als würde er die Weltformel zu berechnen versuchen.

Währenddessen schiebt Mom ein gefülltes Hähnchen in den Ofen und Sally und ich steuern scharf gewürzte Kartoffelecken bei, und als es im ganzen Haus schon lecker riecht, ruft Dale aus dem Wohnzimmer: »Fertig!«

Gespannt begeben wir uns alle zur Tür, nur um dann etwas zu erblicken, das ziemlich ... eigenwillig ist.

Der Baum ist im oberen Drittel mit einer bunten Lichterkette geschmückt, darunter folgt eine einfarbige und ganz unten kommt wieder eine bunte. Auf gewöhnliche Kugeln hat Dale verzichtet und sich dafür an Moms Vorrat von kleinen Hängefiguren bedient, die in erster Linie zum Einsatz kamen, als ich noch ein Kind war. So hängen in den Zweigen jetzt kunstvoll verzierte Rentiere, Schneemänner, Engel und Santas. Die Figuren hat Dale nach Farben sortiert, also hängen unten die überwiegend grünen, dann kommen die blauen, die roten, dann die weißen. Obenauf thront eine Spitze in Form einer Zuckerstange und ich wundere mich ein bisschen, denn ich wusste gar nicht, dass Mom so eine hat. Dann sehe ich jedoch, dass es sich dabei auch nicht um richtigen Baumschmuck, sondern um eine echte Zuckerstange handelt – fixiert mit grauem Isolierband.

»Das ist wirklich ein toller Baum, Schatz«, sagt Sally und kann sich hörbar das Lachen kaum verkneifen.

»Er ist wunderbar«, beschließt Mom, »der schönste in der ganzen Stadt!«

»Der schönste, den ich seit Jahren gesehen habe«, füge ich hinzu.

»Ich glaube, da hat sich gerade jemand ein Extraweihnachtsgeschenk verdient«, sagt schließlich Harley, und bei diesen Worten fängt Dale gleich an zu strahlen.

»Ich wusste, er gefällt euch!«

Wir essen alle gemeinsam und verbringen dann einen gemütlichen Abend am Kamin, wobei Harley und ich, als Sally und Dale im Bett sind, die Gelegenheit nutzen, Mom so weit wie nötig alles zu erzählen, was in der letzten Zeit geschehen ist. Einiges davon schockiert sie, anderes stimmt sie sehr nachdenklich und immer wieder betont sie, wie froh sie ist, dass wir jetzt hier sind und nicht mehr in Chicago.

Auch Harley und ich reden viel in der nächsten Zeit. In den ersten Wochen nach unserem Kennenlernen hatten wir eine Menge Geheimnisse voreinander. Ich konnte ihm zuerst nicht verraten, dass ich eine Journalistin und als solche auf ihn angesetzt worden war, und später wollte ich es nicht mehr, aus Angst ihn zu verlieren. Harley hingegen hat mir lange verheimlicht, dass er sich nicht freiwillig dem MMA verschrieben hat, sondern dazu gezwungen worden ist, um die Schulden zu begleichen, die sein Bruder, der bis zu seinem Tod als Sportmanager gearbeitet hat, bei Luigi gemacht hatte. Jetzt, endlich, berichtet er mir ausführlich davon, wie er sich dort verpflichten musste, wie er den Polizeidienst quittiert hat und dafür ein Jahr lang in ein geheimes Trainingslager in Italien ging, wo aus einem Mann mit mäßiger Boxerfahrung der Unbesiegte geformt wurde. Er erzählt von seinen ersten Kämpfen und davon, wie er manchmal nah dran war, anzufangen, sich selbst für unbesiegbar zu halten, nur weil es alle anderen taten. Und wie er gleichzeitig befürchtete, dass Sally und Dale etwas zustoßen könnte, wenn er seine Vereinbarung mit Luigi nicht einhielt, wenn er es nicht schaffte, einen Kampf zu gewinnen, den er wegen der Wettquoten unbedingt gewinnen musste, und so weiter.

Er erzählt auch, wie er sich gefühlt hat, nachdem ihn Luigis Leute unter Drogen gesetzt haben, damit er verliert, kurz nachdem er bei einem anderen Fight fast verloren hatte, weil sein Gegner gedopt gewesen war. Zu der Zeit kannten wir uns schon. Ich war schon rettungslos in ihn verliebt und habe live mit angesehen, wie sein Kontrahent, von den Steroiden vollkommen benebelt, seine Zähne in Harleys Körper grub, was zum Kampfabbruch führte.

Als wir eines Abends im Bett liegen, fahre ich behutsam über die kleine Narbe, die der Biss auf Harleys Oberarm hinterlassen hat.

»Zum Glück hat er nicht die tätowierte Seite erwischt«, sage ich schließlich leise.

»Das hätte man nachstechen können.«

Ich setze mich halb auf und betrachte die zahlreichen Motive, die sich von seiner Schulter über seinen gesamten rechten Arm ziehen. »Lässt du dir noch mehr stechen?«

»Vielleicht.«

»Mein Gesicht?«, scherze ich.

»Deinen Hintern. Ich will ja auch was davon haben.«

Ich muss lachen. »Du bist ein Idiot.« Dann gebe ich ihm einen Kuss.

»Entschuldige. Zu viele Kopftreffer.«

»Ja ja, faule Ausreden.« Ich kuschle mich wieder an ihn und ziehe die Decke über unsere Körper. Die Monatsmitte naht und es wird kälter und kälter. Weihnachten sind wir hier wahrscheinlich eingeschneit. Nicht, dass das schlimm wäre.

»Erzählst du mir, was es bei euch früher für Weihnachtsbräuche gab?«, frage ich und mache die Augen zu. »Habt ihr ... den Baum zusammengetreten oder so?«

Ich spüre, wie Harley lacht. »Wie kommst du denn auf so was?«

»Na ja, bei dir waren doch alle Kampfsportler.«

»Ja, aber keine Höhlenmenschen.«

Ich muss grinsen und würde gern seinen Gesichtsausdruck sehen, bin aber zu träge, um die Augen aufzumachen. »Erzähl schon«, sage ich.

Harley atmet tief durch. »Der Baum stand bei uns nicht drinnen, sondern im Garten«, fängt er dann an. »Dort konnten wir ihn besser, du weißt schon, kurz und klein schlagen. Einen Truthahn gab es bei uns nicht, stattdessen Eiweißshakes mit Truthahngeschmack. Und wenn wir die Geschenke verpackt haben ...«

Ich lausche dem Unsinn, den er da verzapft und muss immer wieder anfangen zu lachen. So lange, bis ich irgendwann einschlafe.

***

An einem Abend kurz nach dem dritten Advent sitzen wir wieder mal zusammen. Sally und Dale schlafen schon und um uns herum herrscht wunderbare, winterliche Stille. Der Kamin prasselt und ich lehne an

Harley, während Mom ihm allerlei Fragen über das Kämpfen stellt. Er hat einen Sandsack besorgt und den mit ihrer Erlaubnis in der Garage aufgehängt, wie er sagt, um sich fit zu halten. Ich glaube aber, dass mehr dahintersteckt. Sicher will er im Training bleiben, falls … Ja, falls was? Ich merke, wie mir langsam die Augen zufallen.

Dann dämmere ich weg und schrecke erst auf, als irgendwo ein Telefon schellt.

Sowohl Mom als auch Harley lachen über meinen alarmierten Gesichtsausdruck.

»Ist nur ein Telefon«, sagte Harley und drückt mich. »Vielleicht erinnerst du dich noch daran, aus unserer Zeit in der Stadt.«

»Ha ha.« Ich setze mich ein bisschen aufrechter hin und wische mir durchs Gesicht.

»Ich bin gleich wieder da.« Mom schält sich aus einer Patchwork-Decke und steht auf, um in die Küche zu gehen. »Clark?«, höre ich sie dann fragen.

Ein wenig gespannt sehe ich zur Küche hinüber. Vielleicht sind es ja Nachrichten für uns, aus Chicago.

»Nein. Hier ist Patricia. Patricia Clark. Wer spricht da, bitte?«

»Ich seh mal nach ihr.« Ich löse mich aus Harleys Umarmung und stehe auf. Erst jetzt spüre ich, dass sich mein Herzschlag nach meinem Aufschrecken nicht beruhigt hat. Irgendwie habe ich gerade ein verdammt schlechtes Gefühl. Journalistengespür hätte Dad es genannt, »Mom?«

»Hallo?«, fragt Mom und es führt nicht gerade dazu, dass ich mich besser fühle. Dann legt sie auf.

»Was ...« Ich räuspere mich. »Wer war das denn?«, frage ich so beiläufig ich kann und hoffe, dass niemand was von meiner plötzlichen Aufgewühltheit merkt. Es reicht, dass ich unter Strom stehe, da will ich niemanden mit reinziehen.

Ich höre Schritte und dann ist auch schon Harley bei uns und legt seinen Arm um mich. »Alles in Ordnung?«

»Das war nur jemand, der ... nach deinem Vater gefragt hat«, erklärt Mom an mich gewandt und mir fallen hundert Steine vom Herzen.

»Nach Dad?«

Mom nickt. »Der Kerl schien ziemlich betrunken zu sein, naja ... Vielleicht hat er einfach vergessen, dass Theo nicht mehr ist.«

»Mistkerl«, knurrt Harley.

Ich nehme Mom in die Arme, weil ich spüre, dass sie der Anruf aufgewühlt hat. Ich sage ihr nicht, dass ich nicht glaube, dass wirklich jemand mit Dad reden wollte. Man kennt solche Maschen doch aus dem Fernsehen. Einbrecher rufen bei älteren Menschen an, um herauszufinden, ob sie alleine sind oder womöglich ein Mann im Haus ist.

»Am besten nimmst du so spät abends gar nicht mehr den Hörer ab«, rate ich ihr.

»Du hast Recht, Kind.« Mom drückt mir einen Kuss auf die Wange und löst sich dann aus meiner Umarmung. »Legt euch schlafen. Wir reden morgen weiter.«

Kurz darauf lassen Harley und ich uns ins weiche Bett fallen und liegen eine Weile einfach nur schweigend da. Auch wenn mir der Anruf einen gehörigen Schreck eingejagt hat, war das wieder mal ein wunderschöner Abend. Mein letzter Gedanke ist, dass ich noch nie in

meinem Leben so glücklich war wie im Moment. Und
dass ich alles dafür tun würde, dass es für immer so
bleibt ...

KAPITEL 3

MEGAN

In der Nacht ist Neuschnee gefallen. Als ich die Augen öffne, erkenne ich, dass er sich bestimmt fünfzig Zentimeter hoch vor der Terrassentür türmt. An den Fenstern haben sich Eiskristalle gebildet und als ich ausatme, formen sich kleine Wölkchen vor meinem Gesicht. Ich ziehe die Decke enger um meine Schultern und kuschle mich näher an Harley. Es ist tierisch kalt im Zimmer und ich frage mich, wie viel Grad minus wir wohl haben.

Ich schließe die Augen wieder und versuche noch eine Runde zu schlafen. Schließlich steht heute nicht viel an. Wir Frauen wollen mit Dale Plätzchen backen und Harley hat das Vergnügen, noch ein paar Lichter ans Haus zu hängen. Ich bin froh, dass er dafür fit genug ist – aber sicher hängt das auch mit den Medikamenten zusammen, die er nach wie vor nimmt. Denn seine Blutergüsse und Schwellungen sind immer noch nicht ganz verschwunden.

Ich male mir aus, wie wir den Garten mit aufblasbaren Rentieren und einem Schneemann dekorieren. Langsam dämmere ich wieder weg und lausche dabei auf Harleys Atemzüge und den Windhauch, der durchs Zimmer weht.

Wind?

Ich setze mich auf und sehe mich hastig um. Wo kommt der Wind her?

Mein Blick schnellt zur Terrassentür, aber sie ist zu. Trotzdem stehe ich auf und rüttle an ihr. Wirklich verschlossen. Gut.

Mit nackten Füßen tappe ich weiter. Der Boden ist eisig und die Luft im Zimmer ist es auch. Ich gehe zum Fenster und es sieht ebenfalls verschlossen aus. Zumindest ist es nicht hochgeschoben. Als ich allerdings die Verriegelung prüfe, stelle ich fest, dass sie offen ist. Ich ziehe das Fenster runter bis in die Verankerung und lege den kleinen Haken um. Sofort hört der Wind auf, durch die Ritze zu pfeifen.

Haben wir gestern nach dem Lüften vergessen, es zu schließen?

Einen Moment lang stehe ich regungslos da und überlege. Gut möglich. Aber was ist, wenn nicht ...?

Ich gehe im Kopf die möglichen Gründe für das offene Fenster durch. Eigentlich gibt es nur eine, sofern wir es nicht offen gelassen haben.

Einen Eindringling.

Mein Puls schnellt in die Höhe, doch sofort wird mir klar, dass meine Theorie alles andere als wasserdicht ist.

Wenn es ein gewöhnlicher Einbrecher wäre, dann hätte er sich kaum einen der Räume für seinen Einstieg ausgewählt, in denen jemand schläft. Die Fenster im Erdgeschoss haben alle die gleiche Verriegelung, also hätte er auch genauso gut im Wohnzimmer einsteigen können, da wäre das Risiko, erwischt zu werden, geringer gewesen, als ein Schlafzimmer zu durchqueren, in dem ein ziemlich stark aussehender Mann im Bett liegt.

Gut, Szenario zwei. Es ist das schlimmere. Aber auch nicht viel wahrscheinlicher. Luigi oder einer seiner Handlanger haben uns entdeckt und sind ins Haus eingestiegen. Aber warum? Wenn sie das getan hätten, dann doch bestimmt, um uns zu töten, zu quälen oder zu entführen. Sie werden ja wohl kaum einfach einmal durchs Fenster klettern, sich vergewissern, dass wir tief und fest schlafen und dann wieder gehen. Da es sowohl Harley als auch mir gut geht, verwerfe ich diese Theorie also auch wieder.

Meine Nerven spielen im Moment einfach ein bisschen verrückt. Wahrscheinlich fange ich am Weihnachtsmorgen auch an, die Päckchen unter dem Baum nach Zeitzündern abzusuchen. Dabei sollte ich am besten einfach logisch denken, und das einzig Logische ist, dass wir den Riegel gestern Abend einfach nicht wieder umgelegt haben.

Trotzdem fordert mein Verstand noch einen letzten Beweis. Ich trete ganz nah an die Fensterscheibe heran und suche nach Fußspuren im Neuschnee. Als ich keine Abdrücke und nur ein paar Verwehungen sehe, reguliert sich mein Herzschlag endlich wieder.

»Also schön«, murmle ich und straffe die Schultern, wie es Harley mir beigebracht hat. Ich bin kein Schisser mehr, also sollte ich mich auch nicht mehr wie einer aufführen.

Mit einem letzten Blick zu Harley, der ruhig schläft und gleichmäßig atmet, verlasse ich das Schlafzimmer und gehe ins Bad, um mir eine heiße Dusche zu gönnen.

Als ich die Tür öffne, kann ich einen leisen Schrei nicht mehr unterdrücken. Ich presse mir die Hand vor den Mund und trete langsam ein.

»Oh, Harley«, wispere ich und gehe vor der Badewanne in die Hocke.

Davor liegt ein Zettel mit einer dunkelroten Rose darauf. Ich lese die kurze Botschaft und muss lächeln.

Guten Morgen, meine Süße!

Entspann dich.

Ich lasse den Blick nach oben wandern. Überall in der Wanne liegen Rosenblätter und auf dem Wannenrand stehen Teelichter und eine schwarz-violette Flasche mit Badelotion.

Ich drehe den Deckel auf, rieche daran. Magnolie mit einem Hauch von Veilchen und ... Kakaobohne? Es riecht himmlisch.

Langsam erhebe ich mich vom Boden und drehe das Wasser auf. Dann gebe ich einen Schuss des Badezusatzes hinzu und beginne damit, die Teelichter anzuzünden. Während das Wasser steigt, stelle ich die Rose in einen Zahnputzbecher und fange an mich auszuziehen.

Als die Wanne voll ist, lasse ich mich in das sanft duftende Wasser gleiten. Ich schließe die Augen, höre auf das Knistern des Schaums und spüre die Rosenblätter, die sich zart auf meinen Körper legen. Die Anspannung fällt jetzt vollkommen von mir ab.

Eine ganze Weile liege ich so da, während es im Haus lauter wird. Ich höre Dale herumtollen, Türen knallen und rieche den Duft von Kaffee, der zu mir ins Bad dringt. Alles ist so herrlich normal.

Am liebsten würde ich jetzt ein Buch lesen, irgendeine leichte Geschichte über –

Ein Knall lässt mich aus der Wanne hochfahren. Schnell blicke ich in Richtung Fenster und sehe gerade noch einen Schatten verschwinden.

Mein Gott, irgendjemand ist hier! Jemand hat mich beobachtet!

Mein Herz rast wie verrückt und ich falle fast, als ich versuche, aus der Wanne zu kommen und gleichzeitig meinen Bademantel vom Haken zu nehmen. Hastig ziehe ich ihn über und rase nach draußen und in unser Schlafzimmer. Die Tür ist nur angelehnt und ich stoße sie auf.

»Harley!«

Doch er liegt nicht mehr im Bett. Das Laken ist zerwühlt und die Verandatür steht sperrangelweit auf. Dicke Flocken werden vom Wind ins Innere getragen.

Sie haben ihn, schießt es mir durch den Kopf. Jetzt haben sie ihn!

Ich stürme zu Terrasse und nach draußen. Der Schnee ist aufgewühlt, überall sind Abdrücke zu sehen. Harley muss sich gewehrt haben und trotzdem haben sie es geschafft.

»Harley!!« Ich weiß nicht, ob ich nach links oder rechts laufen soll oder in Richtung Wald. Der frische Schnee ist eiskalt an meinen nackten Füßen, aber das stört mich jetzt nicht. Für mich gibt es nur eins: Ich muss Harley finden, bevor sie ihn was weiß ich wohin verschleppen!

Ich entscheide mich spontan für links, die Richtung, in der auch das Bad liegt. Wahrscheinlich hat Harley gegens Fenster geklopft, um auf sich aufmerksam zu machen. Ich renne, so schnell ich kann, durch den hohen Schnee. Mein Atem geht stoßweise und meine Lungen schmerzen von der Kälte.

»Harley!!«

Plötzlich trifft mich etwas von vorne im Gesicht und lässt mich straucheln. Ich falle rücklings in den Schnee.

Dann werde ich von hinten gepackt und in die Höhe gezerrt.

»Treffer!«, ruft jemand.

Ich reagiere instinktiv und ramme meinen Ellbogen nach hinten.

Jemand keucht. Es ist Harley.

»Meg! Meg, alles okay?!«

Ich fahre herum und sehe, dass Harley hinter mir steht. In seinem Blick steht Sorge.

»Hab dich getroffen, Megan!«, ruft jemand und endlich lichtet sich mein Verstand.

Es ist Dale.

Ich drehe den Kopf und entdecke ihn, wie er auf uns zu eilt. Die Hände voller Schnee, bereit mir eine zweite Ladung zu verpassen.

»Dale, jetzt nicht«, sagt Harley ruhig, aber bestimmt. »Geh rein, ich komme gleich nach.«

Dale mustert erst ihn und dann mich kurz fragend, dann lässt er den Schnee fallen und läuft ohne ein weiteres Wort ums Haus herum und hinein.

»Megan, was suchst du hier draußen? Nur im Bademantel und –«

Ich starre Harley an, während mir schmelzender Schnee in den Kragen läuft. Die eisige Kälte spüre ich in diesem Moment gar nicht. »Sag mal, spinnt ihr eigentlich?«, frage ich und höre selbst, wie zornig meine

Stimme klingt. Ich mache mich von Harley los und verschränke die Arme vor der Brust, wobei er mich befremdet mustert.

»Was hast du denn? Ist etwas passiert?«

»Ob was passiert ist?« Ich lache ungläubig. »Ist das 'ne ernst gemeinte Frage?«

»Na ja, offensichtlich.« Harley hebt ziemlich ratlos die Schultern.

»Ihr zwei Idioten habt mich zu Tode erschreckt!«, fahre ich ihn an, dann deute ich aufs Badezimmerfenster, auf dem ein pudriger weißer Abdruck zu erkennen ist. Was mich aus der Wanne gejagt hat, war also ein Schneeball, klar. »Ich wollte in aller Ruhe ein Bad nehmen, als ich plötzlich diesen Knall gehört habe. Und dann warst du nicht mehr im Schlafzimmer und die Tür stand offen, und –«

»Und?« Harley sieht mir fest in die Augen.

»Was wohl?! Ich dachte natürlich gleich, dass sie sich dich geschnappt haben! Dass sie dich entführt haben, um sich an dir zu rächen!«

Einen weiteren Augenblick lang sieht Harley mich einfach nur an. Dann schüttelt er den Kopf, dreht sich weg und macht ein paar Schritte durch den Schnee.

»Was?!«, frage ich gereizt.

»Das hier ist kein Gangsterfilm, Megan.«

Ich lache ungläubig. »Sagt der Mann, der sich mit der Mafia eingelassen hat, ja?«

»Ja, aber die Mafia ist nicht hier, okay?« Harley dreht sich zu mir um. »Wir sind hier irgendwo in der Einöde, 400 Meilen von Chicago entfernt, und Luigi und die anderen sitzen in Untersuchungshaft!«

»Woher willst du wissen, dass sie nicht entlassen wurden?«

»Dylan würde mir Bescheid sagen, das ist doch klar!«

»Was bist du denn jetzt bitte so sauer?« Ich mustere ihn verständnislos.

»Ich bin nicht sauer«, erwidert er, doch sein Tonfall straft seine Worte Lügen. »Ich verstehe nur nicht, dass du dich nicht beruhigen kannst! Es wird noch alles hart genug werden, wenn Luigi und seinen Leuten der Prozess gemacht wird und wir aussagen müssen, okay? Wie willst du das durchstehen, wenn du schon wegen ein paar Schneebällen ausrastest?«

Ich mustere ihn ein wenig fassungslos. »Entschuldige, dass ich nicht von einem Tag auf den anderen tun kann, als wäre alles toll und normal, nur weil ...«

»Gott, darum geht es doch gar nicht, Meg! Es geht nicht darum, irgendwie zu tun und erst recht nicht darum, dass wir alle hier einander irgendwas vorspielen! Aber im Moment ist es ziemlich normal, es besteht hier draußen nicht die geringste Gefahr, und wir sollten uns das nicht durch irgendwelche unbegründeten Ängste kaputtmachen! Es ist alles gut, kannst du das nicht einfach mal hinnehmen?«

Ich schlucke unmerklich. Irgendwie verletzen mich seine Worte, und zudem kommen sie mir gerade ziemlich ungerecht vor. Hätte er sich an meiner Stelle denn nicht erschrocken? Wenn das Fenster offen gestanden hätte, dann dieser Knall ertönt und ich anschließend auch noch weg gewesen wäre? Von dem Fenster habe ich ihm, wie mir in diesem Moment einfällt, gar nichts erzählt. Aber das werde ich jetzt sicher auch nicht tun.

Auf einmal komme ich mir, wie ich hier in meinem Bademantel im Schnee stehe, reichlich lächerlich vor, und das macht mich nur noch wütender. Weil Harley dafür gesorgt hat, dass ich mich albern fühle.

»Tut mir leid, wenn ich euch die Stimmung verdorben habe«, sage ich eisig. »Wenn du in Zukunft plötzlich aus dem Bett verschwindest, mach ich mir keine Sorgen mehr, versprochen. Und jetzt entschuldige mich, ich brauch eine heiße Dusche!«

Damit wende ich mich ab und stapfe ins Haus. Harley sagt noch meinen Namen, aber er macht keine Anstalten mir zu folgen, und ich bin auch froh darüber. Soll er mir doch gestohlen bleiben!

***

HARLEY

Mein erster Impuls ist es, Megan zu folgen, aber dann lasse ich sie gehen. Sie soll sich erst mal beruhigen und das wird sie nicht, wenn ich ihr weiter einzureden versuche, dass alles in bester Ordnung ist. Im Grunde genommen wissen wir es ja beide besser. Wir haben keine Ahnung, wie groß die Organisation, für die Luigi arbeitet, wirklich ist. Vielleicht ist er der Kopf der Bande und alles steht still, solange er in U-Haft ist. Möglicherweise haben wir aber auch irgendeinen Boss weiter oben in der Hierarchie verärgert und müssen jetzt erst recht mit Problemen rechnen.

Das Gute ist, dass wir hier im abgelegenen Wisconsin tatsächlich ein gutes Versteck haben. Aber die Mafia hat schon Leute aufgespürt, die nach Südamerika oder Asien geflohen sind. Aus meinem früheren Job bei der Polizei weiß ich, wie vernetzt das organisierte Verbrechen ist. Wer weiß? Vielleicht betreibt irgendjemand hier im Hinterland heimlich eine Meth-Küche und hat zufällig ein paar Kunden in Chicago, und schon haben wir eine Verbindung zu Luigi, der ja offenbar auch mit verbotenen Substanzen zu tun hat ...

Ich stecke die Hände in meine Taschen und gehe langsam in Richtung Haus, ohne eigentlich dort rein zu wollen. Hier draußen, in der kalten Luft, kann ich klarer denken, und das ist von Vorteil, denn die verdammten Tabletten machen es mir schon schwer genug. Seit der Kampfnacht habe ich öfter das Gefühl, dass ich etwas nicht mitbekomme oder dass mir einfache Zusammenhänge entgehen. Laut den Ärzten im Krankenhaus soll ich das ganze Zeug für mindestens 3 Wochen nehmen und mich dann bei einer Praxis irgendwo hier auf dem Land noch mal vorstellen. Wenn die 3 Wochen rum sind, haben wir Weihnachten.

Ich setze mich auf die Verandastufen und blicke Richtung Wald. Dort, zwischen den dichten, dunklen Bäumen, könnte sich ziemlich gut jemand verstecken. Uns beobachten. Im passenden Moment zuschlagen ...

Aber wie wahrscheinlich ist es, dass das in der nächsten Zeit passiert? Selbst wenn Luigi und seine Leute freikommen, haben sie sicher erst einmal eine Menge in Chicago zu erledigen. Im Moment bleibt vermutlich viel Geschäftliches liegen, außerdem müssen sie irgendwie ihr Image und das des Ivory retten. An Rache werden sie mit großer Wahrscheinlichkeit erst später denken. Und sollten sie es schaffen, uns aufzuspüren, dann werden sie auch herkommen, klar. Wie ich aus eigener Erfahrung weiß, ist Luigi niemand, der sich vorführen lässt.

Doch selbst wenn das passieren sollte, müssten sie ja unauffällig vorgehen. Das heißt, sie können nicht mit einem voll ausgerüsteten Erschießungskommando hier auftauchen. Wir sind ja keine Gangster, sondern mit der Polizei in Kontakt, und würde man uns einfach niedermähen, wäre gleich klar, wer dahintersteckt. Außerdem gibt es in Kleinstädten immer Zeugen.

Wenn, dann würden sie uns also vermutlich ein paar Mann vorbeischicken, und es ist nicht so, dass ich auf so etwas nicht vorbereitet wäre. Megan weiß nichts davon, sie soll erstmal runterkommen, aber ich habe vor unserer Abfahrt, als wir eilig ein paar Sachen aus unseren Wohnungen holen konnten, die Schrotflinte mitgenommen, die mir mein Vater vermacht hat, ehe ihm die Boxerdemenz den letzten Rest seiner Persönlichkeit nahm. Sie ist jetzt unter unserem Bett verstaut, geladen und einsatzbereit. Außerdem habe ich eine kleine Neunmillimeter eingepackt, die jetzt auf einem der Küchenschränke versteckt ist und auf ihren Einsatz wartet. Zudem wird Patricias Haus bald mit einem umfassenden Alarmsystem ausgestattet, das ich schon bestellt habe. Jetzt, wo ich meine Kampfprämien nicht mehr brauche, um die Schulden meines Bruders abzubezahlen, erschien mir das als die bestmögliche Investition und Megans Mutter hatte keine Bedenken. Zu guter Letzt trainiere ich am Sandsack, wann immer es geht. Ich muss fit bleiben, meine Reflexe wach halten.

Trotz der Medikamente. Die Menschen, die in diesem Haus leben, sind meine Familie und ich werde alles tun, was in meiner Macht steht, damit sie von nun an in Sicherheit sind.

***

MEGAN

Ich durchquere das Schlafzimmer und will eigentlich auf direktem Weg zurück ins Bad, doch als ich den Kaffeeduft rieche, überlege ich es mir anders, und als mir klar wird, dass ich, um zu duschen, erst mal das kalte Badewasser und die klebrigen Rosenblätter loswerden muss, erst recht. Ich gehe also zurück ins Schlafzimmer – immer noch kein Harley –, schnappe mir ein Paar dicke Socken, ziehe den Bademantel enger um meinen Körper und gehe dann erst mal in die Küche, wo Sally und Mom an der Theke sitzen und Dale aufgekratzt umherläuft.

»Kann ich wieder raus zu Onkel Harley?«, fragt er hoffnungsvoll, kaum dass ich reinkomme.

»Ja, er wartet auf dich«, sage ich, um einen freundlichen Ton bemüht. Dale kann ja nichts für unseren Streit.

Jubelnd läuft er hinaus, aber meiner Mutter ist offenbar nicht entgangen, dass meine Stimmung nicht die allerbeste ist.

»Männer«, sagt sie mit einem leichten Schmunzeln, während sie mir eine Tasse Kaffee eingießt. »Die können einen schon um den Verstand bringen, nicht?«

»Und dabei tun sie ganz gerne mal, als hätten wir gar nicht erst einen«, fügt Sally hinzu.

Ich seufze, setze mich und ziehe mir die Tasse heran. »Ich beneide euch ja fast um eure Erfahrung. Ihr seid so abgeklärt. Ich bin in 2 Jahren 30 und habe das Gefühl, dass Harley der erste wirkliche Mann ist, mit dem ich es zu tun bekomme.«

»Nun, diesen Idioten von Russell, mit dem du so lange zusammen warst, kannst du ja wohl auch kaum mitzählen«, erwidert Mom.

Ich verziehe das Gesicht. Rückblickend betrachtet kam er mir doch ziemlich männlich vor.

»Was war das für ein Typ?«, fragt Sally.

»Jemand, der nicht allzu gut für Megan war«, sagt Mom ausweichend, vermutlich, weil sie nicht weiß, ob mir die Wahrheit vor Sally unangenehm ist. Aber das ist sie nicht, nicht mehr, dafür habe ich mich in den vergangenen Wochen viel zu sehr verändert.

»Er hat mich geschlagen«, sage ich und sehe Harleys Schwägerin dabei fest an. »Er war Barkeeper und am Anfang ein ziemlicher Traummann, aber es wurde schlimmer und schlimmer. Er trank zu viel und wollte die volle Kontrolle über mich und mein Leben. Dauernd warf er mir vor, fremdzugehen oder sonst irgendetwas zu tun, das ihm nicht passte. Am Ende stieß er mich eine Treppe hinunter. Ich brach mir den Schädel und einiges mehr, aber das interessierte ihn nicht. Er ließ mich einfach liegen und verließ das Haus. Ich konnte gerade noch den Notarzt rufen. Dann wurde ich bewusstlos und wachte 3 Tage später im Krankenhaus wieder auf.«

Sally sieht mich entsetzt an. Mom rührt in ihrem Kaffee und starrt in die Tasse, als hätte sie dort etwas ziemlich Interessantes entdeckt. Ich weiß, dass es sie schmerzt, dass sie mich aus dieser Beziehung nicht hat befreien können. Aber ich habe nichts dergleichen zugelassen. Habe mich an die Beziehung zu Russell geklammert, weil ich immer glaubte, dass ich ihn zähmen, ihn in den Griff bekommen könnte, und dass wir dann glücklich sein würden. Im Endeffekt wollte ich mir einfach nicht eingestehen, dass ich mich von ihm zum Opfer hatte machen lassen. Ich wollte kein Opfer sein, dabei war ich längst eins.

»Wie ruhig du davon erzählst«, sagt Sally. »Das ist echt bewundernswert, Meg.«

Obwohl ich wegen meines Streits mit Harley immer noch finsterer Stimmung bin, ringe ich mir ein Lächeln ab. »Es ist vorbei. Ich lebe noch. Und es sieht ja alles danach aus, als hätte ich jetzt einen anständigen Kerl erwischt.« Ich trinke einen Schluck Kaffee und füge dann hinzu: »Wenn er auch ein verdammter Sturkopf ist.«

»Genau wie du«, sagt Mom schmunzelnd.

Wenn auch ungern, muss ich ihr zustimmen. Nicht zuletzt war es ja auch meine Sturheit, meine Weigerung aufzugeben, die mich so lange bei Russell gehalten hat. Und die auch dafür gesorgt hat, dass Harley und ich jetzt ein Paar sind. Fakt ist, dass er mich zuerst nicht in seiner Nähe wollte. Aber ich habe nicht lockergelassen. Mach ich nie. Ja, ich bin möglicherweise ebenfalls stur. ... Habe ich vorhin nicht vielleicht wirklich ein bisschen überreagiert?

»Ich mach mir ein Sandwich«, sagt Sally und steht auf. »Möchte noch jemand eins?«

»Ich muss eben zu den Fletchers, Eier besorgen. Sie haben 15 Hühner und mir die gesamte heutige Ausbeute zugesagt.« Mom lächelt, dann steht sie auf und verlässt die Küche.

Ich lehne das Sandwich dankend ab und leere meinen Kaffee, dann stehe ich auf. »Ich gehe ins Bad und mache mich fertig fürs Backen.«

Mit einem Lächeln, das mir ein wenig gezwungen vorkommt, verlasse ich die Küche. Es fühlt sich gar nicht gut an, dass ich mich mit Harley gestritten habe. Denn auch wenn wir natürlich schon vorher aneinandergeraten sind, ist das hier eigentlich unser erster richtiger Streit. Der erste, seit wir ein Paar, seit wir wirklich zusammen sind. Ich weiß, so etwas gehört dazu. Trotzdem fühlt es sich nicht gut an und ich weiß, dass ich zu einem guten Teil dafür verantwortlich bin.

Angenervt von mir selbst schließe ich die Badezimmertür hinter mir, ziehe den Stöpsel aus der Wanne und fange an, die Rosenblätter aus dem abfließenden Wasser zu klauben. Dann werfe ich sie gemeinsam mit den Teelichtern in den Müll. Anschließend ziehe ich den Bademantel aus und steige endlich unter die heiße Dusche. Das Wasser fühlt sich gut an auf meiner Haut und es schafft, was mir selbst bisher nicht gelungen ist: Es beruhigt mich. Plötzlich wird mir klar, dass ich mich vorhin einfach nur echt bescheuert angestellt habe. Beginnen wir mal mit dem Fenster: Ja, es war offen, obwohl ich mir sicher gewesen bin, dass wir es abends geschlossen hatten. Aber manchmal vertut man sich mit so was einfach, vor allem bei routinierten Vorgängen.

Oder Harley hat das Fenster einfach irgendwann nachts aufgemacht, weil ihm warm war.

Dann die Sache mit dem Knall, als ich in der Wanne lag. Würden Luigis Leute versuchen, Harley zu entführen, würde er sicher nicht vor eine Scheibe klopfen, um darauf aufmerksam zu machen. Ihm würde etwas Effektiveres einfallen als das. Und schließlich meine Panik, als mich der Schneeball erwischt hat ... Eigentlich habe ich die Nässe und Kälte des Wurfgeschosses ja direkt gespürt. Die Chicagoer Mafia würde mich, wenn sie hier auftauchen sollte, aber sicher nicht mit Schnee bewerfen.

Ich seufze. Ich habe überreagiert, und zwar von vorne bis hinten. Und das nur, weil ich es einfach nicht schaffe, in solchen Situationen etwas rationaler zu sein. Es ist, wie Harley gesagt hat: Ich sollte nicht aus jeder Mücke gleich einen Elefanten machen.

Gleich, wenn ich aus der Dusche komme, werde ich ...

Ich spüre einen Lufthauch und widerstehe dem Drang, mich direkt umzudrehen. In einem Haus, mitten im Winter, gibt es schon mal kühle Luft. Das muss ja nicht gleich etwas bedeuten. Aber was, wenn jemand ins Badezimmer gekommen ist ... jemand, der sich hier versteckt, seit er irgendwann in der Nacht durchs Fenster eingedrungen ist ...?

Nein, Schluss. Habe ich mir nicht gerade etwas vorgenommen?

Ich schließe die Augen und konzentriere mich ganz auf das warme Wasser, das in beruhigend gleichmäßigem Rhythmus auf mich niederprasselt. Es ist alles okay, sage ich mir. Es ist alles in bester Ordnung ...

Und dann höre ich ein leises Rascheln und realisiere, dass es der Duschvorhang ist, der beiseite geschoben wird. Doch ehe ich auch nur dazu komme, mich umzudrehen, umschließen mich plötzlich starke Arme von hinten und mir bleibt eine Sekunde lang die Luft weg. Genau so lange, bis ich an mir hinunterblicke und anhand der vielen Tattoos erkenne, wem diese Arme gehören.

»Hier versteckst du dich also, Drama Queen«, sagt Harley leise und ich erschauere beim vertraut-aufregenden Klang seiner Stimme.

Unmerklich muss ich lächeln. Er ist also bereits nicht mehr sauer. Gut zu wissen.

»Schneeballschlachten am Morgen sind wohl einfach nicht so mein Ding«, sage ich leise und lege meine Hände auf seine kräftigen Unterarme. Meine Finger ertasten die Muskelstränge, die sich von dort bis zu seinen Händen ziehen. Ich liebe seinen Körper. Alles an ihm wirkt so unerschütterlich. Ich schließe die Augen und lehne mich an ihn. Erneut knistert der Duschvorhang, jetzt in Harleys Rücken. Die Wanne ist ein wenig zu schmal für uns beide.

»Ich würde ja drauf verzichten, aber wenn ich mich nicht fit halte, werde ich bald fett und unförmig bei dem ganzen Essen hier, verstehst du?« Harley haucht mir einen Kuss auf die Schulter.

Ich lache, dann drehe ich mich zu ihm um und schlinge die Arme um seinen Hals. Natürlich ist er, genau wie ich, nackt und es entfacht ein leises Kribbeln in mir, seine Männlichkeit so dicht an meinem Körper zu spüren. Ich blicke zu ihm auf, in sein vom Wasser feuchtes Gesicht und auf sein nasses dunkles Haar, dann lehne ich meinen Kopf an seine Brust und lausche seinem regelmäßigen Herzschlag. »Tut mir leid, dass ich so überreagiert habe«, sage ich leise.

»Muss es nicht«, erwidert Harley und streichelt mit den Fingern sanft über meinen Rücken, hinauf zu meinem Nacken, dann hinunter, bis seine Fingerspitzen über meinen Po gleiten ... »Du hast eine harte Zeit hinter dir, aber du musst jetzt einfach versuchen, dich zu entspannen. Runterzukommen. Verstehst du?«

»Ich verstehe«, flüstere ich und gebe Harley einen Kuss aufs Schlüsselbein. Dann mache ich die Augen zu und konzentriere mich ganz auf seine Berührung. Auf seine Finger, die wieder ein Stück an meinem Rücken hinaufwandern, nur um anschließend erneut über meine Pobacken zu kreisen. Ich bekomme eine Gänsehaut und drücke mich sacht gegen ihn.

Harley löst sich ein wenig von mir, aber nur, um mein Kinn anzuheben und mich dann leidenschaftlich zu küssen. Wie jedes Mal raubt mir seine Nähe den Atem, nur dass es sich nach unserem hässlichen Streit vorhin jetzt noch besser anfühlt, ihn so nah bei mir zu haben. Ich erwidere seinen Kuss, greife in sein kurzes nasses Haar und wehre mich nicht, als seine Finger von hinten zwischen meine Schenkel gleiten, um mit sanftem Druck über meine Scham zu streicheln.

Sofort reagiert mein Körper auf ihn. Mein Atem beschleunigt sich unwillkürlich, meine Nippel werden hart und ein vorfreudiges Pochen erfüllt meinen Unterleib. Ich stelle mich auf die Zehenspitzen und reibe mich spielerisch an Harley, wobei ich zufrieden feststelle, dass er bereits ziemlich hart ist.

Seine Finger streicheln erneut über meine Mitte, gleiten dabei sacht zwischen meine Schamlippen und ich keuche: »... Das hast du also mit der Rose und dem ganzen Aufwand bezweckt, hm ...?« Spielerisch beiße ich ihm in den Hals.

»Rose?«, fragt er, wobei seine Stimme ziemlich rau klingt und seine Finger beginnen, über meine empfindlichste Stelle zu kreisen.

Ich lache leise und atemlos. Anscheinend vernebelt die Lust bereits seine Sinne. »Die Rose, die Teelichter, die kleine Notiz ...« Ich muss zu Luft kommen, ehe ich den Satz beenden kann. Gott, was er da tut, fühlt sich so gut an. »Du weißt schon ... alles, was du hier im Bad für mich hergerichtet hast ...«

Harley hält in der Bewegung inne.

Ich blicke zu ihm auf und stelle fest, dass er mich entgeistert anstarrt.

»Was ...?«, frage ich heiser.

Aber Harley gibt mir keine Antwort. Er löst sich so plötzlich von mir, wie er mich überfallen hat, und ehe ich auch nur verstehe, was Sache ist, ist er auch schon aus der Wanne gestiegen.

»Harley.« Ich stelle die Brause ab und schnappe mir mein Handtuch, wobei ich beobachte, wie er sich hastig etwas überzieht. »Harley, sieh mich an.«

Er blickt zu mir herüber. Seine Augen brennen förmlich.

»Die Rose«, sage ich gefasster, als ich mich in diesem Augenblick fühle. »Sie war nicht von dir, oder?«

Harley gibt mir keine Antwort. »Zieh dich an«, sagt er stattdessen, und dann stürmt er auch schon, nur mit

Jeans bekleidet, die an seiner feuchten Haut kleben, aus dem Bad.

Ich schalte auf Autopilot. Reagiere komischerweise ganz anders als heute Morgen. Anstatt in Panik zu geraten, wickle ich mir ein Handtuch um und eile hinüber ins Schlafzimmer, wo ich in Unterwäsche, eine bequeme Hose und ein weites Sweatshirt schlüpfe, damit ich Bewegungsfreiheit habe. Währenddessen höre ich, wie Harley durchs Haus läuft, sämtliche Fenster öffnet und sie dann wieder schließt und verriegelt. Wahrscheinlich sucht er nach Einbruchspuren. Außerdem öffnet er Schränke und sieht sicher auch unter Betten und hinter Sitzmöbeln nach.

»Harley!« Ich laufe raus und finde ihn in dem Zimmer, das sich Sally und Dale teilen – dem früheren Billardraum meines Vaters. »Als ich heute Morgen aufgewacht bin, stand das Fenster bei uns offen!«

Harley, der gerade drauf und dran war, das Zimmer zu verlassen, bleibt vor mir stehen und sieht mich alarmiert an. »Das Fenster im Schlafzimmer?«

Ich nicke. »Ich dachte, du hast es aufgemacht, oder ...«

»Bleib dicht bei mir.« Harley schiebt mich zur Seite und tritt zurück in den Flur, um seine Inspektion fortzusetzen. Ich folge ihm, und während wir uns schnellen Schrittes in den Vorderbereich des Hauses vorarbeiten, scheint auch Sally zu merken, dass hier was nicht stimmt. Sie kommt uns entgegen, aber ehe sie eine Frage stellen kann, weist Harley sie auch schon an, Dale ins Haus zu holen.

»Was ist denn los?«, fragt sie.

»Heute Morgen hat mir jemand eine Rose und Teelichter ins Bad gelegt, zusammen mit einer kleinen Notiz«, erkläre ich in aller Eile. »Jemand, der nicht Harley war.«

Sally wird ein wenig blass und verschwindet, um ihren Sohn in Sicherheit zu bringen.

»Was für eine Notiz?«, will Harley wissen, als er aus dem Gästebad kommt.

»Da stand ...« Ich überlege kurz. »Guten Morgen, Süße, entspann dich. Oder so ähnlich.«

Harleys Blick verfinstert sich abermals, dann geht er ins Wohnzimmer und kontrolliert auch dort alle Fenster. Währenddessen kommt Sally mit Dale wieder rein.

»Haben die echt einen Schneesturm angesagt?«, fragt er aufgeregt.

Sally sieht uns beide beschwörend an. Klar. Sie will nicht, dass ihr Kind Angst vor irgendwelchen Bösewichten hat. Nicht schon wieder.

»Oh, ja, haben sie«, hake ich ein. »Die haben wir hier in Wisconsin von Zeit zu Zeit!«

»Total cool«, freut sich Dale, »vielleicht werden wir so richtig eingeschneit!«

»Gibt's einen Keller?«, fragt Harley, als er von seiner Inspektion der Küchenfenster wiederkommt. »... Wo wir uns vor dem Sturm schützen könnten.«

Natürlich ist allen anwesenden Erwachsenen klar, worauf seine Frage eigentlich abzieht: Er will wissen, ob es ein Untergeschoss mit weiteren Fenstern oder Türen ins Freie gibt. Während ich ihm erkläre, dass das nicht der Fall ist, schließe ich die Vordertür ab. Sicher ist sicher.

»Okay«, sagt Harley und wendet sich Sally zu. »Ihr zwei, seht mal im Vorratsraum nach, ob ihr Kerzen findet.«

Sally nickt und nimmt Dale mit sich, und kaum sind die beiden verschwunden, wendet sich Harley mir zu. »Okay, nur damit ich das richtig verstehe. Heute Morgen war das Fenster im Schlafzimmer auf, und als du raus bist, hast du im Bad eine Notiz, eine Rose und ...«

»Und eine hergerichtete Badewanne gefunden«, vervollständige ich.

»War schon Wasser darin und wenn ja, wie warm ist es gewesen?«

»Es war keins darin«, erwidere ich und stelle zugleich fest, dass ich hier gerade eine Vorstellung des alten Harley bekomme. Des Mannes, der ein Cop gewesen ist, ehe er ein Kämpfer wurde.

»Die Notiz«, sagt er, »ist die noch irgendwo?«

»Im Badezimmermüll.«

»Hast du die Schrift darauf erkannt?«

Ich runzle die Stirn, überlege – und dann fällt mir etwas ein, das mir gleich hätte komisch vorkommen müssen. »Nein«, sage ich. »Das waren große Druckbuchstaben, als hätte ... als hätte sich jemand bemüht, neutral zu schreiben.«

Harley kneift die Brauen zusammen. »Er nannte dich noch mal wie?«

»Süße.«

»Ich nenne dich so nicht.«

Ich verziehe das Gesicht. Stimmt eigentlich, das hätte mir auffallen können. Aber andererseits ist das ein ziemlicher Standardspitzname, oder nicht?

»Ich habe alle Zimmer abgesucht«, sagt er, ohne eine Antwort von mir abzuwarten. »Hier ist niemand außer uns. Oder ist das Dach ausgebaut? Könnte sich dort jemand verstecken?«

Ich schüttle den Kopf. »Nein, es gibt vom Haus aus keinen Zugang.«

»Gut.« Harley nickt. »Setz dich aufs Sofa und bleib da, damit ich dich sehen kann. Ich rufe in der Zeit Dylan an.« Damit holt er sein Handy aus der Tasche seiner Jeans.

Ich begebe mich mit klopfendem Herzen zum Sofa und setze mich dann. Die ganze Situation erscheint mir seltsam irreal. Gerade war noch alles in bester Ordnung und jetzt gibt es hier möglicherweise einen Eindringling, der versucht hat, mich in eine Falle zu locken.

»Ich bin's«, sagt Harley, als Dylan offenbar ans Telefon geht. »Wollte nur hören, ob es was Neues gibt.«

Ich atme tief durch, während er angespannt der Stimme am anderen Ende der Leitung lauscht. Wenn Luigi und seine Leute freigekommen sind, dann können wir hier nicht länger bleiben, so viel steht fest. Und Mom? Wir müssten sie mitnehmen. Aber wohin? Wenn sie uns hier in Wisconsin schon so schnell gefunden haben ...

»Ja, ich verstehe«, sagt Harley.

Fragend blicke ich ihn an, doch sein Blick geht an mir vorbei ins Leere. Seine Züge verraten nicht, ob er gerade gute oder schlechte Neuigkeiten erhält.

»Klar. Ich weiß, Dylan, ich bin ja kein ... Sicher. Es hat hier heute Morgen einen Vorfall gegeben, den wir uns alle nicht so richtig erklären können, darum rufe ich an.«

Während er Dylan in knappen Worten erklärt, was passiert ist, lasse ich meinen Blick durch den Raum schweifen. Unvorstellbar, dass wir fliehen müssen. Ich entdecke den kleinen Rollwagen in der Zimmerecke, wo ein Schwenker mit einer braunen Flüssigkeit darin steht. Einen starken Drink könnte ich jetzt wirklich gut vertragen. Doch ehe ich ernsthaft in Versuchung gerate, beendet Harley das Gespräch und wendet sich mir zu.

»Sie sind immer noch in Haft. Die Befragungen laufen zäh, aber es sind in den Privatwohnungen der Männer neue Hinweise aufgetaucht, wegen denen sie noch festgehalten werden können. Dylan hat mir außerdem noch mal versichert, dass die uns hier nicht aufspüren können. Die kennen deine wahre Identität nicht, du bist für sie nach wie vor nur meine gefeuerte PR-Frau. Die bringen dich gar nicht mit der Razzia in Verbindung. Und dein ehemaliger Chef hat deinen Namen von der Webseite der Daily News gelöscht.« Als wäre ihm plötzlich etwas eingefallen, runzelt er die Stirn. »Steht dein Name unter den Artikeln, die du geschrieben hast?«

Ich schüttle den Kopf. »Wenn man nicht gerade ein Starreporter ist, steht da ein Kürzel. MEC in meinem Fall. Daraus werden sie sich kaum was zusammenreimen.« Ich zwinge mich, auszuatmen, und der Druck in meinem Inneren verringert sich ein wenig. Das sind gute Neuigkeiten. Es bedeutet, dass uns zumindest nicht die Mafia auf der Spur ist.

So ganz kann ich mich aber noch nicht beruhigen. »Dieser Anruf gestern«, sage ich und mache ein paar

Schritte durchs Wohnzimmer. »Findest du nicht, dass dieser Anruf auch ziemlich seltsam war?«

Harley sieht mich an, dann nachdenklich herüber zur Küche, in der das Telefon hängt. Ich warte seine Antwort nicht ab, sondern fahre direkt fort.

»Mom hat abgenommen und sich mit Clark gemeldet, richtig? Und was hat sie dann gesagt?«

»Sie ...« Harley überlegt sichtlich, dann sagt er: »Hier ist Patricia Clark.«

»Nein. Nein, eben nicht.« Ich schüttle den Kopf. Wieso ist mir das denn nicht vorher aufgefallen? »Sie hat gesagt: Nein, hier ist Patricia. Patricia Clark.«

Harleys Blick verfinstert sich mit einem Mal. »Das heißt, dass –«

Ich nicke hastig. »Der Anrufer wird nicht nach meinem Dad gefragt haben, wie Mom behauptet hat. Sonst hätte meine Mutter geantwortet, dass er nicht da ist. Der Anrufer muss also...«

»Er hat nach dir gefragt«, vervollständigt Harley meine Gedanken.

»Oder nach einer anderen Frau.«

»Nein, nach dir. Du bist die einzige andere Clark hier. Nachdem deine Mutter sich mit Clark gemeldet hat, wird er gefragt haben, ob er Megan am Telefon hat und deine Mutter hat betont, dass sie Patricia Clark ist und nicht Megan.«

Ich spüre, wie mir zuerst heiß wird, dann, mit einem Schlag, beginne ich zu frieren.

Harley zieht mich an sich und umarmt mich fest. Ich höre, wie er die Luft einsaugt, als wolle er etwas sagen. Dann sind plötzlich Geräusche am Türschloss zu vernehmen und er schiebt mich hinter sich, wie er es damals schon im Gym getan hat, als ich den Streit mit dem Kerl in Gelb hatte.

»Bleib hinter mir und wenn es Probleme gibt, dann schnappst du dir Sally und Dale und läufst mit ihnen nach hinten raus. Aus der Terrassentür und dann nach rechts. Das ist der kürzeste Weg zu den Nachbarn. Schließt euch ein und ruft die Polizei. Ich komme so schnell wie möglich zu euch rüber.«

Ich spüre, wie sich mein Magen zusammenkrampft, als Harley sich der Tür nähert. Wenn es Probleme gibt, dann ist es das Letzte, was ich will, ihn hier allein zu lassen. Aber ich weiß, dass Sally und Dale mich in diesem Fall dringender brauchen.

Harley schiebt die kleine Gardine im Fenster zur Seite und gibt dann Entwarnung. »Es ist nur deine Mom.« Damit schließt er die Tür auf und lässt sie rein. Moms Nase ist rot vom Schnee und ihre Finger, in denen sie noch immer den Schlüssel hält, sehen steifgefroren aus. »Was ist denn hier los?«, fragt sie und macht dabei keine Anstalten, das Haus zu betreten.

»Komm erst mal rein.« Harley nimmt sie an der Schulter und schiebt sie ins Innere. Dann verriegelt er wieder die Tür.

Ehe meine Mutter dazu kommen kann, noch weitere Fragen zu stellen, bin ich an der Reihe. »Der Anruf gestern, du erinnerst dich?«

Mom nickt und starrt mich an, als hätte sie einen Geist gesehen. Wir müssen ihr einen ganz schönen Schrecken einjagen mit unserem Verhalten.

»Sag mir bitte die Wahrheit. Wer war das?«

Meine Mutter sieht mich an, dann zu Harley herüber, als würde er ihr die nächsten Worte einfach abnehmen können.

Harley versucht sich an einem Lächeln. »Wir wissen, dass der Anrufer nicht nach Theo gefragt hat. Er hat nach Megan gefragt, richtig?«

Mom schluckt, dann schlurft sie zur Garderobe und hängt kraftlos ihren Mantel daran. »... Es tut mir leid«, murmelt sie. »Ich wollte euch keine Angst machen. Ihr habt so viel durchgemacht ...«

»Es war Russell. Oder?«, hakt Harley nach.

»Ja.« Mom sieht erst ihn und dann mich an. »Aber ihr müsst euch keine Sorgen machen. Er ruft seit der Trennung ständig an, meist abends, wenn er betrunken ist. Mehr steckt da nicht hinter.«

»Diesmal schon«, sage ich.

Mom hat uns also angelogen. Sie hat mir verheimlicht, dass mein brutaler Ex sie regelmäßig kontaktiert, genau wie es meine Freundin Ellie bis vor ein paar Wochen getan hat, bei der er dasselbe macht. Auch wenn ich einerseits enttäuscht bin, kann ich sie verstehen. Im Moment versucht jeder hier im Haus, den anderen zu schonen. Vielleicht sollten wir anfangen, ehrlich zueinander zu sein und den Tatsachen ins Auge blicken: Es ist rein gar nichts normal bei uns, auch nicht, wenn wir zwischenzeitlich so tun und es uns ganz fest wünschen.

»Was ... meinst du?« Mom fährt sich mit zittrigen Fingern über die Augen.

Ich atme durch und beginne, ihr von der Rose und der Wanne voller Blätter, zu erzählen.

»Er war in meinem Haus?«, fragt Mom, als ich schließlich fertig bin. Mittlerweile sitzt sie im Schaukelstuhl und ist fast so weiß wie die Wand hinter ihr. »Aber wie …?«

»Wir haben das Fenster nicht richtig verriegelt oder er hat es durch einen Trick geöffnet. Jedenfalls ist er in unserem Schlafzimmer eingestiegen und seelenruhig durchs Haus spaziert.«

Neben mir ballt Harley die Hände zu Fäusten. Ich kann mir vorstellen, wie er sich fühlt.

»Das tut mir leid. Es wird kein zweites Mal passieren«, knurrt er.

Ich greife nach seiner Hand und drücke sie. Es ist nicht seine Schuld, aber er fühlt sich verantwortlich für die Sache, das weiß ich genau.

»Ich war zu leichtsinnig«, sagt er und zieht mich in seinen Arm. »Wenn der Typ hier nochmal auftaucht, dann mache ich ihn fertig.«

»Eigentlich können wir doch froh sein«, sage ich und ernte fragende Blicke von den beiden. »Na ja … Ich meine, besser Russell als die Mafia, oder? Besser mein liebeskranker Ex, bewaffnet mit Rosen, als der eiskalte Luigi mit seiner Pistole.«

Mom lächelt, aber es wirkt traurig. Wahrscheinlich hat sie sich ein anderes Leben für mich erhofft. Ganz sicher hat sie das. Aber wenn ich ehrlich bin, dann fühle ich mich eigentlich ziemlich gut. Ich weiß, dass ich mit Harley den perfekten Mann an meiner Seite habe und wenn das alles hier überstanden ist, dann werden wir zwei so glücklich werden wie nie zuvor. Das spüre ich.

»Da hast du Recht«, lenkt Harley ein. »Das heißt aber nicht, dass ich dem Kerl nicht das Fell über die Ohren ziehen werde, wenn er dir nochmal irgendwelche Blumen schenkt.«

Ich muss lachen. Als wäre die Blume das Problem gewesen. Aber ich weiß, was er meint und ich glaube, dass selbst ich Russell etwas anderes erzählen würde, wenn ich ihn hier erwische. Zumindest denke ich das im Moment. Wenn er dann vor mir steht, fühle ich mich wahrscheinlich sowieso wieder wie gelähmt.

»Ich werde jetzt nochmal Dylan anrufen. Er soll ein paar Beamte von der örtlichen Polizei schicken, die Fingerabdrücke nehmen und wenn es auch nur den leisesten Hinweis auf Russell gibt, dann sollen sie nach ihm fahnden und ihn festnehmen.« Damit steht Harley auf und verschwindet in die Küche.

Ich sehe ihm nach.

»Es macht ihn wahnsinnig, dass er es nicht mitbekommen hat, oder?«, fragt Mom.

Ich nicke. »Aber er kann doch nichts dafür. Er hat geschlafen, genau wie ich. Ich habe es auch nicht mitbekommen und ich nehme nicht diese Hammertabletten, die er gegen seine Schmerzen nehmen muss.«

Meine Mutter nickt, dann huscht ein Lächeln über ihre Lippen. »Besser, er hat einen ausgeprägten Beschützerinstinkt, als ... andersherum.«

Ich stimme ihr zu und sehe zur Küche. Harley redet leise, aber aufgebracht. Auch wenn ich wahrscheinlich alarmiert sein sollte, fühle ich mich besser als noch heute Morgen. Russell, der Mann, der immer mein übermächtigster Gegner gewesen ist, ist plötzlich zur Witzfigur geworden, im Angesicht der Probleme, mit denen wir jetzt zu kämpfen haben. Ich bin mehr als erleichtert, dass nur er es ist, der uns aufgespürt hat. Und das hat er auch nur geschafft, weil er sowieso regelmäßig bei meiner Mutter anruft und ich so blöd war, dazwischen zu quatschen.

Ich bin froh, dass wir in Harleys altem Kollegen Dylan einen Freund gefunden haben. Harley hat Recht: Sobald es für uns ernsthaft gefährlich wird, werden wir es erfahren. Und mit Russell werden wir schon fertig. Vor allem Harley wird mit ihm fertig.

Kapitel 4

Harley

Jab, rechte Gerade, linker Haken, rechter Aufwärtshaken. Jab, rechter Aufwärtshaken, linker Haken, rechte Gerade. Wenn man den Kopf freibekommen muss, gibt es kaum etwas Besseres als gutes altes Boxen. Und den Kopf freibekommen muss ich – so schnell und vollständig wie möglich. Im Ernst – ich kann nicht länger diese Hammertabletten schlucken und ich muss dafür sorgen, dass ihre Rückstände so schnell wie möglich aus meinem Blutkreislauf verschwinden. Es kann nicht sein, dass sich Megans irrer Ex hier hereinschleicht, direkt an mir vorbei, und dass ich es einfach nicht merke.

Als ich im Trainingslager war, wurden wir manchmal mitten in der Nacht zu Übungskämpfen geweckt. Dort lernte ich, sofort hellwach zu sein, wenn ich auch nur das leiseste Geräusch hörte. Gemeinsam mit meinem Cop-Instinkt hätte ich eigentlich aus dem Bett springen müssen, sobald dieser Russell auch nur einen Blick durchs Schlafzimmerfenster wirft. Stattdessen ...

Ich platziere einen weiteren Schlag auf dem Sandsack, dann noch einen. Dann ziehe ich mein T-Shirt aus und werfe es zu meiner Jacke in die Ecke der Garage. Verdammt, dieser Arsch hätte Megan sonst was antun können. Er hätte sie aus dem Bett zerren, sie bedrohen, sie wieder schlagen können. Wann wäre ich wach geworden? Wenn sie geschrien, wenn er sie zu Boden geschlagen hätte?

Schluss damit. Ich stoppe den Sandsack mit den Händen. Meine Fingerknöchel sind rot und geschwollen, aber weh tun sie nicht. Also ist das dämliche Schmerzmittel noch in meinem Körper.

Ich trainiere weiter. Und mache Pläne.

Irgendwann am späten Nachmittag werden die Beamten der Spurensicherung von St. Croix County hier auftauchen und nach Hinweisen auf Russell suchen. Wenn sie seine Fingerabdrücke im Haus sicherstellen können, wird sofort nach ihm gefahndet werden, denn dann hat er ganz offiziell einen Einbruch begangen. Aber falls nicht ...

Ich werde von jetzt an wachsamer sein, das steht fest. Und wenn ich ihn erwische, dann mache ich ihn fertig, ein für alle Mal. Bei unserer letzten Begegnung habe ich es dabei belassen, ihm ein bisschen weh zu tun. Ich kenne Typen wie ihn und meistens ist es so, dass sie Ruhe geben, sobald man ihnen Schmerzen zufügt. Denn das ist der Grund, aus dem sie sich für gewöhnlich an Schwächeren, an ihren Frauen oder ihren Kindern vergreifen: Sie sind feige Memmen. Doch was Russell angeht, habe ich mich offenbar getäuscht. Ich nahm an, dass er Megan aus gekränktem Stolz nicht gehen lassen will, aber anscheinend hat er eine Art krankhafte Besessenheit von ihr entwickelt. Er will sie unbedingt zurück, koste es, was es wolle. Und das bedeutet, dass ich ihm deutlicher zu verstehen geben muss, welchen Preis er zahlen wird, wenn er nicht aus unserem

Leben verschwindet. Erwische ich ihn noch mal in ihrer Nähe, werde ich ihm richtig wehtun. Ich breche ihm alle Knochen.

Ein weiterer Schlag gegen den Sandsack. Und diesmal spüre ich ein deutliches Brennen, als ich meine Faust zurückziehe. Na bitte. Geht doch.

Soll der Mistkerl nur auftauchen. Dann werde ich ihm zeigen, was es bedeutet, die Frau zu stalken, die ich liebe.

Wenn ich mit ihm fertig bin, dann wird er sich nie wieder auch nur in derselben Stadt aufhalten wollen wie sie.

***

MEGAN

Spurensicherung, Fingerabdruckpulver ... wenn gleich noch Spürhunde um die Ecke kommen, dann weiß ich nicht, wie ich reagieren werde. Es fühlt sich alles an wie in einem Krimi. Die Männer, die um Moms Haus schleichen und die Fensterrahmen untersuchen, passen einfach nicht in die kleine Idylle, die meine Mutter sich hier geschaffen hat.

Sie sind nur wegen Russell hier, sage ich mir. Und das ist besser, als wären sie wegen Luigi gekommen. Dennoch ... Kann er mich nicht einfach in Ruhe lassen? Ist Harley damals nicht deutlich genug geworden? Offenbar nicht, sonst hätte er ja nicht versucht, mich in seinem Kofferraum zu entführen und wäre auch jetzt nicht hergekommen. Wahrscheinlich ist Russell einfach vollkommen irre und man kommt ihm mit Drohungen und mit Gewalt nicht bei. Er wird immer wieder versuchen, mich zu sich zu holen ... Was ist, wenn es ihm gelingen sollte? Wenn er mich wieder verschleppt und ich es nicht schaffe, mich zu befreien?

Schwerfällig erhebe ich mich aus dem Schaukelstuhl, der zu einem meiner Lieblingsplätze geworden ist und trete ans Fenster. Harley steht mit den Beamten draußen im Schnee und redet leise mit ihnen. Sally und Mom spielen oben mit Dale, damit er von dem Aufstand hier nicht allzu viel mitbekommt. Er weiß nur das Nötigste und es ist wahrscheinlich auch besser so. Das Backen haben wir verschoben und ich hoffe, dass beim nächsten Versuch etwas daraus wird.

Ich blicke in Harleys Gesicht. Es ist fahl und er sieht aus, als hätte er Schmerzen. Er braucht Ruhe und ich hatte gehofft, dass er die hier kriegen würde. Aber mein feiner Ex sorgt ja dafür, dass wir uns Gedanken machen müssen. Als hätten wir nicht genug Probleme.

Ich entferne mich vom Fenster, schnappe mir mein Handy und wähle Ellies Nummer. Es dauert nicht lange, bis sie rangeht.

»Süße, schön von dir zu hören!«, begrüßt mich Ellie.

Ich habe mich nach unserer Flucht aus Chicago nur kurz bei ihr gemeldet. Wir sollen alle privaten Kontakte so eingeschränkt wie möglich halten, aber nach allem, was passiert ist, muss ich die Stimme meiner besten Freundin hören.

»Es tut mir leid, dass ich mich jetzt erst wieder melde«, sage ich. »Wie geht es dir?«

»Mir? Bestens. Aber wie geht es dir?«

»Eigentlich ganz gut.«

»Eigentlich?«

»Na ja ...« Auf einmal sträubt sich in mir alles dagegen, Ellie von den Vorfällen zu erzählen. Sie soll sich nicht auch noch sorgen müssen. »Nicht eigentlich. Es ist alles toll.«

Doch zu spät. Ellie kennt mich eben ziemlich gut. »Du bist eine schlechte Lügnerin. Was bedrückt dich?«

»Russell.«

Ellie stöhnt. »Nicht schon wieder! Haben sie den Typen nicht endlich eingebuchtet?«

»Es gab ja keine Beweise ... Oder nicht genug. Was weiß ich. Jedenfalls ist er auf freiem Fuß.« Ich lehne mich im Wohnzimmer ans Fensterbrett und sehe in den flackernden Feuerschein des Kamins.

»Du machst dir Sorgen, dass er sich bei dir melden könnte, hm?«

»Nein. Das hat er längst.«

Für einen Moment herrscht Schweigen am anderen Ende der Leitung, dann saugt Ellie scharf die Luft ein. »... Was ... wie hat er ...?«

»Er war hier«, sage ich. »Zumindest glaube ich, dass er es war. Bin mir ziemlich sicher.«

»Mach es nicht so spannend. Was ist passiert?«

»Er hat bei meiner Mom angerufen und dann, am nächsten Morgen, lag eine Botschaft in unserem Bad und Rosen, Kerzen, das volle Programm. Wie es aussieht ist er – oder jemand anders – durchs Fenster eingestiegen, während wir geschlafen haben.«

»... Das ist dreist.«

»Ziemlich.«

»Also habt ihr ihn nicht erwischt? Er ist einfach so bei euch rumgelaufen und dann verschwunden?«

»Leider ja. Wir haben gerade die Polizei im Haus, sie suchen nach eindeutigen Spuren. Wenn sie Hinweise auf Russell finden, werden sie ihn suchen und dann gibt es eine Anzeige.«

»Hoffentlich wandert der Typ ein für alle Male in den Knast.« Ellie wirkt, als wäre sie um einen ruhigen Tonfall bedacht. Doch ich kenne sie besser. Innerlich brodelt sie wie ein Vulkan. »Kann ich irgendwas für dich tun, Liebes?«

»... Hat er sich mal wieder bei dir blicken lassen? Dir geschrieben oder so?«

»Nein, gar nichts.«

»Sei bitte ehrlich, es ist wichtig. Du musst mich nicht schonen.«

»Wirklich nicht, Meg! Ich schwöre, ich würde es dir sagen. Ich dachte, die Bullen wären noch mit ihm beschäftigt. Ich wusste bis gerade nicht mal, dass der Drecksack schon wieder herumgeistern darf.«

»Schreib mir, wenn er sich meldet, in Ordnung?«

»Na klar.« Ellie schweigt einen Moment, dann fragt sie zögerlich: »Du? Megan? Was ist mit den anderen Kerlen? Sind die wenigstens ...?«

»Ja, Gott sei Dank.«

»Na immerhin. Du hast ja auch deinen Kämpfer an deiner Seite. Wie läuft es denn mit ihm?«

»Es könnte alles so toll sein ...« Ich atme durch, dann drehe ich mich wieder zum Fenster um und betrachte Harley. Er beobachtet die Polizisten bei ihrer Arbeit ganz genau. »Weißt du, er ist einfach perfekt. Männlich, aufmerksam, humorvoll, und wie er aussieht, weißt du ja selber. Wirklich, es könnte so gut sein ... Wäre da nicht die Geschichte mit der Razzia.«

»Du hast das Richtige getan«, bestärkt mich Ellie.

Aber habe ich das wirklich? Ich hoffe, dass ich uns alle dadurch nicht in große Schwierigkeiten gebracht habe.

Ich mustere Harley. Er scheint zu bemerken, dass ich ihn ansehe, denn er schaut zu mir rüber, hebt die Hand und lächelt.

Mir wird es gleich eine Spur wärmer. Ich erwidere sein Lächeln und einen Moment treffen sich unsere Blicke, bohren sich tief ineinander. Dann tippt einer der Polizisten Harley auf die Schulter und sagt etwas zu ihm.

Harley schaut mich bedauernd an, dann folgt er den Beamten zum hinteren Teil des Hauses.

»... noch da?«, höre ich Ellie aus dem Hörer fragen.

»Oh, klar, ich ... Harley war gerade nur ... also, er ...«

»Verstehe.« Ich kann förmlich vor mir sehen, wie Ellie schmunzelt. »Dein Traumprinz vernebelt die noch immer das Hirn, was?«

Ich seufze. »Ich kann einfach nicht genug von ihm kriegen.«

»Wie ist er im Bett?«, fragt Ellie geradeheraus und auch wenn ich ihre direkte Art eigentlich kenne, überrumpelt mich ihre Frage.

»Ellie!«

»Was denn?« Sie lacht. »Es ist vollkommen legitim, dass ich danach frage. Schließlich will ich nur das Beste für dich.«

»Es ist unglaublich mit ihm. Er weiß genau, wie er eine Frau anzufassen hat. Er —«

»Schatz?«, tönt es aus dem Flur und ich erröte. »Kannst du kurz kommen?«

Mom. Hoffentlich hat sie nichts gehört.

»Sofort!«, rufe ich. »Ich muss auflegen, meine Mutter.«

Ellie lacht jetzt noch mehr. »Für heute lass ich es gut sein, aber beim nächsten Mal will ich Details. Schmutzige Details!«

Jetzt muss ich auch lachen. »Geht klar. Ich verspreche es. Mach's gut.«

»Macht ihr es auch gut. Bis bald, Meg.«

»Bis dann, Ellie.« Damit lege ich auf und mache mich auf den Weg.

***

»Er wollte es dir unbedingt zeigen«, sagt Sally und lächelt mich an.

Dale wirkt ein wenig aufgeregt. »Glaubst du, ich kann es Onkel Harley zu Weihnachten schenken?«

Ich sehe mir das Bild an und bin ziemlich erstaunt. Er hat es auf ein großes Zeichenblockblatt gemalt und es zeigt ganz eindeutig Harley und mich: einen Kämpfer in voller Montur und eine Frau mit dunklen Haaren in den Armen dieses Kämpfers. Ich denke an den kunstvoll bearbeiteten Kürbis, den mir Sally gezeigt hat, als ich zum ersten Mal in ihrem Haus war. Dale hatte ihn in der Schule mit seinen Freunden geschnitzt. Dann denke ich an den Weihnachtsbaum, der irgendwie schräg aussieht, aber dabei auch einen gewissen Sinn für Kreativität offenbart. Und dieses Bild ... Es ist alles andere als schlecht. Genaugenommen ist es sogar ziemlich gut. Die Konturen sind mit einem schwarzen Marker mittlerer Dicke umrissen, die zwei Figuren sind nicht wirklich ausgemalt, sondern mehr ausschraffiert ... es sieht etwas wüst aus, aber irgendwie passt alles zusammen.

»Es ist super«, sage ich endlich. »Wirklich richtig gut, Dale!«

Er strahlt mich an, dann wendet er sich meiner Mom zu. »Hast du einen Rahmen, Tante Patricia?«

»Ja, irgendwo in der Abstellkammer dürfte ich noch etwas in der Größe haben«, lächelt sie.

Sally sieht mich an und zuckt mit den Schultern. »Bisher habe ich immer befürchtet, dass er seinem Dad, seinem Onkel und seinem Opa nacheifert. Aber wer weiß, vielleicht sind die Interessen bei ihm ja doch etwas anders gelagert!«

»Das würde mich ernsthaft freuen«, gebe ich zu. Wäre Harley Maler und kein Fighter, wären uns so einige Probleme erspart geblieben.

Nein, korrigiere ich mich. Wäre es so, dann hätten wir uns gar nicht erst kennengelernt.

»Wie geht es unten voran?«, fragt Sally leise und deutet Richtung Tür, während Mom und Dale noch über den passenden Rahmen für sein Kunstwerk diskutieren.

Ich nicke. »Sie stellen alles auf den Kopf. Ich schätze, es hilft, dass Harley selber mal Cop war und weiß, was sie zu tun haben.«

»Und es ihnen sagt.« Ein leichtes Grinsen huscht über Sallys Lippen.

Ich lache leise. »Ja, das vermutlich auch.«

Sie wird direkt wieder ernst, mustert mich und fragt dann: »Und? Wie geht es dir nach dem Schreck heute Morgen?«

Ich horche in mich hinein und stelle fest, dass der innere Aufruhr, die mich nach dem Schneeballwurf erfasst hat, längst fort ist. »Ich fühle mich eigentlich gut«, gebe ich zu. »Nicht die ganze Zeit, aber im Großen und Ganzen geht es.« Ich lächle. »Zugegeben, die ganzen Polizisten machen mich schon etwas nervös. Aber das ist ja nur vorübergehend.«

»Wenn ich erwachsen bin, gehe ich auch zur Polizei«, verkündet Dale.

Sally verdreht die Augen und wuschelt ihrem Sohn durchs Haar. »Darüber reden wir aber noch.«

»Du willst nicht, dass ich andere Leute verprügle. Aber dass ich Menschen verhafte, die andere Leute verprügeln, willst du auch nicht«, erwidert er in dem typisch oberschlauen Ton, den halbwüchsige Jungs so an sich haben.

»Mir wäre es am liebsten, wenn du das da weiter verfolgst«, sagt Sally und deutet auf das Bild.

Dale lacht. »Mom! Wenn ich als Maler arbeite, dann lachen mich doch alle aus!«

Sally schüttelt den Kopf und scheint mir durch ihren Blick wortlos mitteilen zu wollen, dass es hoffnungslos mit ihm ist.

Dann höre ich, wie unten die Haustür geöffnet und wieder geschlossen wird, und kurz darauf ertönen die Motoren der zwei Fahrzeuge, mit denen die Leute von der Spurensicherung gekommen sind. Offenbar sind sie fertig und ich atme innerlich auf. »Versteck dein

Bild gut«, sage ich dann und zwinkere Dale zu. »Ich seh mal, was Onkel Harley macht.«

Damit verlasse ich das Zimmer und gehe nach vorn, wo Harley noch an der offenen Tür steht und den Autos hinterher blickt.

Ich trete nah an ihn heran und schlinge die Arme um seine Hüften. »Und? Haben sie was gefunden?«

»Eine ganze Menge Fingerabdrücke und Haare«, erwidert er, »aber bis die ausgewertet sind, wird es ein paar Tage dauern.«

»Hey, Harley.« Ich lege meinen Kopf an seinen Rücken.

»Hm?«, macht er.

»Willst du irgendwann wieder als Cop arbeiten?«

Über die Schulter sieht er mich an. »Klar. Was anderes bleibt mir ja auch nicht übrig.«

»Wie meinst du das?«

»Na ja. Was ich am besten kann ist Kämpfen und die bösen Jungs einsperren. Und das mit dem Kämpfen ist vorbei, also ...«

Ich richte mich auf und blicke ihm in die Augen. »Ist es das wirklich?«

Harley sieht mich einen Moment an, dann dreht er sich gänzlich zu mir um, legt die Arme um meine Taille und zieht mich an sich. »Was denkst du denn? Dass ich einfach zurückkomme, mit einem neuen Management vielleicht, und so tue, als wäre nichts gewesen?«

»Würdest du das gerne? Weiter der Unbesiegte sein, weiter von allen bewundert und gefeiert werden?«

Immer noch ruhen seine hellblauen Augen auf mir. »Ich habe dir schon mal gesagt, dass es mir darum nicht geht. Und mittlerweile weißt du sogar, worum es mir gegangen ist. Ich habe immer gern geboxt, das bestreite ich gar nicht. Wenn man so früh damit anfängt wie ich, dann liegt es einem irgendwie im Blut. Aber die Profikämpfe? Glaub mir, das hat mir nie Spaß gemacht. Ich habe das getan, weil ich musste. Und ich habe nicht vor, jemals wieder ins Oktagon zu steigen.«

Ich erwidere seinen Blick lange, dann nicke ich. Und dann umarme ich ihn fest. Wieder und wieder Angst um ihn zu haben, während er immer neuen Kontrahenten gegenübersteht, das brauche ich wirklich nicht. Und ich bin froh, dass er es offenbar auch nicht braucht.

»Aber einen Einwand habe ich da«, sage ich leise, während ich tief Harley männlichen Geruch einatme.

»Welchen?«

»Du musst ja nicht mehr ins Oktagon steigen, aber auf die ein oder andere Privatvorstellung bestehe ich.«

Ich spüre mehr als dass ich höre, wie Harley leise lacht. »Privatvorstellung, ja?«

»Ganz genau. Du kannst mein kämpfender Chippendale sein.«

Jetzt lacht er lauter. »Klar, das könnte dir so passen.« Dann wird er ernster und irgendwie glaube ich zu wissen, was ihm durch den Kopf geht, während er mein Gesicht in seine Hand nimmt, mit dem Daumen über mein Kinn streicht und mich nachdenklich mustert.

Ich wundere mich nicht, denn ich habe bereits an dasselbe gedacht. »Im Ernst. Würdest du mich noch mal trainieren?«, frage ich schließlich. »Ich fühle mich besser, wenn ich vorbereitet bin.«

Harley mustert mich noch einen Moment lang, dann lächelt er. »Wir können direkt starten.«

Ich zögere, denn er macht immer noch einen ziemlich erschöpften Eindruck auf mich. Doch Harley deutet mein Zögern wohl falsch:

»Nicht erst morgen, Baymax. Nicht erst nach den Feiertagen, wenn du 12 Kilo zugenommen hast und dich nicht mehr rühren kannst. Mit so was beginnt man am besten gleich.«

Ich lache empört. »12 Kilo zunehmen? Du spinnst ja wohl, oder sprichst du da aus Erfahrung?« Ich boxe ihm spielerisch vor die Brust. »Siehst du nach Weihnachten etwa aus wie ein gut gemästeter Truthahn, hm?«

»Du wirst mich nicht wiedererkennen«, sagt Harley grinsend, wobei er mir einen nicht weniger spielerischen Schubs versetzt. »Jetzt geh und zieh dich um. Sonst schwitzt du dich tot, ehe du auch nur die erste Runde gelaufen bist.«

Ich hebe abwehrend die Hände. »Oh nein, ich werde nicht wieder rennen! Rennen kann ich, das muss ich nicht erst lernen!«

»Kein vernünftiges Aufwärmen, kein Kampftraining.« Harley verschränkt die Arme vor der Brust und lässt so ganz automatisch seine gewaltigen Muskeln spielen.

»Mach eine Ausnahme«, fordere ich.

»Vergiss es. Zehn Runden nur, dann bist du warm.«

»Nur!« Ich lache fassungslos, dann setze ich mein bestes Pokerface auf, während ich rückwärts auf den Korridor zugehe. »Fünf.«

»Neun.«

»Sechs.«

»Acht. Mindestens.«

Ich schüttle den Kopf. »Sechseinviertel.«

Jetzt ist Harley derjenige, der lacht. »Und gleich sind es sechseindrittel, was? Vergiss es, Sportsfreund, darauf lass ich mich nicht ein!«

»So macht man sich keine Sportsfreunde«, warne ich ihn. Dann drehe ich mich um und gehe mir endlich andere Sachen anziehen. Dabei bekomme ich das Grinsen die ganze Zeit über nicht aus dem Gesicht. Kaum zu glauben, wie glücklich mich dieser Mann macht.

***

Hätte ich geahnt, wo ich meine Aufwärmrunden laufen muss, hätte ich mich gar nicht so angestellt: in Moms Garage. Ja, sie ist groß, denn trotz des Sandsacks würde, wenn er nicht gerade in der Auffahrt parken würde, auch noch ihr SUV darin Platz finden. Aber so groß, dass man keine zehn Runden darin schaffen würde, ist sie dann auch wieder nicht.

»Das waren jetzt acht«, sagt Harley mit einem leicht spöttischen Unterton, als ich gefühlt noch keine drei Minuten gelaufen bin.

»Ich schaffe mehr!«

»Ach, auf einmal?« Grinsend, mit den Händen in den Taschen seiner Trainingshose, steht Harley in der Mitte der Garage und sieht mir zu.

»Du wirst es sehen!« Ich drehe eine neunte Runde. »Und wenn du nicht aufhörst, so zu gucken, lauf ich sogar elf!«

»Whooo, was kommt als Nächstes, der New York Marathon?«

»Wenn du mithalten kannst, können wir das gern in Angriff nehmen!«

Jetzt lacht er mich aus. »Nein, ich glaube, das schaff ich nicht.«

»Dachte ich mir.« Ich beende meine zehnte Runde, vorbei an einem Stapel ausrangierter Reifen, einer kleinen Werkbank und einem Sortiment aus Harken und Heckenscheren. »Das ist die elfte, siehst du?«

»Du hast die richtige Einstellung«, erwidert Harley, und das wirkt ein bisschen ernster als seine vorherigen Kommentare.

»Danke.« Ich komme beim geschlossenen Garagentor wieder an und werde langsamer. Dann jogge ich zu Harley in die Mitte. »Und was jetzt?«

Harley deutet auf den Sandsack. »Jetzt wird's ernst.«

Ich runzle leicht die Stirn. »Willst du mir nicht lieber noch irgendwelche Verteidigungstechniken zeigen? Ich meine ...«

»Die hast du schon ganz gut drauf«, beharrt er. »Was dir noch fehlt, ist die nötige Kraft.« Damit hebt er die Hand und drückt meinen Oberarm leicht – wohl um mir zu demonstrieren, dass ich nicht allzu viele Muskeln habe. »Pudding«, sagt er dann noch charmanterweise.

»Von wegen.« Ich spanne demonstrativ den Arm an, doch Harley zeigt sich nicht so beeindruckt, wie ich es gern hätte.

»Immer noch ausbaufähig.«

»Willst du mich zu einem weiblichen Bodybuilder machen?«, nörgle ich, während ich langsam Richtung Sandsack trotte.

»Es gibt keine weiblichen Bodybuilder.« Harley folgt mir.

»Natürlich gibt es sie.«

»Wer einen Bart hat und tiefer spricht als Joe Cocker singt, ist auch keine Frau.«

Ich grinse und lege meine Hand gegen den rauen Stoff des Sandsacks. Ist das überhaupt Stoff? Oder ist das Leder?

Harley hält mir wortlos ein Paar Handschuhe hin. Rot. In meiner Größe.

Überrascht sehe ich ihn an.

»Habe ich besorgt, als ich im Nachbarort den Sandsack gekauft habe.«

»Aber woher wusstest du ...«

Er sieht mich an. »Ich hab dir schon immer gesagt, dass du eine Kämpferin bist.«

Ich lächle, dann ziehe ich die Handschuhe über. Es sind keine richtigen Boxhandschuhe: Die Finger bleiben frei, über den Knöcheln sind sie dafür gepolstert. Ich blicke auf Harleys Hände und mir fällt auf, dass seine Knöchel gerötet sind.

»Ist das noch vom Kampf?«

»Nein, vom Training.«

»Du trainierst ohne Handschuhe?«

»Von Zeit zu Zeit.«

Ich drehe mich um, sodass ich zwischen Harley und dem Boxsack stehe und blicke zu ihm auf. »Hey, Unbesiegter.« Ich streichle mit den Fingerspitzen über seine breite Brust. »Verschweigst du mir etwas?«

Auch wenn ich ihm vor den Oberkörper blicke, spüre ich, dass er mich ansieht.

»Wie kommst du darauf?«, fragt er.

»Ist nur so ein Gefühl.« Ich zucke mit den Schultern. »Journalistengespür.«

Harley sagt einen Moment lang nichts und ich fahre gedankenverloren über die kleine Senke in der Mitte seiner definierten Brustmuskeln.

»Mach dir keine Gedanken«, sagt er dann und zieht mich in seine Arme.

Ich bin einen Moment lang unschlüssig. Heißt das jetzt, er verschweigt mir etwas oder heißt es das nicht? Doch dann bewirkt Harleys Nähe etwas, das noch keinem Mann vor ihm je gelungen ist. Ich spüre, wie sehr ich ihm vertraue. Obwohl wir uns noch nicht lange kennen, habe ich das Gefühl, alles über ihn zu wissen, was ich wissen muss, um mir sicher zu sein, dass ich es kann. Dass ich von ihm nichts zu befürchten habe. Harley würde nie etwas tun, das sich gegen mich richtet und auch nie etwas, das uns beide entzweien könnte. Und so ist es eigentlich völlig egal, ob es irgendetwas gibt, das er mir momentan verheimlicht oder nicht. Wenn er sagt, dass ich mir keine Gedanken machen muss, dann ist das auch so.

Ich erwidere seine Umarmung und spüre, wie er mir einen Kuss aufs Haar haucht. Doch ehe ich es mir in dieser Position zu bequem machen kann, dreht mich Harley zum Sandsack herum und ich muss ihn zwangsläufig loslassen.

»Also«, sagt er, immer noch dicht hinter mir stehend. »Das ist dein neues Trainingsgerät.«

»Ist da wirklich Sand drin?«, frage ich.

»Nein.«

»Was dann?«

»In dem hier ist Mais.«

Ich lache. »Dann sollten wir aufpassen, dass er nicht zu heiß wird, sonst haben wir Popcorn.«

Harley bleibt ernst. »Hast du Angst, dir wehzutun, wenn du dagegen schlägst?«

Jetzt hat er mich erwischt. »Ein wenig«, gebe ich zu.

»Da ist sie wieder, die gute alte Schlaghemmung.«

Ich muss an unser erstes gemeinsames Training denken. Dabei habe ich mich darauf eingelassen, Harley mit voller Wucht vor die Brust zu schlagen ... und danach tat mir tierisch die Hand weh.

»Keine Sorge«, fährt Harley fort und drückt mir einen Kuss auf den Hals. »Der Sandsack ist nicht halb so hart wie ich.«

Haha, er denkt wohl an dieselbe Situation wie ich.

Ich seufze, dann richte ich mich auf. Was soll schon passieren? Ich habe ja Handschuhe an. Außerdem werde ich nicht lernen, mich effektiv zu verteidigen, wenn ich mich nicht an den Gedanken gewöhne, dass ich mir dabei auch wehtun könnte. Ich sollte die Sache so sehen: Komme ich in die Situation, mich verteidigen zu müssen, dann höchstwahrscheinlich gegen jemanden, der mir weit Schlimmeres bescheren wird als eine schmerzende Hand, wenn ich nicht in der Lage bin, mich zur Wehr zu setzen.

»Also gut. Einfach dagegen schlagen?«

»Nein«, sagt Harley und umfängt mich mit den Armen. »Du machst jetzt deine Augen zu.«

Ich zögere, aber dann tue ich, was er sagt. Augenblicklich scheinen sich meine Sinne umzustellen. Ich spüre, wie schwer seine kräftigen Arme um mich liegen, seine Körperwärme in meinem Rücken, seinen Atem in meinem Haar. Und als er weiterspricht, bekomme ich eine Gänsehaut.

»Jetzt stellst du dir vor, dass dir die Person gegenübersteht, vor der du am meisten Angst hast.«

Da muss ich nicht lange überlegen, es ist Russ –

Nein, Moment. Alte Gewohnheit. Jahrelang war Russell nicht nur der Mann, mit dem ich zusammenlebte, sondern auch derjenige, der mich durch ein einziges Wort oder eine Geste bis in die Grundfeste erschüttern konnte. Doch das hat sich geändert.

Wenn ich an den Menschen denke, der mir von allen auf der Welt am meisten Furcht bereitet, dann ist das kein Geringerer als Luigi.

Luigi, der angebliche Sportmanager. Luigi, der in Wahrheit ein Mafiaboss ist. Der über Leichen geht, wenn es sein muss ...

Ich atme durch, als sich sein Bild vor meinem inneren Auge aufbaut. Sein gegeltes Haar, sein schleimiges Lächeln, sein maßgeschneiderter Anzug.

»Okay«, sage ich zu Harley. Meine Stimme klingt rau.

»Okay«, wiederholt er. Seine Stimme klingt leise, aber konzentriert. »Jetzt findest du seine Schwachstelle.«

Ich kneife die Brauen zusammen. Woher soll ich denn bitte wissen, wo Luigis Schwachstelle liegt? Dann jedoch fällt mir etwas ein. Natürlich. Alle Männer haben eine Schwachstelle. »Ich bin so weit«, sage ich.

»Gut. Dann halt dir vor Augen, dass du nur diesen einen Schlag haben wirst. Wenn du ihn nicht fest genug triffst, ist er für den nächsten Versuch vorgewarnt und wird eine Waffe ziehen, sich wegdrehen, vielleicht auch schon zum Gegenschlag ausholen. Darum musst du treffen und ihn richtig erwischen. Alles klar?«

»Klar.«

»Ich meine es ernst, Meg. Konzentrier dich. Spann deine Muskeln an. Ich spüre bisher nichts davon.«

Erneut atme ich durch, balle die Finger meiner Rechten zur Faust und lege die, wie ich glaube, nötige Menge an Spannung in meinen Arm.

»Gut«, sagt Harley leise. »Jetzt knock ihn aus.«

Das lasse ich mir nicht zweimal sagen. Ich hole aus, drehe meine Faust und schlage meinem imaginären Luigi von unten mit voller Wucht in die Weichteile.

Das Erste, was mir auffällt: Es tut gar nicht so weh wie befürchtet. Der Sandsack ist wirklich nicht so stahlhart wie Harley Brust. Nun, und Luigis bestes Stück wird es wohl hoffentlich auch nicht sein, sollten wir uns mal im Kampf gegenüberstehen.

Harley lacht leise und lässt mich los. »Die Schwachstelle jedes Mannes, ist klar.«

Ich öffne die Augen und sehe ihn an. »Wie war das?«

»Auch ausbaufähig«, gibt er zu und tritt neben mich.

Innerlich seufze ich. Begeisterung hätte mir jetzt besser gefallen. Aber andererseits schätze ich Harleys Ehrlichkeit, denn ich will ja wirklich was lernen.

»Ich weiß nicht, ob wir das schon hatten«, sagt er und positioniert sich nun seinerseits vor dem Sandsack.

Oh gut, ich bekomme was zu gucken.

»Aber wir holen beim Boxen nicht aus.« Harley blickt mich an, dann fixiert er den Sandsack und imitiert denselben Schlag, den ich gerade versucht habe, nur dass er bei ihm deutlich professioneller aussieht. Fasziniert sehe ich zu, wie sich die Muskeln in seinem Arm spannen und wie sein Arm blitzschnell gegen das Trainingsgerät kracht. Sein Schlag hinterlässt dort eine sichtbare Beule, und obwohl es in der Garage eher kühl ist, wird mir sogleich warm. Ich stehe unheimlich auf Harleys kraftvollen Körper und ihn in Aktion zu sehen, wenn er nicht gerade im Ring steht, könnte ich mir gut und gerne als abendfüllende Angelegenheit vorstellen.

»Zeig's mir nochmal«, fordere ich.

»Die Bewegung kommt aus der Hüfte«, sagt Harley und platziert einen weiteren Schlag, wobei er sich leicht mitdreht. »Siehst du?« Er macht es mir gleich noch mal vor.

Dann sieht er mich an und ein amüsierter Ausdruck tritt auf seine Züge. »Du wolltest doch trainieren.«

»Tue ich ja auch!«

»Ja, tust du, aber mit den Gedanken bist du woanders.«

»Überhaupt nicht.« Ich wende mich wieder dem Sandsack zu. »Sieh hin.« Damit bringe ich mich in Position und imitiere, was er gerade getan hat – die Drehung aus der Hüfte, dann den Arm ohne Ausholen von unten nach oben schnellen lassen.

»Schon besser«, sagt Harley, »aber da liegt noch nicht genug Kraft drin.«

»Ich mache schon alles, was ich kann!«

»Nein, machst du nicht.« Harley dreht mich an den Schultern zu sich. »Hör zu, Megan ...« Er räuspert sich.

Ich blicke ihm ins Gesicht. Sein Aussehen hat mir von der ersten Sekunde an viel zu gut gefallen. Da sind seine sanft geschwungenen Brauen, dann die gerade Nase, die zum Glück noch nicht allzu viele Treffer abbekommen hat, dann die sinnlichen Lippen. Und ... Verdammt. Ich lasse mich ja schon wieder ablenken.

»Da gibt es etwas, das du beachten musst, sollte dich noch mal jemand angreifen.«

Was durchaus möglich ist, mache ich mir klar. Es ist ja nicht so, dass wir keine Feinde hätten.

»Und das wäre?«, frage ich.

»Du musst es wollen. Du musst diesen Kampf, diese Auseinandersetzung, in dem Moment mehr als alles andere wollen.«

Ich sehe ihn lange an. Das verstehe ich nicht. Wie kann ich wollen, dass Russell noch mal versucht, sich an mir zu vergreifen? Wie kann ich Luigi gegenüberstehen wollen? Und noch eine Frage stellt sich mir plötzlich in meinem Inneren: Hat Harley mich angelogen?

»Ich dachte, du wolltest nicht kämpfen. Für Luigi und so. Wie kannst du die Kämpfe dann gewollt haben?«

Harley lacht leise. »Da spricht die Reporterin.«

»Sag's mir«, fordere ich.

»Ich wollte nie als MMA-Fighter arbeiten. Freiwillig hätte ich es nicht getan. Aber ich wusste, dass ich es tun muss, um Sally und Dale zu schützen. Und dass ich sie nur schützen kann, indem ich gewinne. Also wollte ich meinen Gegner fertigmachen. Jedes Mal. Um jeden Preis.«

Ich sehe Harley an, dass er nicht stolz auf seine Karriere ist. Nicht stolz darauf, unzählige andere Männer ins Krankenhaus geprügelt zu haben. Gleichzeitig verstehe ich aber, was er meint. Sollte ich Luigi irgendwann gegenüberstehen, dann bedeutet das, dass etwas richtig schiefgelaufen ist und dass nicht nur ich in Gefahr bin, sondern dass es auch die Menschen sind, die ich liebe oder in den letzten Wochen sehr in mein Herz geschlossen habe. Und wenn ich sie schützen will, dann muss ich ihm wehtun. Ihm wehtun wollen. Mit aller Macht.

»Ich verstehe«, sage ich.

»Tust du wirklich?«

»Warte es ab.« Ich drehe mich wieder zum Sandsack um. Konzentriere mich. Spanne meinen Körper und fokussiere mich ganz darauf, diese Made von Luigi unschädlich zu machen. Dann schlage ich ein weiteres Mal zu, und als ich danach auf den Sandsack blicke, ist darin eine kleine Delle zu erkennen.

Harley legt den Arm um meine Schulter, dreht mein Gesicht zu sich und gibt mir einen Kuss. »So will ich das jetzt nur noch sehen«, sagt er nicht ohne einen gewissen Stolz in der Stimme.

»Versprochen«, erwidere ich.

»Gut. Dann weiter.«

KAPITEL 5

HARLEY

»Oah, ich hatte noch nie einen solchen Muskelkater ...«

Ich sehe zu, wie sich Megan aus dem Bett quält und kann mir das Lachen kaum verkneifen. Sie bewegt sich, als würde sie durch flüssigen Kleber schwimmen. »Bleib tapfer. Ich kenn das Gefühl. Das geht vorbei.«

»Meine Arme wiegen eine Tonne und ich glaub ...« Sie macht einen langsamen Schritt in Richtung Kleiderschrank. »Ich glaub, ich hab mir gestern irgendwie alle Rippen gebrochen ...«

»Blödsinn. Muskelkater an den Rippen fühlt sich so an. Und es ist übrigens immer ziemlich gut, wenn man sich in deiner Lage sehr, sehr langsam bewegt. So geht es schneller vorbei.«

Megan stockt in der Bewegung, dann dreht sie sich skeptisch halb zu mir herum – und lässt mich dadurch einen Blick auf ihre nackten Brüste werfen. »Du Blödmann!«, schimpft sie, als ihr klar wird, was ich mit meinem Kommentar bezweckt habe. »Was kommt als Nächstes? Weit vorbeugen, wenn man sich die Klamotten heraussucht, hilft auch?«

»Das hast du jetzt gesagt.«

Kopfschüttelnd zieht sie ihre Decke vom Bett und wickelt sich darin ein.

»Hey!«

Sie ignoriert mich und stapft zum Schrank. Dann zieht sie ein paar Sachen heraus, ziemlich wahllos, wie es scheint, und farblich doch perfekt aufeinander abgestimmt. »Wir werden sicher den ganzen Vormittag unterwegs sein.«

»Lasst euch Zeit.« Ich habe vor, heute, während Megan und ihre Mutter für Weihnachten einkaufen, die Alarmanlage und die längst fälligen Sicherungen am Haus anzubringen. Das wird eine Weile dauern.

»Komisch, dass Sally nicht mit will.«

»Ach, mach dir deshalb keine Gedanken.« Ich setze mich auf. »Sie war noch nie ein großer Shoppingfan.«

»Lass Dale dir mit der Alarmanlage helfen, dann hat sie etwas Zeit für sich. Die letzten Jahre müssen verdammt hart für sie gewesen sein.«

»Dale wird sich sowieso nicht davon abbringen lassen, mir zu helfen.«

Megan dreht sich zu mir um und lächelt. »Du wirst mal ein richtig guter Vater sein, Harley.« Sofort wird sie wieder ernst. »Also, wenn ... Das heißt ... Keine Ahnung, ob du mal Kinder willst.«

»Wem soll ich denn sonst das Boxen beibringen?«, frage ich mit einem Schulterzucken. »Du bist ja mittlerweile schon fast ein Profi.«

Sie grinst mich an, dann verschwindet sie ohne ein weiteres Wort in Richtung Badezimmer, und ich denke über ihre Worte nach. Wird das mit uns so laufen? Werden wir mal eine richtige Familie sein? Ich versuche mir das vorzustellen, aber es scheitert schon an der

Frage, wo wir dann leben werden. Hier in den USA? Oder müssen wir auf Dauer woanders hin? An irgendeinen Ort, wo uns niemand kennt und wo es für Luigi und seine Leute schwer sein wird, uns zu finden?

Sobald ich anfange, ernsthaft nachzudenken, beginnen die Kopfschmerzen wieder aufzuflammen. Ich hätte nicht gedacht, dass sie so lange nach dem Kampf noch derart heftig sind. Andererseits ist das nicht so ungewöhnlich. Postkommotionelles Syndrom – keine Seltenheit bei uns Kämpfern. Ich kann froh sein, dass ich nicht den ganzen Tag kotzend über der Kloschüssel hänge.

Na ja, die Frage, wie Megans und meine Zukunft aussieht, muss ja auch nicht jetzt gleich beantwortet werden. Das Wichtigste ist, dass wir zusammen sein können ... Wobei es ziemlich verrückt ist, dass so ein Gedanke ausgerechnet von mir kommt. Früher hatte ich eher lockere Beziehungen. Und One Night Stands. Wenn du ein junger Cop in Chicago bist, stehen dir die Türen vieler Frauen offen. Und dann, als ich der Unbesiegte wurde, wurde aus mir ein absoluter Einzelgänger. Und jetzt denke ich über mein gemeinsames Leben mit Megan Clark nach. Wie gründlich ein paar Wochen alles ändern können, ist kaum vorstellbar.

Ich stehe auf und ignoriere die pochenden Schmerzen hinter meiner Stirn, während ich ebenfalls zum Schrank gehe. Heute werde ich dafür sorgen, dass unser Zuhause auf Zeit eine ganze Spur sicherer wird. Und egal, was die nächsten Monate oder Jahre bringen – das ist definitiv ein Schritt in die richtige Richtung.

***

MEGAN

Als ich aus dem Haus komme, sitzt Mom schon am Steuer ihres Wagens und müht sich ab, mithilfe der Scheibenwischer die Windschutzscheibe zu enteisen.

»Mom!«, lache ich und steige ein. »Da nimmt man doch einen Eiskratzer.«

»Der Autoverkäufer meinte, Kratzen gehört mit diesem Wagen der Vergangenheit an«, sagt sie verbissen.

»Ja, aber dafür musst du, bevor du einsteigst, ein paar Minuten lang die Standheizung anschalten.« Ich zeige ihr den richtigen Knopf und sie sieht mich verblüfft an.

»Auf die Idee wäre ich nicht gekommen. Deine Mutter wird langsam blöd.«

Ich lache wieder. »Von wegen, dafür bist du noch zu jung! Und jetzt lass uns fahren, bevor wir in den Stau kommen.« Ich bin ein bisschen aufgeregt darüber, dass wir nach Minneapolis fahren, in eine echte Großstadt. Natürlich nicht zu vergleichen mit Chicago, aber nach der ganzen Zeit im ruhigen Somerset wird das mit Sicherheit ein echter Kulturschock.

Während Mom den Wagen über die geräumte Straße Richtung Ortsausgang lenkt, lehne ich mich zurück und freue mich richtig, mal wieder was mit ihr zu unternehmen. In den vergangenen Jahren ist das echt zu kurz gekommen. Früher, als mein Dad noch lebte, war das ganz anders. Wegen seines Jobs hatte er wenig Zeit und war selten da, sodass wir viel Zeit miteinander verbracht haben.

»Mom?«, frage ich nach einer Weile.

Sie sieht zu mir herüber und lächelt.

Ich zögere, denn die nächsten Worte fallen mir nicht leicht. »Wie es die letzten Jahre über gelaufen ist ...«

Sie setzt dazu an, etwas zu sagen, aber ich hebe die Hand und schüttle leicht den Kopf. Ich weiß, dass ich von ihr aus nicht über Russell reden muss. Aber ich will. Ich möchte nicht, dass diese Sache zwischen uns steht.

»Dass ich mich so lange nicht gemeldet habe, tut mir leid. Ich glaube, ich ... wollte einfach nicht, dass du siehst, wie es mir geht, weil ich es mir dann auch selbst hätte eingestehen müssen. Hierher zu kommen wäre wie ein Blick in den Spiegel gewesen.«

Mom seufzt. »Ich verstehe«, sagt sie dann. »Und ich muss mich auch entschuldigen.«

Verwirrt sehe ich zu ihr herüber. Wofür das denn? Sie hat doch nichts falsch gemacht.

»Als du dich derart zurückgezogen hast«, erklärt sie und sieht dabei wieder kurz zu mir herüber. »Da habe ich irgendwann aufgegeben. Es hat mich verletzt, dass du mich nicht sehen oder sprechen wolltest, aber ich hätte als deine Mutter darüberstehen und merken müssen, was mit dir los ist.«

»Ach, Mom.« Ich greife nach ihrer Hand.

Sie nimmt ihre Finger vom Schaltknüppel und drückt meine, und ich spüre, dass für den Moment alles gesagt ist zwischen uns. Wir sind miteinander im Reinen und ich bin froh darüber. Unser gutes Verhältnis ist mir wichtig und insgeheim habe ich Mom immer für ihre Ruhe und Zufriedenheit bewundert.

Ich habe die innere Unruhe meines Vaters geerbt und fühle mich ständig von irgendwas getrieben. Darum bin ich wohl auch in seine Fußstapfen getreten und Reporterin geworden, immer auf der Suche nach der nächsten guten Geschichte, nach der nächsten aufgedeckten Wahrheit. Aber im Grunde genommen wäre ich schon immer lieber wie sie gewesen, wie Patricia. Mit dem Kopf nicht in der Zukunft (wie vorhin, als ich Harley auf Kinder angesprochen habe, obwohl wir uns noch keine zwei Monate kennen!!), sondern im Hier und Jetzt. Wenn solche Menschen in der Nähe sind, kann man sich entspannen.

»Und?«, fragt sie, nachdem wir eine Weile gefahren sind. »Was schenkst du deinem Harley?«

Ich seufze, dann lache ich leise. »Ich kenn ihn doch überhaupt nicht, Mom.«

Zweifelnd blickt sie zu mir herüber, während sie sich in den dichten Vorweihnachtsverkehr auf der Interstate einfädelt.

»Guck nicht so. Es ist wahr. Nein, es ist ... Es ist seltsam, verstehst du? Ich weiß genau, dass er der Richtige für mich ist. Er und kein anderer. Aber ich kenne noch nicht einmal ... ich kenne bis auf Sally und Dale niemanden aus seiner Familie. Ich weiß nicht, was er genau für Vorstellungen von der Zukunft hat. Ich kenne noch nicht einmal seine Lieblingsband oder so.«

Mom zieht die Mundwinkel nach unten. »Weißt du, Maggie, wenn das so ist, dann solltest du ihn verlassen.«

Ich erwidere ihren Blick skeptisch und verstehe erst, dass sie das nicht ernst meint, als sie hinzufügt:

»Stell dir vor, er findet heraus, dass du seinen Musikgeschmack nicht kennst. Dann ist es ohnehin aus.«

Länger kann ich mir das Lachen nicht verkneifen. »Oh, oder stell dir vor, ich finde nach 10 Jahren Ehe heraus, dass er Nickelback hört!«

»Nickel-was?«

»Vergiss es, Mom«, sage ich, noch immer kichernd. »Vielleicht schenke ich ihm einfach das neueste Album von Nickelback, dann kann ich ihn wenigstens gleich am Weihnachtsmorgen verlassen.«

»Das muss ja eine schlimme Gruppe sein«, befindet Mom.

»Du hast ja keine Ahnung«, grinse ich, dann sehe ich aus dem Fenster. Links und rechts vom Wagen erstreckt sich meilenweit die winterlich weiße Landschaft von Wisconsin. Um nach Minneapolis zu gelangen, müssen wir den Staat verlassen und rüber nach Minnesota, aber dort wird es nicht viel anders aussehen. Mich stört das nicht. Ich kann mich gar nicht sattsehen an all dem strahlenden Weiß und bin fast enttäuscht, als wir uns eine gute Dreiviertelstunde später den ersten Ausläufern der Stadt nähern. Hier, in den Vororten, kann man nicht mehr so weit, blicken, dafür entdecke ich die ausgefallensten Weihnachtsdekorationen in den Vorgärten. Einen kiffenden Santa. Einen aufblasbaren Schneemann aus überdimensionalen Christbaumkugeln. So langsam komme ich richtig in Stimmung, und als wir schließlich die Nicollet Mall erreichen, könnte ich mich wohl selbst dann nicht mehr gegen das Weihnachtsfieber wehren, wenn ich der

Grinch persönlich wäre. Die Mall ist nicht komplett überdacht und es ist eisig kalt, aber das gehört ja dazu. Die Bäume vor den Geschäften sind mit Lichtern festlich dekoriert, genau wie die Schaufenster, und auf einem der größeren Plätze gibt es sogar einen kleinen europäischen Weihnachtsmarkt.

»Komm, wir trinken diesen heißen Wein, wie heißt der noch gleich?«

»Glühwein«, helfe ich Mom auf die Sprünge, »und du musst noch fahren!«

»Ach, eine Tasse macht mich doch nicht betrunken! Komm schon!« Als wäre sie die Jüngere von uns beiden, zieht mich Mom voller Elan mit sich. An einer der hölzernen Buden holen wir uns jeder einen Becher von dem heißen Getränk und reden über alte Zeiten – zum Beispiel darüber, wie Dad mal mit mir nach Minneapolis fuhr, als ich gerade acht war, um im Schutze der Dunkelheit Eier auf einen bekannten Pelz-Discount zu werfen, der sich hier in der Stadt befindet.

»Dass er so engagiert war!«, lache ich. »Kaum zu glauben, wenn man daran denkt, wie er ausgesehen hat!«

»Wie ein Bankangestellter«, lächelt Mom, »aber ein gutaussehender.«

Auch ich lächle nun, denn ich werde nie vergessen, wie Dad in seinem Anzug und mit seiner dicken schwarzen Brille auf dem Dach unseres Familienwagens stand und mir zeigte, wie man Eier ordentlich an eine Fassade donnert. Wäre er heute noch am Leben und jung, wäre er als Nerd oder Hipster durchgegangen. Kaum zu glauben, dass eine meiner schrägsten Erinnerungen zugleich eine der schönsten ist.

Nach dem Glühwein stürzen wir uns auf die Geschäfte, schließlich brauche nicht nur ich ein Geschenk für Harley, sondern wir brauchen auch was für Sally und Dale und zusätzlich für ein paar Verwandte, die Mom immer an den Feiertagen besuchen.

»Hey, Mom«, frage ich, als wir, schon mit unzähligen Tüten bepackt, an einem mit bunten Lebkuchenherzen dekorierten Schaufenster vorbeikommen. »Wie sieht's eigentlich aus? Möchtest du ... na ja ... irgendwann noch mal einen Partner haben?«

Meine Mutter seufzt tief, ehe sie antwortet. »Weißt du ... Es ist ja nicht so, dass ich darüber noch nicht nachgedacht hätte. Aber Theo war der Eine für mich. Und jeder neue Mann könnte immer nur, na ja, der Andere sein.«

Ich verstehe sie besser, als sie vermutlich denkt. Wenn man erst mal den Einen gefunden hat, dann kann man sich ein gemeinsames Leben nur noch mit ihm vorstellen und jeden anderen würde man zwangsläufig immer mit ihm vergleichen. Und dabei stets aufs Neue zu dem Schluss kommen, dass er dem Einen nicht das Wasser reichen kann.

Ich spreche da aus Erfahrung. Wenn meine Erfahrung auch noch sehr frisch ist.

Als wir mit dem Shoppen fertig sind, ist es fünf Uhr – wir haben viel länger gebraucht, als ich dachte. Bis wir wieder zu Hause sind, wird es dunkel sein. Harley hat mir per WhatsApp mitgeteilt, dass wir uns beeilen sollen, weil er für uns alle kocht. Wenn ich an seinen zweigeteilten Salatkopf denke, hoffe ich inständig, dass das ein Scherz war.

Vollgepackt mit Tüten gehen Mom und ich zurück zum Auto.

»Die Lieblingsmusik deines Vaters habe ich übrigens nie sonderlich gemocht«, sagt Mom, nachdem wir alles im Kofferraum verstaut haben.

Sie geht zur Beifahrerseite, denn ich habe mich als Fahrer angeboten, und ich sehe ihr lächelnd nach. Ich weiß, dass sie genau versteht, was es mit Harleys und meiner Liebe auf sich hat. Und ich bin sehr froh darüber.

***

HARLEY

»Das hast du ihnen geschrieben?« Lachend und mit rotem Gesicht kommt Sally aus der Küche. »Oh mein Gott! Jetzt werden sie gar nicht mehr nach Hause kommen!«

»Was soll das denn heißen?« Ich blicke zu ihr herüber, dann ziehe ich eine Schraube fest. Und dann bitte ich Dale, von außen zu versuchen, das Fenster hochzuschieben.

Kaum rüttelt er fest am Rahmen, geht ein schriller Alarm los.

»Wow, das ist ... laut«, kommentiert Sally.

»Das soll es auch sein. Wenn dieser Bastard denkt, er kann noch mal durchs Schlafzimmerfenster reinkommen, soll er's nur versuchen.« Ich stelle den Alarm aus, dann rufe ich Dale zu: »Du kannst wieder reinkommen, Kumpel!«

Im selben Moment packt Sally mich an der Schulter. »Harley.«

Ich sehe sie an.

»Du weißt, wie dankbar ich dir für alles bin, was du für uns getan hast. Das bin ich wirklich. Aber du solltest deswegen nicht denken, dass du, na ja, immer alles allein regeln kannst. Sollte sich dieser Russell noch mal hier blicken lassen, dann holst du nicht die Schrotflinte raus, sondern rufst die Polizei, okay?«

Stirnrunzelnd blicke ich zu ihr herunter. Woher um alles in der Welt weiß sie von der Flinte?

Sally lächelt dünn. »Ich kenne dich eben. Die Knarre in der Küche hab ich auch schon entdeckt.«

Dann kommt Dale rein und sie mustert ihren Sohn kopfschüttelnd. »Du warst eine Minute draußen und siehst aus, als hättest du dich stundenlang im Schnee gewälzt.«

Dale ignoriert sie. Stattdessen sieht er mich an und mir fällt auf, dass er einen ziemlich erschrockenen Eindruck macht. »Du, Onkel Harley?«

»Was ist los?«, frage ich und gehe zu ihm in die Hocke, auch wenn er so klein eigentlich gar nicht mehr ist.

Dale scheint einen Moment zu überlegen, ob er die folgenden Worte sagen soll. Er lässt seinen Blick durchs Wohnzimmer schweifen. Über den Baum, den Kamin, den wir bereits angeheizt haben, dann sieht er in Richtung Küche, aus der es nach Sallys berühmter Lasagne duftet. Schließlich seufzt er.

»Ich glaube, da versteckt sich ein Mann im Wald.«

Sofort bin ich in voller Alarmbereitschaft und auch Sally scheinen jetzt andere Dinge zu kümmern als der schmelzende Schnee auf Dales Kleidung. »Ist die Terrassentür hinten zu?«, fragt sie.

Ich nicke, ohne Dale aus den Augen zu lassen. »Wie kommst du darauf? Was hast du gesehen?«

Dale zieht die Nase hoch. »Ich bin mir nicht sicher. Vielleicht hab ich mir auch was eingebildet. Ich ...«

Ich lege meine Hand auf seine Schultern. »Ruhig bleiben. Sportsfreund. Wenn sich da draußen einer versteckt, dann finden wir ihn. Also. Was hast du gesehen?«

»Ich wollte gerade reingehen, da hab ich gesehen, wie einer vom Haus weg gelaufen ist. An der Garagenseite. Und dann hab ich die Bäume rascheln gehört.«

»Wie sah er aus? Ich meine, woher weißt du, dass es ein Mann war?«

Dale zuckt mit den Schultern. »Groß, ein bisschen ... dick vielleicht.«

»Hast du seine Haarfarbe erkennen können?«

Dale schüttelt den Kopf, dann wendet er sich seiner Mom zu. »Müssen wir jetzt hier weg?«

»Schatz ...«, sagt sie ein wenig hilflos.

Ich drehe Dales Gesicht zu mir. »Hey. Nicht gleich verzweifeln, alles klar? Es ist gut, dass du den Typen gesehen hast. Jetzt kümmer ich mich um die Sache. Und dann wird alles gut.«

»Versprochen?«, fragt Dale mich und in seinem Blick liegt eine Menge Unsicherheit. Kein Wunder. Der Junge hat nicht nur seinen Vater verloren, sondern auch sein Zuhause, sein ganzes Umfeld. Er will nicht schon wieder etwas verlieren.

Trotzdem kann ich ihm dieses Versprechen nicht geben, denn niemand ist so nachtragend wie ein Kind. Wenn ich ihm jetzt etwas verspreche und es dann nicht halten kann, aus welchem Grund auch immer, verliert er seine letzte männliche Vertrauensperson. »Ich werd mein Bestes tun«, sage ich daher. Dann stehe ich auf und sehe Sally an, wobei ich mich bemühe, so ruhig wie möglich zu bleiben. »Schließt hinter mir ab. Und dann geht in die Küche. Macht kein Licht. Er muss nicht genau wissen, wo ihr seid.«

Sally nickt knapp. Sie weiß, weshalb ich sie ausgerechnet dorthin schicke – wegen der Waffe auf dem Schrank. »Komm, Dale.«

»Aber ich will mit Onkel Harley –«

»Du musst jetzt auf deine Mom aufpassen. Alles klar?«

Dale sieht zu mir hinauf, dann nickt er und wehrt sich zum Glück nicht länger.

»Du weißt, was zu tun ist. Geht in die Küche und ruft die Polizei«, sage ich zu Sally, dann drehe ich mich zur Tür um und trete nach draußen. Es ist dunkel, aber durch den vielen Schnee trotzdem hell genug, um alles im näheren Umkreis zu erkennen. Ich blicke die Straße vor dem Haus hinunter. Nirgends ein Auto. Dann sehe ich mir die Wiese an. Eine Menge Fußspuren. Klar, es hat seit ein paar Tagen nicht neu geschneit. Schwer zu sagen, ob welche dabei sind, die nicht von uns stammen. Ich höre, wie Sally die Tür abschließt und gehe herüber zur Garage. Wenn Spuren von dort zum Wald führen, dann müssten sie deutlich zu erkennen sein. In mir machen sich gemischte Gefühle breit. Einerseits hoffe ich, dass Dale sich getäuscht hat, weil das für alle das Beste wäre. Aber andererseits will ich auch, dass diese Sache endlich endet. Dass Russell seine Finger von Megan lässt, und zwar ein für alle Mal. Wenn ich ihn in meine Finger bekomme, dann werde ich dafür sorgen. Und zu diesem Zweck wäre es natürlich gut, wenn er hier wäre ...

Ich erreiche die Garage. Auch hier sind noch eine Menge Fußabdrücke, dazu ein Chaos aus Reifenspuren von Patricias SUV. Ich mache noch ein paar Schritte, überblicke dabei den Waldrand, aber die dichten Bäume liegen absolut still da. Doch trotzdem habe ich das Gefühl, von dort beobachtet zu werden.

Und was so etwas angeht, täuscht mich mein Gefühl eigentlich nie.

Ich bleibe stehen, blicke noch einmal den Waldrand entlang. Zum Glück ist Megan noch nicht wieder hier. Wenn es nach mir geht, dann muss sie diesem Bastard nie wieder ins Gesicht blicken.

Reiß dich zusammen, sage ich mir. Ruhig bleiben. Wenn ich jetzt wütend werde, dann kann ich nicht klar denken. Ich muss das sehen wie einen Kampf im Oktagon. Derjenige, der den kühleren Kopf bewahrt, gewinnt dort meistens.

Ich erreiche die Ecke der Garage, gehe noch ein Stück weiter – und tatsächlich. Ein einzelnes Paar Schuhabdrücke führt von dort in Richtung Wald. Tiefes Profil. Vermutlich hat sich der Penner extra neu eingekleidet, um seine Ex im tiefsten Winter hier draußen zu terrorisieren. Zum Glück hat er die Finger von Dale gelassen.

Noch einmal überblicke ich den Waldrand. Alles ruhig. Aber irgendwo da draußen muss sich der Kerl verstecken. Was mache ich also? Suche ich nach ihm? Das wäre in der Dunkelheit nicht sehr erfolgversprechend.

Der Wald ist riesig und er könnte sich dort überall verstecken – oder einfach wieder zum Haus gehen und dort auf Megan warten, wenn ich erst mal im Dickicht verschwunden bin. Nein, diesen Gefallen tue ich dem Bastard ganz sicher nicht.

Also anders: Ich werde wieder reingehen und die Umgebung des Hauses ganz genau im Auge behalten. Und sobald er sich erneut blicken lässt, schnappe ich ihn mir. Außerdem sollte ich Megan vorwarnen. Sie würde den Schock ihres Lebens bekommen, wenn Russell hier steht, sobald sie nach nach Hause kommt.

Ein letztes Mal lasse ich den Blick über die dichte schwarze Wand aus Bäumen schweifen, dann wende ich mich ab und gehe zurück. Das Gefühl, beobachtet zu werden, wird umso stärker.

Na komm schon, du Scheißkerl. Zeig dich.

Ich gehe weiter und habe schon fast die Tür erreicht und will gerade dazu ansetzen, Sally zu sagen, dass sie mich reinlassen soll, als ich plötzlich etwas hinter mir höre. Das Rascheln der Bäume, wie Dale es beschrieben hat. Dann so gut wie nichts mehr, denn der Schnee dämpft fast alle Geräusche. Trotzdem spüre ich, wie das Gefühl stärker wird. Es ist jetzt nicht mehr die bloße Gewissheit, dass ich beobachtet werde. Sondern Alarmbereitschaft. Und dann vernehme ich doch noch Schritte, ganz nah an mir dran.

Und im nächsten Moment brüllt die Stimme eines offensichtlich geistig nicht ganz klaren Mannes: »Du Penner, jetzt leg ich dich um!«

Aber dazu kommt er nicht, denn ich fahre herum und während er im Begriff ist, sich auf mich zu stürzen, empfange ich ihn mit einem Faustschlag, der sich gewaschen hat. Er fliegt zurück in den Schnee und ich erkenne sofort, dass es Russell ist. Er ist noch dicker und bulliger geworden seit unserer letzten Begegnung, wahrscheinlich pumpt er sich wirklich mit Steroiden voll. Sein Gesicht ist knallrot und in seiner Daunenjacke wirkt er ziemlich unbeholfen, als er sich mühsam wieder aufrappelt. Doch Männer wie ihn sollte man nicht unterschätzen, Irre, meine ich, und so bin ich nicht überrascht, als ich die Klinge in seiner Hand entdecke, während er wieder auf die Beine kommt und vor mir herumzutänzeln beginnt. Es ist ein handelsübliches Rasiermesser, was er da zwischen den Fingern hat, und ich weiß, wie scharf diese Teile sind.

»Na?«, fragt er mit vor Wut bebender Stimme, »hast du jetzt Angst, Käfigkämpfer?!«

Okay, ich habe es hier also mit einem Verrückten mit Messer zu tun. Aber habe ich Angst? Nein. Ich bin nur unglaublich sauer, dass sich dieser Abschaum in der Nähe meiner Familie herumtreibt.

»Lass das Messer fallen, Russell«, sage ich so ruhig wie möglich. Früher war ich unzählige Male in Situationen wie dieser. Sowohl Junkies als auch Dealer können ziemlich sauer werden, wenn man sie in der falschen Situation erwischt. Und sie haben meistens Waffen bei sich.

»Ich werd das Messer fallen lassen, nachdem ich dir den Garaus gemacht habe!«, brüllt Russell, und dann holt er mit seiner Klinge aus und lässt sie durch die Luft sausen.

Ich weiche einen Schritt zurück und versuche mir seinen Arm zu schnappen, um ihn zu verdrehen und ihm das Messer abzunehmen, aber ganz so mühelos wie erhofft gelingt mir das nicht. Stattdessen geschieht etwas anderes: Dadurch, dass ich zurückgewichen bin und Russel mir nachgesetzt ist, befinden wir uns nun vor einem der Küchenfenster, und durch das dünne Glas kann ich Sallys erschrockenen Aufschrei hören. Verdammt. Ich hoffe, sie sorgt dafür, dass Dale hiervon nichts mitbekommt.

»So schnell kriegst du mich nicht, du Penner«, sagt Russell und lässt ein Lachen hören, das klingt, als sei er auf irgendwelchen Drogen. Dann holt er erneut aus, und diesmal versucht er, mir sein Messer geradewegs in die Brust zu stechen. Ich weiche aus, ducke mich und versetze ihm dann einen Haken in die Magengrube, der ihn zurücktaumeln und fast wieder zu Boden gehen lässt.

»Du verfluchter –« Er reißt seine Klinge hoch und diesmal schaffe ich es, seinen Arm zu packen, aber ehe ich ihn ihm auf den Rücken drehen kann, lässt sich Russell einfach fallen und ich gehe durch den plötzlichen Ruck beinahe mit zu Boden. Stattdessen bekommt er von mir einen Tritt in die Rippen, der ihm hoffentlich die Luft aus den Lungen treibt, während ich seinen Messerarm immer noch festhalte. Russell schreit vor Schmerz auf. Nicht mehr lange, dann habe ich ihn!

Doch dann geschieht etwas, das so nicht hätte geschehen sollen: Ich höre, wie die Vordertür aufgerissen wird und dann Sallys panische Stimme: »Komm ins Haus, Harley, der Kerl ist doch vollkommen verrückt!«

»Geh wieder rein, Sal!« Ich verpasse Russell, der sich aus meinen Griff zu winden versucht, einen weiteren

Tritt. Seine Rippen knacken. Gut. Aber dass Sally in der Tür steht, ist gar nicht gut.

»Der Kerl hat eine Waffe, du weißt doch gar nicht, wozu der fähig ist! Bitte, Harley, die Cops müssen jeden Augenblick hier sein!«

Während sie noch redet und ihre Stimme verrät, dass sie den Tränen nah ist, geschieht plötzlich alles zugleich: Motorengeräusche werden laut, und als ich kurz aufblicke, erkenne ich ein Stück die Straße runter die gelblichen Lichter von Patricias SUV. Verflucht! Das ist genau der falsche Zeitpunkt!

Wie ein Jagdhund, der Witterung aufgenommen hat, verrenkt sich Russell auf dem Boden den Hals, um den Wagen ebenfalls erkennen zu können. Dann lässt er wieder sein entgleistes Lachen hören. »Na sieh mal einer an! Da kommt unser Stargast, Mister Jones!«

Und damit versucht er, trotz der Schmerzen, die er durch meine Tritte haben muss, wieder auf die Beine zu kommen. Ich nutze die Gelegenheit, um mich hinter ihn zu bringen und ihn, als er taumelnd aufsteht, in den Würgegriff zu nehmen. Sally steht immer noch in der Tür und brüllt irgendwas, Russell stößt sein Messer nach hinten und mir wird klar, dass diese Situation hier verdammt noch mal nicht unter Kontrolle ist.

»Sally, geh rein, na los!«

Ich weiche dem Messer aus, blicke dem Wagen entgegen. Und sehe, wie er etwa 100 Meter vom Haus entfernt plötzlich ins Straucheln gerät.

***

MEGAN

»Mom«, lache ich, »du singst den falschen Text!«

»Von wegen«, widerspricht sie mir und stimmt wieder zu Bob Dylan, der im Radio läuft, ein: »The ants are my friends, they're blowing in the wind ...«

Ich kriege schon Bauchschmerzen vor Lachen und hoffe inständig, dass sie das nicht ernst meint. »Mom! Das macht doch gar keinen Sinn!«

»Wann macht ein Songtext denn schon Sinn?«, fragt sie fröhlich zurück, während wir auf die Straße einbiegen, in der ihr Haus liegt.

Auch wenn es ein schöner Tag war, bin ich ganz froh, jetzt wieder nach Hause zu kommen, denn mir tun die Füße weh und – auch wenn das völlig absurd ist – ich habe Harley während der letzten Stunden ziemlich vermisst. Idiotisch, denn wir haben uns mehrfach über WhatsApp geschrieben, aber das ist einfach nicht dasselbe. Ihn nicht in meiner Nähe zu haben, ihn nicht berühren zu können, wann immer mir danach ist, bereitet mir ein fast körperliches Unwohlsein, das ich so vorher noch nie erlebt habe. Umso mehr freue ich mich auf den gemeinsamen Abend mit ihm. Vor allem jetzt, wo ich aus einer Nachricht von Sally erfahren habe, dass nicht etwa er, sondern sie sich ums Essen kümmert! Ich lächle und bin, wie so oft in der letzten Zeit, einfach dankbar, dass ich diese kleine Idylle hier erleben darf.

»Ich bin gespannt, was Dale zu seinem Geschenk sagt«, unterbricht Mom meine Gedanken.

»Ich glaube, er ...« Weiter komme ich nicht, denn mein Blick fällt auf den Vorgarten meiner Mutter. Das Erste, was mir auffällt, ist, dass die Weihnachtsbeleuchtung noch nicht eingeschaltet wurde. Doch die Straßenlaternen und der Schnee sorgen dafür, dass ich trotzdem erkennen kann, was ich gleich in der Nähe der Tür abspielt: Zwei Männer kämpfen miteinander. Der Eine ist Harley. Und der andere hat ein Messer!

»Verflucht«, flüstere ich erstickt und plötzliche Panik überkommt mich. Dann erkenne ich Russell und meine Angst wird stärker, wird zu einem Strudel aus Gefühlen tief in meinem Inneren. Ich weiß, wozu er fähig ist. Er hätte mich fast umgebracht. Und jetzt kämpft er gegen Harley und hat ein Messer. Harley ist stärker, das weiß ich, aber Russell muss nur einen guten Treffer landen. Ins Herz. In den Hals. In –

»Megan!«

Moms Stimme dringt wie durch Watte an mich heran. Auch den Sinn ihrer nächsten Worte erfasse ich kaum:

»Du musst das Lenkrad festhalten!«

Ich kapiere kaum, was sie von mir will, sehe nur, wie durch einen Tunnel, die Klinge, mit der Russell da herumfuchtelt und spüre eine unglaubliche Welle der Erleichterung, als es Harley gelingt, ihn in den Würgegriff zu nehmen. Aber dann stockt mir erneut der Atem, als mein Ex das Messer nach hinten stößt, und im nächsten Augenblick spüre ich ein heftiges Rucken, als Mom mir ins Lenkrad greift.

Dann erst werde ich wach. Ich erkenne, dass ich drauf und dran war, von der Straße abzukommen. Moms Aktion jedoch hat den schweren SUV auf der glatten Fahrbahn erst recht ins Schlingern gebracht, und so torkelt

das Auto nach rechts und bockt, als ich heftig gegen-
lenke, und dann dreht es sich viel zu heftig nach links
und ich versuche zu bremsen, aber bis auf ein protes-
tierendes Quietschen der Reifen bringt das nicht viel.
Auf einmal habe ich das Gefühl, mich auf einem Karus-
sell zu befinden, ich höre Moms erschrockenen Aufschrei und sehe überall nur noch Schnee, nur noch
Weiß. Und dann spüre ich den Aufprall.

***

HARLEY

»Megan!!« Ich stoße Russell in den Schnee und fahre
Sally an, endlich die Tür zu schließen, dann laufe ich
los und höre, wie sie ebenfalls Megans Namen ruft,
aber noch lauter höre ich das Echo des Aufpralls in meinem Kopf. Der Wagen ist sekundenlang umherge-
schleudert und dann gegen eine Eiche im Vorgarten eines der Nachbarn auf der anderen Seite der Straße ge-
prallt. Er war nicht sehr schnell, aber die Erschütterung
hat gereicht, um die Motorhaube zu verbeulen, und
jetzt steigt Qualm aus ihr auf. Weder die Fahrertür
noch die Beifahrertür öffnet sich, und das macht mir
am meisten Sorge, während ich auf den halb zerstörten
SUV zurenne.

»Megan!«, rufe ich wieder und bekomme nur am
Rande mit, wie sich in den umliegenden Häusern die

ersten Türen öffnen. Wortfetzen werden laut, irgendwas mit Notarzt und Polizei, und dann ertönen in der Ferne die ersten Sirenen. Das müssen die Cops sein, die Sally gerufen hat. »Hol jemand einen Arzt, los!«, brülle ich, dann erreiche ich endlich den Wagen. Durch die Seitenscheibe erkenne ich, dass Megan reglos über dem Lenkrad hängt. Ihr Airbag hat nicht ausgelöst, der auf Patricias Seite schon und sie versucht offenbar gerade, sich darunter hervor zu arbeiten.

Ich reiße die Fahrertür auf.

»Harley«, schluchzt Patricia, »sie ist bewusstlos, du musst einen Arzt rufen!«

Aber ich hoffe, dass das bereits jemand anders tut und beuge mich schnell über Megan, um sie aus dem Sicherheitsgurt zu befreien. Sie stöhnt leise und ich bin unendlich froh, dass sie schon wieder wach zu werden scheint. Wenn ihr ernsthaft etwas zugestoßen wäre ... Aber noch weiß ich nicht, in welchem Zustand sie wirklich ist. Sie kann nach wie vor schwer verletzt sein.

»Harley ...«, flüstert jetzt auch sie.

»Ist schon gut, ich bin da. Kannst du deine Arme und Beine spüren, Baby?«

Es ist wichtig, dass ich weiß, ob ihr Rückgrat okay ist, sonst kann ich sie nicht aus dem Wagen holen.

Zuerst reagiert sie gar nicht, dann nuschelt sie ein undeutliches »Ja« und ich richte sie behutsam auf, wobei ich sehe, dass ihre Stirn blutet. Sie muss sich den Kopf am Lenkrad oder der Windschutzscheibe angeschlagen haben, als sie durch den Aufprall nach vorn geschleudert wurde.

»Der Arzt ist unterwegs!«, ruft irgendwer und während ich sie behutsam aus dem Wagen hebe, erkenne ich, dass sich bereits die halbe Nachbarschaft um uns herum versammelt hat. Verdammte Schaulustige.

Ich lege Megan auf dem Boden ab und ihr Blut tropft in den Schnee. Aus trüben Augen sieht sie mich an.

»Bist ... bist du unverletzt ...«

»Halt die Klappe und warte, bis der Arzt da ist«, sage ich und drücke ihre Hand. Gott sei Dank ist sie wach, erkennt mich und wirkt auch nicht orientierungslos. Gut. Nicht auszudenken, wenn dieser Mistkerl dafür gesorgt hätte, dass sie sich ernsthaft verletzt!

Apropos. Wo ist der Penner überhaupt hin? Ist er abgehauen? Den Sirenen nach zu urteilen ist die Polizei nur noch wenige Blocks entfernt.

»Bleib genau so liegen. Beweg dich nicht.« Während Patricia, die sich nicht verletzt zu haben scheint, um den Wagen kommt und sich zu ihrer Tochter kniet, stehe ich auf und blicke zurück zum Haus.

Russell ist nirgends zu sehen, was ein gutes Zeichen ist, aber die Tür steht noch offen, und das ist alles andere als ein gutes Zeichen. Und als wäre das sein Stichwort, schiebt sich in diesem Moment Dale durch die Menschenmenge. Tränen strömen über sein Gesicht und er schluchzt: »Onkel Harley! Ich ... ich konnte nichts machen! Er hat einfach Mom mitgenommen! Er hat sie mitgenommen in den Wald!«

Es dauert einen Moment, bis ich die volle Bedeutung seiner Worte erfasse. Ich hätte mit allem gerechnet. Dass Russell hergekommen ist, um Megan zu entführen. Dass er gekommen ist, um mich zu töten. Doch er hat etwas getan, womit wohl niemand von uns gerechnet hätte.

Er hat Sally entführt.

KAPITEL 6

MEGAN

Mom bringt mir einen Eisbeutel und setzt sich wortlos neben mich. Sie ist blass und der Schock steht ihr deutlich ins Gesicht geschrieben. Dale hat sich in sein Zimmer zurückgezogen und will niemanden sehen. Er macht sich große Vorwürfe und hat während der letzten Stunden immer wieder verzweifelt betont, dass er seiner Mom nicht helfen konnte. Dass er nicht stark genug war.

Nachdem die Sanitäter gefahren waren – sie haben meine Mutter und mich gründlich durchgecheckt, aber bis auf ein leichtes Schädel-Hirn-Trauma bei mir nichts feststellen können – nachdem der Abschleppdienst den kaputten Wagen in die nächste Werkstatt gezogen hatte und die Nachbarn wieder in ihren Häusern verschwunden waren, hat sich die Polizei noch eine ganze Weile hier aufgehalten. Sie haben uns, vor allem Harley und leider auch Dale, unendlich viele Fragen gestellt, wollten genau wissen, wer Russell ist und was er hier zu suchen hatte und was sich genau zugetragen hat.

Aus Harleys Antworten habe auch ich erfahren, was hier los war, ehe wir nach Hause gekommen sind. Dass

Dale meinen wahnsinnigen Ex als Erster erkannt hat, dass Harley nach draußen gegangen ist, um ihn sich zu schnappen und dass dann alles außer Kontrolle geriet, als Sally die Tür öffnete und Harley anflehte, nach drinnen zu kommen.

Doch obwohl ich die Fakten jetzt kenne, habe ich immer noch Mühe zu verstehen, was passiert ist.

Sally ist verschwunden. Sie ist entführt worden.

Dale hat ausgesagt, dass Russell nicht lange gefackelt habe, nachdem Harley losgelaufen war, um mich aus dem qualmenden Auto zu befreien. Er hat aus dem Wohnzimmer beobachtet, wie Sally plötzlich zurückwich und Russell warnte, ihr nicht zu nahe zu kommen, doch davon habe der sich gar nicht beeindrucken lassen. Er hat, so Dale, Sally an sich gezogen, ihr das Messer an den Hals gehalten und sie durchs Haus zur hinteren Veranda dirigiert. Dabei hat er ihr gedroht, dass er sie absticht, wenn sie auch nur einen Mucks macht.

Dale ist den beiden gefolgt, hat Russell angefleht, seine Mutter in Ruhe zu lassen. Hat überlegt, ob er ihn angreifen kann, aber das Messer an Sallys Hals hat ihn davon abgehalten. Und dann zerrte Russell Sally raus in den Schnee und während Dale zur Vordertür lief, um Harley zur Hilfe zu holen, müssen die beiden im Dickicht verschwunden sein.

»Es gibt eine befestigte Straße da draußen im Wald, etwa dreihundert Meter von meinem Grundstück entfernt. Wenn er da einen Wagen deponiert hat, ist er mit Sally längst über alle Berge«, hat Mom finster erklärt, als Dale zum Glück schon oben war.

Ich konnte den Polizisten Russells Kennzeichen nennen, auch wenn ich bezweifle, dass er mit seinem eigenen Wagen hier ist. Die Beamten haben sofort begonnen, nach ihm zu fahnden und ich kann nur hoffen, dass er nicht so wahnsinnig ist, wie ich glaube.

Dass er Sally aus Frust, weil er an mich nicht herangekommen ist, nicht etwas antut.

Verdammt. Wie konnte das passieren? Wie konnte alles derart schnell eine dermaßen furchtbare Wendung nehmen?

Ich lege meinen Kopf auf meinen angezogenen Knien ab und versuche, meine Gedanken zu ordnen, während Harley mal wieder mit Chicago telefoniert. Dylan. Es ist gut, jemanden bei der Polizei zu kennen. Er kann dafür sorgen, dass seine Kollegen mit mehr Druck nach Sally suchen, als sie es tun würden, wenn es um eine völlig fremde Person ginge. Ich atme tief durch. Es ist nicht auszuschließen, dass Russell sie nach Chicago bringt. In die kleine Wohnung, die er dort angemietet hat, ursprünglich, um mich festzuhalten …

Urplötzlich überzieht eine Gänsehaut meinen Körper und ich bemühe mich, Harleys Worten zu lauschen, damit ich nicht völlig aus der Fassung gerate. Trotz allem übt seine Stimme eine beruhigende Wirkung auf mich aus. Seine Worte jedoch tun dies in keinster Weise.

»Seit wann weißt du es? … Okay. Ja, ich will auch hoffen, dass du mich angerufen hättest! … Aber ihr habt doch eine Menge Dokumente in den Häusern und im Club gefunden, war da nichts bei, ich meine … Gut. Und wenn ich aussage?«

Mein Herz beginnt beinahe schmerzhaft gegen meine Brust zu hämmern. Was ich von seinem Gespräch mitbekomme, kann nur eines bedeuten: Luigi und seine Leute sind entlassen worden. Verdammt! Wie grauenhaft will dieser Tag eigentlich noch werden?!

»Das ist Blödsinn, und das wissen wir beide!«, höre ich Harley sagen. Er klingt nicht weniger aufgebracht, als ich mich fühle. »So was macht doch niemand vor einem wichtigen Kampf!«

Ich spüre, wie Mom mir eine Hand auf die Schulter legt und hebe den Kopf, um sie anzusehen. Ihr Blick strahlt Zuversicht aus, aber davon kommt in diesem Moment nichts bei mir an. Das alles hier ist einfach nur furchtbar. Und ich habe keine Ahnung, was wir jetzt tun sollen. Ich schlucke und lausche weiter Harleys Gespräch. Er diskutiert noch eine ganze Weile mit Dylan, wenn es auch, wie seine Worte verraten, aussichtslos ist. Dann bittet er seinen alten Freund wie jedes Mal, ihn sofort anzurufen, wenn es etwas Neues gibt. Und dann legt er auf. Sekundenlang herrscht einfach nur Stille in Moms Wohnzimmer. Nicht die winterliche Ruhe, die ich in der vergangenen Zeit so zu schätzen gelernt habe. Sondern Totenstille, die mir die Brust zuschnürt, sodass ich das Gefühl habe, kaum noch atmen zu können. Und dann spricht Harley aus, was ich ohnehin schon weiß:

»Luigi und die anderen sind frei. Es gab keine ausreichenden Beweise gegen sie.«

»Aber ...«, frage ich heiser, »aber wie kann das sein?«

Harley blickt mich an. Er steht inmitten der Sitzgruppe, macht aber keine Anstalten, sich zu setzen. »Die haben ihre Spuren immer gut verwischt und ihre

Gelder gründlich über das Ivory gewaschen. Luigis gesamte Einnahmen sowie die seiner Leute stammen offiziell aus dem Club und aus ein paar kleineren Läden in Chicago, darunter ein Wettbüro, in dem er aber vorgeblich natürlich nicht wettet.«

»Und ... und die Drogen, die sie dir vor dem Kampf verabreicht haben? Was ist damit?!«

»Das war laut ihnen einfach ein sehr starkes Grippemittel. Sie haben behauptet, dass ich es mir freiwillig hätte geben lassen.«

»Das ist doch absurd!«

Harley hebt die Schultern. »Natürlich ist es das. Aber der Arzt hat für sie ausgesagt, also ...«

»Weil sie ihn bezahlen! Oder bedrohen! Das liegt doch auf der Hand!«

»Liebes, reg dich nicht so auf ...«, versucht es Mom, doch ich höre sie gar nicht.

»Was ist mit Sally und Russell?«, frage ich stattdessen. »Glaubt Dylan, dass es einen Zusammenhang gibt? Ich meine, wenn beides am selben Tag geschieht ...«

»Wäre ein komischer Zufall«, stimmt mir Harley zu.

»Aber im Moment kann noch niemand einschätzen, ob und inwiefern es da einen Zusammenhang gibt.«

Fassungslos schüttle ich den Kopf. Das kann doch alles nicht wahr sein! Von einem Moment auf den anderen scheint es, als wäre uns alles entglitten, als hätten wir komplett die Kontrolle verloren. So wie ich vorhin über das Auto. Wenn das nicht passiert wäre, wenn Harley nicht zu mir gekommen wäre, um mir zu helfen, wenn er Russell unter Kontrolle behalten hätte, dann wäre Sally jetzt vielleicht nicht gekidnappt worden und ...

Ich rufe mich innerlich zur Ordnung. So darf ich gar nicht erst anfangen. Natürlich war es verdammt blöd, dass ich den Wagen vor einen Baum gefahren habe. Aber wäre Harley mir nicht zur Hilfe geeilt, hätte es genauso gut passieren können, dass Russell ihn absticht. Selbstvorwürfe bringen jetzt nichts. Ich muss einen klaren Kopf bewahren. Wir alle müssen das.

Verstohlen blicke ich auf zu Harley und erkenne, dass er fieberhaft nachdenkt und wie mühsam er sich beherrscht. Seine ganze Haltung wirkt angespannt, zwischen seinen Brauen hat sich eine steile Falte gebildet und auf seiner Stirn pocht eine Ader. Kein Wunder. Ich weiß, wie eng seine Bindung zu Sally ist und sie in Russells Händen zu wissen, muss für ihn die Hölle auf Erden sein.

Ich stehe auf und mir wird ein bisschen schwindelig, trotzdem mache ich einen Schritt auf Harley zu und schlinge die Arme um seine Hüften. »Was tun wir denn jetzt?«, frage ich leise und lege meinen Kopf an seine Brust. Ich spüre, wie schnell und hart sein Herz schlägt.

»Wir müssen sie finden«, sagt er leise, aber entschlossen. »Du musst mir alles erzählen, was du über Russell und sein Umfeld weißt.«

Ich schließe die Augen. Es wundert mich nicht, dass er sich nicht allein auf die Polizei verlassen will und es beruhigt mich ein winzigkleines bisschen, dass er so ist, denn ihm traue ich mehr zu als jedem anderen auf der Welt.

Doch Mom ist da offenbar anderer Meinung. »Ihr könnt euch da nicht einmischen, Kinder. Ihr könnt auch nicht zurück nach Chicago, wenn diese ... Gangster jetzt wieder auf freiem Fuß sind.«

»Megan wird auch nicht nach Chicago zurückkehren«, sagt Harley entschlossen und ich löse mich ruckartig von ihm, starre ihn erschrocken an.

»Du gehst nicht ohne mich!«

Harley öffnet den Mund, um mir zu antworten, doch ehe er dazu kommt, klingelt auf einmal das Telefon.

Wir sehen Richtung Küche, alle drei zugleich. Und wir alle wissen, dass dieses Klingeln nichts Gutes bedeutet. Das Gespür, das ich von meinem Vater geerbt habe, schlägt so heftig an wie schon lange nicht mehr.

Eine verdammt gute Story, wispert eine Stimme in meinem Inneren, und wäre das hier nicht mein Leben, sondern das eines anderen, wäre ich Beobachter und nicht involviert, würde das vermutlich sogar stimmen.

Denn ich weiß, noch ehe Mom den Hörer abnimmt, dass dieser Anruf einen Endpunkt unter das setzt, was wir hier in Somerset ein paar glückliche Wochen lang hatten. Und dass stattdessen etwas anderes vor uns liegt. Etwas, das beängstigender ist als alles, was wir bisher erlebt haben.

»Patricia Clark?«, meldet sich Mom.

Harley steht neben ihr und sieht bereit aus, als könne er irgendwie eingreifen, als könne er die Person am anderen Ende der Leitung K.o. schlagen, sollte es nötig werden. Ich verschränke die Arme vor der Brust, denn mir ist urplötzlich eiskalt.

Dann runzelt Mom die Stirn. »Nein, die sind nicht hier«, sagt und ich schätze, uns ist beiden klar, dass sie von uns redet.

Harley schüttelt leicht den Kopf und hält ihr die Hand hin. Sicher. Sally zu retten ist jetzt wichtiger, als weiter unsere Anonymität zu wahren. Um einiges wichtiger.

Mit fragendem Blick gibt Mom den Hörer ab.

Harley nimmt ihn an sich und fragt: »Wer ist da?

Und dann sehe ich, wie sein Blick sich verändert – seine Augen werden absolut kalt, so wie jedes Mal, wenn er im Ring steht. »Wo ist sie?«, fragt er.

Russell. Russell muss am Apparat sein. Mein Puls beschleunigt sich und ich will auf der Stelle irgendwas tun. Warum haben die Polizisten, als sie hier waren, für einen solchen Fall nicht das Telefon verkabelt? Verdammte Dorfpolizei. In Chicago wäre das anders gelaufen. Sollte ich sie informieren?

Ich hebe mein Handy und sehe Harley fragend an, aber er schüttelt entschlossen den Kopf.

»Hör auf, um den heißen Brei herumzureden«, sagt er dann. »Was willst du?« Er hört zu, schüttelt dann den Kopf und wiederholt: »Was willst du, Luigi?«

Und mein Blut gefriert zu Eis.

***

HARLEY

»Ich hätte dich viel eher angerufen, aber du kennst ja die Regeln in der Untersuchungshaft: nur ein einziges Telefonat, und das musste ich natürlich meinem Anwalt widmen, nach all den falschen Verdächtigungen, mit denen ich zu kämpfen hatte ...«

»Klar, das waren alles nur falsche Verdächtigungen, he?« Ich muss mich beherrschen, um Luigi nicht anzubrüllen, woher er diese Nummer hat. Woher er weiß, wo wir sind.

»Du warst doch mal Polizist, du solltest wissen, wie schnell ihr Jungs euch den Falschen ausguckt. Apropos, hast du deine Grippe mittlerweile wieder im Griff?«

Dieser Bastard. Er tut also tatsächlich, als wäre er die Unschuld in Person, sogar mir gegenüber. Obwohl wir es beide besser wissen. »Ich frage dich jetzt noch ein einziges Mal, Luigi. Weshalb rufst du hier an?«

Von einer Sekunde auf die andere verändert sich Luigis Tonfall. Seine schleimige Freundlichkeit wird zu kaum unterdrücktem Zorn. »Du denkst, du bist in der Position, hier irgendwelche Forderungen zu stellen? Du denkst, du sitzt am längeren Hebel, Harley Jones? Dann hör mir mal gut zu: Ehe ich unschuldig hinter Gitter gesteckt worden bin, hatten wir zwei einen Vertrag. Du warst mein Kämpfer und hast mir das Geld eingebracht, das dein verlauster Bruder mir geschuldet hat. Nun, da meine Unschuld erwiesen ist, sehe ich keinen Grund, weshalb dieser Vertrag hinfällig sein sollte. Aber ich bin kein Unmensch, also verstehe ich, dass du das nicht ewig machen möchtest. Daher mein Vorschlag: Du wirst noch vier Fights für mich machen, Jones. Ein Turnier. Danach kannst du mit deiner neuen Freundin aufs Land ziehen, wie du willst. Aber diese vier Kämpfe bist du mir schuldig, und um meiner Bitte, dass du deine Schuld begleichst, Nachdruck zu verleihen, biete ich dir eine besondere Prämie. Gewinn das Turnier – und du bekommst die kleine Sally lebend zurück.«

Für einen Moment glaube ich, dass ich mich verhört habe. Was hat er da gerade gesagt? »Du kannst sie nicht haben«, zische ich. »Ich habe gesehen, wer sie entführt hat.«

Am anderen Ende der Leitung lässt Luigi ein geradezu fröhliches Lachen hören. »Ach ja, du Klugscheißer? Und was denkst du, in wessen Auftrag der gute Russell gehandelt hat, hm? Streng deine grauen Zellen an, mein Freund.«

»Du bluffst doch nur«, werfe ich ihm vor.

»Und woher sollte ich dann wissen, dass deine liebe Schwägerin überhaupt abhanden gekommen ist? Hm?«

Ich antworte ihm nicht, zumindest nicht gleich. Meine Gedanken rasen. Klar, die Cops fahnden nach Sally, aber die Öffentlichkeit wurde noch nicht um Hilfe gebeten, zumindest nicht im großen Stil. Vielleicht gab es ein paar Radiodurchsagen im näheren Umkreis von Somerset, möglicherweise in ganz Wisconsin, aber in der kurzen Zeit seit seiner Entlassung kann Luigi es kaum hierher geschafft haben, und jemand aus seiner Gang genauso wenig. Außer natürlich, es gab ein paar Leute, die ...

»Hey, Sportsfreund.« Luigi klingt immer noch vollkommen entspannt.

Ich warte schweigend auf seine nächsten Worte. Doch anstelle von seiner Stimme erklingt nun die einer Frau, leicht blechern, offenbar eine Audioaufnahme. Das macht den Inhalt ihrer Worte aber nicht weniger erschreckend: »Harley ...? Hier ist Sal. Die sagen ... die sagen, wenn du nicht tust, was sie wollen, dann ... dann bringen sie mich um. Bitte Harley, du musst –«

Damit endet die Aufnahme, aber diese Worte reichen auch schon. Er hat nicht gelogen. Er hat sie in seiner Gewalt. Wie auch immer er es angestellt hat – Russell hat Sally nicht aus Rache gekidnappt, weil er an Megan nicht herankam, sondern er hat es für Luigi getan.

»Du verdammter Bastard«, höre ich mich selbst sagen. »Wenn ihr sie auch nur anrührt ...«

»Wenn du das nicht willst«, unterbricht mich Luigi, jetzt in vollkommen geschäftsmäßigem Ton, »dann schlage ich vor, dass du deine Sachen packst und dich auf der Stelle zum nächsten Flughafen begibst. Und dann sehen wir uns morgen Mittag in Cancún, Mexiko.«

Einen Moment lang glaube ich, dass ich mich verhört habe, und Luigi scheint das zu bemerken, denn er fährt fort: »Was? Denkst du, ich kann in Chicago einfach unbehelligt weiter meinen Geschäften nachgehen? Zerbrich dir nicht meinen Kopf, Jones, sondern sieh zu, dass du deine Sachen packst. Punkt 1 am Flughafen. Oh, und eine Sache noch: Keine Polizei. Aber ich schätze, das versteht sich von selbst.«

Damit legt er auf.

***

MEGAN

Das Herz schlägt mir bis zum Hals. Ich bin sauer und frustriert, doch in erster Linie habe ich einfach unglaubliche Angst. Ich halte Harley an der Schulter fest, versuche ihn daran zu hindern, weiter seine Sachen in die Reisetasche zu werfen.

»Das kannst du nicht machen! Das ist eine Falle, die werden dich fertigmachen, die ...«

Harley dreht sich zu mir um und sieht mich an. Sein Blick ist unverändert eisig. »Das ist keine Falle, sondern meine einzige Chance, Sally da raus zu holen.«

Es gefällt mir nicht, dass er mich so ansieht und dass er nicht von uns, sondern nur von sich redet. Als ginge mich das alles gar nichts an. »Woher willst du das wissen?«, frage ich leise. »Woher willst du wissen, dass sie dich nicht ... erschießen oder sonst was? Dass sie nicht einfach nur Rache wollen?«

»Das weiß ich, weil sie mit Rache nichts verdienen. Aber wenn ich wieder kämpfe, dann bringt ihnen das Geld ein – und Geld ist alles, worum es denen geht.« Damit wendet er sich ab und packt weiter, wobei er einen kurzen Blick auf die Uhr wirft. »Ich muss los. Sonst kriege ich den Flug nicht.«

Ich schlucke hart und versuche, die Tränen zurückzukämpfen, die sich in meine Augen zu stehlen versuchen. Während ich ganz tief durchatme, sehe ich mich in unserem Schlafzimmer um, dem Raum, in dem ich meine glücklichsten Stunden mit Harley hatte. Und dann kommen die Tränen doch. Ich wische sie hastig fort und fordere, so ruhig und bestimmt ich kann: »Lass mich mitkommen.«

»Das geht nicht, Megan. Das hatten wir doch schon. Ich will nicht, dass du in ihrer Reichweite bist.«

»Und das bin ich hier nicht?«

»Die Polizei wird um das Grundstück herum verstärkt Streife fahren. Ich habe das ganze Haus alarmgesichert. Ich lasse euch die Waffen hier und ihr geht nur raus, wenn es unbedingt sein muss.«

»Und für wie lange? Wann sehe ich dich wieder, Harley? ... Sehe ich dich überhaupt wieder?«

Er hält inne, einen Stapel unordentlich gefalteter T-Shirts in der Hand. »Was soll das denn jetzt?«

Ich kann das Schniefen nicht länger zurückhalten. »Du beziehst mich nicht in deine Pläne mit ein. Du willst mich nicht bei dir haben ...« Meine Stimme bricht, aber ich bemühe mich, die nächsten Worte trotzdem so klar wie möglich herauszubringen: »... Ich weiß, was dir durch den Kopf geht. Wenn das mit uns nicht wäre, dann wäre das alles hier gar nicht passiert!«

»Megan.« Harley schleudert die Shirts in seine Tasche, dann dreht er sich zu mir um und packt meine Schultern. »Hey. Sieh mich an.«

Ich tue es, wenn auch ungern. Tränen laufen über meine Wangen.

»Du weißt offensichtlich rein gar nichts davon, was mir durch den Kopf geht. Nicht das Geringste.«

Immer noch sehe ich ihn an, immer noch sind seine Augen kalt. Was, wenn es das jetzt wirklich mit uns war? Was, wenn er mich nicht mehr liebt? Wenn er sich nach Sallys Entführung sicher ist, dass das mit uns von Anfang an ein Fehler gewesen ist? Ich möchte den Mund aufmachen, möchte ihn fragen, ob er mit mir Schluss macht. Ob das hier schon das Ende unserer gemeinsamen Zukunft ist. Aber ich schaffe es nicht. Es kommen einfach keine Worte über meine Lippen.

»Hörst du mir zu?«, fragt Harley, dann legt er seine Hände auf meine Wangen. »Wir wussten beide, dass es gefährlich werden kann, wenn wir es miteinander versuchen, oder nicht?«

Ich nicke leicht, was in seinem Griff gar nicht so einfach ist.

»Wir wollten es beide, du genauso wie ich, aber für das, was heute Abend hier geschehen ist, ist nur einer verantwortlich: Luigi. Ist das klar?«

Ich ziehe die Nase hoch. Dann, endlich, schaffe ich es, ein paar Worte über meine Lippen zu bringen. Nicht viele. Aber dafür die einzigen, die wirklich wichtig sind. »Ich liebe dich, Harley.«

»Ich liebe dich auch«, erwidert er, und das Eis in seinem Blick bröckelt ein wenig. Dann beugt er sich zu mir herunter und gibt mir einen Kuss, der sich nicht leidenschaftlich und auch nicht romantisch anfühlt, sondern mehr, als würde er etwas zwischen uns besiegeln. Etwas, das in diesem Moment stärker denn je ist und das weder Luigi noch Russell noch irgendein Schicksalsschlag oder eine wie auch immer geartete Katastrophe wird zerstören können.

Doch zugleich ist es ein Abschiedskuss, das spüre ich so genau, als würde mir jemand eine glühende Nadel ins Herz rammen.

Ich löse meine Lippen von Harleys und ziehe ihn eng an mich. »Du musst vorsichtig sein«, flüstere ich. »Versprich mir, dass du vorsichtig bist.«

Er haucht mir einen Kuss aufs Haar. »Ich verspreche es.«

Ich schließe die Augen, halte ihn ganz fest und spüre, wie ruhig er atmet, wie kräftig sein Herz schlägt und wie angespannt sich seine Muskeln anfühlen.

Was immer in den nun folgenden Tagen oder Wochen auf ihn zukommt – Harley ist bereit. Nur leider bin ich es nicht. Ich bin es ganz und gar nicht.

»Lass mich mitkommen!«, starte ich einen letzten Versuch.

Er sieht mich an. »Ich brauche dich hier, Meg. Du musst auf deine Mom und auf Dale aufpassen.«

Ich erwidere seinen Blick einen Moment lang, dann nicke ich. Wenn er mich hier braucht, dann werde ich hier sein. Wohl oder übel.

***

Kurz nach Mitternacht. Ich stehe in der Tür und sehe dem Taxi nach, obwohl es längst verschwunden ist. Neuer Schneefall hat eingesetzt, dicke weiße Flocken, die lautlos zu Boden schweben. Totenstille liegt über der ganzen Stadt und von der Aufregung, die am frühen Abend herrschte, ist nichts mehr zu spüren. Harley hat sich von Dale verabschiedet und ist dann gegangen, während Mom ihn ins Bett gebracht hat. Jetzt höre ich ihre Schritte irgendwo hinter mir, aber ich beachte sie nicht weiter. Ich starre in die Nacht und hoffe, dass das Taxi zurückkommt, dass er es sich anders überlegt, dass wir eine andere Lösung finden. Aber natürlich geschieht nichts dergleichen.

»Megan«, sagt Mom irgendwann. »Wenn du dich jetzt erkältest, ist auch keinem geholfen.«

Ich mache langsam einen Schritt zurück ins Haus, aber ich habe sofort das Gefühl, dass mich die stickige Kaminluft hier drin zu ersticken versucht. »Ich werd einen Spaziergang ...«, beginne ich, unterbreche mich aber sogleich selbst, denn schließlich habe ich Harley versprochen, nichts Leichtsinniges zu tun. Also komme ich jetzt ganz ins Haus, mache schweren Herzens die Tür zu, schließe hinter mir ab und aktiviere die Alarmanlage.

Dann drehe ich mich zu Mom um. Sie sieht ernst aus, was sie etwas älter macht, als sie eigentlich ist. Aber zugleich wirkt sie ... zuversichtlich, und ich frage mich, wie sie das schafft. Diese ganze Situation hier ist die reinste Katastrophe. Harley ist weg, auf dem Weg in ein anderes Land, zu den Männern, die eine Rechnung mit ihm offen haben. Sally ist in Gefahr, nicht nur durch meinen irren Ex, sondern auch durch Luigis brutale Mafia-Gang, und Dale ist spätestens jetzt vollkommen traumatisiert.

»Komm in die Küche«, sagt Mom. »Ich mache dir jetzt einen heißen Kakao.«

Und obwohl mir allein der Gedanke an klebrige heiße Schokolade mein Gefühl, dass mir die Luft knapp wird, noch verstärkt, folge ich ihr ohne Widerworte.

»Weißt du«, sagt Mom, als wir einander gegenüber an der dunklen Holztheke sitzen, »als dein Vater damals Hals über Kopf abgehauen ist, um aus erster Hand über den Golfkrieg zu berichten, da wäre ich ihm am liebsten hinterhergeflogen.«

»Und was hat dich in Chicago gehalten?«

Mom sieht von ihrer Tasse auf und lächelt leicht. »Du«, sagt sie dann.

Und ich weiß im Moment nicht, was ich über diese Worte denken soll.

***

HARLEY

Cancún, Mexiko
17. Dezember 2016

Kaum verlasse ich das Flughafengebäude, habe ich das Gefühl, in ein anderes Leben zu treten. Auch wenn nur wenige Stunden vergangen sind, seit ich mich von Megan verabschiedet habe, kommt es mir vor, als würde unsere kurze gemeinsame Geschichte bereits in weiter Ferne liegen, wie eine Erinnerung an etwas, das vor Jahrzehnten passiert ist.

Es ist heiß, mindestens 30 Grad, und die Sonne brennt erbarmungslos vom knallblauen Himmel. Die Menschen laufen in Shorts und Shirts herum und es herrscht eine Hektik, die verrät, dass nicht gerade wenige Amerikaner vor der Weihnachtsstimmung zu Hause hierher geflüchtet sind.

Ich bleibe stehen, lasse meine Reisetasche zu Boden fallen und hole dann mein Handy aus der Tasche. Luigi hat mir noch einige Nachrichten zukommen lassen, während ich unterwegs war. Eine Nummer, die ich anrufen soll, sobald ich gelandet bin. Keine Drohungen, keine Erinnerungen daran, was geschieht, wenn ich nicht spure. Er ist sich seiner Sache sehr sicher.

Ich rufe die Nummer auf, die er mir geschickt hat und zögere, ehe ich auf Anrufen tippe. Noch kann ich zurück. Noch kann ich mich einfach in den nächsten Flieger setzen und wieder nach Wisconsin fliegen, und dort …

Nein, das ist vollkommener Blödsinn. Klar könnte ich, rein technisch gesehen. Aber das könnte ich Sally nicht antun, und Dale auch nicht, und auch Megan nicht, denn ich weiß, dass sie sich wegen gestern Vorwürfe macht – auch wenn das Unsinn ist. Russell zu sehen, wie er versucht, mich abzustechen, war ein Schock für sie. Die Straße war glatt. Da passiert so was. Es war eben eine Verkettung unglücklicher Ereignisse. Sally hätte im Haus bleiben sollen. Ich hätte Russell schon erwischen sollen, als er das erste Mal auftauchte. Aber wie weit will man das dann zurückrechnen? Bis zu dem Punkt, an dem sich mein Bruder mit ein paar zwielichtigen Typen einließ? Solche Gedankenspiele bringen niemandem etwas, und am Ende läuft doch alles auf das hinaus, was ich schon zu Megan gesagt habe: Schuld an der Situation tragen Luigi und Russell. Denn sie haben diese ganze Scheiße hier angezettelt. Aber das hilft jetzt auch nichts.

»Also schön«, sage ich zu mir selbst und mache den Anruf. Dann höre ich über den Lärm hinweg, wie unweit von mir ein Handy zu klingeln beginnt und sehe auf. An einem verbeulten giftgrünen Wagen, der zwischen Taxis und Reisebussen am Straßenrand vor dem Terminal parkt, lehnt ein Typ mit sehr kurzem dunklem Haar und Sonnenbrille, der zu mir herübersieht und lässig grinsend sein Handy in die Höhe hält.

Ich drücke den Anruf weg, schnappe mir meine Tasche und gehe dann zu ihm herüber. »Ich nehme an, Luigi schickt dich?«

»Du bist ein kluger Junge«, erwidert der Kerl mit starkem mexikanischem Akzent. Dabei hält er mir die Hand hin, doch ich werde den Teufel tun und einschlagen. Luigi und seine ganze verkommene Bande können mir gestohlen bleiben.

»Fahren wir«, sage ich und gehe um den Wagen, wobei ich den Blick meines Fahrers im Nacken spüre.

Ich werfe die Tasche auf die Rückbank, dann steige ich auf der Beifahrerseite ein. Es riecht nach Qualm und die Scheiben könnten mal eine Reinigung gebrauchen, so viele tote Fliegen kleben daran.

Nach einem Moment steigt der fremde Typ ebenfalls ein, knallt die Tür zu und startet den Motor. »Harley Jones ...«, sagt er, wie es sich anhört, mehr zu sich als zu mir. Er legt die Hände aufs Lenkrad und scheint schon losfahren zu wollen, aber dann wendet er sich mir doch noch zu. »Eins du musst wissen, Harley Jones. Du verweigerst einem Mann den Handschlag, er verweigert dir die Freundschaft. Und Chico ...« Er deutet auf sich selbst und spricht eine Spur leiser, aber auch bedrohlicher weiter: »... ist vielleicht der einzige Freund, den du hier haben wirst.«

Er grinst mich an und offenbart dabei eine Menge Goldzähne. Dann startet er den Motor.

Ich mustere ihn nachdenklich. Vielleicht wird es nicht schaden, es mir hier mit jemandem gutzuhalten ... Aber andererseits bin ich nicht hier, um mir Freunde zu machen. Sollen diese Typen von mir denken, was sie wollen. Ich kämpfe dieses Turnier für Luigi, und dann werde ich hoffentlich niemanden von denen jemals wiedersehen.

Also wende ich mich dem Fenster zu und sehe nach draußen. Wir verlassen das Flughafengelände und tauchen ein in eine Stadt aus hohen Hotelbauten, billigen Souvenirläden und lauten Straßenverkäufern. Ich sehe mir die Gesichter der Menschen an – und nicht wenige von ihnen wirken, als hätten sie Langeweile. Als hätten sie Lust, einen guten Kampf zu sehen.

Das perfekte neue Jagdgebiet für die Typen, mit denen ich mich eingelassen habe.

»Du bist nervös?«, will der Mann wissen, dessen Freundschaft ich gerade ausgeschlagen habe.

»Nein«, sage ich wahrheitsgemäß.

Sein Lachen verrät, dass er mir kein Wort glaubt. »Ist es wahr, dass du noch nie verloren hast?«

»Ja«, sage ich wieder.

Und was auch immer hier in Mexiko auf mich wartet: Ich habe vor, es dabei zu belassen. Denn ich habe mehr zu verlieren als je zuvor.

KAPITEL 7

HARLEY

Chico fährt mich heraus aus der Stadt. Das Umland von Cancún ist so verbrannt, als würde hier seit 100 Jahren Sommer herrschen. Wir fahren an großen Bauernhöfen vorbei, die von streunenden Hunden bewacht werden, an verlassenen und teils niedergebrannten Hotelanlagen, und dann schließlich auf ein umzäuntes Gelände zu, das wie eine verlassene Fabrik wirkt.

»Was ist das hier?«, frage ich.

»Mexiko«, sagt Chico und grinst.

Der Kerl hält sich wirklich für besonders komisch. »Das da vorne meine ich, du Leuchte.«

»Das da vorne, Harley Jones, ist dein neues Zuhause.«

Ich sehe mir das Gelände genauer an.

Der Zaun ist sicher drei Meter hoch, rostig und einige der Pfähle stecken schief im trockenen Boden. Die Gebäude dahinter, weiß gestrichene Flachbauten, sehen aus, als stünden sie kurz vor dem Einsturz. Dieser Komplex sieht ganz anders aus als der Ort, an dem ich damals in Italien lebte, und doch weiß ich sofort, um was es sich hierbei handelt.

»Ein Trainingslager.«

»Sí, Sí«, sagt Chico und schiebt sich eine Zigarette zwischen die Lippen. »Hier lernst du kämpfen.«

Ich sehe zu ihm herüber. Schon wieder dieses blöde Grinsen. Na ja, eins muss man dem Kerl lassen. Er hat Humor. »Was ist dein Job?«, frage ich.

»Ich? Ich bin nur der Fahrer.«

»Seit wann arbeitest du für Luigi?«

»Seit er mich dafür bezahlt.«

Ich verstehe. Dieser Chico scheint jemand zu sein, der sich aus den Dingen heraushält, so weit es geht. Vielleicht weiß er gar nicht so genau, was hinter dem Zaun da vor sich geht. Wer weiß, vielleicht kann das in Zukunft noch mal gut für mich sein.

Während wir uns dem Tor nähern, das aufs Gelände führt, sehe ich wieder nach draußen. Es steht offen und wir fahren einfach hindurch. Klar, das ist ja auch kein Knast hier. Ich wette, alle, die hier sind, sind es mehr oder weniger ›freiwillig‹. Ob sie Sally hier gefangen halten? Oder irgendwo in den Staaten? Ob dieser Russell sie nur abgeliefert oder immer noch in seiner Gewalt hat? Und was wäre die bessere Variante?

»Hör mal.« Ich wende mich wieder Chico zu. »Hast du möglicherweise Informationen über eine Frau, die gegen ihren Willen von Luigis Leuten festgehalten wird? Sie ist Mitte 30 und –«

»Ey.« Chico sieht mich wieder an. »Nur der Fahrer, alles klar?« Damit zieht er die Bremse. »Endstation.«

Okay, es war auch nicht zu erwarten, dass der Erstbeste gleich Informationen über Sally für mich hat.

Ich steige aus. Der Wagen ist inmitten der staubigen Bauten stehen geblieben, auf einem kleinen Innenhof, der gerade ziemlich einsam wirkt. Aus den Gebäuden sind Geräusche zu hören, Stimmen, aber die Hantelbänke und Klimmzugstangen, die hier draußen aufgebaut worden sind, benutzt gerade niemand. Kein Wunder, denn es herrscht sengende Mittagshitze. Chico macht keine Anstalten auszusteigen und so schnappe ich mir meine Tasche vom Rücksitz. Als ich ihn gerade fragen will, wo ich jetzt hinmuss, höre ich Schritte hinter mir und als ich mich umdrehe, stehe ich – Überraschung! – keinem Geringeren als Luigi gegenüber.

Mein erster Impuls ist es, ihm das selbstzufriedene Grinsen direkt aus dem Gesicht zu schlagen. Aber das geht natürlich nicht. Es ist wie die ganzen letzten Jahre über – ich muss an Sally denken. Luigi hat mich in der Hand.

»So sieht man sich wieder, alter Freund«, sagt er.

»Ich bin nicht dein alter Freund«, erwidere ich. »Was soll ich tun und wann findet dieses Turnier statt?«

»Nicht so eilig, nicht so eilig.« Luigi breitet die Arme aus. »Du bist hier an einem Ort gelandet, an dem du dich ganz wie zu Hause fühlen dürftest, also entspann dich. Komm erst mal an!«

»Wann?«, wiederhole ich und Luigi verdreht die Augen.

»Ihr Amerikaner seid immer so unentspannt! Aber von mir aus. Der Termin wird spontan bekannt gegeben, wegen der Cops, du verstehst. Aber stell dich auf einen der Tage um Silvester herum ein.«

»Wo?«

»Wird ebenfalls spontan bekannt gegeben, per Handy an alle, die sich fürs Bloodforce Tournament eingetragen haben. Seit ein paar Jahren ein Geheimtipp für Touristen – zumindest für die, die es blutig mögen.«

»Lass mich raten. Dieses Turnier ist illegal.«

Luigi lässt ein breites Grinsen sehen. »Gar nichts ist illegal in Mexiko, mein Freund. Und jetzt komm, ich zeige dir dein neues Zuhause. Verlieren wir keine Zeit. Denn wenn du bei meinem Turnier verlierst ... Nun, wir wissen beide, was dann passiert.«

Damit wendet sich Luigi vom Wagen ab und geht los. Ich drehe mich noch mal zu Chico um. Er sitzt rauchend am Steuer, als ginge ihn das alles hier nichts an. Und nach allem, was ich gerade gehört habe, ist es für einen einfachen Fahrer auch am klügsten, sich rauszuhalten.

***

MEGAN

»Und sieh mal. Das passt hierher.« Dale fügt ein Teil an das Katzenbild, das wir gerade gemeinsam zu puzzlen versuchen.

Na ja, eigentlich versucht er es mehr als ich. Ich gebe mir zwar Mühe, schiebe mal hier ein Teil durch die Gegend und mache da einen lustigen Kommentar, wenn Dale versucht, eine Ecke irgendwo in der Mitte einzufügen, aber im Grunde genommen könnte mich nichts weniger interessieren als dieses Puzzle. Ich mache nur Dale zuliebe mit. Um ihn abzulenken. Sowieso ist das Moms und meine hauptsächliche Beschäftigung in der letzten Zeit: Wir versuchen dafür zu sorgen, dass er nicht ständig an die Entführung seiner Mutter denkt. Wir machen mit ihm lange Spaziergänge durch den Schnee, wir waren mit ihm Eislaufen und Schlittenfahren, sehen jeden Abend Disneyfilme und Kekse gebacken haben wir mittlerweile auch. Ich hoffe, das funktioniert. Ich hoffe, er denkt nicht zu viel an seine Mom und merkt vor allem nicht, wie sehr ich es tue. Ich denke an Sally, ich denke an Harley, und das den ganzen Tag. Und die ganze Nacht.

Seit drei Tagen ist er jetzt fort und ich habe kein Lebenszeichen erhalten. Keine Nachricht, keinen Anruf, nichts. Natürlich habe ich versucht ihn zu erreichen, aber sein Handy ist ausgeschaltet. Hinter meinen WhatsApp-Nachrichten ist noch immer der eine, einsame graue Haken, der verrät, dass sie nicht angekommen sind. Bei meinen Anrufen war immer nur die Mailbox dran.

Was, wenn sie ihm etwas angetan haben? Wenn das mit dem Turnier nur ein Vorwand war und sie im Endeffekt nichts anderes wollten, als sich an ihm zu rächen? Wenn sie ihn ... getötet haben?

Mein Herz rast. Nicht nur jetzt, wo ich diesen Gedanken denke, sondern fast permanent in den letzten Tagen. Noch nie habe ich so große Angst um jemanden gehabt, und schon gar nicht um jemanden, den ich liebe.

Ich denke an meinen Vater. Er starb, als ich 17 war, doch das war etwas gänzlich anderes. Er war krank, und das ziemlich lange, und als sein Tod schließlich nahte, waren wir alle vorbereitet. Gefasst. Doch wenn ich auch nur im Ansatz daran denke, dass Harley möglicherweise ebenfalls nicht mehr ist ... Verdammt, dann kann ich mir nichts Fürchterlicheres vorstellen. Absolut nicht. Und tatenlos hier herumzusitzen, während Harley möglicherweise in Gefahr ist, ist das Zweitschlimmste. In den letzten Wochen sind wir zu einem Team zusammengewachsen, zu einer Einheit. Alles, was wir gemeinsam durchgestanden haben, wurde dadurch erträglich, dass wir zusammen waren. Jetzt fühle ich mich wie abgeschnitten von etwas, das ich zum Leben brauche. Moms Haus inmitten der Schneelandschaft kommt mir wie ein Gefängnis vor und die Warterei wie eine Strafe. Ich bin nervös. Ich will etwas tun. Aber ich kann nicht.

»Und das passt hierher«, sagt Dale.

Ich ringe mir ein Lächeln ab. »Du bist zu schnell für mich.«

»Du bist einfach schlecht im Puzzlen«, lacht Dale. Er klingt fast ausgelassen und für einen kurzen, unfairen Moment bin ich richtig sauer auf ihn, Kapiert er denn nicht, wie ernst die Situation ist?!

Doch sofort rufe ich mich zur Vernunft. Das ist ein kleiner Junge, keine 13 Jahre alt. Er versucht lediglich, den letzten Rest seiner Kindheit so normal wie möglich zu verbringen. Kinder machen so etwas. Sie probieren, in allem das Gute, das Erträgliche zu sehen. Wer weiß, vielleicht bin ich auf diese Eigenschaft einfach neidisch.

»Ich lerne ja gerade von einem Könner«, erwidere ich und zwinkere ihm zu. Dann frage ich mit einem Lächeln, das sich jetzt etwas echter anfühlt: »Wie sieht es aus? Möchtest du ein paar Kekse?«

»Kann ich auch eine Cola haben?«

Ich verziehe das Gesicht. »Ich seh mal, was ich machen kann.« Damit stehe ich auf und gehe zur Küche. Wir lassen Dale ein bisschen viel durchgehen in der letzten Zeit. Bei Sally durfte er keine Cola trinken. Aber ich glaube, Mom und ich haben einfach zu viel Angst, dass er traurig wird. Also hole ich ihm seufzend eine Dose Coke aus dem Kühlschrank, wobei ich einen Blick nach draußen werfe. Mom steht dort mit einem Mechaniker, einem älteren Mann, der nett aussieht. Er hat ihr gerade den Wagen zurückgebracht. Der Schaden war nicht so schlimm, wie es im ersten Moment wirkte. Der Kühler musste ausgetauscht werden und ich schätze, dass einige Teile an der Karosserie neu sind, aber wenigstens braucht sie kein neues Auto. Ich habe ihr vorgeschlagen, den Schaden meiner Versicherung zu melden oder ihr das Geld für die Reparatur selbst zurückzuzahlen, aber sie hat energisch drauf bestanden, dass das nicht nötig sei.

»Dein Vater hat mir mehr Geld vererbt, als ich in diesem Leben noch ausgeben kann!«

Nun, vermutlich hat sie Recht, aber trotzdem habe ich das Gefühl, in ihrer Schuld zu stehen. Wegen allem, was sie in der letzten Zeit für uns getan hat. Schließlich haben wir sie dadurch, dass wir hergekommen sind, mit ins Fadenkreuz gezerrt. Natürlich hatte niemand damit gerechnet, dass Luigi und seine Gangster so schnell herausfinden würden, wo wir sind, aber jetzt wissen sie vom Zuhause meiner Mutter und könnten theoretisch auch ihr etwas antun, um uns unter Druck zu setzen.

Aber sie haben ja schon Sally. Und Harley.

Ich versuche, den Gedanken zu verdrängen, bringe Dale seine Coke und sage ihm, dass ich gleich wieder da bin. Dann schließe ich mich im Bad ein, ziehe das Handy aus der Tasche meiner Jeans und schreibe eine Nachricht.

Harley, ich schon wieder. Ziemlich idiotisch, ich weiß, denn all meine vorherigen Nachrichten sind auch nicht bei dir angekommen. Aber dir zu schreiben ist für mich im Moment die einzige Möglichkeit, mir einzureden, dass es dich noch gibt. Mann, jetzt werde ich theatralisch. Entschuldige. Ich liebe dich, das ist alles, was ich sagen wollte. Wo auch immer du gerade bist, bitte gib nicht auf. Megan.

Ich seufze und lese die Nachricht noch mal, zögere, aber dann schicke ich sie ab. Vielleicht hat er irgendwann die Möglichkeit, sie zu lesen. Er soll wissen, dass ich an ihn denke. Jede Stunde. Jede Sekunde.

Minutenlang starre ich auf das Handy und warte darauf, dass ein zweiter Haken hinzukommt und dass sich beide dann blau färben, aber nichts dergleichen passiert. Also stecke ich das Smartphone schließlich ein, betätige die Klospülung, damit Dale nichts komisch vorkommt und gehe wieder nach draußen.

»Ich bin fertig«, ruft er stolz und deutet auf das vollständige Puzzle.

»Hey, du hast doch geschummelt!«

»Man kann bei einem Puzzle gar nicht schummeln«, lacht er. Dann greift er nach dem Karton, schiebt das Puzzle hinein und schüttelt die Teile ordentlich durch. »Jetzt du!«, sagt er und kippt sie wieder auf den Tisch. »Ich zeige dir, wie es geht!«

Ein bisschen ungläubig sehe ich ihm zu. Dann muss ich lachen, auch wenn es wehtut. »Das war ... fies«, sage ich. Trotzdem beuge ich mich über den Tisch und stelle mich der Herausforderung. Alles ist besser, als 24 Stunden am Tag an Harley zu denken.

Als ob du das nicht trotzdem könntest, flüstert eine fiese Stimme in meinem Kopf.

Sie hat Recht.

***

Der nächste Tag ist noch schlimmer, denn es zieht ein Schneesturm auf und wir können noch nicht einmal mehr raus. Der graue Himmel hängt tief und beißender Wind umtost das Gebäude. Es wird nicht hell und wir haben überall Licht an, und obwohl der Kamin seit dem Morgengrauen an ist, wird es nicht richtig warm. Das Haus ist eben alt und der Sturm sorgt dafür, dass die Holzdielen und –balken überall knarren, während wir im Wohnzimmer sitzen, uns vom Fernsehprogramm berieseln lassen und darauf warten, dass es besser wird.

»Kaum zu glauben«, sagt Mom irgendwann. »In drei Tagen ist schon Weihnachten.«

Ja, in drei Tagen ist Weihnachten und ich habe immer noch kein Lebenszeichen von ihm erhalten. Ich hätte ihn nicht gehen lassen dürfen. Oder ich hätte zumindest darauf bestehen müssen, dass er mich mitnimmt. Was auch immer ich dort, wo er jetzt ist – irgendwo in Mexiko – für ihn hätte tun wollen. Aber ich werde das Gefühl nicht los, dass es ein schrecklicher Fehler war, ihn einfach ziehen zu lassen. Was, wenn ...

Das Telefon schrillt und ich zucke zusammen.

Dale, der auf der Fensterbank sitzt und das Schneetreiben beobachtet, dreht sich zu uns um. »Vielleicht ist das Mom«, sagt er. »Vielleicht haben die sie ja freigelassen.«

»Vielleicht, mein Schatz«, sagt meine Mutter und drückt kurz meine Schulter, ehe sie in der Küche verschwindet.

Kurz darauf ruft sie mich zu sich, und sofort schlägt mein Herz noch eine Spur heftiger. Das ist irgendjemand, der mir sagt, dass sie ihn gefunden haben, tot, erschossen, hingerichtet ...

Ich eile in die Küche und reiße Mom den Hörer aus der Hand. »Megan Clark?«

»Hallo Megan, hier ist Dylan.«

»Dylan«, keuche ich.

Er lacht leise. »Was ist los, hast du Harley mit dem Brennholz geholfen?«

»Brennholz«, wiederhole ich perplex und sehe Mom an.

Sie hebt ein wenig ratlos die Schultern und ich verstehe. Sie konnte Dylan ja schlecht sagen, dass er weg ist, also hat sie eine Ausrede erfunden. »Nein, Mom und ich putzen gerade das Haus für die Feiertage«, erwidere ich schließlich gespielt ruhig. »Was gibt es denn?«

»Ich wollte nur horchen, wie es bei euch läuft. Noch irgendwelche Auffälligkeiten?«

Ich schlucke und schließe die Augen. »Ihr habt also keine Neuigkeiten von Sally? Irgendwas?«

Dylan seufzt und sein kurzer Anflug vorweihnachtlicher Fröhlichkeit ist verschwunden. »Nein, nichts. Wir haben Russells Wohnung in Englewood überprüft, aber dort war niemand und es gab auch keine Hinweise auf irgendein bestimmtes Reiseziel in der nächsten Zeit. Wenn er jetzt wirklich für diese Gang arbeitet, dann haben die ihm vermutlich neue Papiere besorgt.«

Ich schüttle den Kopf. Noch immer ist es mir ein Rätsel, wie Luigi ausgerechnet mit Russell in Kontakt getreten sein soll. »Und die Mitglieder der Gang? Werden die überwacht oder so was?«

»Leider nein, die scheinen sich gesammelt aus der Stadt verkrümelt zu haben.«

»Was?«, frage ich erstickt. »Aber wie kann das sein, so etwas müsste man doch merken!«

»Woran denn? Wir mussten sie gehen lassen, Megan. Als freie Männer ohne irgendwelche Auflagen. Wir haben nicht das Geringste gegen sie in der Hand und somit auch keinen Grund, sie in Chicago festzuhalten. Luigis Haushälterin hat uns verraten, dass ihr Chef zu einer Dienstreise aufgebrochen sei, aber wohin, das weiß sie angeblich nicht und wir können ihr nicht das Gegenteil beweisen. Uns sind die Hände gebunden. Sprichwörtlich.«

Verdammt! Das kann doch alles nicht wahr sein. Was ist denn das für ein System, in dem ein Mörder wie Luigi einfach unbehelligt herumlaufen, durch die Weltgeschichte reisen, Menschen kidnappen lassen und damit davonkommen kann?

Am liebsten würde ich Dylan alles erzählen, würde ihm von dem Anruf berichten und davon, dass ich sehr wohl weiß, wo sich Luigi aufhält, nämlich in Mexiko, höchstwahrscheinlich in Cancún.

Aber das kann ich nicht machen. Ich habe Harley versprochen, dass ich nicht die Polizei einschalten werde und selbst, wenn ich das nicht hätte – ich kann und will nicht mit Sallys Leben spielen. Das geht einfach nicht.

»Megan«, sagt Dylan. »Das tut mir alles wirklich unheimlich leid. Ich hatte gehofft, dass ihr da draußen sicher seid. Aber ihr dürft jetzt nicht die Hoffnung aufgeben. Nach Sally wird gesucht, und das in mehreren Bundesstaaten. Mal schauen, vielleicht kriegen wir es nach den Feiertagen hin, die zentralen Sicherheitsbehörden mit einzubeziehen. Ich tue, was ich kann. Und ihr müsst tun, was ihr könnt, damit Sallys Junge ein friedliches Weihnachtsfest hat. Alles klar?«

»Ja«, erwidere ich zähneknirschend, »alles klar.«

Und auch wenn ich weiß, dass es nicht gerecht ist, sauer auf Dylan zu sein, kann ich in diesem Moment einfach nicht anders. Ich wünschte, irgendjemand würde etwas tun, wirklich etwas tun, das zumindest für einen Hoffnungsschimmer sorgt. Stattdessen bin ich in diesem Haus gefangen, mit einer alten Frau und einem Kind und der Angst um zwei Menschen, die mir in kürzester Zeit so sehr ans Herz gewachsen sind wie kaum jemand zuvor.

»Es wird alles gut werden, Megan«, sagt Dylan. »Ich melde mich wieder. Grüß Harley von mir.«

Ich schließe die Augen und spüre, wie mir eine Träne über die Wange läuft. »Das werde ich.«

»Danke. Mach's gut.«

***

HARLEY

»Noch 10 Wiederholungen. Na los. Noch 8. 7. Komm schon, das konntest du mal besser. Du willst doch gewinnen, oder hab ich das falsch verstanden? 5. 4. Weiter.«

Ich bringe die letzten 3 Klimmzüge hinter mich, dann lasse ich die Stange los und springe zu Boden. Das Geräusch, mit dem ich aufkomme, hallt dumpf in dem kleinen Raum wider. Ich bin allein hier, das heißt, bis auf mich und meinen alten Trainer Julio ist niemand hier. Julio gehört zu Luigis Gang und war schon dabei, als ich in Italien zum ›Unbesiegten‹ aufgebaut wurde. Ich mochte ihn nie und umgekehrt war und ist es genauso.

»Da.« Er wirft mir ein Handtuch zu.

Ich wische mir den Schweiß aus dem Gesicht. Obwohl gerade erst der Morgen graut, ist es schon verdammt warm und über den Tag wird es nicht gerade besser werden. Die elf anderen Männer, die hier trainieren, alle Teilnehmer des Turniers, haben nicht das Privileg, schon vor Sonnenaufgang ein Einzeltraining zu bekommen. Aber sie sollen am Ende ja auch nicht gewinnen. Ein paar von ihnen denken natürlich, dass sie es trotzdem können. Die kennen Luigi schlecht. Ihm geht es nur um seine Wetten, um nichts anderes. Er hat nicht nur Strohmänner, die für ihn Tipps abgeben, sondern er hat auch Leute, die Wetten für ihn annehmen. Also kalkuliert er jeden Kampf vorher so, dass am Ende möglichst viel für ihn herausspringt. Und in diesem Fall tut es das, wenn ich gewinne. Zumindest hat er es mir so gesagt. Vielleicht versucht er aber auch wieder kurz vor Turnierstart, mich mit irgendeinem Mittel außer Gefecht zu setzen. Diesmal werde ich vorsichtiger sein.

»So.« Julio sieht auf die Uhr. »Eine halbe Stunde, dann triffst du dich mit den anderen zum Ausdauertraining!« Damit verlässt er den Raum.

Ich lege mir das Handtuch über die Schultern und nehme eine andere Tür als er. Eine, die nicht nach draußen, sondern zu unseren Schlafräumen führt. Es gibt zwei mit jeweils acht Feldbetten darin. Außerdem befindet sich in diesem Gebäude hier der alte Waschraum der Fabrikarbeiter, aber ich kann keine Dusche und auch keinen Wasserhahn hören. Niemand macht sich die Mühe, sich vor dem Training groß fertigzumachen.

Nach ein paar Metern biege ich nach links ab, dann erreiche ich die beiden verbeulten Metalltüren zu den Schlafräumen. Einer davon war mal ein Pausenraum, der andere ein großes Büro. Es gibt auf dem Gelände noch zwei weitere Gebäude, in denen früher einmal Landwirtschaftsgeräte produziert wurden. Heute liegen darin Matten, es hängen Sandsäcke herum und es gibt ein improvisiertes Oktagon für Trainingskämpfe. Sally wird hier nirgends festgehalten. Ich habe nicht die geringste Ahnung, wo sie ist und Luigi gewährt mir auch kein Lebenszeichen – noch nicht, wie er sagt.

Ich betrete den linken der beiden Schlafräume. Drei der Männer sind schon wach. Einer von ihnen zieht sich an, einer macht Liegestütze und der dritte ist an seinem Handy. Ich zögere, doch dann gehe ich zu ihm herüber.

»Hey, Don.«

»Verpiss dich, Jones.«

Das fängt ja fantastisch an, aber überrascht bin ich nicht. Sagen wir es mal so: Als der vielversprechendste US-amerikanische MMA-Kämpfer des letzten Jahres, der hier auch noch Zusatztraining bekommt, bin ich nicht unbedingt beliebt. Ich versuche es trotzdem. »Was dagegen, wenn ich mal kurz dein Handy benutze?«

»Tja, wenn du schon so fragst ...« Don, der eine Glatze trägt und sich einen Totenkopf auf selbige hat tätowieren lassen, sieht auf. »Eine ganze Menge, du Penner. Und jetzt hau ab. Kauf dir selbst ein Handy, so teuer sind die Dinger nicht!«

Damit wendet er sich wieder seinem Display zu und ich gehe lautlos fluchend zu meiner eigenen Liege. Klar, ich könnte mir sein Handy nehmen, anstatt zu fragen. Oder das jedes anderen hier. Aber Luigi hat mir unmissverständlich klargemacht, dass ich besser nicht negativ auffalle, wenn ich nicht will, dass Sally dafür büßt. Und so kann ich mich auch heute nicht bei Megan melden.

Mein eigenes Handy habe ich abgeben müssen, genau wie so ziemlich alle anderen persönlichen Gegenstände. Auch meine Klamotten haben sie durchsucht – die hatten wohl Angst, dass ich verwanzt bin. Dass ich mich doch mit der Polizei eingelassen habe. Und so haben sie mich die ganze Zeit im Auge. Ich bin mir sicher, dass die anderen Jungs gründlich geimpft sind und sofort Alarm schlagen, sollten sie sehen, dass ich etwas Auffälliges tue. Darum lehne ich mich eigentlich auch schon extrem weit aus dem Fenster, wenn ich nach einem Handy frage. Aber ich halte es langsam nicht mehr aus, nicht mit ihr reden zu können. Nicht zu wissen, ob es ihr gut geht. Was, wenn sie sie sich auch noch geholt haben, als Absicherung? Was, wenn sie längst in irgendeinem Keller sitzt, so wie die Frau damals …

Die Schlampe von einem Geschäftspartner, der seit zwei Jahren nicht zurückzahlt, was ich ihm geliehen habe.

Verdammt. Auch ich schulde Luigi Geld, oder nicht?

Ich wechsle mein nassgeschwitztes Shirt, dann wende ich mich noch mal Don zu. »Hör zu. Ich brauche nur eine Minute, länger nicht.«

Don seufzt tief und steht auf. Die anderen im Raum wenden uns ihre Aufmerksamkeit zu, vermutlich hoffen sie auf einen Kampf.

»Bist du taub, Jones?«

»Offensichtlich nicht.«

Er mustert mich, dann nickt er langsam. »Na gut, du amerikanischer Klugscheißer. Du kannst mein Telefon haben. Für eine Minute. Unter einer Bedingung.«

Einen Moment lang bin ich erleichtert, doch dann wird mir klar, dass einem Kerl wie Don nicht zu trauen ist. »Welche Bedingung?«, frage ich.

»Das Turnier. Wenn wir gegeneinander im Ring stehen, dann lässt du mich gewinnen.«

Für ein paar Sekunden herrscht absolute Stille im Raum. Dann fangen die Männer an zu lachen.

»Ja, Jones, sei mal ein bisschen kollegial!«, ruft irgendwer.

»Man muss auch mal einstecken können!«, sagt ein anderer.

Ich schüttle den Kopf, wende mich ab und muss mich beherrschen, um nichts wirklich Dummes zu tun. Denk an Sally, sage ich mir. Denk an das, wozu Luigi fähig ist.

»Was ist jetzt, Jones?«, fragt Don, der immer noch an Ort und Stelle steht. »Ein kleiner Gefallen für einen kleinen Gefallen, oder?«

Ich schnappe mir meine Handschuhe und gehe dann zur Tür. »Du hoffst besser, dass wir nicht gegeneinander ausgelost werden«, sage ich. Damit verlasse ich den Raum.

***

MEGAN

Die Tage gehen nicht um. Sie fühlen sich zäh wie Gummi an, und trotzdem ist dann ganz plötzlich der 24. Dezember. Heiligabend. Der Tag, von dem ich mir so viel versprochen hatte. In meiner Vorstellung hätten Harley und ich heute gemeinsam die letzten Geschenke verpackt. Er hätte sich vermutlich nicht gerade geschickt angestellt, weshalb ich ihn irgendwann Holzhacken geschickt hätte. Dann, später, wollte ich Mom und Sally mit dem Essen helfen, und aus dem Fenster hätten wir gesehen, wie Harley mit Dale durch den Schnee tobt. Und ich hätte vielleicht angefangen, mir erste Gedanken über die Zukunft zu machen. Über die Zeit nach unserer Sorge wegen Luigi. Wo hätten wir leben wollen? In der Großstadt oder auf dem Land oder vielleicht in einem anonymen kleinen Vorort, wo wir einfach Megan und Harley gewesen wären?

Jetzt ist nicht mehr der richtige Zeitpunkt, mir deswegen Gedanken zu machen, aber Weihnachten muss trotzdem irgendwie stattfinden, also verpacke ich die letzten Geschenke morgens allein. Die Sachen, die ich für Harley und Sally gekauft habe, packe ich kurzerhand auch ein. Man weiß ja nie, manchmal geschehen Weihnachtswunder, oder nicht?

Na ja, in unserem Fall wohl eher nicht. Aber dann gebe ich sie ihnen halt später ...

Es wird doch ein Später geben?

Es muss. Definitiv.

Als ich gerade eine schwer bewaffnete Action-Man-Figur für Dale eingepackt habe, schellt mein Handy und reißt mich aus meinen düster-hoffnungsvollen Gedanken. Schnell zerre ich es aus meiner Hosentasche und werfe einen Blick aufs Display, aber es ist nur Ellie. Nicht, dass ich mich nicht freuen würde, wenn sie anruft. Doch ich hatte auf Harley gehofft.

»Hey, Ellie«, sage ich und setze mich aufs Bett, auf einen Fleck, der nicht von Geschenkpapier und Schleifenband bedeckt ist.

»Hi, Süße.« Sie macht eine kurze Pause, dann ist sie so geradeheraus wie immer: »Hat er sich gemeldet?«

Ich schüttle den Kopf, ehe mir klar wird, dass sie das kaum sehen kann. »Nein, hat er nicht«, sage ich, und ehe sie weiterfragen kann, füge ich hinzu: »Von der Polizei gibt es auch nichts Neues. Keine Spur von Sally, obwohl mittlerweile bundesweit nach ihr gefahndet wird. Es ist zum Verrücktwerden.«

Ellie seufzt am anderen Ende der Leitung tief. Im Hintergrund höre ich White Christmas. Unwillkürlich muss ich lächeln. Sicher ist sie schon bei ihrer Familie, die wie sie in Chicago lebt. Sie feiert jedes Jahr mit ihren Eltern und ihren Geschwistern. Und Jasper, mein bester Freund, den ich ebenfalls von den Daily News kenne, fliegt sogar nach Kanada um dort seine Familie zu besuchen.

»Was steht bei euch heute noch an?«, versuche ich abzulenken. »Habt ihr Schnee?«

Aber Ellie lässt sich unglücklicherweise nicht auf Small Talk ein. »Hör mal, wollt ihr nicht doch irgendwo anders hin, du, deine Mom und der Kleine? Mir ist echt nicht wohl bei dem Gedanken, dass ihr da draußen in der Einöde hockt, während diese Verbrecher hinter euch her sind.«

»Die sind nicht hinter uns her«, korrigiere ich sie. »Die haben ja, was sie wollten. Harley wird wieder für sie kämpfen.« Vor ihr kann ich offen sein, denn ihr habe ich von Luigis Anruf erzählt. Sie ist ja glücklicherweise nicht bei der Polizei.

»Trotzdem. Ihr müsst ja nicht nach Chicago kommen, aber geht doch wenigstens in irgendein Hotel, wo ihr unter Leuten seid.«

»Und dann?«, frage ich. »Wie lange bleiben wir da? Bis mein Erspartes und Moms Erbe aufgebraucht sind?«

»Natürlich nicht, aber zumindest für ein paar Tage oder Wochen. Ihr müsst ja nicht ins Ritz gehen, nehmt euch halt ein Motel oder ...«

»Nein, Ellie«, unterbreche ich sie.

»Aber ...«

»Hör mir zu. Ich verstehe dich ja. Und wer weiß, vielleicht wäre es wirklich vernünftiger, wenn wir uns irgendwo verkriechen. Aber ich bin es einfach leid, verstehst du?«

»Das Davonlaufen?«, hakt Ellie nach.

»Ja. Nein. Nicht nur das.« Ich mache eine ausholende Geste in den leeren Raum hinein. »Jahrelang war ich … Russells Opfer, selbst dann noch, als wir kein Paar mehr waren. Ich hatte so eine Angst vor ihm, dass ich gar nicht richtig gelebt habe, erinnerst du dich? Wann immer ich nicht in meiner sicheren Wohnung war, habe ich befürchtet, dass er im nächsten Moment vor mir steht. Dann lernte ich Harley kennen und mein Leben hat sich verändert. Ich habe mich verändert. Ja, wir mussten aus Chicago fliehen und ja, es ist seitdem schon wieder eine Menge Mist passiert. Aber ich bin es leid, mich zu verkriechen, zu verstecken oder wegzulaufen. Ich habe keine Lust mehr, Angst zu haben. Verstehst du das?«

Ellie sagt einen Moment lang gar nichts. Dann erwidert sie etwas anderes, als ich erwartet hätte. Sie fragt: »Was hast du vor, Megan?«

Ich presse die Lippen aufeinander. »Zunächst einmal werde ich mit Dale und Mom ganz normal Weihnachten feiern.«

»Und dann?«, fragt sie, offensichtlich nichts Gutes ahnend.

»Ich hoffe, dass sich Harley heute oder morgen meldet.«

»Das ist aber keine Antwort auf meine Frage.« Ellie räuspert sich. »Meg. Du wirst doch nichts Dummes tun?«, fragt sie dann.

Ich weiß nicht, was ich antworten soll. Anlügen will ich sie nicht. Aber die Wahrheit sagen kann ich ihr auch nicht, denn dann würde sie sich vermutlich ins nächste Flugzeug setzen und wäre in einer Stunde hier.

Wobei, das heißt, ich bin mir ja selbst noch nicht sicher, was ich tun werde. Oder?

»Ich muss jetzt meiner Mom mit dem Truthahn helfen«, sage ich schließlich.

»Ich pfeif auf euren Truthahn. Megan! Du bleibst, wo du bist, ist das klar?«

»Gerade sollte ich mich noch in irgendeinem Motel verstecken.« Oh Mann. Ich sollte die Klappe halten. Blöde Witze helfen jetzt auch nicht weiter.

»Meg! Du sprichst mir jetzt nach, verdammt noch mal: Ich. Werde. Nicht. Nach. Mexiko. Fliegen.«

Ich sehe in Richtung Fenster und beiße mir auf die Unterlippe, und mein Schweigen ist für Ellie Antwort genug.

»Das kannst du nicht machen, Meg! Das würde Harley nicht wollen, verstehst du? Du musst in Somerset bleiben, dich um Dale kümmern und einfach ... einfach warten, bis er sich meldet! Das ist doch klar!«

»Ich habe doch gesagt, ich warte ab, ob er sich heute oder morgen meldet.«

»Und wenn nicht? Was willst du dann tun? Megan allein gegen die Mafia?«

»Ich weiß nicht, was ich dann tun will«, sage ich ehrlich. »Ich weiß nur, dass ich nicht länger gar nichts tun kann.«

Damit verabschiede ich mich von ihr. Sie bittet mich, sie morgen Abend noch mal anzurufen und ich willige ein. Dann wünsche ich ihr schöne Weihnachten und als sie dasselbe tut, klingt sie aufgebracht. Ich verstehe sie. Total. Wäre ich an ihrer Stelle, würde ich auch nicht wollen, dass sich meine beste Freundin in Gefahr bringt.

Aber es ist, wie ich gesagt habe: Ich kann nicht für immer gar nichts tun.

***

HARLEY

Die anderen aus dem Trainingscamp sind über Weihnachten nach Hause geflogen oder gefahren. Sie nehmen im Gegensatz zu mir freiwillig am Turnier teil, weswegen Luigi ihnen das kaum verbieten kann. Sogar Luigi und Julio sind abgehauen und werden erst nach dem 26. wieder in Mexiko sein. Sie haben mir einen Trainingsplan dagelassen. Sonst nichts. Auch keinen Bewacher oder so, was, wie man meinen sollte, ziemlich verrückt ist. Aber in Wahrheit ist es das ganz und gar nicht: Sie haben immer noch Sally, also werde ich immer noch nichts tun, das ihnen gegen den Strich geht.

Als ich von meiner täglichen Jogging-Runde über das Gelände komme, ist es schon so gut wie dunkel. Abend. Ich frage mich, was Megan und die anderen gerade tun. Es gibt keine große Zeitverschiebung zwischen Cancún und Somerset – gerade mal eine Stunde. Wer weiß, vielleicht sitzen sie schon beim Abendessen. Ich hoffe, Dale ist okay. Ich hoffe wirklich, das nimmt ihn nicht alles so sehr mit.

Ich ziehe den Plan aus meiner Hosentasche, falte ihn auf und sehe ihn mir genauer an. Julio hat ihn aufgestellt, seine Schrift ist kaum lesbar. Wenn ich das richtig sehe, steht jetzt Schattenboxen an. Das habe ich noch nie gerne gemacht. Ich brauchte schon immer einen Gegner. Einen greifbaren Kontrahenten, einen Feind. Schon als ich ein kleiner Junge war und mein Dad mir die ersten Boxübungen zeigte, verstand ich erst, worum es ging, als er mir eine Pratze hinhielt, gegen die ich schlagen konnte.

Und jetzt weiß ich noch nicht mal, gegen wen ich beim Turnier antreten soll, es gibt hier niemanden, gegen den ich trainieren kann, und sowieso habe ich nur noch einen wahren Feind: Luigi.

Ich denke an die Worte, mit denen er sich heute Vormittag von mir verabschiedet hat: Betrachtes es als mein Weihnachtsgeschenk an dich, Jones, dass wir uns nicht deine Liebste, sondern nur deine Schwägerin geholt haben.

Seine Stimme hallt durch meinen Kopf und ich versuche sie loszuwerden, indem ich meine Faust gegen die Wand donnere. Putz regnet zu Boden, dann legt sich wieder Totenstille über das Gelände und ich höre nichts als meine eigenen Atemzüge. Wie verdammt noch mal hat alles so dermaßen schief gehen können? Was war der Punkt, an dem ich etwas hätte anders machen müssen, damit das alles nicht passiert? Wo war der Fehler? Ich denke an den Abend, als Sally verschwunden ist. Wäre ich zu ihr anstatt zu Megan gelaufen ...

Nein. Ich musste davon ausgehen, dass Russell es ausschließlich auf Megan abgesehen hatte. Und sie hätte sich bei dem Unfall schwer verletzt haben können.

Vielleicht hätten wir Somerset direkt verlassen sollen, nachdem Russell das erste Mal dort aufgetaucht war. Oder wir hätten möglicherweise gar nicht erst an einen derart verlassenen Ort gehen sollen. Ach, verflucht, wie weit will ich das noch zurückrechnen? Im Grunde kenne ich die Antwort: Das alles wäre nicht geschehen, wenn ich mich an meine eigenen Regeln gehalten hätte. Keine persönlichen Kontakte, die nicht unbedingt sein müssen. Keine Frau, mit der es über eine Bettgeschichte hinausgeht. Nur fürs Kämpfen leben, bis Scotties Schulden bezahlt sind. Daran hätte ich mich halten müssen, aber das habe ich nicht. Ich habe Megan mit in die ganze Sache hineingezogen. Und dann ist alles eskaliert.

Ich richte mich auf, betrachte meine Faust. Meine Fingerknöchel bluten. Ich muss aufpassen, muss mich wieder besser im Griff haben. Ich muss das Turnier gewinnen, eine andere Möglichkeit gibt es nicht. Verliere ich, dann werde ich Sally nie wiedersehen, das hat mir Luigi unmissverständlich klargemacht. Und er hat mir auch ziemlich deutlich erklärt, dass sich Megan dann nie wieder sicher fühlen sollte ...

Okay. Harley. Reiß dich zusammen.

Ich atme tief durch. Ich werde die Weihnachtstage zum Trainieren nutzen, und zwar so hart wie nie zuvor. Aber vorher muss ich etwas anderes machen. Etwas, das mir helfen wird, mich wieder auf das hier zu konzentrieren. Ich muss mit Megan reden. Nicht nur, weil ich sie vermisse. Sondern auch, weil ich einfach wissen muss, dass es ihr gut geht, dass sie in Ordnung ist. Und dass Dale in Ordnung ist.

Ich blicke auf die Uhr, ehe mir einfällt, dass ich das eben erst getan habe. Es ist drüben in Wisconsin immer noch früher Weihnachtsabend. Wie in den gesamten Staaten. Und auch in Mexiko gehen jetzt die Feierlichkeiten los. Und hier auf dem Gelände bin ich sowieso allein. Das bedeutet, dass niemand merken wird, wenn ich mich kurz davonschleiche. Auf dem Weg hierher ist mir eine Tankstelle aufgefallen, vielleicht 2 Meilen entfernt. Sah nach einer großen Kette aus, also wird sie sicher auch heute geöffnet haben. Ich hänge den Weg einfach als zusätzliches Ausdauertraining dran.

Also gut. Ich verlasse das Gebäude, trete auf den Innenhof und sehe mich trotz allem probehalber um. Es ist überall dunkel, hinter keiner der trüben alten Fensterscheiben brennt Licht. Und um mich herum ist alles so ruhig, als wäre ich der letzte Mensch auf Erden. Ich laufe los in Richtung der schmalen Gasse zwischen zwei der Hallen, die zum Tor führt. Dann überlege ich es mir anders und biege vorher ab, um den Umweg durch eine Trainingshallen zu nehmen. Ich klettere lieber an einer Stelle weiter hinten über den Zaun. Keine Ahnung, wie paranoid Luigi ist und ob er nicht doch eine Kamera am Tor installiert hat. Also laufe ich durch den Boxraum mit dem Oktagon, öffne dort eine Hintertür, die so laut quietscht, als hätte sie einen eingebauten Alarm, und dann nähere ich mich dem rostigen Zaun. Dort angekommen, packe ich einen der Pfosten, dann den rostigen Maschendraht, und dann ziehe ich mich daran hinauf. Der Pfosten gerät ein bisschen ins Wanken – um jemanden ernsthaft hier einzusperren, wäre dieses Gelände definitiv nicht geeignet. Doch wieso sollte man auch, wenn man genug anderweitige Druckmittel hat?

Ich denke an Sally. An Dale. Und vor allem an Megan. Dann klettere ich kurzerhand auf die andere Seite.

Und dann höre ich, wie sich jemand räuspert.

Ich fahre herum. Erkenne zuerst nichts. Aber nach einem Moment löst sich eine Gestalt aus dem Schatten der Trainingshalle und ich erkenne, dass es kein Geringerer als Chico ist. Er kommt gemächlich auf den Zaun und kaut dabei auf einem halb ausgepackten Burrito herum.

»Einen halben Tag«, sagt er mit seinem starken Akzent, »bist du hier allein und schon haust du ab.«

»Ich haue nicht ab«, widerspreche ich.

»Du wolltest nur mal frische Luft schnappen, eh?« Auf der anderen Seite des Maschendrahts bleibt er stehen. »Besser, du schwingst deinen Hintern schnell wieder hier rein, amigo.«

Toll. Das hat ja wunderbar geklappt. Ich frage mich ernsthaft, wo mein altes Cop-Gespür geblieben ist. Warum habe ich ihn nicht eher bemerkt?

»Was, wenn ich das nicht tue?«, frage ich.

Chico beißt von seinem Burrito ab, ehe er antwortet. »Was denkst du?«, fragt er dann gedehnt.

»Du wirst Luigi informieren.« Ich schüttle den Kopf. »Hätte mir doch denken können, dass er einen Wachhund abgestellt hat.«

»Sí, Sí, du hättest.« Er schiebt sich den Rest seines Abendessens in den Mund, knüllt das Papier zusammen, dann deutet er auf den Zaun, mich, dann wieder den Zaun, als wären wir zwei Fremde, die er einander vorstellen will. »Also was ist jetzt, americano? Kommst du wieder rein oder muss ich dich einfangen?«

Scheiße. Die Nummer ist echt total schiefgelaufen. Aber wie es aussieht, bleibt mir nichts anderes übrig, als fürs Erste zu tun, was er verlangt, denn in der Brusttasche seines Hemdes steckt gut sichtbar ein Handy und er hat sicher keine Hemmungen, es zu benutzen. Also greife ich erneut nach dem Pfosten, und dann klettere ich zu ihm auf die andere Seite. »Hör mir zu, Chico«, sage ich. »Ich hatte wirklich nicht vor, abzuhauen. Das würde keinen Sinn für mich machen. Ich wollte nur jemanden anrufen, der ...«

»Du rufst sie besser nicht an«, erwidert Chico ungerührt.

Und augenblicklich gefriert das Blut in meinen Adern zu Eis. Er hat sie gesagt. Das heißt, er weiß genau, was ich vorhatte – oder er weiß zumindest über Megan Bescheid.

»Ich dachte, du wärst nur der Fahrer«, sage ich und mache einen Schritt auf ihn zu.

»Man hört einiges als Fahrer.«

»Überwachen sie sie? Überwachen sie Megan?«

»Was würdest du tun?«, fragt er und tippt mir gegen die Brust. »Eh? Was würdest du machen, wenn du Luigi wärst? Würdest du vielleicht, du weißt schon, einfach mal abwarten, ob Harley Jones brav macht, was er machen soll? Hm?«

Der Kerl hat Recht. Natürlich überwachen sie Megan. Und wenn ich sie jetzt anrufe, dann wissen sie, dass ich mich nicht an die Regeln halte. Und dann ...

»Verflucht!« Schon wieder landet meine Faust an der Wand. Diesmal knackt etwas bedrohlich und ich betaste sofort meine Finger. Ich darf mir auf keinen Fall irgendwas brechen, darüber habe ich doch gerade erst nachgedacht! Verdammt, was ist denn los mit mir?!

»Du, mein Freund«, sagt Chico immer noch vollkommen gleichgültig, »bist vielleicht stark, aber du bist sicher nicht klug.«

Meine schmerzende Hand pflichtet ihm bei. Nein, ich stelle mich gerade ganz offensichtlich nicht sehr schlau an. Aber verdammt, was soll ich tun? Jetzt habe ich mich einmal in Megan verliebt, nein, viel schlimmer: Ich liebe sie. Ich denke viel zu viel an sie. Und wenn ich weiß, dass sie in dem einsamen Haus in Somerset von der Mafia bewacht wird, dann ist mir das sicher nicht egal. Was, wenn sie etwas Dummes tut?

»Ich muss sie warnen!«, sage ich.

»Sí, aber das kannst du nicht.«

Ich sehe ihn an. »Dann musst du es tun.«

Chico mustert mich von oben bis unten, dann verschränkt er die Arme vor der Brust. »Du bittest mich um einen Gefallen? Ich habe keinen Grund, dir einen Gefallen zu tun.«

»Ich werde mich revanchieren!«

Chicos Gesicht nimmt einen spöttischen Zug an. »Und wie, amigo? Besorgst du mir etwa eine Greencard?«

Ich denke kurz nach. »Na ja, ich habe ein paar Kontakte, die ...«

Chico lacht. »Vergiss es, Kumpel. Nicht jeder mexicano will automatisch über den Zaun.« Übergangslos wird er wieder ernst. »Tut mir leid. Aber ich brauche diesen Job. Darum kann ich dir mit deiner Freundin nicht helfen. Aber ich kann dir mit was anderem helfen.«

»Ah ja, und was?«, frage ich, wobei meine Gedanken immer noch nur um Megan kreisen. Ich kenne sie. Sie ist impulsiv. Was, wenn sie plötzlich doch die Polizei ruft, weil sie die Ungewissheit nicht mehr aushält? Ich muss einfach einen Weg finden, sie zu kontaktieren!

»Ich kann dir helfen, das Turnier zu gewinnen«, erwidert Chico so ruhig, wie er schon die ganze Zeit spricht.

Zweifelnd blicke ich ihn an. »Ich werde nicht irgendeinen Scheiß nehmen.«

»Schön für dich«, sagt er. Dann lässt er das zerknüllte Papier fallen und knöpft sein Hemd auf. »Ich kann dir auch nicht irgendeinen Scheiß besorgen. Aber ich kann kämpfen. Schmutzig kämpfen. Wie das hier üblich ist. Und wenn du willst, trainiere ich mit dir.«

Ich mustere ihn misstrauisch. »Weshalb solltest du das tun?«

»Tja, weißt du ...« Gemächlich nähert er sich der Trainingshalle. »Ich glaube, ich bin einfach ein guter Mensch.«

KAPITEL 8

MEGAN

»Deadpool!«, freut sich Dale, läuft zu meiner Mom und zeigt ihr die rot-schwarz gekleidete Plastikfigur. »Guck mal, Tante Patricia! Weißt du, wer das ist? Das ist ein Superheld! Der kann sich selber von allen Krankheiten heilen!«

»Wie praktisch«, lächelt Mom, dann wirft sie mir einen erleichterten Blick zu.

Ich deute ihn sofort richtig: Sie ist froh, dass Dale seine Weihnachtsgeschenke auspackt und sich darüber freut, als wäre nichts geschehen. Als wäre das hier ein gewöhnlicher Weihnachtsmorgen, seine Mom nicht entführt worden und sein Onkel nicht zu einer halsbrecherischen Mission nach Mexiko aufgebrochen.

»Deadpool ist so cool! Hast du den Film gesehen, Tante Meg?«

»Nein, leider nicht«, erwidere ich. »Wir sollten ihn mal zusammen schauen.«

»Heute Abend?«, schlägt Dale vor.

Ich zögere. Nicht, weil ich mir den Film nicht mit ihm ansehen würde ... Die Sache ist nur die, dass ich schon etwas anderes vorhabe. Ich blicke herüber zu Mom. Sie weiß es noch nicht. Keine Ahnung, wie ich es ihr beibringen soll. Aber irgendwann im Laufe des Tages werde ich es tun müssen. »Wir sehen mal«, sage ich darum und deute auf eines der noch verpackten Geschenke, um Dale abzulenken. »Pack das nächste aus.«

Das lässt er sich nicht zweimal sagen. Ich gucke einen Moment lang zu, wie er das Malset auswickelt, das Mom für ihn gekauft hat. Dann spüre ich, dass ihr Blick auf mir ruht und blicke auf. Sie sieht ernst aus, wenn Dale abgelenkt ist. Klar. Sie ahnt etwas. Sie kennt mich ja auch.

»Wow! Danke, Tante Patricia«, sagt Dale und während er die Pinsel, Farben, Filz- und Buntstifte aus dem Karton holt, in den sie verpackt sind, um sie sich alle einzeln anzusehen, stehe ich auf und frage, ob noch jemand ein Stück Weihnachtskuchen will. Dale ist zu sehr in sein neues Geschenk vertieft, um mich überhaupt zu beachten – vor allem, als er in einer weiteren Schachtel einen Block entdeckt.

Mom hingegen deutet meinen Vorstoß richtig und sagt: »Wir nehmen alle noch eins. Ich helfe dir.« Und dann folgt sie mir in die Küche.

Dort angekommen, nehme ich die Haube von der Tortenplatte. Mom positioniert sich auf der anderen Seite der Theke und sieht mich an. »Wann?«, fragt sie.

Ich blicke auf, ein wenig überrascht. »Wann was?«

»Du weißt genau, wovon ich rede«, sagt sie.

Ich zögere. Aber dann erwidere ich: »Der Schneesturm ist abgezogen, ich könnte heute Abend einen Flug nehmen. Ich hab angerufen, die Maschine ist noch so gut wie leer. Weihnachten eben.«

»Aber du hast noch kein Ticket? Wieso nicht?«

Ich seufze. »Mom. Wir haben die letzten Jahre kaum miteinander gesprochen und jetzt bin ich drauf und dran, dich hier allein zu lassen. Mit einem fremden Kind. Nach allem, was ich dir ohnehin schon angetan habe.«

»Ach, jetzt hör aber auf!«, sagt sie mit mehr Nachdruck, als ich ihr zugetraut hätte. »Wie es sich für mich darstellt, bin ich die Einzige von euch vieren, der rein gar nichts angetan worden ist. Ich habe meine Tochter zurück und ein paar wirklich nette Menschen dazu gewonnen. Und Dale ist für mich längst kein fremdes Kind mehr.«

»Fein«, sage ich bitterer, als ich eigentlich möchte. »Dann sind da ja nur noch die Mafia und mein verrückter Ex.«

»Ja, die sind da. Aber die haben es nicht auf mich abgesehen und wohl auch nicht auf Dale, denn so viel, wie er in der letzten Zeit draußen gespielt hat, hätten sie sich ihn als Allererstes holen können. Außerdem hat dein Freund das ganze Haus gesichert wie eine Festung. Wir haben Waffen. Und die Polizei fährt immer noch verstärkt Streife um mein Grundstück.«

»Das hat auch wahnsinnig viel genützt, als Sally entführt worden ist!« Ich hacke mit dem Messer drei Alibistücke von der Torte ab. Aber zum Auftun komme ich nicht, denn Mom legt mir vorher ihre Hand auf den Arm.

»Maggie. Willst du, dass ich dich daran hindere, zu fliegen? Willst du, dass ich dich bitte, hier zu bleiben?«

Ich blicke auf. Dann schüttle ich den Kopf. Nein, natürlich will ich das nicht. Ich will nach Cancún, lieber gestern als heute. Ich will herausfinden, wo Harley ist.

Und wieso verdammt ich seit Tagen nichts von ihm höre. Ob er überhaupt noch da ist ...

»Ich habe Angst, Mom«, gebe ich schließlich flüsternd zu.

»Dann bleib. Du musst nicht –«

»Nicht um mich. Ich habe Angst vor dem, was ich ... in Mexiko herausfinden könnte.« Bei den letzten Worten bricht meine Stimme und ich presse mir die Hand vor den Mund, um nicht zu weinen. Stark sein, Megan! Du hast genug geheult in deinem Leben.

Mom sieht mich einen Moment lang nur an, dann kommt sie um die Theke herum und nimmt mich wortlos in die Arme. »Ist schon gut«, sagt sie. »Ich verstehe dich. Aber eins musst du dir merken, Liebes: Die Ungewissheit ist immer das Schlimmste. Glaub mir. Dein Vater war so oft auf Reisen, so oft an gefährlichen Orten, um für seine Reportagen zu recherchieren ... Und immer, wenn das Telefon geklingelt hat, wusste ich, jetzt ist es vielleicht gleich vorbei. Und das wäre furchtbar gewesen. Aber trotzdem leichter, als Stunde für Stunde zu hoffen und zu bangen. Und darum werde ich dich auch nicht aufhalten. Wenn du nach Mexiko musst, dann geh. Der kleine Dale ist hier in guten Händen.«

Sie drückt mich ganz fest und ich erwidere ihre Umarmung. Dann sehe ich sie gerührt an. »Danke, Mom.«

»Ich bitte dich. Wofür sind denn Mütter da?« Sie erwidert meinen Blick, dann scheint sie sich einen Ruck zu geben. »Da ist noch etwas, Maggie.«

»Was denn?«

Sie blickt kurz zur Tür, dann öffnet sie einen der Küchenschränke und holt ein kleines, schwarzes Kästchen heraus, das mit einer roten Schleife umwickelt ist.

Ich runzle die Stirn. Sie hat mir schon etwas geschenkt, einen tollen Duft, also ...

»Das ist nicht von mir«, sagt sie und hält mir das Kästchen entgegen, ohne noch ein Wort zu sagen.

Und dann verstehe ich.

»Das ist ... von ihm?«, frage ich beinahe tonlos.

Sie nickt. »Er hat es mir vor seiner Abreise für dich gegeben.«

Neue Tränen laufen über meine Wangen und ich greife nach dem Kästchen, vorsichtig, als wäre es der Heilige Gral. Harley hat es in den Händen gehalten, als er noch hier war, also ist es für mich unfassbar wertvoll.

»Mach es doch auf«, sagt Mom und lächelt nervös.

Ich zögere, weil sich irgendetwas in mir dagegen sträubt, etwas an diesem Kästchen zu verändern. Als würde ich Harley dadurch noch ein bisschen weiter fortschicken. Was natürlich Unsinn ist. Darum höre ich schließlich auf, es einfach nur anzustarren, löse die Schleife und klappe es behutsam auf ... Und dann stockt mir der Atem, als ich den Inhalt erkenne.

Es ist eine silberne Halskette mit drei kleinen Anhängern. Keine Rosen, keine Herzchen. Nichts, das auf den ersten Blick romantisch wirkt. Dennoch drei Symbole, die für Harleys und meine Liebe nicht mehr Bedeutung haben könnten.

Der erste Anhänger ist ein kleiner Laufschuh. Klar. Es war beim Joggen im Park, dass wir uns das erste Mal ein wenig nähergekommen sind.

Der zweite stellt etwas dar, das ich trotz seiner eigentümlichen Form sofort erkenne – ein kleines Marshmallow. Sicher, das steht für Baymax. Dieser Blödmann!

Und der dritte Anhänger ... Nun, das ist eine winzige Schneeflocke, die zweifelsfrei für unsere gemeinsame Zeit hier in Somerset steht – die vielleicht schönste Zeit unseres Lebens.

Ich schluchze und presse mir die Hand vor den Mund.

Mom drückt meine Schultern, dann nimmt sie die Kette vorsichtig aus dem Kästchen. »Ich mache sie dir um.«

Es ist wie Magie: Kaum spüre ich das kühle Silber auf meiner Haut, beruhige ich mich ein wenig. Als wäre Harley auf einmal hier, in meiner Nähe. Und mir wird bewusst, dass er das wieder sein kann. Dass längst noch nicht alle Hoffnung verloren ist. Sicher, ich weiß nicht, wo er ist oder was mit ihm ist. Aber es gibt immer noch Hoffnung. Und die werde ich nicht aufgeben.

Ich lächle und wische mir die Tränen aus dem Gesicht. »Danke, Mom«, sage ich.

Dann wende ich mich der Torte zu. Die werden wir gleich essen, dann nehme ich mir ein bisschen Zeit, um mit Dale seine Geschenke zu begutachten. Und dann werde ich meine Sachen packen. Denn Mom hat Recht: Wenn ich gehen muss, dann muss ich gehen. Ich gehöre zu Harley – wo auch immer er ist, was auch immer er tut.

***

HARLEY

Ich platziere einen Schlag vor Chicos Schulter, der ihn ins Straucheln bringt, dann einen zweiten mitten in seine Rippen, und dann hole ich ihn mit einem Tritt von den Füßen.

Zumindest in der Theorie, denn in der Praxis wirft sich Chico nach vorn, während ich zum Tritt ansetze, und dann kassiere ich einen ziemlich herben Schlag in die Weichteile.

»Verdammt, Chico!«, zische ich und gehe zu Boden.

Er breitet die Arme aus. »So kämpft man in Mexiko, amigo! Schläge vor den Kopf, Schläge in die Weichteile, hier kannst du deinen Gegner auch mit einem Arschtritt bezwingen, wenn dir danach ist!«

»Gut zu wissen«, gebe ich zurück, presse die Hände gegen mein bestes Stück und versuche, den Schmerz unter Kontrolle zu bringen. »Verflucht noch mal!«

Dieses Training ist ganz anders als das, was ich bisher kannte. Es verlangt mir so ziemlich alles ab. Chico und ich haben Heiligabend angefangen und gestern fast den ganzen Tag durchgearbeitet. Keine Ahnung, weshalb er mir hilft. Vielleicht macht ihm das Kämpfen einfach Spaß. Und er ist gut, er hat eine Menge Tricks auf Lager. Genau darauf kommt es an. Einige der anderen Jungs, die beim Turnier mit antreten werden, sind Mexikaner wie er oder haben zumindest schon mal hier gekämpft. Das heißt, ich muss besser sein als gewohnt, und da ist dieses Sparring hier genau das Richtige. Auch wenn es mir lieber wäre, ich müsste mir nicht freiwillig in die Eier treten lassen.

Chico steht mir gegenüber und lacht spöttisch. »Daran musst du dich gewöhnen! Das werden alle versuchen, oder glaubst du, die sind fair? Du hättest deine Chance nutzen sollen! Hättest in die UFC gehen sollen! Da laufen die Kämpfe sauber ab, aber hier ... Dass du nicht von hinten erschossen wirst, während du im Käfig stehst, ist schon ein Wunder!«

So langsam sehe ich keine Sterne mehr, also stehe ich auf, wenn sich meine Knie auch ziemlich weich anfühlen. »Woher weißt du das alles? Ich dachte, du bist nur der Fahrer.«

»Das war ich auch. Für Luigi zumindest. Ehe ich dein Wachhund wurde.« Chico lässt sein Goldzahngrinsen sehen.

»Schon kapiert. Du willst mir nichts über dich verraten.«

»Du warst mal ein paco. Ein ... Wie sagt ihr dazu?«

»Ein Bulle«, erwidere ich. »Aber jetzt bin ich keiner mehr.«

»Das liegt euch im Blut«, sagt Chico, »und jetzt rede nicht, greif mich an.«

Er hat Recht. Davon, dass ich mehr über meinen neuen Trainer erfahre, werde ich das Turnier nicht gewinnen. Also probiere ich es noch mal. Er sagt, es ist alles erlaubt? Gut. Ich schlage ihm in den Magen, bringe mich seitlich neben ihn und fege ihn mit einem Tritt, der in den meisten amerikanischen Kampfsportverbänden verboten ist, von den Füßen. Die ganze Aktion dauert keine zehn Sekunden.

Dann drehe ich mich nach Chico um. Er wälzt sich stöhnend am Boden und gibt etwas von sich, das verdächtig nach pajero klingt – dem spanischen Wort für Wichser.

»Sei froh, dass ich dich nicht von hinten erschossen habe«, sage ich und blicke über die Schulter zu ihm.

Chico hält sich den Bauch fest und lacht. »Du bist gut«, sagt er dann, »aber weißt du was? Das war mir immer noch nicht schmutzig genug.« Damit springt er auf, stürzt sich auf mich und nimmt mich in einen Würgegriff, der sich gewaschen hat.

Ich zögere nicht lange, umklammere ihn mit den Armen und werfe mich mit ihm nach hinten, sodass wir beide auf dem Boden landen, Chico hart auf dem Rücken und ich obenauf. Der Aufprall lockert seinen Griff, ich schaffe es, mich umzudrehen, nagle seine Brust mit meinem Knie am Boden fest und versetze ihm zwei Faustschläge, einen gegen die Schläfe und einen vors Kinn. Und dann rührt sich Chico nicht mehr.

»Hey!«, sage ich.

Keine Reaktion.

»Chico?« Ich gehe in die Hocke und schaue, ob er noch atmet. Zumindest habe ich das vor. Doch noch während ich mich über ihn beuge, schnellt sein Kopf nach oben und er verpasst mir eine Kopfnuss, die mich nach hinten fallen lässt. Ich spüre, dass meine Augenbraue aufgeplatzt ist und warmes Blut mir die Sicht vernebelt. Doch ich kann mich nicht rühren. Mein ganzer Schädel dröhnt, mein Sichtfeld verschwimmt immer wieder und meine Arme wollen mir einfach nicht gehorchen. Sie liegen reglos neben mir, als würden sie gar nicht zu mir gehören.

Chico ist aufgesprungen und verpasst mir einen Tritt in die Rippen, dann noch einen.

Eigentlich würde ich mich jetzt auf die Seite drehen, meinen Körper schützen und auf die Gelegenheit zu einem Gegenangriff warten. Doch ich kann mich noch immer nicht bewegen. Seine Tritte treiben mir die Luft aus den Lungen, doch Schmerzen spüre ich keine.

Das war's, schießt es mir durch den Kopf. Das war der eine Schlag zu viel gegen den Kopf.

»Nicht schmutzig genug, ich sage es dir.« Chico platziert einen weiteren Tritt in meinen Magen. »Du hast zu viel Mitleid! Beugst dich über mich wie über einen verletzten Straßenköter! Mit Mitleid gewinnst du keine Kämpfe, mein Freund, und mit Fairness tust du das hier auch nicht! In Mexiko geht es nicht um einen kühlen Kopf! Hier geht es nur darum, wer von allen der Wütendste ist! Wenn du gewinnen willst, dann musst du rot sehen! Wie ein Stier!«

Ein weiterer Tritt. Diesmal spüre ich wieder Schmerzen. Das ist gut. Dann hat seine Kopfnuss nur kurzzeitig etwas in meinem Gehirn lahmgelegt. Und Scheiße, tut dieser Tritt weh! Hat der Kerl verdammte Stahlkappen in seinen Schuhen? Ich merke, wie mir die Galle hochkommt.

»Kein Mitleid mit dem Gegner!«, predigt Chico. »Hörst du mich? Mitleid ist was für Schwächlinge.«

Ich würge und schaffe es jetzt doch, mich zumindest ein Stück auf die Seite zu drehen.

Chico lacht leise und kommt langsam um mich herum, sodass er zu mir herab blicken kann. »Wer ist jetzt der Köter, eh?« Chicos Atem geht schwer, doch er grinst. Die ganze Sache scheint ihm wirklich Spaß zu machen.

Ich frage mich, was sein Boss dazu sagen würde, wenn er mir vor dem Kampf die Rippen bricht. Oder den Schädel. Ich schlucke ein paar Mal, dann sehe ich aus dem Augenwinkel, wie Chicos Schuh erneut auf mich zu saust. Auch wenn meine Arme und Beine kribbeln, als würde darin eine ganze Ameisenarmee herum marschieren, habe ich mich soweit wieder unter Kontrolle, dass ich sein Bein nicht nur abfangen, sondern ihn auch noch mit einem Hebel zu Fall bringen kann.

Chicos Knochen knacken und er stöhnt, doch diesmal lasse ich nicht von ihm ab. Ich gebe ihm keine Zeit, sich zu erholen und erst recht nicht, mir wieder eine Kopfnuss zu verpassen. Stattdessen werfe ich mich auf ihn und decke sein Gesicht mit Schlägen ein.

Luigi und diese ganze verkommene Bande werden schon sehen!

Sie wollen einen schmutzigen Kampf? Eine richtig gute Show? Die können sie haben!

Ich dresche weiter auf Chico ein. Meine ganze Wut entlädt sich in diesen Schlägen und ich spüre, wie sich etwas in mir verändert. Wie sich ein Teil von mir abspaltet und nichts als Verrohtheit und unbedingten Siegeswillen zurück lässt. Es ist wie damals in Italien. Nur hundert Mal heftiger.

Ich. Muss. Gewinnen.

Meine Fäuste schmerzen und ich lasse viel zu spät von Chico ab. Er hat sich schon seit einiger Zeit nicht mehr gewehrt. Ich stehe auf und betrachte sein Gesicht, das geschwollen ist und blutet.

Kein Mitleid.

Trotzdem werfe ich einen Blick auf seine Brust. Er atmet noch. Dann fällt mir das Handy ein, das er immer bei sich trägt. Ich taste Chico kurz ab und finde es in seiner Hosentasche.

Mein Herz beginnt schneller zu schlagen, als ich das Display entsperre. Meine Finger fühlen sich steif an und ich brauche ewig, bis ich Megans Nummer eingetippt habe. Während ich warte, betrachte ich meine Fäuste. Ich muss sie unbedingt kühlen.

Einen Moment ist kein Ton in der Leitung zu hören und ich befürchte, dass Luigi einen Störsender oder etwas Ähnliches auf dem Gelände platziert hat. Dann ertönt doch noch ein Geräusch. Eine mechanische Stimme teilt mir mit, dass der gewünschte Gesprächspartner nicht zu erreichen ist.

Ungläubig starre ich das Telefon an. Warte, dass die Mailbox anspringt und ich zumindest eine Nachricht hinterlassen kann. Dann fällt mir ein, dass das nicht passieren wird. Megan wollte Russell keine Plattform bieten, ihr irgendwelche Nachrichten auf Band zu sprechen.

Das alles ist so ...

Ich höre mich selber ungläubig lachen, dann versuche ich es noch ein weiteres Mal. Aber das Resultat bleibt dasselbe.

Megan geht nicht ran.

Während meine Gedanken rasen, lösche ich die Anrufversuche und stecke das Handy zurück in Chicos Tasche. Was ist, wenn sie eine neue Nummer hat? Wenn sie genug von mir hat und ich nie wieder von ihr hören werde?

Wut und Panik übermannen mich und ich verpasse Chico einen Tritt in die Rippen, so wie er es noch vor wenigen Minuten mit mir getan hat. Ein Teil von mir weiß, dass das nicht richtig ist. Dass man sich nicht an wehrlosen Gegnern vergreift, aber dieser Teil scheint im Augenblick so unglaublich weit weg zu sein.

Kein Mitleid.

Oh nein. Mitleid werde ich ganz sicher keins mehr haben.

Ohne ihn eines weiteren Blickes zu würdigen, lasse ich Chico auf dem Boden zurück.

***

Ich liege auf dem Bett und kühle meine Hände. Meine Gedanken kreisen um Megan, aber es ist anders als die Tage zuvor. Ich fühle mich dumpf, meine Gefühle für sie sind nicht richtig greifbar. Irgendwie weiß ich, dass ich Angst habe, dass ich sie endgültig verloren haben könnte. Doch ich spüre diese Angst nicht. Alles scheint überlagert von Zorn und wenn ich nur an Luigi denke, schießt mein Puls in die Höhe.

Es ist falsch. Alles läuft gerade irgendwie falsch. Aber der vernünftige Harley, der, der sich trotz – oder gerade wegen – des ganzen Chaos, das um ihn herum herrschte, immer an Regeln gehalten hat, scheint nichts mehr zu sagen zu haben.

Stattdessen wispert eine Stimme in meinem Kopf immer wieder dieselben Worte in Endlosschleife: Kein Mitleid. Schmutzig. So kämpft man in Mexiko.

Ich will das nicht. Ich will so nicht sein. Das weiß ich tief in mir. Aber ich habe keine andere Wahl. Also werde ich so werden, wie sie mich haben möchten. Ein mitleidloses Tier. Ich werde für meine Familie kämpfen und ich werde gewinnen. Egal, wie schmutzig es wird.

***

MEGAN

Das ist mal wieder typisch. Kaum bin ich gelandet und will mein Handy aus dem Flugmodus befreien, um meiner Mom mitzuteilen, dass ich gut angekommen bin, muss ich feststellen, dass mein Akku leer ist.

Ich fluche leise und lasse es zurück in meine Handtasche fallen. Dann schnappe ich mir meinen Rollkoffer und verlasse das Flughafengebäude. Es ist nicht besonders viel los und ich drehe mich erstmal um die eigene Achse, um mich zu orientieren. Wie vor jedem Flughafen entdecke ich auch hier eine Reihe von Taxis. Aber da ich nicht weiß, wo ich mit meiner Suche anfangen soll, steuere ich keines von ihnen an. Stattdessen strebe ich auf eine Telefonzelle zu, die nicht mehr funktionsfähig aussieht, aber mit lauter Plakaten und Flyern beklebt ist. Vielleicht finde ich hier Werbung von irgendeinem Hotel, dessen Adresse ich dem Fahrer nennen kann. Dann könnte ich mein Handy aufladen und im Internet nach Anhaltspunkten suchen. Nach Trainingslagern und all sowas.

Ich habe mich nicht getraut, von zu Hause aus mehr als nötig zu recherchieren. Zu groß war meine Angst, Luigi könnte mich überwachen lassen, etwas von meinem Plan nach Mexiko zu fliegen mitbekommen und mich aufhalten.

Langsam lasse ich meinen Blick über die zahllosen bunten Zettel gleiten. Friseursalons, Diskotheken, Sprachkurse, Sportvereine, Restaurants ...

Diskotheken.

Anstatt weiter nach Hotels zu suchen, widme ich mich jetzt ausschließlich den Flyern, die für Discos werben. Mit etwas Glück finden die Fights nicht nur in Chicago in irgendwelchen Clubs statt, sondern auch hier.

Schaumpartys, Desperados-Abende, Ladys Nights ... Einige Silvesterfeiern und Plakate, die auf Partys an Heiligabend hinweisen. Keine Fight Nights.

Ich seufze und sehe mir nun doch die Hotelflyer an. Willkürlich picke ich mir eine Adresse raus und gehe zu einem der Taxis herüber. Anders als früher steige ich ein, ohne mir den Fahrer vorher genau anzusehen. Ich stelle den kleinen Koffer zwischen meine Beine und nenne die Adresse.

Der Fahrer, der vielleicht fünfzig ist und aussieht wie diese verkleideten Klischee-Mexikaner, die immer in Freizeitparks herumrennen, mustert mich, dann lächelt er schief. »Ich weiß nicht, ob das eine gute Idee ist«, sagt er und verzieht den Mund, als hätte er Schmerzen. »Ist keine gute Gegend für eine Touristin. Alleine.«

Zuerst bin ich versucht, ihn zu bitten, mich in ein anderes Hotel zu fahren. Dann wird mir klar, dass ›keine gute Gegend‹ genau das ist, was ich suche. Ich schlucke den Kloß runter, der meine Kehle zuzuschnüren droht und erwidere: »Ist schon in Ordnung. Ich weiß, was ich tue.«

Der Fahrer zuckt mit den Schultern und gibt Gas. Die getrockneten Chilischoten, die er an seinem Innenspiegel baumeln hat, schlagen gegen die Windschutzscheibe, als er sich mit hoher Geschwindigkeit in den fließenden Verkehr einfädelt.

Ich lehne mich in meinem Sitz zurück und blicke nach draußen, ohne mir wirklich die Umgebung anzusehen. Meine Gedanken sind bei Harley und ich frage mich, ob er genau so häufig an mich denkt wie ich an ihn.

***

Das Viertel, in dem mich das Taxi raus lässt, hätte ich mir schlimmer vorgestellt. Die Gebäude sind nicht sonderlich hoch und die meisten von ihnen sind in Magenta, Petrol oder einer anderen auffälligen Farbe gestrichen. Ich entdecke einige Neonreklamen und Graffitis, ein bisschen Dreck und hier und da eine eingeschlagene Scheibe – dennoch bin ich alles in allem positiv überrascht. Das Hotel, an dem ich aussteige, ist orange getüncht, hat kleine schmiedeeiserne Balkone und in schnörkeliger Schrift die Worte ›Pecado Dulce‹ über der Tür stehen. Ich habe keine Ahnung was das bedeutet und nehme mir vor, es in einer ruhigen Minute zu googlen. Ich steuere den Eingang an, der mit Plastiktannengirlanden und rosafarbenen, undefinierbaren Kugeln geschmückt ist. Ich trete in eine kleine

Halle mit Rezeption und begrüße die Damen hinter den Tresen auf Englisch. Sie lächelt ein wenig irritiert und ihre Irritation schlägt in offenkundige Verwirrung um, als ich mich für eine Woche einbuche. Während sie mich bittet zu warten und in ihrem Computer herumtippt, betrachte ich die Deko genauer. Auch an der Rezeption befindet sich Weihnachtsschmuck. Ein kleiner Tannenbaum mit den gleichen rosafarbenen Kugeln wie an der Tür. Um nicht untätig herum zu stehen, nehme ich eine davon in die Hand, um sie genauer zu betrachten, doch dazu komme ich nicht.

»Zahlen Sie bar?«, fragt mich die Angestellte mit mexikanischem Akzent und sieht mich hoffnungsvoll an.

Zwar habe ich nicht allzu viel Bargeld dabei, aber aus irgendeinem Grund scheint es ihr lieber zu sein, also nicke ich, während ich meine Finger über das kühle Glas der Kugel fahren lasse. »Bar für die ganze Woche.«

Nach einem kurzen Blick auf meine Hand ringt sich die Rezeptionistin ein Lächeln ab. Dann wendet sie sich wieder dem Bildschirm und ich mich der undefinierbaren Kugel zu. Sie ist etwas länglich mit zwei Ausbuchtungen an beiden Seiten und oben einer abgeteilten – Oh mein Gott.

Erst jetzt erkenne ich, was ich da in der Hand halte. Es handelt sich um eine Weihnachtskugel in Penisform!

Ich lasse sie eilig los und sie stößt klirrend mit zwei anderen Kugeln zusammen, die die Form von Brüsten und einem knackigen Hintern haben.

Augenblicklich wird mir klar, dass ich mich in einem Stundenhotel befinde. Deswegen auch der irritierte Blick der Dame an der Rezeption, als ich allein ins Hotel gekommen bin und ihre Verwirrtheit, als ich gleich für eine ganze Woche eingecheckt habe.

Ich spüre, wie mir die Röte ins Gesicht steigt.

Das hat der Taxifahrer also damit gemeint, als er von einer nicht so guten Gegend sprach und ich habe ihm auch noch erzählt, dass ich wüsste, was ich tue.

Hier werde ich Harley wohl kaum finden. Zumindest sollte ich das wohl hoffen.

Ich werfe noch einen Blick auf den fragwürdigen Tannenbaum, dann bekomme ich meine Schlüssel ausgehändigt. Die Rezeptionistin sieht mich immer noch komisch an. Sie weiß mich und meine Weihnachtsbaumkugel-Grapsch-Attacke anscheinend nicht richtig einzuordnen. Heute Abend erzählt sie ihrem Mann bestimmt von der seltsamen Amerikanerin, die es offenbar ziemlich nötig hatte. Zuerst will ich noch irgendwas zu meiner Verteidigung sagen, dann wird mir klar, dass es mir eigentlich ziemlich egal ist, was die Frau von mir denkt. Ich bin nicht hier, um mich um mein Image zu sorgen.

Ich verabschiede mich mit einem Lächeln und wende mich ab. Während ich die mit Teppich bezogenen Stufen zu meinem Zimmer hinaufsteige, geht mir die Peniskugel nicht mehr aus dem Kopf. Ich wusste gar nicht, dass es so etwas gibt.

Ein Grinsen überzieht meine Züge. Wenn ich Harley von dieser Aktion erzähle, lacht er mich aus.

Mit den Gedanken wieder einmal bei ihm betrete ich das Zimmer. Es ist klein, außer einem Bett und einem Waschbecken befindet sich noch ein Stuhl darin, sonst nichts. Ich blicke mich nach einer weiteren Tür um, dann wird mir klar, dass ich mich in einem dieser Hotels befinde, die eine Gemeinschaftsdusche und die Toilette auf dem Flur haben. Na bravo.

Dafür habe ich auch verdammt wenig bezahlt, also darf ich mich nicht beschweren. Und sowieso habe ich nicht vor, viel Zeit auf dem Zimmer zu verbringen. Mexiko ist nicht gerade klein, Cancún nicht gerade ein Dorf. Ich werde jede freie Minute nutzen müssen, wenn ich Harley aufspüren will.

Ich stelle den Koffer ab, krame mein Handy aus der Tasche und schließe es an den Strom an, um endlich Mom zu schreiben. Doch ehe ich dazu komme, klingelt es zwei Mal kurz.

SMS.

Eilig rufe ich sie auf. Beide Nachrichten weisen mich darauf hin, dass zwei Anrufe bei mir eingegangen sind, während ich im Flieger saß. Die Nummer, von der sie kamen, kenne ich nicht.

Mein Herz beginnt zu rasen, denn ich bin mir sicher, dass die Anrufe von Harley sind. Mit zittrigen Fingern rufe ich die Nummer zurück. Quälend lange Augenblicke höre ich nur das nervtötende Tuten in der Leitung, dann ein Rascheln.

»Sí?«

Ich schlucke. Das ist nicht Harleys Stimme, eindeutig nicht. Meine Gedanken rasen. Soll ich etwas sagen oder einfach wortlos auflegen? Gut möglich, dass es einer von Luigis Bande war, der einen Kontrollanruf bei mir gestartet hat.

»He!«

Ich sage noch immer nichts. Stattdessen lausche ich jetzt auf eventuelle Hintergrundgeräusche. Ich höre

metallische Geräusche, wie das Klimpern von Hantel-
stangen, sonst nichts.

Der Kerl am anderen Ende der Leitung stößt eine
Reihe von spanischen Worten aus, deren genaue Bedeutung ich nicht verstehe, die sich aber eindeutig
nach Flüchen anhören. Dann wird aufgelegt.

Ich nehme das Handy vom Ohr und starre es eine
Zeitlang nur an. Was hat das zu bedeuten? Jemand hat
versucht mich zu kontaktieren. Zwei Mal. Dieser Jemand scheint meine Nummer allerdings nicht einge-
speichert zu haben, sonst hätte er anders auf meinen
Anruf reagiert. Im Hintergrund habe ich Hanteln gehört. Gut möglich, dass der Typ in einem Fitnessstudio
war. Oder in einem Gym, in dem Kämpfer ausgebildet
werden. Wenn es einer von Luigis Leuten war, der mich
zweimal versucht hat anzurufen, dann hätte er doch
jetzt seine Chance genutzt und mir gesagt, was er sagen
wollte. Hätte sich der Anrufer verwählt, hätte ich nur
einen statt zweier Anrufe auf dem Handy.

Vielleicht war es doch Harley, überlege ich vorsichtig.
Er hat versucht mich vom Handy von einem anderen
Fighter, seinem neuen Trainer oder sonst wem anzurufen und ich blöde Kuh musste natürlich ausgerechnet
zu diesem Zeitpunkt nach Mexiko reisen. Mit einem
leeren Akku.

Verflucht!

Aber wenn es Harley war, warum hat er mir dann
keine SMS geschrieben? Wenn er wirklich heimlich
versucht hat, mich zu kontaktieren, dann vermutlich,
damit ich nicht zurückrufe.

Oh, verdammt. Ich hoffe, dass ich ihn durch meinen
Rückruf nicht in Schwierigkeiten gebracht habe.

Aber irgendwie bin ich mir ziemlich sicher, dass genau das der Fall ist.

KAPITEL 9

HARLEY

Es ist der Nachmittag des 26., als Chico wieder auftaucht. Irgendwann gestern, nachdem ich ihn in der Trainingshalle liegen lassen habe, muss er abgehauen sein. Nur sein Blut war noch da. Ich habe es nicht weggewischt. Sollen das Luigis Leute machen, wenn sie alle wieder da sind.

Ich bin zum Kämpfen hier, nicht zum Putzen.

Gerade bin ich damit beschäftigt, an einem abmontierten Sandsack Bodentechniken zu trainieren, als ich die Schritte meines Bewachers höre. Er kommt rein, aber ich kümmere mich nicht weiter um ihn.

»Du schuldest mir einen Zahn, pajero«, begrüßt er mich schließlich.

Erst da lasse ich von dem Sandsack ab und blicke auf.

»Stimmt gar nicht«, grinst Chico, bleibt neben mir und meinem Trainingsgerät stehen und verpasst dem Sack einen Tritt. »Sattelst du jetzt um auf Gegner, die sich nicht wehren können, eh?«

Ohne dass ich sagen kann, wieso, machen mich seine Worte sauer. Nein, anders – sie stacheln mich an. Bringen mich dazu, es ihm noch einmal zeigen zu wollen.

»Mein Sparringspartner hat ja schlapp gemacht«, höre ich mich selbst knurren.

»Schlapp gemacht«, lacht Chico. »Mir hat ganz schön der Schädel gebrummt, als ich wach geworden bin. Das war nicht schlecht. Für den Anfang.«

»Nicht schlecht?!«, keuche ich und suche in seinem Gesicht nach irgendeinem Anzeichen dafür, dass er einen Scherz macht. »Ich hab dich windelweich geschlagen!«

»Sí, Sí ... Aber davor ...« Er geht auf der anderen Seite des Sandsacks in die Hocke und deutet mit dem Finger auf mich. »Davor habe ich dich windelweich geschlagen. Was, wenn du nicht wieder aufgestanden wärst? Und erzähl mir nichts, ich weiß, dass du kurz davor warst.«

Die Wut in meinem Inneren wird stärker. Was will er denn jetzt hören? »Am Ende kommt's drauf an, wer einmal mehr wieder aufsteht, oder?«

Chicos blödes Grinsen hält sich so hartnäckig, als hätte es ihm jemand ins Gesicht getackert. »Jetzt bist du sauer, was? Fühlst dich in deiner Ehre gekränkt. Oder hast du nur Schiss, dass es beim Turnier anders läuft? Dass du derjenige bist, der liegen bleibt, Unbesiegter?«

Ruckartig, fast ohne mein Zutun, stehe ich auf. »Ich bin nie derjenige, der liegen bleibt«, sage ich und weiß selbst nicht genau, ob ich das wirklich glaube oder einfach nur glauben will. Glauben muss. Weil es hier um meine Familie geht.

»Wenn du so überzeugt davon bist, beweis es«, fordert mich Chico heraus und scheint unseren gestrigen Kampf schon komplett verarbeitet zu haben, was mich angesichts der Blutergüsse in seinem Gesicht und auf seinen Armen ziemlich wundert.

Trotzdem. Eigentlich will ich nicht schon wieder gegen ihn antreten. Nach gestern muss er zumindest eine leichte Gehirnerschütterung haben und ich sollte ebenfalls aufpassen, dass ich es nicht übertreibe. Meine Fäuste schone und –

Unsinn. Wie Chico schon sagte, das hier ist Mexiko, nicht die UFC.

Ich sehe meinem Sparringspartner zu, wie auch er aufsteht. Dann gehe ich wortlos zu der Stelle, wo wir gestern trainiert haben. Chicos Blut hat einen rostfarbenen Fleck auf dem Boden hinterlassen. Wir könnten eine der Matten benutzen, die ließe sich auch leichter reinigen. Aber wir benutzen keine Matten und auch keine Handschuhe.

Chico geht in Position und tänzelt vor mir herum. Verdammt, ich hätte echt nicht erwartet, dass er heute schon wieder so fit ist! Der Kerl muss wirklich einiges gewöhnt sein. Ich nehme ihn ins Visier, versuche, das Muster seiner Bewegungen zu erfassen ... und dann holt er zum ersten Schlag aus. Ich ducke mich weg, noch ehe seine Faust auch nur in die Nähe meines Gesichts gelangt. Aus dem Augenwinkel sehe ich einen weiteren Schlag kommen, drehe mich ein Stück zur Seite und er erwischt mich abermals nicht, aber die Wucht seiner eigenen Attacke treibt ihn nach vorn, näher an mich heran, und so kracht mein erster Schlag direkt mit voller Wucht in seine Rippen.

Ich höre ihn keuchen und nutze den Moment, um ein weiteres Mal zuzuschlagen. Diesmal erwische ich ihn unterm Kinn, und damit geht er das erste Mal zu Boden.

Das ist gut. Genauso kenne ich mich. Ich hole zu einem Tritt aus und bremse mich im nächsten Moment selbst.

Ich könnte ihn finishen, hier und jetzt. Aber das wäre nicht gut, denn dann fiele das Sparring für den Rest des Tages flach.

Irgendein Teil von mir ist über diesen Gedanken erschrocken, über den Verlauf, den er nimmt. Darüber, dass es mir nur um mich geht und nicht um das, was meine Schläge und Tritte anrichten könnten –

Aber der Teil verstummt, als Chico sich aufrappelt und der Fight weitergeht.

Und für den Rest des Tages höre ich auch nichts mehr davon.

***

MEGAN

Entnervt lege ich das Handy weg, öffne eine der Nachttischschubladen, um sie nach Ohrenstöpseln zu durchsuchen – und wünsche mir im nächsten Moment, ich hätte die Finger davon gelassen. Denn alles, was ich finde, ist ein Heft mit einer nackten Frau darauf, das aussieht, als wäre es, nun ja, in Zuckerguss getaucht. Nur dass das Zeug darauf ganz sicher kein Zuckerguss ist. Aber ich beschließe, mir einzureden, es wäre welcher, genauso, wie ich mir einrede, dass das Bett hier vor meiner Ankunft frisch bezogen worden ist ...

Ist es sicher, oder?

Das ist doch Standard in Hotels.

Trotzdem fühle ich mich plötzlich ganz schön unwohl dabei, es mir hier bequem gemacht zu haben, also stehe ich auf und setze mich stattdessen auf den klapprigen Stuhl. Ich hoffe jetzt einfach mal, dass dieses Möbelstück nicht so häufig Requisite bei den Aktivitäten ist, die in diesem Zimmer normalerweise stattfinden und die ich durch die dünnen Wände seit dem späten Mittag auch sehr deutlich hören kann.

Verdammt, wo bin ich hier nur gelandet? Ich lehne mich zurück, vorsichtig, weil ich irgendwie befürchte, dass jeden Moment die Stuhllehne abbricht, dann versuche ich mich wieder auf mein Handy zu konzentrieren. MMA-Schulen in Cancún, am besten mit einem Besitzer, der einen italienischen Namen hat ...

Gott, dieses Gestöhne ist einfach nur nervig! Ich habe keine Ahnung, wie ich mich dabei konzentrieren soll ... Und außerdem frage ich mich, ob ich überhaupt das Richtige tue. Werde ich Harley tatsächlich in einem mexikanischen Gym für Kampfsportler aufspüren? Das wäre fast zu einfach.

Wenn er nur hier bei mir wäre. Er wüsste wie immer genau, was zu tun ist. Ich hebe en Kopf, sehe mir das Zimmer an und versuche, ihn mir hier vorzustellen – und auf einmal kommt mir das Ambiente gar nicht mehr so schäbig vor. Und das Bett auch nicht mehr so abstoßend. Harley und ich würden uns vermutlich gar nicht darum scheren, was vor unserer Ankunft auf der durchgelegenen Matratze schon alles passiert ist. Wenn wir zusammen wären, dann wäre uns auch ein bloßes Lattenrost recht. Oder der nackte Boden. Apropos nackt, wir ...

Moment. Denke ich jetzt wirklich an Sex mit Harley? Oh Mann. Ich sollte mich echt zusammenreißen. Das muss an der Umgebung liegen. Den Geräuschen aus den Nebenzimmern, dem fortwährenden Quietschen der Betten, dazu die schwülwarme Luft ...

Aber ich bin nicht hier, um an Sex mit Harley zu denken. Ich bin hier, um ihn zu finden und um diese Sache gemeinsam mit ihm durchzuziehen oder, noch besser, ihn und Sally da raus zu holen.

Aber der Gedanke ist wohl utopisch. Ich bin keine Superheldin, oder? Doch ich will zumindest für ihn da sein. Sehen, dass es ihm gut geht. Denn wenn ich ehrlich bin ...

Ich weiß nicht, wie ich es formulieren soll, aber ich habe so ein komisches Gefühl in den letzten Tagen und seit gestern ist es noch mal deutlich schlimmer geworden. Es fühlt sich an, wie – nein, ich fühle mich wie vor Harley.

Seit ich ihn kenne, seit wir uns beim Joggen im Park das erste Mal ein wenig näher gekommen sind, hatte ich immer das Gefühl, dass uns etwas verbindet, auch wenn wir gerade räumlich voneinander getrennt sind. Das unterschwellige Wissen, dass Harley irgendwo ist und dass er vielleicht auch gerade an mich denkt und dass wir uns früher oder später wieder sehen werden.

Aber dieses Gefühl ist seit seiner Abreise nach Mexiko schwächer und schwächer geworden und seit gestern ist es irgendwie kaum noch da. Und das macht mir verdammte Angst, denn wer weiß, was dahintersteckt.

Doch ich reiße mich zusammen und konzentriere mich wieder auf mein Handy. Ich muss jetzt einen Anhaltspunkt finden, irgendeinen Ort, wo ich meine Suche starten und von wo aus ich mich durchfragen kann. Wenn der Unbesiegte in der Stadt ist, dann wird sich das herumgesprochen haben. Ich muss nur einen Zugang finden. Ich suche also weiter nach entsprechenden Fitnessstudios und Clubs, und dann fange ich an, mir ein paar Adressen abzuspeichern, die mir vielversprechend erscheinen.

Und dann klopft es auf einmal an die Tür.

Ich zucke zusammen, weil ich damit nicht gerechnet habe. Zuerst fürchte ich, dass dort jemand von Luigis Leuten steht. Dass sie mich verfolgt haben. Dann mache ich mir klar, dass das vermutlich nur jemand vom Hotel ist. Sicher, ich habe mich für eine Woche in einem Stundenhotel eingemietet – die wollen bestimmt sichergehen, ob ich das auch wirklich ernst gemeint habe.

Trotzdem öffne ich nicht gleich, sondern frage »Ja, bitte?« und stehe langsam von meinem Stuhl auf.

»Aquí es el director«, sagt eine Stimme auf der anderen Seite der Tür und ich fühle mich gleichermaßen bestätigt und erleichtert. Klar, jemand vom Hotel, wusste ich es doch.

»Moment!«, sage ich und komme mir sofort plump vor, weil ich Englisch mit dem Mann rede. Wie sagt man auf Spanisch, dass man durchaus vorhat, eine Woche zu bleiben?

Ich drehe den Türknauf und während ich noch versuche, ein paar Brocken Spanisch zu einem ganzen Satz zusammenzubasteln, wird mir mein Denkfehler klar. Oder besser gesagt mein Versäumnis: Die Erkenntnis, dass mir die Stimme des Mannes bekannt vorkam.

Und dann ist es auch schon zu spät. Die Tür wird mir entgegen gedrückt, jemand schiebt sich zu mir ins Zimmer, und im nächsten Moment bin ich absolut bewegungsunfähig, als stünde ich auf einmal unter Schock.

Eine Hand wird mir auf den Mund gedrückt, obwohl ich gar nicht zu schreien versuche. Die Tür wird zugekickt und ich werde herumgewirbelt und von einem kräftigen Arm gegen die nächste Wand gepresst. Und dann, wie durch einen dichten Schleier, der sich plötzlich über mich gelegt hat und sich nur ganz langsam lichtet, erkenne ich so ungefähr das allerletzte Gesicht, mit dem ich an diesem Ort gerechnet hätte.

»Gar nicht schlecht, meine neu erworbenen Spanischkenntnisse, was?«, fragt Russell und lässt ein haifischartiges Grinsen sehen. »Du bist voll drauf reingefallen!«

Ich starre ihn an, immer noch unfähig, mich zu rühren. Und mir wird klar, dass ich jetzt so richtig in der Scheiße sitze.

Russell erwidert meinen Blick und ist offenbar vollkommen zufrieden mit sich. Mein Herz rast, während gleichzeitig alles irgendwie in Zeitlupe abzulaufen scheint. Ich brauche einen Plan, schnell, sehr schnell. Vielleicht kann ich es machen wie bei unserer letzten Begegnung, ihn irgendwie überwältigen und einfach abhauen ...

Aber nein, darauf wird er so schnell nicht noch einmal hereinfallen, was mir sein fester Griff erbarmungslos verdeutlicht. Mit all seinem Gewicht drückt er sich gegen mich und seine Finger sind immer noch auf meine Lippen gepresst, zwingen einen salzigen Geschmack in meinen Mund, der mich beinahe würgen lässt.

Ich muss mich zusammenreißen, darf jetzt auf keinen Fall in Panik geraten. Denn Russell ist wie ein Raubtier und wenn er meine Angst spürt, dann wird er mich auf der Stelle in Stücke reißen.

Ich versuche etwas zu sagen.

Russells Augen werden schmal. »Wehe, du schreist«, sagt er.

Dann nimmt er die Hand ein Stück weg, gerade so weit, dass er mich, sollte es nötig sein, jeden Moment wieder zum Verstummen bringen kann.

»Russell«, bringe ich hervor – nicht gerade das Geistreichste, was ich in diesem Moment sagen kann, doch es ist das Einzige, was mir einfällt.

»Ganz richtig, Baby«, sagt er, entblößt seine nikotingelben Zähne und mir wird wieder einmal bewusst, wie sehr er sich seit unserer Trennung verändert hat. Er ist bulliger und massiger geworden, als würde er versuchen, meinen Verlust mit Fast Food und Training zugleich wettmachen. Doch die Tendenz, sich gehen zu lassen, scheint stärker zu sein, denn neben den gelben Zähnen hat er auch tiefe Schatten unter den Augen und ein paar Runzeln auf der Stirn, die früher nicht da waren. Ich finde rein gar nichts mehr attraktiv an ihm. Wie könnte ich auch, nachdem ich Harley kennengelernt habe?

»Was willst du?«, höre ich mich mit rauer Stimme fragen, als sich Russells Finger endlich von meinem Mund lösen.

»Dasselbe wie immer«, gibt er zurück, ohne zu zögern. »Dich. Aber ich vermute mal, darauf zielt deine Frage nicht ab, oder? Versuch es noch einmal, Maggie.«

Seine herablassende Art widert mich an, weil sie mich so sehr an damals erinnert. Doch ich gebe mein Bestes, mich davon nicht wieder einschüchtern zu lassen. »Was machst du hier?«, presse ich darum hervor. »Wie hast du mich gefunden?«

Russell lacht leise, es klingt unangenehm schnarrend. »Ich musste dich gar nicht finden«, sagt er dann. »Ich bin dir einfach nur gefolgt. Es war klar, dass du deinem Loverboy nachlaufen würdest. Nicht nur mir, sondern auch den Leuten, die mir freundlicherweise einen Job gegeben haben, nachdem du auf eine so miese Tour versucht hattest, mich in den Knast zu bringen!« Die letzten Worte klingen wütend, er schreit mich beinahe an, und ehe ich mich's versehe, reißt er auch schon die Hand hoch, bereit, sie mir mit voller Wucht ins Gesicht klatschen zu lassen. Ich ducke mich reflexartig weg, so wie ich es gelernt habe – und er lacht.

»Was ist?«, fragt er. »Heute nicht so tough? Bist du endlich wieder bei Verstand, hm? Hast kapiert, wer hier die Zügel in der Hand hält und wer nicht?«

Ich möchte etwas erwidern, aber es gelingt mir nicht gleich. Zuerst muss ich den Kloß hinunterschlucken, der meine Kehle verschließt, als hätte ich einen Tennisball im Hals. Ich versuche, ganz tief durchzuatmen und gleichzeitig rasen meine Gedanken. Was soll ich tun? Was soll ich sagen? Ich bin erwischt worden. Russell hat mich gefunden und da er jetzt offenbar für Luigi arbeitet, weiß der mit ziemlicher Sicherheit auch schon Bescheid. Das heißt, ich kann nicht weiter nach Harley suchen, kann nichts mehr für ihn tun, und als mir dieser Umstand richtig bewusst wird, möchte ich am liebsten heulen. Aber was bringt das? Wem nützt es, wenn ich jetzt total zusammenbreche? Einzig und allein Russell. Und aus diesem Grund darf ich es nicht. Nicht weinen, nicht flehen, nicht auf seine Provokationen eingehen.

Aber was zur Hölle soll ich dann tun?

»Russell«, höre ich mich schließlich selbst sagen und zwinge mich, ihm in die Augen zu sehen. »Das muss so nicht laufen.«

»Wie?«, fragt er ohne zu zögern und ich sehe an seinem Blick, dass er immer noch zornig ist. Natürlich ist er das. Ich habe ihn nicht nur verlassen und mich monatelang vor ihm versteckt, sondern ich habe auch einen anderen. Aber ich darf jetzt nicht an Harley denken.

»So, wie es jetzt gerade läuft. Du musst nicht ...« Ich mache eine Pause. Erlaube meinem Hirn, in Ruhe die Worte zu formen, von denen ich glaube, dass sie jetzt gerade passend sind. »Ich habe dich verlassen, weil du mich bedroht und eingeschüchtert hast. Weil du mir wehgetan hast. Du weißt, dass ich deswegen gegangen bin. Und ich verstehe nicht, dass du jetzt gleich wieder so anfängst.«

»Sonst haust du mir doch sofort wieder ab!«, fährt er mich an, wobei er seinen Druck auf meinen Oberkörper schmerzhaft verstärkt. »Zu deinem tollen neuen Beschützer, hm? Hast du ihn dir deshalb zugelegt? Weil du glaubst, dass der Kerl dich vor mir beschützen kann?«

»Er ist sehr stark«, erwidere ich unbestimmt und füge dann hinzu: »Ich dachte ... Ja, vielleicht war es genau das.«

Wieder dieses unangenehme Lachen von Russell. Dann sagt er: »Tja, und trotzdem bin ich jetzt hier und er ist es nicht! Dein Plan ist in die Hose gegangen, Maggie! Das nächste Mal nimmst du dir vielleicht besser einen Bodyguard, den du mit Geld anstatt deinem Körper bezahlst – dann nimmt er die Sache vielleicht ein bisschen ernster!«

Er tut es schon wieder – mich beleidigen, mich herabwürdigen, aber es verletzt mich nicht mehr so sehr wie früher, denn mittlerweile habe ich verstanden, dass nicht ich das Problem bin. Russell ist es. Sein Ego, das offensichtlich nur bestehen kann, wenn er auf jemand anderem herumhackt. Nicht ich bin das Problem, sondern er ist es, und dieses Wissen hilft mir irgendwie, mich ein Stück weiter zu beruhigen. Die Dinge klarer zu sehen. Eigentlich weiß ich doch genau, was er will. Und wenn ich weiterhin eine Chance haben will, Harley wiederzusehen, dann muss ich ihm genau das geben. Russell traut mir nicht, keinen Zentimeter weit, und darüber darf ich mich nicht wundern. Aber ich habe ihm gegenüber einen anderen entscheidenden Vorteil: Er liebt mich. Es ist eine kranke Liebe, mehr eine Besessenheit, die ihn dazu treibt, dass er mich ganz für sich haben will. Für immer. Diese Besessenheit ist es, wegen der ich so viel Angst vor ihm hatte und noch habe – weil man nie weiß, wie weit ein Mann wie er gehen würde, um zu bekommen, was er will. Weil man sich nie sicher sein kann, ob der letzte Schritt für jemanden, der so skrupellos ist wie er, nicht lautet: Wenn ich dich nicht haben kann, dann kriegt dich auch kein anderer.

Ganz langsam hebe ich den Kopf und zwinge mich, Russell direkt in die Augen zu sehen. »Du hast Recht«, sage ich dann. »Ich war dumm. Es tut mir leid.« Ich zwinge ein Lächeln auf meine Lippen und sehe ihm in die Augen. »Kannst du mir verzeihen?«

Russell mustert mich kurz abschätzig, dann grinst er. »Verzeihen? Sicher nicht.«

»Bitte, ich ...« Meine Gedanken rasen, denn auf einmal sehe ich in Russell meine Chance. Er arbeitet jetzt für Luigi. Das heißt, er weiß möglicherweise, wo Harley ist. Und vielleicht, wenn ich es geschickt anstelle, bringt er mich sogar zu ihm ...

Ich muss ihn nur irgendwie überzeugen. Dann ist unsere Rettung näher denn je. Aber kann ich das? Kann ich das wirklich nach allem, was Russell mir angetan hat?

Die Antwort ist simpel. Ich muss. Und ich werde.

»Warum bist du nach Cancún gekommen?«, startet er sein Verhör.

»Um Harley zu finden«, sage ich wahrheitsgemäß – das zu leugnen, wäre wohl zwecklos.

»Wozu? Du hättest dir einfach einen neuen suchen können! Starke Männer gibt es doch wie Sand am Meer, oder nicht?«

Ich blicke zu Boden. Was ich jetzt sage, ist entscheidend, das spüre ich ganz deutlich. Am liebsten würde ich Russell die Wahrheit ins Gesicht schleudern: Dass ich Harley liebe, wie ich ihn nie geliebt habe. Dass ich alles für ihn tun würde. Aber das geht natürlich nicht.

»Ich wollte nicht ... Du weißt schon«, sage ich darum. »Ich wollte nicht noch mal von vorn anfangen müssen.«

»Was soll das heißen?«

»Harley würde alles für mich tun«, erkläre ich und sehe Russell dabei wieder an. »Er frisst mir aus der Hand. ... Wer weiß, wie schnell ich so jemanden wiederfinde.«

Russell sieht mich an. Lange. Dann schnalzt er mit der Zunge. »Du hast also dafür gesorgt, dass er dir hörig ist. Ein höriger Bodyguard.«

»Ja«, erwidere ich heiser. Es tut mir weh, so über Harley sprechen zu müssen. Es fühlt sich an, als würde ich ihn hintergehen.

Russell lässt mit einem Mal von mir ab und setzt sich auf die Bettkante. »Du hast dir das selber zuzuschreiben, Maggie. Das ist dir doch klar, he? Du hast mich zu dem Monster gemacht, als das du mich gerne hinstellst.« Er sieht zu mir herüber und fixiert mich mit seinem Blick. »Deine ganze Art ... Was hätte ich denn machen sollen?«

Mir ist klar, was er hier versucht und ich werde wütend. Wie kann er es sich nur so einfach machen? Aber ich werde ganz sicher nicht anfangen, mit ihm zu streiten. Denn das wäre gegen meinen Plan. Also nicke ich langsam. »Ich kann dich ja auch verstehen.« Leiser füge ich hinzu: »Irgendwie.« Wenn ich zu schnell geläutert tue, dann fällt es ihm sicher auf.

»Glaubst du, ich mache das gerne? Glaubst du allen Ernstes, ich bin so ein Mistkerl, der gerne seine Freundin verprügelt? Glaubst du das?«

Er ist kurz davor, sich in Rage zu reden. Ich behalte meine Position an der Wand bei, damit er sich nicht bedroht, nicht darin bestärkt fühlt, dass ich eigentlich schuld an unserer Misere bin. »Nein ... Eigentlich glaube ich das nicht.« Bevor er mir dazwischen fahren kann, füge ich hinzu: »Das ist auch der Grund, aus dem ich weg wollte. Weil mir klar war, dass du mir Tag für Tag vor Augen führst, wie schlecht ich bin und weil ich irgendwie wusste, dass ich dir Unrecht tue und ...« Ich hoffe, ich trage nicht zu dick auf. Prüfend blicke ich Russell ins Gesicht und sehe, wie sein Zorn langsam verraucht. Gut so. Ich muss ihn weiter einlullen, ihn davon überzeugen, dass Harley nur Mittel zum Zweck war und eigentlich keine Bedrohung darstellt. »Mit Harley war es anders. Er hat mir –«

Etwas klingelt scheppernd und ich brauche einen Moment, bis mir klar wird, dass es Russells Handy ist.

Er blickt aufs Display, dann bedeutet er mir mit einer energischen Geste, dass ich still sein soll und geht ins Bad. Ehe ich reagieren kann, schließt er die Tür hinter sich.

Ich atme durch und sehe mich um. Erst jetzt wird mir klar, dass er mich alleine gelassen hat. Wenn ich wollte, könnte ich einfach abhauen. Aber ich will nicht. Ich will wissen, wo Harley ist und wenn Russells Kontakt zu Luigi und Co. auch nur halb so eng ist, wie er tut, dann weiß er, wo er steckt.

So leise ich kann, schleiche ich zur Badezimmertür und lausche.

»Alles bestens«, höre ich Russell sagen. »Ja. In Mexiko.«

Einen Moment schweigt er, als sein Gesprächspartner redet, dann lacht er kurz und hart. »Die Kleine macht uns keine Probleme. Sie ist dabei, mir wieder aus der Hand zu fressen.«

Die Kleine. Damit bin dann wohl ich gemeint. Ich bin mir sicher, dass er mit Luigi oder einem seiner Handlanger redet. Am liebsten würde ich das Bad stürmen, Russell das Telefon aus der Hand nehmen und Luigi bitten, mich mit Harley sprechen zu lassen. Doch so verrückt bin ich mit Sicherheit nicht. Ich wittere meine Chance, mehr denn je, und ich werde Russell dafür benutzen, um an mein Ziel zu kommen. Das hat dieses Schwein mehr als verdient.

»Vielleicht bringe ich sie zum Kampf mit.« Russell lacht wieder.

Und ich erstarre. Er will mich mit zum Kampf nehmen. Zu Harleys Kampf? Mein Herz droht auszusetzen. Das ist mehr, als ich erwartet habe. Mehr, als ich gehofft habe. Meine kleine Reue-Nummer scheint bei Russell richtig Eindruck hinterlassen zu haben. Ich hatte nicht gewusst, dass er so naiv ist.

»Natürlich bin ich vorsichtig. Ich sage doch, ich habe sie wieder in der Hand. Sie sieht ihren Fehler ein.« Wieder Schweigen, dann: »Sag ihm, dass seine Süße sich umorientiert hat.«

Was? Nein! Sag ihm das nicht, Luigi, denn das stimmt nicht!, flehe ich in Gedanken.

»Ganz genau. Er war gut für sie, als sie niemand anderen hatte. Aber jetzt hat sie mich. Richte ihm das aus.«

Wie durch Watte höre ich, wie sich das Gespräch langsam dem Ende zuneigt. Ich weiß nicht genau wie, aber irgendwie schaffe ich es lautlos zurück an meine Platz an der Wand. Meine Gedanken rasen. Ich kann nicht fassen, was ich da gerade gehört habe. Wenn Luigi Harley Russells Worte wirklich ausrichtet und er ihm auch noch glaubt, dann wird Harley sich nicht mehr auf den Kampf konzentrieren können. Dann wird er vielleicht etwas Dummes tun und Sally gefährden. Ich muss ihn vorher zu Gesicht bekommen. Irgendwie …

Ich sehe wieder zur Tür. Der Gedanke an Flucht scheint weiter weg als je zuvor.

»Da bin ich wieder.« Russells selbstzufriedenes Grinsen macht mich krank.

Trotzdem schaffe ich es irgendwie zu lächeln. Es fühlt sich falsch und verzerrt an, aber für ihn reicht es. Er lässt sich auf mein Bett fallen, rutscht zurück, bis er mit seinem Hintern auf meinem Kissen sitzt und legt einen Arm über das Kopfteil. »Na komm, Maggie, setz dich zu mir.«

Er ist meine Chance, sage ich mir. Mein Ticket zu Harley … Immer wieder sage ich mir das, während ich langsam auf Russell zugehe.

***

HARLEY

Ich liege auf meiner Pritsche, starre an die Decke und höre das Geschrei und Gekeuche der anderen Kämpfer in der Halle. Morgen soll ein Trainingsfight stattfinden und soweit ich weiß, werden einiger der Männer anwesend sein, die später – beim Hauptkampf – ihre Wetten abgeben. Offenbar dürfen sie sich schon mal ein Bild von uns machen.

Langsam hebe ich meine Hand und betrachtete meine Fingerknöchel. Was wir hier tun, hat nichts mehr mit MMA zu tun. Die Bedingungen sind unzumutbar, das Training ist voller Verletzungsgefahren, die Kämpfe sind schmutzig und die Fighter unfair. Ich glaube, keiner der anderen ist wirklich ein schlechter Kerl. Sie haben alle ihre Gründe hier anzutreten und diese Gründe, diese ganzen beschissenen Umstände bringen sie dazu, sich wie die letzten Arschlöcher zu verhalten. Ich werde ja selber langsam so. Die Wut auf Luigi droht mich innerlich zu zerfressen, sie lässt mich verrohen und sorgt dafür, dass ich mich nicht mehr unter Kontrolle habe und meinen Zorn in die Schläge lege. Das lässt mich unkonzentriert werden und macht mich zu einer Gefahr für meine Sparringspartner. Was ich mit Chico mache, ist nicht gut. Aber was soll ich sonst tun? Mich ohne Training in den Kampf stürzen? Der Ton hier in Mexikos Untergrund ist rauer, die Kampftechniken sind mieser. Und ich bin Chico insgeheim dankbar dafür, dass er mir zeigt, womit ich es zu tun habe.

Ich lasse die Fäuste wieder sinken, schließe die Augen und versuche den ganzen Mist für einen Moment auszublenden. Meine Gedanken gleiten wie selbstverständlich zu Megan. Ich kann es kaum erwarten, sie wieder in die Arme zu nehmen.

Schritte auf dem Flur, dann wird meine Tür geöffnet.

Ich lasse die Augen zu, stelle mir Megans Gesicht vor, den Schwung ihrer vollen Lippen …

»Hey, Jones.«

Ich stelle mir ihr seidiges Haar vor …

»Jones?«

»Was denn, verdammt nochmal?« Ich fahre hoch und funkle mein Gegenüber wütend an. Erst dann erkenne ich, dass es Luigi ist, der dicht vor mir steht. Er hat zwei Männer dabei, die aussehen wie Hulk und die zu allem auch noch Pistolen an ihren Gürteln tragen. Offenbar hat sich herumgesprochen was ich mit Chico gemacht habe und Luigi ist klar, dass er mir nicht ohne Schutz in die Finger kommen sollte.

»Ich habe eine Nachricht für dich.« An Luigis Grinsen erkenne ich, dass er keine gute Nachricht ist.

Ich presse die Lippen aufeinander und gönne ihm nicht den Triumph, nachzufragen.

»Willst du gar nicht wissen, von wem?«

Ich wappne mich innerlich gegen alles. Dagegen, dass er mir gleich ein abgeschnittenes Ohr von Sally vor die Füße wirft oder ein Foto von ihr dabei hat, das sie verletzt und schmutzig in einem dunklen Keller zeigt. Und ich schweige weiter.

»Hat es dir die Sprache verschlagen?« Luigi sieht seine Männer bedauernd an, dann wendet er sich wieder an mich. »Ich habe eine Nachricht von Megan.«

»Was sagt sie? Was ist mit ihr, geht es ihr gut?«, sprudelt es aus mir heraus.

Jetzt wird Luigis Grinsen noch breiter. »Na sieh mal einer an, du kannst ja doch reden.«

Meine Hand schnellt vor und ich packe Luigi am Kragen. »Sag mir, was mit ihr ist! Sag —«

Weiter komme ich nicht, denn einer der beiden Mutanten hält mir eine Pistole an den Kopf, während der andere Luigi grob aus meinem Griff befreit.

»Na, na, na ...« Luigi macht langsam ein paar Schritte rückwärts, bringt Abstand zwischen sich und mich. »Wer wird denn gleich so rabiat werden?«

Ich beiße die Zähne aufeinander und zwinge mich zur Ruhe. Die Pistole an meiner Schläfe blende ich dabei aus. Erst als ich glaube, meinen Zorn einigermaßen unter Kontrolle zu haben, frage ich erneut. »Was ist mit Megan?«

»Deine kleine Freundin, oder sagen wir Exfreundin, lässt dir ausrichten, dass sie sich umorientiert hat.« Damit wendet er sich ab und geht zur Tür.

»Umorientiert?«, keuche ich. Was soll das heißen?

Luigi stößt einen leisen Pfiff aus und seine Bodyguards folgen ihm zum Ausgang. Erst dann dreht er sich wieder zu mir um. »Sie hat sich einen neuen genommen. Oder eher einen ... alten. Russell, falls dir das was sagt.«

Mit diesem verbalen Schlag in die Fresse verlässt er mein Zimmer. Ich starre die Tür an, unfähig seine Worte zu verarbeiten.

Megan und Russell.

Das ist unmöglich. Luigi will mich nur aus der Fassung bringen. Sie würde nie zu ihm zurückgehen, niemals. Er hat sie jahrelang misshandelt und sie verabscheut ihn dafür.

Aber was ist, wenn Luigi Recht hat? Wenn Russell Megan vielleicht zu irgendetwas zwingt? Und ich bin nicht da, um auf sie aufzupassen. Allein die Vorstellung macht mich krank. Am liebsten würde ich sofort hier verschwinden und zurück zu ihr fliegen. Aber dann stirbt Sally.

Gott, die ganze Situation hier ist so was von krank! Ich habe nicht die geringste Ahnung, was ich tun soll.

***

MEGAN

Russell liegt neben mir und schnarcht. Ich liege auf der Seite, von ihm weggedreht, und habe die ganze Nacht über kein Auge zugetan. Die Geräusche aus den Nachbarzimmern sind erst in den frühen Morgenstunden verklungen, doch auch dann war an Schlaf nicht zu denken. Alleine Russells Anwesenheit widert mich an. Wenn ich daran denke, was er gestern von mir verlangt hat ...

Nachdem ich mich zu ihm aufs Bett gesetzt hatte, war seine unterschwellige Aggression verschwunden. Er hat drauf los geplappert und mir irgendeinen Unsinn über Mexiko erzählt. Eine ganze Weile ging es gut. Wir saßen nebeneinander, redeten und ich hatte das Gefühl, die Situation im Griff zu haben. Doch dann, von einer Sekunde auf die andere, ist die Stimmung umgeschlagen.

»Hörst du mir überhaupt zu?«

»Ja, natürlich«, stammelte ich, irritiert von seinen plötzlichen Gefühlsschwankungen. »Du hast gesagt, dass in Tijuana –«

»Oder denkst du an deinen Harley, he?« Russells Augen verengten sich zu Schlitzen, als könnte er so in mich rein schauen, mich scannen.

»Nein«, sagte ich, so ruhig ich konnte und hielt seinem Blick stand. »Ich bin nur total K.o. Es war ein anstrengender Tag, ich bin müde, das ist alles.«

»Müde, so?« Russell packte mein Kinn. »Du bist einfach nur müde.«

»Ja.«

»Beweis es.«

»Was? Dass ich müde bin? Soll ich gähnen oder was?« Normalerweise hätte ich mir für diesen Satz eine gefangen, aber nicht heute.

Russell verzog sogar kurz das Gesicht, als würde er schmunzeln, dann wurde er wieder ernst. »Beweis, dass dir dieser Harley egal ist.« Er näherte sich meinem Gesicht mit seinem und ich wusste genau was er wollte.

Mir wurde fast übel beim Anblick seiner gelben Zähne, seiner trockenen Lippen und den Bartstoppeln, die mehr als nur drei Tage alt waren.

»Na komm schon, Süße …«

Ein Kuss, was war das schon? Ich hatte Russell schon unzählige Male zuvor geküsst. Einen Kuss, mehr wollte er nicht. Danach würde er sich meiner noch ein Stückweit sicherer sein.

Ich schloss die Augen und näherte mich ihm, kämpfte die Übelkeit und das schlechte Gewissen nieder. Dann presste ich meine Lippen auf seine.

Russell zwang seine Zunge in meinen Mund und ich fragte mich, ob er versuchte, nach Öl zu bohren. Immer wieder schoss seine Zunge vor, drehte eine Runde in meinem Mund und wurde dann wieder zurückgezogen, um im nächsten Moment noch energischer zwischen meine Zähne gestoßen zu werden. Entweder war Russell aus der Übung, er hatte sich eine neue Technik zugelegt oder ich war früher leichter zufrieden zu stellen. Dieses Gestochere widerte mich an und ich war froh, als Russell von mir abließ, mich in seinen Arm zog und verkündete, dass wir nun schlafen würden.

Ich habe gewartet, bis er tief und fest eingeschlafen war, dann habe ich mich auf die Seite gerollt und nicht mehr gerührt.

Auch jetzt, viele Stunden nach seinem Kuss, fühle ich noch seine rauen Lippen auf meinen. Ich kann froh sein, dass er nicht mehr verlangt hat. Wobei ... wäre ich dazu bereit gewesen, weiter zu gehen? Über einen Kuss hinaus? Wohl kaum. Natürlich möchte ich Harley sehen, möchte wissen wo er steckt und wie es ihm geht, und Russell falsche Hoffnungen zu machen, erscheint mir der direkteste Weg zu ihm zu sein. Aber würde ich dafür Sex mit einem anderen haben? Einen Kuss kann ich vor mir und auch vor Harley verantworten, aber mehr auch nicht. Und ich bezweifle auch, dass ich überhaupt mit Russell schlafen könnte, selbst wenn ich es wollte. Sollte Russell also mehr als ein bisschen Händchenhalten und ein paar Küsse von mir verlangen, müsste ich die Reißleine ziehen und mir etwas Neues überlegen.

Russell muss auch klar sein, dass ich mich nach allem, was vorgefallen ist, etwas ziere. Nach gestern, nach dem Kuss, habe ich die Hoffnung, dass er es langsam angehen lassen wird.

Er hat seinen Triumph über mich und –

Plötzlich wird mir etwas klar.

Ich muss ihn dazu bringen, diesen Triumph auch für Harley auszuleben. Und das am besten noch vor dem Kampf. Wenn er mich mit in Harleys Trainingslager nehmen würde ...

KAPITEL 10

MEGAN

Als Russell sich endlich rührt, ist die Sonne längst aufgegangen und brennt auf das Fenster des kleinen Hotelzimmers herab. Es ist stickig, aber ich bin nicht aufgestanden, um das Fenster zu öffnen, um Russell nicht zu wecken – sonst hätte er nur gedacht, dass ich abhauen will oder sonst irgendwas.

Ich habe den Rest der Nacht damit verbracht, an Harley zu denken. Sein Lächeln. Seine hellblauen Augen. Seinen gestählten Körper. Sein Lachen und all die Gespräche, die wir in der letzten Zeit geführt haben. Vor ihm hätte ich nicht gedacht, dass ich mich in Anwesenheit eines Mannes noch einmal so wohlfühlen kann. Ich hätte auch nicht gedacht, dass es diesen Moment tatsächlich gibt – den Moment, in dem man weiß, dass derjenige, der gerade neben einem liegt oder sitzt oder im Auto neben einem fährt, der Eine ist. Der Richtige, den man nie wieder hergeben würde.

Unter normalen Umständen zumindest nicht.

Ich verdränge jeden Gedanken an ihn, als sich auf einmal kräftige Arme fest um mich schließen.

»Guten Morgen, Maggie«, schnarrt Russell und drückt mir dann einen feuchten Kuss auf die Wange.

Am liebsten würde ich mich übergeben. Aber das geht natürlich nicht – ich habe einen Plan, und an den muss ich mich halten. Also drehe ich mich in seinem Griff um und zwinge mich sogar zu einem Lächeln.

»Guten Morgen«, erwidere ich. »Hast du gut geschlafen?«

Russell mustert mich und ich sehe, dass da immer noch Misstrauen in seinem Blick ist. Natürlich. Er ist ja nicht dumm. Ich darf nicht vergessen, dass meine einzige Chance seine Besessenheit von mir ist. Er muss glauben, dass ich ihn will. Aber das bedeutet nicht, dass er mir in naher Zukunft auch trauen wird.

Ohne mir eine Antwort zu geben, löst Russell eine Hand von meinem Rücken und lässt seine Finger über meine Wange gleiten. Ich muss mich beherrschen, um nicht vor seiner Berührung zurückzuweichen. Er wickelt sich eine meiner dunklen Strähnen um den Finger, dann sagt er:

»Ich finde, du solltest sie wieder länger tragen. So lang wie früher.«

»Ich wollte sie sowieso wachsen lassen«, erwidere ich, auch wenn die Zukunft meiner Haare das Letzte war, worüber ich mir in der letzten Zeit Gedanken gemacht habe. »Harley mochte sie kürzer, aber ...«

Augenblicklich verfinstert sich Russells Blick. »Aber du hattest auch andere Mittel und Wege, ihn bei der Stange zu halten, was?«

Mist. Das ging schief. Eigentlich wollte ich, dass er glaubt, dass mir wichtiger ist, was ihm gefällt als was Harley gefällt. Was mache ich jetzt?

Zuerst mal lege ich eine Hand auf Russells Brust, um ihm Nähe zu vermitteln. »Wenn wir zwei wirklich einen Neustart wagen ...«, sage ich dann, »dann muss ich mir um so was ja keine Gedanken mehr machen.«

Russell erwidert einen Moment lang nichts und mustert mich nur prüfend. Dann stiehlt sich die Andeutung eines Lächelns auf seine Lippen. »Damit meinst du, dass du deine Energien ganz auf mich konzentrieren kannst, was?«

Und schon landet seine Hand auf meiner Hüfte. Augenblicklich wird mir schlecht. Auf gar keinen Fall will ich mit ihm schlafen!

»Ja«, hauche ich dennoch, »und wenn du trotzdem noch sauer bist wegen Harley, dann solltest du ihm und nicht mir eins auswischen.«

Puh, das war riskant. Mit viel Pech wird ihn allein die erneute Erwähnung von Harleys Namen so wütend machen, dass er mir eine reinhaut. Aber wie es aussieht, habe ich Glück. Nichts geschieht. Es legt sich lediglich ein nachdenklicher Ausdruck auf seine Züge. Ich beschließe, noch eins draufzusetzen.

»Du hast viel trainiert in der letzten Zeit, das sehe ich. Du könntest ihm die Demütigung, die er dir in meinem Hausflur zugefügt hat, locker heimzahlen ...«

Abermals verändert sich Russells Blick, ein Hauch von Zorn flammt darin auf und ich weiß nicht, ob er sich gegen Harley oder mich richtet. Also tue ich das einzig Richtige, auch wenn es sich mehr als falsch anfühlt: Ich lege meine Lippen auf seine und küsse ihn innig.

Russell erwidert meinen Kuss gierig, wenn auch zum Glück nicht ganz so hektisch wie gestern. Dennoch macht es mich ganz krank zu spüren, dass er mir so nah ist. Seinen Atem in meinem Gesicht wahrzunehmen. Ich bin froh, als es vorbei ist und mein Lächeln ist darum sogar echt.

»Ich weiß was Besseres«, sagt er mit rauer Stimme und seine Hand gleitet abermals über meine Hüfte. »Schläge ist der Kerl doch gewöhnt. Ich werde ihm anders wehtun. Ich werde ihm zeigen, wohin du jetzt gehörst.«

Mein Herz beginnt in meiner Brust unkontrolliert auf und ab zu hüpfen. Oh mein Gott, es funktioniert – ganz genau dazu wollte ich Russell bringen! Er wird mich tatsächlich mit zu Harley nehmen!

Jetzt nur keinen Fehler machen. Ich verziehe das Gesicht, winde mich ein wenig in seinem Griff. »Ich weiß nicht, Russ ... Wollen wir es nicht ruhig angehen lassen? Uns erstmal etwas Zeit für uns beide nehmen?« Er darf auf keinen Fall spüren, wie unbedingt ich zu Harley will; wissen will, wo er ist und wie es ihm geht.

»Hast du jetzt etwa Mitleid mit deinem abgelegten Lover?«

»Natürlich nicht«, sage ich wahrheitsgemäß, denn wenn hier einer mein abgelegter Lover ist, dann Russell, und mit dem werde ich sicher nie Mitleid haben. »Ich will nur nicht, dass es gleich wieder Stress gibt.«

»Aber dass ich mich mit Jones schlage, das hättest du gewollt.«

»Irgendwann. Nicht jetzt.« Ich sehe ihm fest in die Augen und erkenne, dass sein Entschluss fest steht. Gut so. Ich schlucke sichtbar. »Versprich mir nur eins.«

»Und das wäre?«

»Wenn er dich provoziert, dann lass es nicht wieder an mir aus.«

Russell sieht mir tief in die Augen und ich erkenne in seinem Blick nicht das geringste bisschen Scham wegen dem, was er mir jahrelang angetan hat. »Maggie«, sagt er schließlich und fährt mir mit der Hand durchs Haar. »Ich würde dich doch nie schlagen, wenn du mir keinen guten Grund dazu gibst.«

Und damit sind die Fronten geklärt. Er wird mich mit zu Harley nehmen. Und er wird genau darauf achten, was ich tue. Wie ich schaue. Wie ich mich ihm und Harley gegenüber verhalte.

»Ich schätze, das habe ich verstanden«, sage ich leise, dann löse ich mich, so sanft ich kann, aus seinem Griff. »Ich gehe duschen. Dann machen wir, was immer du willst.«

Während ich zu dem kleinen Badezimmer gehe, spüre ich seinen Blick in meinem Rücken. Doch erst, als ich die Tür hinter mir geschlossen habe, erlaube ich mir, ein Stück weit die Fassung zu verlieren. Ich spüre, wie ich am ganzen Leib zu zittern beginne und wie Tränen in meine Augen schießen. Fest presse ich mir die Hände auf den Mund und starre mich selbst durch den Spiegel an. Verdammt. Ich bin in einem Hotelzimmer mit Russell. Und ich bin ganz auf mich gestellt.

Und ich muss das hier durchstehen. Für Harley und um mir selbst zu beweisen, dass ich stärker bin als Russ.

Ich kann nur hoffen, dass es sich am Ende lohnen wird. Dass wir frei sein werden. Ich schließe die Augen und beschwöre vor meinem inneren Auge ein Bild herauf. Harley und ich an einem sonnigen Ort. Nur wir zwei, dort wo uns niemand finden kann ... für den Rest unseres Lebens.

Das fühlt sich gut an. So gut, dass ich alles tun werde, um es wahr werden zu lassen.

Alles, was in meiner Macht steht.

***

HARLEY

Der Trainingsfight wird hier im Camp stattfinden, auf dem Hof in der Mitte der alten Fabrikhallen. Schon morgens sind zwei Wagen voll mit Luigis Leuten angerückt, schwer bewaffnete Männer, die sich auf den Dächern verteilt haben und von dort aus die Umgebung im Blick behalten. Einen Käfig oder Ring wird es nicht geben: Lediglich ein Rechteck aus Kreide, das irgendjemand in den Schotter gezogen hat, markiert die Begrenzungen, nach denen wir uns später richten sollen. Ich frage mich, wie es mit den Zuschauern laufen wird. Ob sie einfach um uns herumstehen? Das wäre alles andere als professionell und dazu ziemlich gefährlich. Aber wundern würde es mich nicht.

»Na, gringo, wie sieht es aus? Bist du bereit, die feinen Herren zu überzeugen, he?«

Chico tritt neben mich in den Schatten der Trainingshalle. Er sieht ziemlich lädiert aus, ich vermutlich nicht weniger. Na ja, etwas weniger vielleicht. Nach meinen anfänglichen Schwierigkeiten habe ich mich mittlerweile ganz gut ans Kämpfen ohne Regeln gewöhnt. Man sollte meinen, dass es einfacher ist als fair zu kämpfen, aber das ist es ganz und gar nicht. Selbst ein erfahrener Fighter wie ich hat Hemmungen, wenn es um Schläge und Techniken geht, die den Gegner schwer verletzen könnten. Oder Schlimmeres.

»Wie viele werden es sein? Und was sind das für Typen?«, frage ich.

»Ah, du weißt schon.«

»Nein, tue ich nicht. Reiche Touristen? Mexikaner?«

»Von jedem etwas«, sagt Chico. »Reiche Mexikaner, reiche americanos. Männer, die hübsche junge Frauen mitbringen. Wenn dieser Trump nicht gerade damit beschäftigt wäre, seine feine Mauer zu planen, würde er vermutlich auch kommen. Solche Typen.« Er fügt eine spanische Verfluchung an, die ich nicht verstehe, und spuckt auf den Boden.

»Ich verstehe«, sage ich. Gelangweilte Millionäre also, die ihr Geld auf denjenigen setzen werden, der das meiste Blut fließen lässt. Ich betaste meine Fäuste. Das werde ich schon hinbekommen. Oder sagen wir, ich werde es hinbekommen müssen.

»Wie läuft das gleich?«, frage ich.

»Jeder von euch muss nur einmal ran. Die Gegner werden ausgelost. Eine Runde, eine Minute. Mehr Zeit hast du nicht, um sie zu überzeugen.« Er haut mir auf die Schulter. »Die Zeit solltest du besser nutzen, wenn du deine Kleine wieder sehen willst.«

Damit geht er in die Halle. Ich bleibe zurück und balle die Hände zu Fäusten. Scheiße, muss er mich unbedingt an Megan erinnern? Gerade hatte ich sie beziehungsweise Luigis Worte erfolgreich verdrängt, doch sobald sie mit wieder einfallen, spüre ich blinde Wut in mir aufsteigen. Was, wenn er die Wahrheit sagt?

Nein, das ist unmöglich.

Aber was, wenn es doch nicht so unmöglich ist? Megans Handy war aus, als ich sie zu erreichen versucht habe. Das Allerschlimmste wäre natürlich, wenn das bedeuten würde, dass sie sie auch haben – doch irgendwie schätze ich Chico so ein, dass er mir das gesagt hätte. Möglicherweise hat sie aber auch einfach meine Nummer blockiert. Weil sie sich umorientiert hat. Wer weiß, was Russell ihr für Lügen über mich erzählt hat. Und auch so muss er ja wissen, wie er sie immer wieder herumkriegt. Sonst wäre sie wohl kaum so lange bei ihm geblieben. Zwei Jahre waren die beiden ein Paar, haben sogar zusammen gewohnt, und das, obwohl er sie regelmäßig verprügelt hat. Er kennt sie. Er weiß, worauf sie anspringt. Wenn er ...

Nein. Ich muss damit aufhören. Das führt zu nichts. Luigi und seine Leute wollen mich provozieren, das ist alles, und es ist auch kein Wunder, weil ich schließlich derjenige bin, wegen dem Luigi in U-Haft saß und Chicago den Rücken kehren musste. Ich darf mir nichts einreden lassen. Stattdessen muss ich bei dem Kampf heute mein Bestes geben, dann das Turnier gewinnen und dann mit Sally zurückkehren zu Megan.

Sie wird auf mich warten. Nach allem, was zwischen uns war, kann es gar nicht anders sein.

***

MEGAN

Ich laufe durch die Straßen Cancúns, durch das heruntergekommene Viertel, in dem auch mein Hotel liegt, aber Angst habe ich nicht. Alles, was ich an Emotionen aufbringen kann, geht im Moment für die zwei Männer drauf, die mein Leben zu bestimmen scheinen. Russell, den ich hasse wie sonst niemanden auf der Welt. Und Harley, für den ich alles tun würde.

Russell ist heute Vormittag verschwunden, weil er, wie er sagte, ein paar Dinge zu erledigen hatte. Ihm war sichtlich unwohl bei dem Gedanken, mich allein zu lassen, aber als Angestellter eines Mafioso kann er wohl kaum seine Freundin zu sämtlichen Geschäften mitbringen, die er abwickeln muss.

Ich war unsagbar froh, dass er mich für eine Weile in Ruhe lassen würde. So konnte ich ein bisschen weiter über Mexikos MMA-Szene recherchieren, aber dann dachte ich, dass ich für seine Rückkehr ein Alibi brauche. Also beschloss ich, mir etwas zum Anziehen zu kaufen – was Frauen halt so machen.

Wirklich gute Geschäfte gibt es hier in der Umgebung allerdings nicht, also lande ich schließlich auf einem kleinen Markt. Er ist schön, auch wenn die umstehenden Häuser einen schmuddeligen Eindruck machen. Die Stände sind mit bunten Tüchern verhangen, aus einem Café kommt leise Musik und die Menschen wirken fröhlich, auch wenn mich wundert, wie sie das in einem Elendsviertel wie diesem tun können.

Menschen sind erstaunlich, hat mein Dad mir mal gesagt. Sie sind vielleicht die widerstandsfähigste Spezies überhaupt. Denn egal, in welche Situation man sie wirft – mit ein wenig Zeit schaffen sie es immer, irgendwie, das Beste daraus zu machen. Das wirst du in deinem Leben noch feststellen, Maggie.

An einem Stand, der bunte Blumenkleider verkauft, bleibe ich stehen, während mir Theo Clarks Worte immer noch durch den Kopf schwirren. Er hatte Recht, wie so oft. Und ich weiß genau, dass er, wäre er noch am Leben, auch mir zugetraut hätte, aus meiner momentanen Situation das Beste zu machen. Ich werde Russell linken. Ich werde Harley finden. Und dann werde ich tun, was immer ich kann, damit wir eine gemeinsame Zukunft haben.

Und nichts und niemand wird mich daran hindern.

»Möchten Sie eins anprobieren?«, fragt mich jemand und ich sehe auf.

Eine ältere Mexikanerin mit dichtem schwarzem Haar hält mir den Vorhang einer vorsintflutlichen Umkleidekabine auf, die aussieht, als würde sie jeden Moment zusammenbrechen. Ich zögere, aber dann sage ich mir, dass ich sowieso noch was kaufen muss.

»Sehr gern«, lächle ich und als sie mich zu sich winkt, ducke ich mich unter den zur Schau gestellten Kleidungsstücken her.

»Ich zeige Ihnen meine schönsten Teile. Sie werden sehr glücklich sein.«

Ich verschwinde in der Kabine, die nach warmer Baumwolle riecht, und wünsche mir, dass ihre Worte eine Prophezeiung wären.

***

Es ist früher Abend, als Russell verkündet, dass wir in einer halben Stunde aufbrechen werden. Es ist noch nicht lange her, dass er zurückgekehrt ist.

»Was hast du gemacht?,« hat er gefragt, nachdem er mich auf seine ekelhafte Art abgeknutscht hatte.

»Ich war shoppen«, habe ich geantwortet und ihm das Kleid gezeigt, das ich bei der älteren Dame auf dem Markt erstanden habe. Dafür, dass ich es auf diesem winzigen Markt gekauft habe, sieht es gar nicht schlecht aus. Es ist schwarz und etwas weniger als knielang, es hat einen mit Rüschen verzierten Carmen-Ausschnitt und ist mit großen bunten Blüten bedruckt. Etwas kitschig, aber für einen Urlaubsort wie Cancún schon okay.

»Zieh es an«, hat Russell mir vorgeschlagen, und so stehe ich jetzt im Bad und mustere mich zweifelnd in dem kleinen Spiegel. Ich habe mich ein wenig geschminkt und meine Haare vorhin geflochten, damit sie jetzt leicht gelockt sind. Ich sehe anders aus. Verändert, und das ist auch gut so, denn schließlich muss Russell denken, dass ich ihm gefallen will.

Doch was wird Harley denken, wenn er mich so sieht?

Hoffentlich wird er verstehen, weshalb ich das hier tue. Dass ich ihm helfen und nicht etwa in Russells Nähe sein will. Aber sicher bin ich mir nicht. Schließlich hatte er mich gebeten, in Somerset zu bleiben. Gut möglich, dass er überhaupt nicht kapiert, was ich jetzt hier suche, und ich könnte es ihm nicht verdenken. Mein Gott, wir kennen uns ja kaum. Unsere Beziehung hat so schnell und stürmisch begonnen, dass wir noch gar keine Zeit hatten, uns wirklich bis ins Detail kennenzulernen. Vermutlich traut er mir alles zu. Ich überlege, wie ich ihm klarmachen kann, dass meine Liebe zu ihm echt ist und denke dann an meine Kette. Ich habe sie mit nach Mexiko genommen, sie aber bisher noch nicht getragen. Ich hatte Angst, dass sie mir gestohlen werden könnte. Sollte Harley etwas zustoßen, wäre sie mein einziges richtiges Andenken an ihn … Aber heute sollte ich sie ummachen. Russell wird die Anhänger nicht deuten können, Harley hingegen schon. Wenn er die Kette sieht, wird er wissen, dass ich zu ihm gehöre. Und er wird sie sehen. Ich könnte mir zumindest gut vorstellen, dass mich Russell mit zu ihm nimmt, um ihm seinen Triumph unter die Nase zu reiben. Lächelnd hole ich das Schmuckstück aus meinem Kulturbeutel und lege es um.

Dann zucke ich zusammen, als es fest gegen die Tür klopft.

»Maggie, hey! Bist du bald mal fertig?! Ich will so langsam los!«

»Ich komme sofort!«, rufe ich und lege alibimäßig noch zwei Spritzer von dem Parfum auf, das Mom mir geschenkt hat. Dann verlasse ich das Bad.

Russell mustert mich von oben bis unten. »Wem willst du denn gefallen?«, fragt er leicht argwöhnisch.

»Na dir«, erwidere ich.

»Dafür brauchst du dir nicht das Gesicht vollzuschmieren«, sagt Russell, dann packt er meinen Kopf mit einer Hand und wischt mir mit dem Handrücken den Lippenstift ab. Ich halte still, auch wenn es mich eine Menge Selbstbeherrschung kostet.

»Besser«, sagt Russell und lächelt.

Ich lächle zurück und stelle mir vor, wie ich mein Knie in seine Weichteile und meine Faust gegen sein Kinn ramme. Sofort geht es mir etwas besser.

»Also. Wollen wir?«, frage ich und halte ihm die Hand hin.

Russell ergreift meine Finger und marschiert los in Richtung Tür. Ich folge ihm und kann es trotz aller Widrigkeiten gar nicht erwarten, Harley endlich wiederzusehen.

Wir verlassen das Hotel und Russell führt mich zu einem Wagen, der schon bessere Zeiten gesehen hat. Er ist rotbraun und an der Seite verbeult, schon von draußen sehe ich, dass es keine Klimaanlage gibt. Kurz muss ich an das schrottreife Auto denken, das Harley in Chicago gefahren ist, weil er sein ganzes Geld an Luigi abgetreten hat. So ein Mann ist Harley. Jemand voller Verantwortungsbewusstsein und Ehrgefühl. Russell hingegen ist ein Typ, der mir, nachdem er mir die Tür aufgehalten hat, schnell noch mal an den Arsch fasst, ehe er blöd grinsend ums Auto geht und sich dabei offenbar wie der König vorkommt. Oh Mann. Es gibt gar kein Wort dafür, wie sehr ich ihn verabscheue.

Während er einsteigt, versuche ich mich anzuschnallen, nur um dann festzustellen, dass es keinen Gurt gibt. Und dort, wo am Armaturenbrett in grauer Vorzeit mal ein Airbag gesessen haben muss, klafft jetzt ein Loch, aus dem ein paar Drähte ragen.

»Was soll ich sagen?« Russell lässt den Motor an, der klingt wie der Keuchhusten eines alten Mannes. »Ist nicht gerade das Ritz auf Rädern, aber wenn man zweimal unschuldig im Knast saß, dann muss man sich erst wieder hocharbeiten.«

Früher, ehe er die Kontrolle über sein Leben verlor, war Russell Barkeeper. Ob man es glaubt oder nicht, damals konnte er sogar richtig charmant sein. Jetzt ist er nur noch ein Widerling.

»Ist schon okay«, sage ich. »Du weißt, dass ich keinen Luxus brauche.«

»Ich hätte schon gern etwas mehr Luxus.« Russell fädelt sich in den Verkehr ein. »Aber wie gesagt. Wenn man, ohne dass man etwas verbrochen hat, verknackt worden ist, dann steht man hinterher blöd da.«

Gott! Was will er jetzt hören? Eine Entschuldigung, weil er damals, nachdem er mich halb tot geschlagen und dann einfach liegen gelassen hatte, eine Weile in U-Haft saß? Er sollte mir lieber dankbar sein, dass ich ihn damals nicht angezeigt habe, weil ich dazu einfach keine Kraft hatte.

»Russ, bitte. Lassen wir die Vergangenheit ruhen.« Ich greife nach seiner Hand und das besänftigt ihn.

»Ich gehe mal davon aus, dass wir beide aus unseren Fehlern gelernt haben«, erwidert er unbestimmt und meint damit natürlich in erster Linie mich.

Um nichts Wütendes zu erwidern, beiße ich mir auf die Zunge, dann sehe ich aus dem Fenster. Wir verlassen Cancúns schmuddeliges Rotlichtviertel und fahren schon bald über die Touristenmeile. Gut gelaunte Familienväter in Hawaiihemden kaufen ihren Kindern Eis und ihren Frauen Schuhe. Gruppen von Mädchen, die kaum älter als Teenager aussehen, sitzen in Bikinitops in den Bars und trinken Cocktails. Typen, die nicht viel älter wirken, versuchen sie mit ihren Cabrios und Motorrädern zu beeindrucken. Für einen Moment lasse ich mich von der sommerlichen Atmosphäre einlullen und überlege mir, was Harley und ich tun würden, wenn wir hier einfach nur im Urlaub wären. Vermutlich wären wir gar nicht hier, inmitten der Menschenmenge. Wir würden am Strand spazieren gehen, ganz unten am Wasser, Harley hätte seinen Arm um meine Hüfte gelegt und würde immer wieder zu mir herübersehen, während ich viel zu viel rede. Seine Augen würden durch das Sonnenlicht noch heller wirken und sein durchtrainierter Körper wäre vor Schweiß und Salzwasser etwas feucht ...

Gott. Ich muss aufhören, an ihn zu denken. Ich vermisse ihn so verdammt doll, dass ich es kaum aushalte.

Also versuche ich mich wieder auf die Umgebung zu konzentrieren. Um uns herum werden die Menschen, Geschäfte und Hotels weniger. Es folgt eine Wohngegend voll träger, geduckter Häuschen. Dann verlassen wir die Stadt und halten aufs Umland zu. Mein Puls erhöht sich leicht. Was werde ich zu sehen bekommen, wenn wir erst da sind? Wo genau ist Harley? Wie geht es ihm? Ich hoffe, er ist okay. Ich hoffe, er hat dieses Turnier, wegen dem Luigi ihn herbestellt hat, noch nicht versaut und wir finden ihn halb tot geprügelt in irgendeiner Baracke vor.

Aber andererseits ist er der Unbesiegte. Er schafft das schon. Er muss.

»Wohin fahren wir?«, frage ich.

»Das musst du so genau gar nicht wissen.«

Fein. Der Blödmann misstraut mir also immer noch. Ich seufze tief und lehne mich in meinem Sitz zurück. »Okay«, sage ich, drehe das Radio auf und mache demonstrativ die Augen zu. Vor uns verläuft kilometerweit schnurgerade Straße, das habe ich längst erfasst.

Und wenn wir abbiegen, kann ich mir den Weg immer noch klammheimlich einprägen.

Doch zunächst fahren wir einfach nur weiter. Russell schweigt und hält meine Hand fest, als würde er es darauf anlegen, dass wir zusammenwachsen. Im Radio läuft irgendwelche Countrymusik. Klar, die hat er schon immer geliebt. Wahrscheinlich redet er sich gern ein, so eine Art Cowboy zu sein. Dabei ist er einfach nur ein Loser. Ich denke an mein Sandsacktraining mit Harley. Wenn ich nur eine der vielen Kombinationen, die er mir gezeigt hat, an Russell ausprobieren dürfte ...

»Hey, du zerquetscht mir ja die Finger«, lacht er.

Ups. Verdammt. Ich habe mich einfach nicht im Griff.

»Hm?«, murmle ich und mache ein Auge auf. »Muss eingeschlafen sein.«

»Dann werd jetzt besser wach. Wir sind nämlich so gut wie da.«

Gespielt müde richte ich mich auf und lasse ihn endlich los, um mich zu strecken. Dabei entdecke ich in der Ferne ein umzäuntes Areal aus flachen weißen Bauten. Ob das der Ort ist, an dem wir auf Harley treffen werden? Ich spüre, wie es in meinem Bauch zu kribbeln beginnt. Außerdem ist mir trotz der mexikanischen Hitze auf einmal kalt. Wie wird es laufen? Werde ich ihn wirklich sehen? Und wie wird er auf mich reagieren? Ich denke an unsere Verabschiedung zu Hause in Somerset. Harley hat mir versprochen, dass er vorsichtig sein würde. Aber manchmal hat man die Dinge nicht in der Hand und ich kann nicht wissen, dass ihm nicht trotzdem etwas zugestoßen ist. Wer weiß, vielleicht ist das hier ein grausamer Scherz von Russell und wenn ich Harley gleich zu Gesicht bekomme, dann ist er gar nicht mehr am Leben. Oder ...

Oder er hat eine andere. Oder er hat hier draußen festgestellt, dass ihm das Leben als Fighter doch besser gefällt als das an meiner Seite. Herrgott, es könnte so viele böse Überraschungen geben! Aber ich muss jetzt einfach Vertrauen haben. Und mich gleich darauf konzentrieren, ihm klar zu machen, dass von meiner Seite aus alles okay ist zwischen uns.

Also atme ich tief durch, so unauffällig es geht, dann spiele ich wieder die Desinteressierte und schalte die Songs auf Russells CD durch, während er auf das umzäunte Gelände zuhält.

Es dauert nicht lange, bis die ersten Töne von Carrying your Love with me ertönen, einem Song, den Russell immer als ›unser Lied‹ bezeichnet hat. Oft genug hat er es angestellt, wenn er sich nach seinen Prügelattacken wortreich bei mir entschuldigt hat. Ich glaube, mir wird schlecht. Trotzdem lasse ich es laufen.

Russell pfeift leise mit. Dann wirft er mir einen bedeutungsvollen Blick zu und ich lächle, so gut ich kann.

Dann stelle ich erleichtert fest, dass wir da sind, denn Russell geht vom Gas und parkt den Wagen schließlich vor einem rostigen Tor, das von zwei Typen bewacht wird. Einer von ihnen sieht aus wie ein Gorilla, der andere eher wie ein Schimpanse. Doch beide machen einen gefährlichen Eindruck.

»Warte hier«, sagt Russ und kommt sich sichtlich cool vor, als er aus dem Wagen steigt und ganz furchtlos auf die Männer oder besser Menschenaffen zugeht.

Ich nutze den Moment, um mir das Gelände anzusehen. Es liegt mitten im Nichts, rundherum sind seit mehreren Meilen nicht die kleinsten Anzeichen einer menschlichen Siedlung zu erkennen. Die Gebäude wirken auf den ersten Blick verlassen, doch auf den zweiten Blick erkenne ich die Schatten, die sich auf den Dächern bewegen und sich schließlich als weitere Wachmänner erweisen, die dort oben ihre Runden gehen. Die Sonne geht gerade unter und blendet mich, aber wenn ich das richtig sehe, dann haben sie Maschinengewehre in den Händen. Hier in Mexiko gibt sich Luigi also offenbar nicht so eine Mühe, harmlos zu wirken, wie er es in Chicago getan hat.

Russell kommt zurück und öffnet mir die Tür. »Wir können rein«, sagt er. »Ich habe denen erklärt, dass du meine Begleitung bist und ganz sicher niemandem ein Sterbenswörtchen von diesem Ort hier verraten wirst. Stimmt doch, oder?«

»Natürlich«, sage ich, ergreife seine Hand und lasse mir raushelfen. Sofort spüre ich die Blicke der zwei Affen am Tor über meinen Körper wandern. Ich blöde Kuh hätte mir vielleicht wenigstens ein Pfefferspray in den BH klemmen sollen oder so. Aber andererseits – gegen ein Maschinengewehr kann auch das stärkste Pfefferspray wenig ausrichten.

Also versuche ich, mich einfach zu entspannen, während mich Russell auf das Tor zu führt. Natürlich klappt das nicht – ich werde Harley sehen und diese Aussicht macht mich jetzt, wo es fast so weit ist, noch viel nervöser, als es die Blicke der Wachleute je könnten. Und meine Aufregung steigert sich zu etwas, das Panik sehr nahe kommt, als ich die Geräusche vernehme, die zwischen den maroden Gebäuden hindurch dringen: Zuerst etwas Dumpfes, dazu Stimmen, es

klingt nach Anfeuerungsrufen. Dann ein Gong. Dann
Applaus und Buhrufe, beides zugleich.

Kein Zweifel. Irgendwo hier findet gerade ein Fight
statt. Ich versuche mich zu entspannen, während wir
auf eine der maroden Hallen zu halten und sie dann betreten. Sie ist vollgestopft mit Trainingsgeräten, es
riecht nach Schweiß und in einer Ecke entdecke ich einen großen rostroten Fleck auf dem Boden, was mich
erneut beunruhigt. Das hier wirkt nicht wie ein ge-
wöhnliches Gym. Die Atmosphäre ist geladen, voller
Aggressivität, und ich will nicht, dass Harley hier ist.
Doch trotzdem will ich gerade nichts dringender, als
ihn endlich zu sehen – wohlauf, hoffentlich.

Wir verlassen die Halle und treten in den Innenhof.
Augenblicklich wird der Kampflärm lauter und ich entdecke sogleich den Grund dafür: In der Mitte des Hofes
prügeln sich zwei halbnackte Männer miteinander,
von denen glücklicherweise keiner Harley ist. Scheinwerfer sind um sie herum aufgebaut worden, sodass
ihre Techniken und Schläge auch im Dämmerlicht gut
zu erkennen sind. Mücken surren um die Lampen
herum, doch sie sind es nicht, was neben dem Kampf
meine Aufmerksamkeit erregt. Es ist die seltsame An-
sammlung aus Zuschauern. Denn ich entdecke hier nirgends die mit Bierbechern bewaffnete Masse, die gewöhnlich bei MMA-Fights zu finden ist. Stattdessen
sehe ich Männer in Anzügen oder schicker Freizeitklei-
dung, die sich Notizen machen. Komisch.

»Mein neuer Freund Russell!«, ruft auf einmal eine
mir wohlbekannte Stimme, die mich gleich zusammen-
zucken lässt. »Mit hinreißender Begleitung, wie ich
sehe!«

Im nächsten Moment schiebt sich kein Geringerer als Luigi in mein Sichtfeld und ich spüre, wie es mir immer schwerer fällt, die Fassung zu wahren. Ich komme mir vor, als hätte man mich in einen Käfig voller Löwen geworfen. Jetzt gilt es, mich zu behaupten. Und gleichzeitig Harley zu finden. Warum nur sehe ich ihn hier nirgends?

Ich setze ein Lächeln auf. »Hallo, Luigi. Wie ich sehe, bist du mir nicht mehr böse. Das freut mich.«

Der Mafiaboss winkt ab. »Ihr Frauen seid wankelmütig. Und wenn man euch eine starke Schulter bietet, verliert ihr gern mal den Verstand. Nicht wahr?« Er haut Russell freundschaftlich vor den Oberarm.

Dieser grinst selbstzufrieden. »Man muss die starke Schulter eben auch einzusetzen wissen, und schon ist die Kleine wieder brav wie ein Lamm.« Er sieht zu mir herüber und mustert mich von oben bis unten. »Zugegeben, ein ziemlich heißes Lamm.«

Die beiden Männer beginnen zu lachen und obwohl ich am liebsten ihre Köpfe packen und sie mit voller Wucht gegeneinander knallen würde, stimme ich ein. Denn ich habe gerade andere Sorgen als diese zwei Idioten. Wo ist Harley? Ich sehe ein paar Männer hier draußen herumstehen, die nichts als Boxershorts tragen, manche von ihnen zusätzlich ein dünnes Muscleshirt. Einige machen sich warm, andere sehen aus, als hätten sie schon gekämpft. Aber Harley entdecke ich nirgends. Was, wenn er gar nicht mehr hier ist?

Nein, versuche ich mich zu beruhigen, Russell hat mich zum Angeben mit hergenommen, also muss die Möglichkeit bestehen, dass Harley uns zusammen sieht. Andererseits ist Russell ein Idiot.

Während er und Luigi noch ein wenig herumalbern, sehe ich mich ein weiteres Mal unauffällig um, versuche einen Blick in die Gebäude zu erhaschen. Aber hinter den brüchigen Eingängen ist alles finster.

Der Gong beendet den Kampf in der Mitte des Hofes und reißt mich für einen Moment aus meinen Gedanken. ich sehe, wie die beiden Männer den improvisierten Ring verlassen. Beide haben blutige Wunden davongetragen und ich erkenne jetzt auch, dass sie keine Handschuhe anhaben.

Ach, du meine Güte. Luigi hat sich in Sachen Skrupellosigkeit und Brutalität echt noch mal gesteigert. Mein Puls beschleunigt sich erneut und ich hoffe verzweifelt, dass es jetzt gleich einen weiteren Kampf gibt und dass Harley einer der beiden Fighter ist, die darin antreten müssen – dann würde ich zumindest sehen, dass er okay ist. Doch als schließlich zwei zweitere Männer in die Hofmitte treten, ist er keiner davon.

»Luigi, Russ?«, höre ich mich selbst das Gespräch der beiden unterbrechen.

Luigi sieht mich an und zieht eine Braue in die Höhe.

»Ich müsste mal zur Toilette«, sage ich und mache ein Gesicht, als sei mir das peinlich.

»Das würde ich mir überlegen«, erwidert Luigi mit einem süffisanten Grinsen. »Die sanitären Anlagen hier sind nicht gerade gut ausgestattet.«

»Wir hatten eine lange Fahrt und ich hab viel zu viel Wasser getrunken ...«

»Ich bringe sie schnell hin«, sagt Russell mit einem blöden Grinsen.

Dieser dämliche Kontrollfreak! Kann er mich nicht einfach alleine gehen lassen? Ich brauche etwas Zeit, um zumindest eine Chance zu haben, Harley zu finden.

Ausgerechnet Luigi springt mir in dieser Situation zur Seite. »Lass sie nur allein gehen, ich habe noch etwas mit dir zu besprechen.« Dann beschreibt er mir den Weg, aber ich höre nur halb hin, denn wo die Toiletten sind, interessiert mich natürlich nicht wirklich. Trotzdem bedanke ich mich artig, und dann eile ich los, zu einer der Hallen. Luigi sagte, dort wären die Schlaf- und Waschräume. Sollte Harley hier irgendwo sein, dann finde ich ihn mit Sicherheit dort. Aber zuerst muss ich mich durch die Notizen machenden Anzugträger quetschen, deren Blicke ich, sobald ich an ihnen vorbei bin, immer sofort auf meinem Hintern spüre. Kein Wunder, ich scheine die einzige Frau weit und breit zu sein.

Dann trete ich in die nach Kalk und Schweiß riechende Halle. Vor mir liegt ein Flur, von dem mehrere Türen abgehen. Im Gegensatz zu draußen ist es hier auffallend still, und außerdem ist es ziemlich kühl. Sowieso ist der Ort, an den Russell mich gebracht hat, einfach nur unangenehm und ich wünsche mir nichts sehnlicher, als Harley zu finden und mit ihm von hier zu verschwinden, nur wir beide, egal wohin ...

Aber das geht natürlich nicht. Da sind immer noch Sally und Dale, da ist Mom, die wir in die ganze Sache mit hereingezogen haben. Nein, an eine romantische Flucht ist nicht zu denken. Aber ich will ihn wenigstens sehen. Nur kurz. Mich nur vergewissern, dass er okay ist.

Ich gehe an einer geschlossenen Tür vorbei, dann erkenne ich hinter der nächsten, die offen steht, einen

Schlafsaal mit mehreren Feldbetten darin. Trainingskleidung liegt herum, ein paar der Bewohner haben Fotos an die nackten Wände gepinnt. Doch es scheint niemand dort zu sein.

Entschlossen gehe ich weiter, als ich auf einmal das Quietschen von Scharnieren hinter mir höre. Ich fahre herum, gefasst auf alles Mögliche –

Und dann sehe ich ihn. Er ist aus dem Raum gekommen, dessen Tür bis gerade geschlossen war. Er trägt schwarze Boxershots, sein tätowierter Oberkörper ist nackt, und ich sehe an seinem Blick, dass er bereit ist. Bereit für einen Kampf.

»Megan«, keucht er.

Mir stockt der Atem. Er ist unversehrt. Es geht ihm gut. Ich nähere mich ihm, ganz automatisch, als wäre ich ein Stern in Harleys Umlaufbahn und würde ohne jede Chance auf Widerstand von ihm angezogen.

Harley hingegen steht einen Moment lang nur da, starrt mich an und ich erkenne, wie heftig sein Atem geht. Dann kommt er auf mich zu, packt mich, drückt mich gegen die Wand des schummrigen Korridors und küsst mich mit einer Leidenschaft, die meine Knie weich werden lässt. Er hält mein Gesicht mit beiden Händen fest und ich schließe die Augen.

Ich bin unfähig mich zu rühren, unfähig ihn anzufassen, ihn zu umarmen, irgendetwas zu tun. Ich lasse diesen Kuss einfach nur geschehen, während mein Herz in meiner Brust zu rasen beginnt und mir wieder einmal klar wird, dass ich noch nie jemanden so geliebt habe wie Harley. Ihn so dicht bei mir zu haben, seinen männlichen Geruch einzuatmen, ist berauschend und zugleich beängstigend, denn ich weiß, dass wir das hier eigentlich gerade nicht tun dürften.

Auch Harley scheint das in diesem Moment klar zu werden, denn er löst seine Lippen fast gewaltsam von mir und sieht mich aus brennenden Augen an. »Was machst du denn hier?!«

Ich öffne den Mund, aber bringe kein Wort heraus. Zumindest nicht im ersten Moment. »Ich wollte ...«, beginne ich dann heiser. Ich kann es kaum fassen, ihn nach einer gefühlten Unendlichkeit wiederzusehen.

Doch ehe ich weitersprechen kann, höre ich, wie jemand meinen Namen ruft – oder besser gesagt meinen unsäglichen Spitznamen.

»Maggie! Wo bist du?«

Ich sehe an Harleys Blick, dass er ihn sofort erkennt. Er weiß, dass es Russell ist, der da nach mir ruft.

»Was hat das zu bedeuten?«, zischt er.

Ich schüttle den Kopf und drücke ihn schweren Herzens von mir. Auf keinen Fall darf uns Russell zusammen sehen. Er würde es direkt Luigi verraten und wer weiß, was dann mit Sally geschieht. »Ich kann dir das jetzt nicht erklären«, flüstere ich und sehe mich hektisch um. »Es tut mir leid!« Dann mache ich mich endgültig los und laufe nach draußen – geradewegs in Russells Arme.

»Da ist ja meine hübsche Begleitung!«, nimmt er mich in Empfang, doch mir entgeht nicht das Misstrauen in seinem Blick. »Ich habe gehört, dass dein feiner Ex gleich an der Reihe ist. Ich würde sagen, das lassen wir uns nicht entgehen!«

»Klingt gut«, erwidere ich heiser und spüre Harleys Kuss dabei immer noch auf meinen Lippen. Gott, wenn ich doch nur wieder zu ihm könnte, wenn ich eine einzige Minute mehr mit ihm hätte ...

Aber Russell zerrt mich mit sich fort und ich wage es nicht, auch nur hinter mich zu blicken.

***

HARLEY

Ich halte sie fest und küsse sie, auch wenn dies das Letzte ist, was ich in diesem Moment tun sollte. Ich sollte sie fragen, ob sie eigentlich völlig verrückt geworden ist, hierher zu kommen, aber das kann ich nicht. Im ersten Augenblick kann ich noch nicht mal einen klaren Gedanken fassen, sondern mich nur auf ihre Anwesenheit, auf ihren Körper dicht an meinem konzentrieren. Sie ist hier. Und es geht ihr gut. Nach all den Fragen, die ich mir während der letzten Tage fast ununterbrochen gestellt habe, könnte mich nichts mehr erleichtern als das hier.

Doch dann setzt mein Verstand wieder ein. Ich löse meine Lippen von ihren, frage sie, was sie hier zu suchen hat ...

Und dann erkenne ich, dass etwas nicht stimmt. Ich sehe es an Megans Augen und ich höre es an ihrer Stimme, als sie sagt: »Ich wollte ...«

Mehr nicht. Sie scheint nach den richtigen Worten zu suchen und als ich mich gerade zu fragen beginne, warum sie mir nicht einfach sagt, was Sache ist, höre ich ihn.

Russell. Er ruft ihren Namen und fragt, wo sie ist, und ich traue mir im ersten Moment selbst nicht. Nie im Leben, in hundert Jahren nicht, würde sie gemeinsam mit Russell hierher kommen oder auch nur freiwillig denselben Raum betreten wie er. Und doch scheint sie von seiner Anwesenheit hier zu wissen – und er von ihrer.

Ich halte sie fest, frage sie, was hier los ist, aber sie gibt mir keine Antwort, sie druckst herum, und dann macht sie sich fast gewaltsam von mir los, als sei ich und nicht Russell derjenige, der ihr etwas angetan hat. Sie sagt, es tut ihr leid, und dann flüchtet sie in ihrem kurzen Kleid nach draußen. Ich kapiere das hier nicht. Ich folge ihr, aber nur ein Stück, dann höre ich, wie Russell etwas zu ihr sagt und bleibe stehen, um es besser verstehen zu können.

»Da ist ja meine hübsche Begleitung!«
Was?

»Ich habe gehört, dass dein feiner Ex gleich an der Reihe ist. Ich würde sagen, das lassen wir uns nicht entgehen.«

Ihr Ex?! Ich bin verdammt noch mal nicht ihr Ex, dieser Typ ist ihr Ex! Aber sie widerspricht ihm nicht. Ich verstehe nicht, was sie zu ihm sagt, denn mein eigenes Blut rauscht zu laut in meinen Ohren. Aber sie klingt vollkommen entspannt, und eine bohrende Frage macht sich in mir breit: Sie hat gesagt, es tut ihr leid. Was zur Hölle hat sie damit gemeint? Was hat sie gemeint?

Ehe ich auch nur den Ansatz einer Erklärung dafür finden kann, wird mein Name aufgerufen. Ich bin dran.

***

MEGAN

Russell nimmt mich mit sich ganz nah an den improvisierten Ring heran. Natürlich, er will seinen Triumph voll auskosten. Ich lasse mich mitziehen, während meine Knie immer noch weich sind. Ich habe Harley gesehen. Wir haben uns geküsst. Und doch ist das alles vollkommen falsch gelaufen. Eine Minute mehr – ich hätte nur eine weitere Minute gebraucht! Ich hätte ihn nicht küssen, sondern ihm alles erklären sollen. Ich hätte ihm Glück wünschen sollen, ich hätte ... Ich weiß auch nicht, was das Richtige gewesen wäre.

»Jetzt bin ich aber mal gespannt«, säuselt Russ.

Dann teilt sich die Menge und zwei Männer betreten den Ring – ein großer Kerl mit massivem Kinn und auffallend blasser Haut als Erstes, und gleich dahinter Harley. Er sieht mich sofort und sein Blick bohrt sich in meinen, forscht in meinen Augen und ich will ihm ein Zeichen geben, aber genau in diesem Moment dreht Russell mein Gesicht zu sich und küsst mich.

Dann ertönt etwas Dumpfes und ich zucke zusammen, als der erste Schlag sein Ziel trifft. Ich kann seine Wucht förmlich spüren und als ich mich von Russell löse, um dem Fight zuzusehen, erkenne ich, dass Harleys Gegner zurücktaumelt, als sei er von einem Zug erwischt worden. Doch Harley gibt ihm keine Sekunde, sich zu erholen. Er setzt ihm nach und platziert einen zweiten Schlag direkt in die Rippen des Mannes. Ich bilde mir ein, etwas krachen zu hören. Zumindest hoffe ich, dass ich mir das einbilde.

»Ich schätze mal, er hat uns gesehen«, sagt Russell neben mir.

Sein fröhlicher Tonfall widert mich an. Doch auch ich erkenne, wie unfassbar wütend Harley ist. Der andere Kerl versucht sich jetzt zu wehren, setzt zu ein paar schnellen Attacken an und probiert, Harley zum Ringrand zu drängen, aber es gelingt ihm nicht: Harley holt ihn mit einem perfekt koordinierten Beinfeger von den Füßen, und kaum knallt sein Gegner auf den harten Schotterboden, ist er auch schon über ihm, dreht ihn auf den Rücken, zerrt brutal seinen Arm nach hinten und lehnt sich mit seinem ganzen Gewicht darauf. Der andere schreit voller Schmerz, die Männer in den Anzügen nicken anerkennend, ihre Stifte und Finger fliegen nur so über die Notizblöcke und Smartphones.

Klopf doch ab, rate ich Harleys Gegner in Gedanken, aber er tut nichts dergleichen. Stattdessen versucht er sich zu befreien, was nur zur Folge hat, dass Harley ihm mit der freien Faust in die Seite schlägt. Ich sehe daran, wie seine Muskeln arbeiten, dass er seine volle Kraft in diesen Schlag legt, und dann weicht aus dem Körper des anderen auf einmal jegliche Spannung. Sein Kopf sinkt zu Boden, sein Körper wird schlaff. Endlich lässt Harley von ihm ab. Die Umstehenden applaudieren, keiner buht.

»Das war der Unbesiegte!«, ruft irgendwer.

Harley atmet heftig, das kann ich von hier aus sehen. Langsam dreht er sich um, scheint etwas zu suchen – und erst, als sein Blick meinem begegnet, kapiere ich, dass er nach mir Ausschau gehalten hat.

Für den Bruchteil einer Sekunde schlägt mein Herz schneller. Dann sehe ich die Kälte in seinem Blick. Da ist nichts. Keine Liebe, keine Sehnsucht, keine Freude darüber, dass ich hier bin. Nur Eis.

Neben mir lacht Russell. »Oh, wunderbar, er scheint es kapiert zu haben!«

Er hebt die Hand und winkt Harley zu, doch dieser sieht weiter nur mich an.

Ich hebe die Hand und fasse, so unauffällig ich kann, an meine Kette. Doch Harley wendet sich einfach ab und geht, während sein Gegner von zwei anderen Kämpfern aus dem Ring geschleppt wird. Mir wird kalt. Ich wollte das so nicht. Ihm muss doch klar sein, dass das hier nicht echt ist, dass ich nur wegen ihm hier bin!

»Ich werde jetzt ganz offiziell mit ihm Schluss machen. Dann kannst du endgültig beruhigt sein«, höre ich mich sagen, so klar und entschieden, dass mir meine Abgeklärtheit selbst Angst macht. Mein Inneres war noch nie in solchem Aufruhr und trotzdem fühlen sich meine Beine fest an, als ich losgehe und Harley folge. Russell sagt irgendwas, doch ich höre ihm nicht zu und ich bin auch sicher, dass er mir nicht folgen wird, denn er wird es in seinem Leben nicht auf eine weitere Tracht Prügel von Harley ankommen lassen. Gut, denn ich muss die Sache mit ihm klären. Ich bin doch nicht hergekommen, um ihm wehzutun oder um

irgendwelche Missverständnisse zwischen uns auf-
kommen zu lassen!

Ich hole tief Luft, als ich Harley entdecke, schon fast
an der Tür von einer der Hallen. Ich schiebe mich durch
die Männer, die um den Ring herumstehen, laufe
schneller und packe dann seine bloße Schulter.

Sofort fühle ich mich wie elektrisiert und meine
Sehnsucht nach ihm wird größer denn je. Wenn ich ihn
einfach nur umarmen könnte, ihm nah sein, nur für einen weiteren Moment ...

Harley fährt zu mir herum. Sein Blick heftet sich auf
mich, immer noch eisig kalt. Gott, er wirkt so verändert. Wie ein ganz anderer Mensch. Auch wenn er bereits ein Fighter war, als ich ihn kennengelernt habe,
war da immer etwas an ihm, das dafür sorgte, dass ich
nie wirklich Angst vor ihm hatte. Eine gewisse Wärme,
zumindest mir und ein paar anderen Menschen in seinem Umfeld gegenüber. Davon jedoch ist jetzt nichts
mehr zu spüren. Seine Aggressivität umgibt ihn wie
eine Aura und sorgt dafür, dass sich sämtliche Härchen
an meinem Körper aufstellen. Wenn ich ehrlich bin,
dann hatte schon sein Kuss gerade etwas Aggressives
an sich. Doch in dem Moment richtete sich sein Zorn
noch nicht gegen mich – jetzt ist es anders.

Ich öffne den Mund, um etwas zu sagen, aber ich
bringe kein Wort hervor, und Harley scheint auch
nichts hören zu wollen.

»Lass mich verflucht noch mal in Ruhe, Megan!«,
fährt er mich an. Dann wendet er sich ab und ich sehe
reglos zu, wie seine breiten Schultern aus meinem
Blickfeld verschwinden.

»Ooooh, hast du sein kleines Herz gebrochen?«, fragt
Russell hinter mir und seine Stimme trieft vor Genugtuung. »Aber wen interessiert das schon?«

Ich bin unfähig etwas zu sagen. Das alles hier ist ein
Albtraum!

»Dich etwa?« Russell packt mein Kinn und zwingt
mich ihn anzusehen.

»Nein«, krächze ich.

»Das will ich dir auch geraten haben. Ich hoffe für
dich, Megan, dass die Sache zwischen dir und diesem
Typen endgültig vorbei ist und du –«

Ich unterbreche ihn. »Russell, hey. Vertrau mir«, sage
ich und meine Stimme klingt in meinen eigenen Ohren
monoton. Das läuft alles so falsch. Wie kann es sein,
dass ich einerseits so überzeugend bin, dass Harley
ernsthaft glaubt, die Sache zwischen mir und Russell
sei echt und andererseits so schlecht spielen, dass Russell an mit zweifelt? Mein Kopf dröhnt und ich weiß
einfach nicht, was richtig und was falsch ist. Aber Russell hilft mir auf seine gewohnt rüpelhafte Art auf die
Sprünge.

»Ich habe dich in der Hand, Maggie. Und ich habe ihn
in der Hand. Luigi ist ein ziemlich guter Freund von mir
geworden und wenn ich das Gefühl habe, dass du ihn
oder mich linkst ...«

Er lässt offen, was dann ist. Aber ich weiß, dass sich
seine Drohung nicht nur gegen Harley und mich, sondern auch gegen Sally richtet. Ich werde also in meiner
Rolle bleiben. Ich werde niemanden von uns gefährden
und wenn das hier vorbei ist, dann werde ich Harley
alles erklären. Ich weiß, dass unsere Liebe stark genug

ist und dass ich dieses Missverständnis aus dem Weg räumen können werde.

»Er interessiert mich nicht mehr, Russ. Glaub es, oder lass es bleiben.«

Russell mustert mich kurz, dann grinst er und lässt endlich mein Gesicht los. »Mich interessiert dieser Loser schon noch. Aber nur noch in einer Hinsicht. Warte hier.«

Damit lässt er mich auf dem Hof stehen und verschwindet in einer der Hallen. Ich atme ganz tief durch. Es tut mir weh, was gerade zwischen Harley und mir passiert ist und ich wünschte, es wäre anders gelaufen. Verdammt, hat er denn die Kette nicht gesehen? Weiß er nicht, was er mir bedeutet?

Vielleicht spielt er ja einfach nur gut. So wie ich hoffentlich auch.

Um mich abzulenken, wende ich mich dem nächsten Kampf zu, der bereits begonnen hat, aber es löst nichts in mir aus, zu sehen, wie die Männer dort aufeinander einschlagen. Ich muss an Harley denken, die ganze Zeit, und mich regelrecht zwingen, ihm nicht nachzulaufen. Wenn ich noch kurz mit ihm sprechen könnte, ein paar ungestörte Sekunden würden schon reichen ...

Ich sehe mich um, doch ehe ich mich dazu überwinden kann, ihm zu folgen, kommt auch schon Russell wieder. Und er ist nicht allein. Schon wieder hat er Luigi und ein paar seiner Männer im Schlepptau. Ich blicke ihnen entgegen und versuche, dabei nicht argwöhnisch zu wirken. Aber ich kenne Russ und sein blödes Grinsen verrät mir schon, dass er irgendetwas im Schilde führt.

»Hey«, sage ich und lasse zu, dass er mich an sich zieht.

»So schnell sieht man sich wieder«, freut sich Luigi. »Ich habe mal eine Frage an dich, Megan. Magst du Geld?«

Ich runzle die Stirn. Was will er denn jetzt von mir?

»Na komm schon.« Dieser Schmierlappen amüsiert sich offenbar prächtig. »Alle Frauen mögen doch Geld, oder etwa nicht?«

»Ich gehe davon aus«, sage ich unbestimmt.

Russell lacht. »Na siehst du, Süße, mehr wollte er doch gar nicht wissen.«

Luigi lächelt dünn, dann fährt er fort: »Und wie würdest du es finden, wenn dein Russell bald eine sehr große Menge Geld gewinnen würde?«

Ich schlucke unmerklich. So, wie die beiden sich gerade aufführen, schwant mir irgendwie nichts Gutes. »Ich schätze, das würde mir gefallen«, bringe ich dennoch hervor.

Luigi sieht mich an, dann Russell, und mir entgeht nicht, dass er im Großen und Ganzen viel misstrauischer wirkt als Russ. Sicher, er ist ein kluger Geschäftsmann. Und er steht nicht auf mich, also sind seine Sinne vollkommen klar. Und jetzt wird er mich testen.

Aber wie?

Ich beobachte ihn genau, während er sagt: »Wie sieht es aus, Russell? Willst du die Ware prüfen, bevor du deinen Einsatz machst?«

»Nichts lieber als das«, erwidert Russell vergnügt.

Luigi nickt. »Dann gehen wir rein.«

Er und seine Männer wenden sich der Halle zu, in der Harley verschwunden ist. Russell zieht mich mit sich, ihnen hinterher. Und meine böse Vorahnung wird stärker und stärker.

»Jones!«, ruft Luigi, kaum dass wir drinnen sind.

Ich sehe mich um. Wir sind durch die Tür in eine große Halle voller Feldbetten gelangt, auf ein paar davon lungern Männer herum, die uns nur müde Blicke hinterher werfen. Luigi würdigt sie keines Blickes, sondern führt uns weiter, durch einen schmalen Flur, von dessen Wänden der Putz bröckelt. Und dann vernehme ich das Rauschen von Wasser.

»Jones!«, ruft Luigi wieder. »Wo steckt denn der Kerl?«

»Jones ist unter der Dusche«, sagt ein Mann, der an der Wand lehnt.

Im Halbdunkel hier erkenne ich nicht viel von ihm, nur sein kurzes Haar und im Ansatz seiner Gesichtszüge. Dennoch werde ich das Gefühl nicht los, dass er mich ein bisschen zu genau mustert. Und habe ich seine Stimme nicht schon mal irgendwo gehört ...?

Mir bleibt keine Zeit, darüber nachzudenken.

»Aah«, sagt Luigi, dann biegt er mit seinen Männern in einen weiteren Raum ab. »Da ist er ja.«

Ich will weglaufen, denn was immer jetzt kommt, kann nur etwas Übles sein. Die Ware prüfen ...

Doch Russell zieht mich weiter mit in den Gemeinschaftsduschraum, wo mir der Wasserdampf einen Moment die Sicht vernebelt. Dann sehe ich ihn. Harley. Er steht als Einziger unter einem der Duschköpfe, nackt, und blickt in diesem Moment über die Schulter zu uns.

»Da ist er ja«, wiederholt Luigi fröhlich. Gleichzeitig positionieren sich zwei seiner Männer links und rechts von Harley. Der stellt das Wasser ab und greift nach einem Handtuch, das wie seine Kleidung an einem Haken etwas abseits hängt, um sich abzutrocknen. Als er allerdings seine Klamotten nehmen will, versperrt ihm einer von Luigis Männern den Weg.

Harley sieht ihn einen Moment lang nur an. Dann scheint auch er zu verstehen, dass hier irgendetwas vor sich geht. Er strafft die Schultern, wickelt sich das Handtuch um die Hüften und dreht sich zu uns um.

»Was ist los?«, fragt er. Dann sieht er mich. Mich und Russell. Und ich erkenne, was Luigi tut. Er beobachtet mich ganz genau.

Ich tue, was ich tun muss. Ich werfe das Haar über meine Schulter und kuschle mich an Russell. »Mich zu ignorieren, hat er sich wohl leichter vorgestellt«, sage ich leise, dennoch laut genug, dass es alle Anwesenden hören können.

Dabei spüre ich Harleys Blick immer noch auf mir. Er stört sich nicht an seiner Nacktheit oder an den Männern, die sich um ihn herum aufgebaut haben. Er will nur wissen, was mit uns ist. Und doch kann ich ihm in diesem Moment nicht das kleinste Zeichen geben. Russell hat sich klar genug ausgedrückt, auch wenn ich für einen Moment leichtsinnig geworden bin. Jetzt habe ich mich wieder im Griff und egal was passiert, ich werde weder Russell noch Luigi den leistesten Grund für Misstrauen geben.

»Was hier los ist«, wiederholt Luigi. »Nun, das sage ich dir gern. Mein Freund Russell hier denkt darüber nach, beim kommenden Turnier etwas Geld auf dich zu setzen. Aber vorher wüsste er gern, ob das eine lohnende

Investition ist. Denn wenn man so neu im Geschäft ist wie er, geht man ungern ein Risiko ein.«

»Wir alle hier wissen, dass ich dieses Turnier gewinnen werde«, sagt Harley finster.

Luigi lacht leise. »Sagen kannst du viel. Aber Russell möchte sich gern selbst überzeugen. Jungs ...«

Kaum hat er das letzte Wort ausgesprochen, packen Luigis Männer Harleys Arme und halten ihn fest. Reflexartig versucht er sich loszumachen und ich spüre, wie mein Herz zu einem schmerzhaften Klumpen in meiner Brust wird. Was haben sie mit ihm vor? Gott, sie dürfen ihm nicht wehtun ...

Er ist ein Fighter, sagt eine Stimme in meinem Inneren. Egal was kommt, er kann es ab.

Aber kann er es auch ab, vor mir gedemütigt zu werden?

»Russell«, sagt Luigi. »Dein Part.«

»Nichts lieber als das«, erwidert Russell, lässt mich los und tritt auf Harley zu.

Wieder heftet sich Luigis Blick dabei auf mich und ich weiß, dass ich richtig reagieren muss. Also sehe ich Harley an. Obwohl die beiden Typen ihn festhalten, wirkt er so viel stärker als sie. Wassertropfen perlen über seinen perfekt definierten Körper, sein Haar und sein Gesicht sind ebenfalls nass und sein Blick brennt sich förmlich in meinen.

Ich sehe nicht weg. Ich darf nicht. Auch wenn mir nie etwas schwerer gefallen ist.

»Dann wollen wir doch mal sehen, ob der Unbesiegte wirklich so unbesiegbar ist!«, verkündet Russell fröhlich. Dann holt er aus und lässt seine Faust in Harleys Magengrube krachen.

Ich sehe, wie sich Harleys Muskeln anspannen und höre sein unterdrücktes Keuchen, als ihn der Treffer erwischt. Ich will Russell von ihm wegreißen, aber ich weiß, dass Harley sich mühelos selbst befreien könnte, wenn er wollte. Aber er darf nicht. Wir beide sind in dieser Situation gefangen.

»Fühlt sich gar nicht schlecht an«, tönt Russell, mustert Harley einen Moment lang von oben bis unten und genießt seine Machtposition sichtlich ... Und dann schlägt er ihm mit voller Wucht ins Gesicht.

Harleys Kopf fliegt zur Seite und er wird ein wenig zurückgeschleudert, aber Luigis Männer halten ihn weiter fest. Mein Herz rast und hämmert in meiner Brust, als wolle es zerspringen. Russell soll seine verdammten Finger von Harley lassen!

Aber er denkt gar nicht daran. Stattdessen versetzt er ihm einen weiteren Faustschlag ins Gesicht, dann schnellt er vor und rammt sein Knie mit voller Wucht zwischen Harleys Beine.

Mit einem weiteren, diesmal lauteren Keuchen sinkt Harley in sich zusammen und fällt, als Luigis Männer ihn loslassen, auf die Knie. Ich sehe, wie alle Farbe aus seinem Gesicht weicht und wünsche mir, dass er einfach das Bewusstsein verliert. Aber das tut er nicht. Dafür ist er viel zu stur.

Ich blicke herüber zu Russell, der so zufrieden wirkt wie lange nicht mehr. Und weshalb? Weil er in der Lage ist, einen Mann zu verprügeln, wenn dieser von zwei anderen festgehalten wird und sich nicht wehren darf? Es gibt keine Worte dafür, wie sehr ich Russell verabscheue!

»Sehr gut«, lacht Luigi leise. »So testet man die wahre Kraft eines Mannes! Und, zufrieden?«

»Ich weiß nicht«, sagt Russell. »Für mich sieht er wie ein Loser aus.«

»Bist du das, Harley?«, fragt Luigi. »Ein Loser? Setze ich für das Turnier auf den falschen Mann?«

Ich kann es kaum ertragen, wie Harley am Boden hockt, auf allen Vieren, und zwanghaft versucht, die Fassung zu wahren.

»Nein«, bringt er mühsam hervor.

»Nun, das will ich stark hoffen«, erwidert Luigi, dann klatscht er zweimal in die Hände. »Das reicht jetzt. Lassen wir den Mann in Ruhe duschen!«

Russell wendet sich mir zu und kann es nicht lassen, mir einen Kuss auf die Lippen zu pressen. Dann nimmt er mich mit sich raus. Ich spüre Harleys Blick in meinem Rücken, aber ich zwinge mich, mich nicht umzudrehen.

Wir werden unsere Rache bekommen. Unsere Genugtuung.

Aber im Moment spüre ich nichts als Verzweiflung und Zorn.

KAPITEL 11

MEGAN

Während wir zum Wagen gehen, einsteigen und uns schließlich vom Gelände entfernen, fühle ich mich die ganze Zeit vollkommen dumpf. In mir tobt ein Sturm aus Gefühlen, doch ich weiß, dass ich mir keines davon anmerken lassen darf – nicht Russell gegenüber, der nach unserem Treffen mit Harley zwar einerseits zufrieden wirkt, andererseits aber auch misstrauischer denn je.

»Und?«, fragt er mich nach einer Weile.

»Und was?« Jetzt wird er sicher hören wollen, wie toll seine kleine Einlage im Duschraum war. Ich darf gar nicht daran denken, wie er Harley gedemütigt hat, sonst wird mir auf der Stelle wieder schlecht.

»Wie haben dir die Kämpfe gefallen?«, fragt er dann zum Glück nur. »Hier geht es anders zu als in den Staaten, was?«

Da hat er verdammt Recht. Ich versuche, es nicht dazu kommen zu lassen – dennoch kann ich nicht verhindern, dass sich Harleys kurzer Kampf vor meinem inneren Augen wie ein Film abspult. Seine brutalen, rücksichtslosen Schläge. Sein eigener lädierter Körper. Gott, wo ist er da nur reingeraten?

Und wie er sich mir gegenüber verhalten hat ... Er hat mich gar nicht zu Wort kommen lassen. Und das, obwohl ich eigentlich gehofft hatte, dass Worte überhaupt nicht nötig sein würden. Er muss doch wissen, dass ich nie freiwillig zu Russell zurückkehren würde! Dass ich ihn liebe und keinen anderen! Ich hatte gehofft, dass ein Teil von ihm erkennen würde, dass ich wegen ihm und nur wegen ihm hergekommen bin. Doch als ich an seine kalten, toten Augen denke, kann ich mir auf einmal keinen Reim mehr darauf machen, welcher Teil das gewesen sein sollte. Da war kein Einfühlungsvermögen in seinem Blick. Keine Menschlichkeit. Auch, als er während der Sache im Duschraum in meinen Augen forschte, waren seine seltsam kalt. Und als mir das so richtig bewusst wird, bin ich plötzlich erfüllt von der nackten Panik, die schon die ganze Zeit unterschwellig in mir war. Mein Herz beginnt unkontrolliert zu rasen und mir bricht der Schweiß aus. Russell sagt irgendetwas zu mir, doch ich höre es gar nicht. Da ist nur die Befürchtung in mir, dass es bereits zu spät ist. Dass ich Harley verloren habe, dass er ein anderer geworden ist. Die eiskalte Bestie, als die er sich vorhin im Ring dargestellt hat. Was ist, wenn seine Zeit in diesem Lager ihn dazu gemacht hat? Und wenn ihm unser Auftritt den Rest gegeben hat?

Ich kann ihn nicht verlieren. Nicht so. Ich muss hoffen können, dass es immer noch eine Zukunft für uns gibt. Ich muss tun, was er an meiner Stelle tun würde – noch härter kämpfen.

Ich werde Sally befreien, verspreche ich mir selbst. Und ich werde Harley da raus holen. Und wenn er nicht mehr der Mann ist, den ich kannte, dann werde ich alles in meiner Macht stehende tun, damit er es wieder wird.

»Hallo, Maggie, bist du eingeschlafen oder was?«

Ich sehe herüber zu Russell, habe meine Fassung halbwegs wiedergewonnen und lächle ihn an. »Entschuldige, die Hitze macht mich fertig. Die Kämpfe haben mir nicht gefallen. Auch nicht die Sache in der Dusche, wenn ich ehrlich bin. Du weißt ja, ich stehe nicht auf Gewalt. Aber jedem das seine, hm?«

»Oh ja«, stimmt mir Russell zu, dann dreht er seine unsägliche Countrymusik lauter und seine Hand landet wieder auf meinem Bein. »Gehen wir irgendwo was trinken«, bestimmt er. »Feiern wir unseren Neuanfang!«

»Nichts lieber als das«, sage ich. Und meine das genaue Gegenteil.

***

HARLEY

Ich sitze auf meiner Pritsche und bekomme den Lärm von draußen nur am Rande mit. Die Kämpfe laufen noch, aber es gibt nichts, was mich gerade weniger interessieren könnte als das. Die Fights, die Geldsäcke, die hier sind, um auf uns zu wetten ... alles völlig egal. Das Einzige, woran ich denken kann, ist Megan.

Was verdammt hat sie sich dabei gedacht, hier aufzutauchen? Hier mit Russell aufzutauchen? Es gibt keinen logischen Grund. Ich hatte ihr gesagt, dass sie zu Hause bleiben soll, um auf ihre Mom und Dale aufzupassen. Dass sie jetzt hier ist, kann nur eines bedeuten: Sie scheißt auf die ganze Sache. Auf das, was wir vereinbart haben, auf uns, auf unsere Zukunft.

Aber warum hat sie dann meine Kette getragen? Vielleicht, um sich über mich lustig zu machen. Eigentlich halte ich sie nicht für so einen Menschen, aber wie gut kenne ich sie denn überhaupt?

Ich muss daran denken, wie entspannt sie in Russells Arm gestanden hat. Und wie gleichgültig sie war, als Russell im Duschraum seine kleine Vorstellung angezettelt hat. Wie hat der Mistkerl das angestellt? Ob er sie unter Drogen gesetzt hat oder so was ...?

Nein. Ihr Blick war vollkommen klar, als sie gerade vor mir stand, ihre Pupillen waren nicht geweitet. Früher als Cop hatte ich genug mit Junkies zu tun, um zu erkennen, wenn jemand high ist. Sie war es nicht.

Wer weiß, was er ihr versprochen hat. Dass er sie nie wieder anrührt vermutlich. Dass sie jetzt das Leben mit ihm bekommt, das sie sich früher immer erhofft hat. Und wer weiß, vielleicht war das verlockend genug. Denn das Leben an meiner Seite wäre vermutlich niemals ruhig für sie geworden. Wir haben uns mit der Mafia angelegt. Meine Familie hat sich in zwielichtigen Kreisen bewegt, lange bevor ich Megan kannte. Vielleicht hat ihr das am Ende einfach mehr Angst gemacht als Russell. Vielleicht war es das, wofür sie sich entschuldigen wollte, ehe sie sich eben im Gang zurück zu Russell geflüchtet hat ...

Aber das rechtfertigt nicht, was sie getan hat! Sie hätte auf mich warten, mir die Chance geben sollen, mit ihr zu reden, verflucht noch mal!

Ich nehme gar nicht wirklich wahr, wie ich aufspringe, die Pritsche mit beiden Händen packe und sie gegen die nächste Wand schleudere. Putz regnet zu Boden, gemeinsam mit den schmuddeligen Laken. Eine Metallfeder löst sich vom Gestell und rollt unter irgendeines der anderen Betten.

Dann applaudiert irgendjemand und ich fahre herum.

In der Tür steht Luigi, wieder mit seinen zwei Bodyguards. Er sieht zufrieden aus.

»Ein großartiger Kampf war das vorhin!«, sagt er. »Eine Machtdemonstration, die sich gewaschen hat! Jeder der Männer da draußen ist ein Idiot, wenn er sein Geld jetzt nicht auf dich setzt!«

»Und was wirst du tun, he?«, frage ich nach einem Moment, als ich zu einem klaren Satz in der Lage bin. »Als Einziger gegen mich setzen und dafür sorgen, dass ich verliere?«

Luigi lächelt. »Du unterschätzt mein geschäftliches Geschick.« Langsam betritt er den Raum, wobei seine Bewacher dicht hinter ihm bleiben. Gut für ihn. »Ich bin auf deiner Seite, Jones. Diesmal tatsächlich. Du kannst auf mich bauen. Anders als ... auf deine kleine Freundin, wie mir scheint.«

»Lass sie aus dem Spiel!«, fahre ich ihn an.

»Aber warum denn? Sie ist aus freien Stücken hergekommen, um sich mit ihrem neuen Freund zu präsentieren. Da wird sie sich an dem Gerede kaum stören. Im Gegenteil. Mir schien es fast, als wolle sie einen klaren

Schlussstrich ziehen. Und die Nummer im Duschraum scheint sie richtig angemacht zu haben. Wahrscheinlicht treibt sie es gerade mit Russell in seinem Wagen, denkst du nicht?«

Ich beiße die Zähne aufeinander, um ihm keine Antwort zu geben, die man einem Mann wie ihm nicht geben sollte. Doch er scheint auch nicht wirklich eine Antwort zu erwarten.

Nachdem er mich einen Moment lang selbstzufrieden gemustert hat, seufzt er theatralisch. Dann sagt er: »Frauen, hm? Denen ist einfach nicht zu trauen. Darum halte ich es immer für am besten, ihnen gar nicht erst viel Spielraum zu geben. Und sie erst recht nicht zu Wort kommen zu lassen.«

Damit zieht er etwas aus seiner Innentasche und hält es mir hin. Es ist ein Handy, wie ich in meiner Wut erst auf den zweiten Blick erkenne – und auf dem Display befindet sich ein Foto. Es zeigt Sally. Ihr Gesicht ist schmutzig, ihre Haare sind wirr, sie hockt auf dem Boden und ihre Hände befinden sich hinter ihrem Rücken, vermutlich gefesselt. Ihr Mund hingegen ist mit einem dreckigen Lappen geknebelt.

Ich starre das Bild einen Moment lang nur an. Dann sehe ich rot. Ich schnelle vor und würde mich auf ihn stürzen, wenn seine zwei Bodyguards mir nicht entgegen springen und mich zurückhalten würden.

»Tz, tz, tz«, macht Luigi. »Wer wird denn gleich aufbrausend werden? Ich sage dir etwas, Jones: Spar dir die Energie besser fürs Turnier. Ich erinnere dich nur ungern daran, aber du kannst sie nur dann retten, wenn du es gewinnst.«

Auf sein Zeichen hin stoßen die zwei Männer mich von sich. Dann verlassen sie gemeinsam mit Luigi den Raum.

Ich sehe ihnen nach und versuche, mich in den Griff zu kriegen. Luigi hat Recht – leider. Ihn anzugreifen, würde nichts bringen. Und genauso wenig bringt es etwas, meine Energie auf Megan zu verschwenden. Ich muss an meine Familie denken, und das sind Sally und Dale. Ich muss mich darauf konzentrieren, sie da raus zu holen. Das ist das einzig Sinnvolle, was ich tun kann.

Kein Gedanke mehr an Megan – das verspreche ich mir selbst. Dann mache ich mich daran, die Pritsche wieder aufzustellen.

***

MEGAN

»Hier wären wir.«

Russell parkt den Wagen vor einer Bar irgendwo im mexikanischen Nichts. Der Holzschuppen, aus dem warmes Licht dringt, sieht baufällig aus. Auf der dunklen Veranda stehen finster aussehende Typen und mustern uns und das Auto ganz genau. Dann wenden sie sich Gott sei Dank ab und Russell lacht leise.

»Staredown gewonnen«, sagt er und ich verkneife mir jeden Kommentar, obwohl ich ganz genau gesehen habe, dass er direkt den Blick gesenkt hat, nachdem er die Kerle entdeckt hat. Aber ich sage nichts. Was bringt es auch? Auch wenn es hunderte Dinge gibt, die ich Russell gerne an den Kopf werfen würde – und zwar nicht nur verbal –, habe ich dennoch eine Mission, die ich nicht gefährden darf. Das Problem ist nur, dass ich mich gerade nicht dazu aufraffen kann, meinen Plan zu verfolgen. Auch nicht, als Russell aussteigt und mir die Tür aufhält. Am liebsten würde ich wie ein trotziges Kind die Arme verschränken und mich verweigern. Noch lieber würde ich mich allerdings ins Bett verkriechen und über das nachgrübeln, was da gerade zwischen mir und Harley vorgefallen ist.

Hinter uns fährt ein neongrüner Wagen auf den Parkplatz, den ich schon mal irgendwo gesehen zu haben glaube. Und auch Russell sieht argwöhnisch zu dem Fahrer herüber, bevor er sich wieder mir zuwendet.

»Hey, Maggie, was soll denn das? Steig aus.«

Ich will nicht. Aber die andere, die neue Megan in mir will anscheinend schon, denn ich sehe, wie sich meine Beine selbstständig machen und ich mich aus dem Wagen erhebe. Also schön. Auf in den Kampf.

Russell legt seine Hand zwischen meine Schulterblätter und schiebt mich vorwärts. Diese Geste hat etwas unangenehm Besitzergreifendes und nichts Liebesvolles an sich. Außerdem komme ich mir vor, als wäre ich sein lebender Schutzschild, sein Puffer, der ihn vor den finsteren Gestalten am Eingang beschützen soll. Doch die Männer scheren sich nicht weiter um uns, sie rauchen ihre Zigaretten, trinken ihr Bier und unterhalten sich. Sie sind absolut harmlos und das zeigt mir mal wieder, was für ein Feigling Russell eigentlich ist. Einer der Männer nickt uns sogar zu, bevor wir eintreten.

Das Innere der Bar ist verwinkelt und ebenfalls mit dunklem Holz ausgekleidet. Überall hängen Lampions, die orangefarbenes Licht spenden, und von der Decke baumeln unzählige Plastikblumen, die dem ganzen Laden einen besonderen Charme geben. Es ist leise mexikanische Musik zu hören, der Barkeeper trägt einen riesigen Sombrero und ich komme mir erneut vor wie in einem Themenpark. Doch lange komme ich nicht dazu, die Atmosphäre zu bestaunen.

Russell schiebt mich durch die kreuz und quer verteilten und zum größten Teil besetzten Tische und Stühle zur Theke. Ich rutsche brav auf einen der Barhocker und warte ab.

Russell lässt sich neben mir nieder und winkt den Barkeeper heran.

»Zwei doppelte Tequila. Klassisch, mit Zitrone und Salz.«

Mir schwant Böses und ich kann Russells Zunge schon jetzt spüren, wie sie Salz und Zitrone von meiner Haut lutscht. »Ich möchte keinen Alkohol. Eine Cola reicht.«

Russells Blick schnellt herunter in Richtung meines Bauchs und ich weiß, was er denkt.

»... Ich habe Magenschmerzen, das ist alles«, sage ich, bevor er nachhaken kann und es noch unangenehmer zwischen uns wird. Denn es gibt sicher nichts Schlimmeres für meinen Ex, als sich vorzustellen, dass ich schwanger von Harley Jones sein könnte.

»Magenschmerzen, so.« Er wendet sich wieder dem Barkeeper zu. »Trotzdem zwei Tequila. Und eine Cola für die Lady.«

Der Barkeeper grinst und verzieht sich wortlos.

»Magenschmerzen ...« Russell sieht sich um, sein Blick ist lauernd. Er wirkt so unberechenbar, dass ich mich frage, wie ich früher auch nur halbwegs entspannt mit ihm umgehen konnte.

»Ich gehe mal auf die Toilette«, sage ich und schultere meine Handtasche. Keine Sekunde länger halte ich es neben diesem Widerling aus.

»Lass dir Zeit. Aber spar es dir, durchs Fenster abzuhauen, dann hier gibt es nichts, wohin du abhauen könntest.«

»Ich möchte nicht abhauen. Ich bin freiwillig bei dir, vergiss das nicht.« Damit lasse ich Russell alleine an der Bar zurück.

Nein. Abhauen möchte ich wirklich nicht. Aber ich werde meine zwei alten Freunde Ellie und Jasper um Hilfe bitten. Vielleicht kann einer der beiden etwas über Sally herausfinden, vielleicht können sie sich informieren, wie es meiner Mom und Dale geht und möglicherweise können sie auch rausfinden, wann Harleys Kampf stattfindet. Denn ich, so viel steht fest, stehe unter Dauerbeobachtung durch Russell und muss vorsichtig sein.

Ich schlängle mich zu den Klängen mexikanischer Musik in Richtung der Toiletten und spüre das Verlangen in mir aufsteigen, mit Harley zu tanzen. Ich stelle mir vor, wie wir uns rhythmisch bewegen, wie er seinen Leib gegen meinen presst und mich fest in seinen Armen hält. Wie er seine Finger langsam zu meinem Nacken hinauf wandern lässt und mich dann zärtlich küsst.

Mir wird ganz warm und gleichzeitig macht sich ein tiefes Gefühl der Traurigkeit in mit breit. Ich vermisse ihn so.

»Nicht mehr lange, Meg, nicht mehr lange«, murmle ich, dann betrete ich das Damen-WC.

Auch hier drinnen setzt sich das Konzept aus dem Schankraum fort. Mit Schnitzereien verzierte Holztüren, Blumen an der Decke, warmes Licht.

Ich habe Glück, ich bin allein. Jetzt muss es schnell gehen. Ich krame mein Handy aus der Tasche und überlege, ob ich meinen Freunden eine Nachricht schicken oder sie anrufen soll. Dann komme ich zu dem Schluss, dass das Tippen zu lange dauern würde und entscheide mich für den Anruf. Doch kaum habe ich mein Display eingeschaltet, springt mir eine Fehlermeldung ins Auge. Meine SIM-Karte wurde entfernt!

Zuerst starre ich einen Augenblick lang perplex mein Telefon an, dann nehme ich es auseinander und überprüfe, ob die Karte vielleicht einfach nur verrutscht ist. Aber Fehlanzeige. Der Slot ist leer.

Wut steigt in mir auf. Wie kann Russell es wagen ...?!

»Ganz ruhig ...«, flüstere ich, als mir mein zorniges Gesicht im Spiegel begegnet. »Ganz ruhig.« Ich lasse mein Handy zurück in meine Tasche gleiten. Ich werde mir nichts anmerken lassen. Gar nichts ...

Ich warte noch einige Minuten, damit es realistisch wirkt, dann gehe ich zurück zu Russell. Die Getränke stehen bereits auf der Theke, doch anders als erwartet legt es mein Ex offenbar nicht darauf an, Zitrone und Salz von meiner Haut zu lecken, bevor er den Shot in sich reinkippt. Im Gegenteil. Seine Zitrone ist bereits ausgelutscht und sein Pinnchen leer getrunken.

»Hier.« Er schiebt mir meinen Tequila rüber und ich nehme ihn dankbar. Der Alkohol wird meine Nerven beruhigen. Zumindest hoffe ich das. Ich exe den scharfen Schnaps in einem Zug und spüre der Wärme nach, die sich sogleich in meinem Magen ausbreitet.

»So ist es richtig.«

Vielleicht hat er Recht. Ein starker Schnaps kann manchmal Wunder wirken und das Brennen in meiner Kehle hilft zumindest, meine Wut ein Stück weit zu unterdrücken. Wie kann er es wagen, einfach so mein Handy außer Gefecht zu setzen? Als wäre es das Selbstverständlichste auf der Welt?

»Noch einen?«, fragt er.

Ich schüttle den Kopf und nehme stattdessen einen Schluck Cola. Ich muss wach bleiben. Wachsam bleiben, denn der Kerl ist offenbar noch verrückter und kontrollwütiger, als ich dachte. Dennoch spüre ich, dass mir von dem Schnaps bereits etwas schwindelig wird. Verdammt. Ich hätte vielleicht etwas zu essen dazu bestellen sollen.

»Haben die hier auch ...?«, setze ich an und höre selbst, dass ich ein wenig lalle. Ich runzle die Stirn und bemühe mich, klar und deutlich weiterzureden. »Sand ... Sandwiches oder Burger?«

Russell lacht. »Ich glaube nicht, dass das hier ein Laden ist, in dem man was essen sollte! Vertrau einem Mann aus der Gastrobranche. In der Küche findest du wahrscheinlich mehr Kakerlaken als Angestellte!«

Einem Mann aus der Gastrobranche. Pfff, dieser aufgeblasene kleine Widerling! Fast muss ich lachen. Soll er reden, ich werde trotzdem etwas essen. Doch als ich mich auf der Suche nach einer Speisekarte an der Wand umdrehe, wird mir nur noch schwindeliger.

Russells Hand legt sich auf meinen Rücken und es ist das erste Mal, dass ich froh darüber bin. Der Tequila muss ganz schön stark gewesen sein, denn meine Umgebung verschwimmt und die Geräusche um mich herum dringen nur noch dumpf und verwaschen an mein Ohr.

Ich möchte erneut nach meiner Cola greifen, um den Rausch ein wenig einzudämmen, aber meine Hände gehorchen mir nicht mehr. Meine Finger streifen das kühle Glas, kriegen es aber nicht zu fassen. Was ist denn nur los mit mir? Niemand wird dermaßen betrunken von einem einzigen Schnaps!

Mein ganzer Körper scheint sich gegen mich verschworen zu haben, denn es ist, als würde mich eine unsichtbare Kraft einfach nach hinten ziehen. Trotz Russells Arm in meinem Rücken kippe ich um und wäre wohl auf dem Boden gelandet, wenn mich nicht zwei kräftige Arme gepackt und aufgefangen hätten.

Harley, wispert eine Stimme in meinem Innern, obwohl ich weiß, dass das unmöglich ist.

Ich hebe mit letzter Kraft den Kopf und erkenne einen Mund voller Goldzähne. Er formt irgendwelche Worte, die ich nicht verstehe. Dann werde ich in die Höhe gehoben und um mich herum wird alles schwarz.

***

Ich erwache an einem Strand. Cancún, denke ich zuerst, aber dann wird mir klar, dass das nicht sein kann. Hier ist es viel zu leer dafür. Es ist still, ich höre nur das

Meeresrauschen. Ich liege auf einem Handtuch im Sand und trage meinen Lieblingsbikini.

Ich habe einen Lieblingsbikini?

In der letzten Zeit war es mir eigentlich immer etwas unangenehm, mich knapp bekleidet zu zeigen – auch wenn den Narben an meinem Körper niemand ansehen würde, dass sie von Russells Ausbrüchen stammen.

Aber Russell ist nicht hier, das weiß ich ganz instinktiv. Zufrieden und vollkommen entspannt räkle ich mich in der Sonne ...

Und dann nähern sich auf einmal Schritte. Ich lächle, dann drehe ich mich auf den Bauch und blicke ihm entgegen. Harley. Durch den Sand kommt er auf mich zu, das Haar nass vom Meerwasser, der Oberkörper mit Tropfen bedeckt. Er trägt nichts als tief sitzende schwarze Badeshorts und ich sehe mir die Muskeln in seinen Lenden an, sein durchtrainiertes Sixpack und seine breite, definierte Brust. Kaum zu glauben, dass dieser Mann zu mir gehört.

»Hi«, sage ich heiser. Es ist mir fast peinlich, wie sehr ich ihn anhimmle ... erst recht, als er zu grinsen beginnt.

»Was ist, hat's dir die Sprache verschlagen?«

»Leg dich zu mir«, sage ich anstelle einer Antwort und rolle mich wieder auf den Rücken.

Im nächsten Moment ist Harley über mir, denn er versteht offenbar dasselbe unter ›sich zu mir legen‹ wie ich. Ich ziehe seinen feuchten Körper an mich und lasse zu, dass seine Lippen meine finden und sich unsere Münder zu einem leidenschaftlichen Kuss vereinen. Während seine Zunge meine umspielt, gleiten seine Hände über meine Schenkel, dann über meine Hüften hinauf zu meinem Oberteil.

Ich höre auf ihn zu küssen, lehne mich zurück und recke ihm meine Brüste entgegen. Ich hatte ihn so lange nicht nah bei mir, dass mein Verlangen fast nicht auszuhalten ist. In meinem Unterleib pocht es und ich kann es kaum erwarten, ihn mit jeder Faser meines Körpers zu spüren.

Harley scheint es nicht anders zu gehen als mir. Er greift unter mich und öffnet den Verschluss des Tops, und kaum ein paar Sekunden später liege ich oben ohne da. Es macht mir nichts aus. Instinktiv weiß ich, dass wir ganz allein hier sind. Der sachte Meereswind sorgt dafür, dass meine Nippel bereits hart sind, als Harley ein Stück an mir herabrutscht, um meine Brüste mit seinem Mund zu verwöhnen. Ich schließe die Augen und genieße, wie er seine Zunge über meine empfindliche Haut gleiten lässt, wie er seine Lippen um eine meiner Brüste schließt und daran saugt.

Augenblicklich wird mir schwindelig und es dauert einen Moment, ehe ich realisiere, dass seine Finger dabei nicht untätig sind. Eine seiner Hände fährt zwischen meine Schenkel, bahnt sich einen Weg in mein Höschen und ich fühle mich ertappt, als ich ihn spüren lasse, wie feucht ich bin.

Harleys Finger gleiten über meine Mitte und ich höre mich selbst aufstöhnen. Er weiß genau, wie er mich anfassen muss. Das wusste er schon beim ersten Mal. Er ist beim Sex nicht übermäßig vorsichtig, aber das will ich auch gar nicht. Ich will ihn spüren, mit jeder Faser meines Körpers.

Seine Finger gleiten in mich, mühelos, und gleichzeitig beißt er mir sanft in den Nippel. Ich unterdrücke ein weiteres Stöhnen, ziehe ihn enger an mich und flüstere: »Halt mich nicht hin, Harley Jones ...«

Sein leises Lachen turnt mich nur noch mehr an. »Was willst du dagegen tun?«, fragt er, zieht seine Finger ein Stück aus mir heraus und stößt sie dann ein wenig tiefer wieder hinein.

Jetzt reicht es mir. So atemlos ich bereits jetzt bin, sammle ich dennoch all meine verbliebene Kraft, packe Harley mit beiden Armen und drehe mich mit ihm herum. Seine Finger gleiten aus mir heraus, während sich unsere Stellung ändert und als ich schließlich auf ihm sitze, blickt er schwer atmend zu mir hinauf.

»Was jetzt, hm?«, will er wissen.

Sein herausfordernder Tonfall gefällt mir. Ich stehe auf, blicke zu ihm herab. Und dann ziehe ich ganz langsam mein Höschen herunter, sodass er alles sehen kann.

Mein Blick wendet sich von seinem Gesicht ab und stattdessen seiner Männlichkeit zu. Die Beule, die sich unter seiner Badeshorts wölbt, ist nicht zu übersehen. Ich kann es nicht erwarten, ihn endlich in mir zu spüren und gehe, splitternackt, wie ich jetzt bin, in die Knie, um seine Männlichkeit zu befreien.

Harley hilft mir, und Sekunden später reckt sich mir seine Härte in ihrer vollen Pracht entgegen.

Ich rutsche an ihm hinauf, spüre seinen Druck gegen meine Mitte und lege meine Hände auf seine Brust, während ich ihn ganz langsam, Zentimeter für Zentimeter, in mich gleiten lasse.

»Harley«, keuche ich.

Und dann antwortet eine Stimme mit starkem mexikanischem Akzent: »Harley ist nicht hier.«

Ich fahre erschrocken hoch und blicke mich um. Kein Harley, kein Strand, kein Meer. Stattdessen befinde ich mich auf einem durchgesessenen Sofa aus grobem, rot kariertem Stoff in einer Wohnung, in der es abgestanden riecht und die lediglich aus einem Zimmer zu bestehen scheint. Wo bin ich hier?

Und wer ist der Kerl mit den Goldzähnen, der mir im Sessel gegenüber sitzt und mich grinsend mustert?

»Na, wieder unter den Lebenden?«

Ich verstehe immer noch nicht, was hier los ist. Mein ganzer Körper fühlt sich bleischwer an und alles dringt irgendwie dumpf, wie durch einen Filter zu mir durch. Ich wische mir über die Augen und schüttle den Kopf, um die Benommenheit loszuwerden, doch es hilft nicht. Hinter meiner Stirn tobt sogleich ein heftiger Schmerz und ich kann nicht anders, als mich zurück aufs Sofa sinken zu lassen.

Harley und der Strand waren wohl nur ein Traum. Aber wo bin ich hier? Was ist passiert? Das Letzte, woran ich mich erinnere, ist dass Russell mit mir in einer –

»He, redest du nicht mit jedem?«, reißt mich Mister Goldzahn aus meinen Gedanken.

Shit. Ich habe schon wieder vollkommen vergessen, dass er da ist. Irgendwas stimmt mit meinem Hirn nicht. Vielleicht bin ich gefallen oder habe einen Schlag auf den Kopf bekommen.

»Was …?«, beginne ich und höre, wie verwaschen meine Stimme klingt.

»Hier, trink das.« Der fremde Typ erhebt sich, gießt Wasser aus einer Karaffe in ein Glas, das auf dem runden Holztisch vor mir steht und reicht es mir. »Je schneller der Dreck aus deinem Körper ist, desto besser.«

Dreck? Mit zittrigen Fingern nehme ich das Glas und trinke einen Schluck. Augenblicklich rebelliert mein Magen und ich habe das Gefühl, mich übergeben zu müssen.

Ist das wirklich nur Wasser?

Langsam, als würde ich aus einem sehr tiefen Schlaf erwachen, dringen immer mehr Details zu mir durch. Diese schäbige, kleine Wohnung, dieser Typ, der aussieht wie aus einem mexikanischen Mafia-Film entsprungen und die Tatsache, dass ich offenbar alleine mit ihm bin, machen mir auf einmal Angst. Mein Herz beginnt zu rasen und ich frage mich, warum ich nicht schon beim Aufwachen panisch reagiert habe.

»Hast du Schmerzen?« Der Typ nimmt mir das Glas ab, dann setzt er sich wieder und deutet auf seine Stirn. »Kopf? Augen? Bauch?«

Ich schüttle den Kopf und verziehe das Gesicht, als ein scharfer Schmerz von einer Schläfe in die andere schießt. »Kopf ...«, gebe ich dann zu.

»Das ist nicht gut. Aber typisch.«

Ich schließe die Augen und lausche seinem mexikanischen Akzent. Meine Angst ist mit einem Mal wieder verflogen.

»Dieser gringo in der Bar, dein Ex, Rupert oder –«

»Russ ... ell«, sage ich und wundere mich, dass er auch nur annähernd eine Ahnung hat, wer Russell ist. Doch mein Verstand ist zu träge und so spare ich mir eine Nachfrage.

»Der hat dir was ins Getränk getan. In beide Gläser. K.o.-Tropfen schätze ich. Wenn er sie auf dem mexikanischen Schwarzmarkt gekauft hat, müssen wir vorsichtig sein.« Er deutet auf seinen Kopf. »Wenn die Schmerzen schlimmer werden, dann musst du in ein hospital, wenn nicht dann ...« Er zögert kurz. »Dann wäre es mir lieber, wenn die Sache keine hohen Wellen schlägt. Du verstehst schon, eh?«

Ehrlich gesagt verstehe ich gar nichts. K.o.-Tropfen, Schwarzmarkt, Wellen?

Ich öffne die Augen, aber es fällt mir extrem schwer. Ich fühle mich, als hätte ich einen starken Kater und die Grippe zugleich und wäre dabei durch einen Fleischwolf gedreht worden. Gerne würde ich irgendwas Geistreiches sagen, oder überhaupt irgendwas, aber diese bleierne Müdigkeit in meinen Knochen ist zu verlockend und so halte ich den Mund und gebe mich ihr lieber hin.

»Hör zu, Megan. Du heißt doch Megan?« Ich höre es quietschen, dann ist die Stimme des Mannes näher an meinem Ohr zu hören. Wahrscheinlich hat er sich in seinem Sessel vorgebeugt. »Die Lage ist beschissen, ich weiß.«

Ich lächle. Ich mag es, wie er die Worte in die Länge zieht und die S-Laute irgendwie auf seine ganz eigene Art zischt. Ich könnte ihm ewig zuhören.

»Was ist denn so lustig, eh?«

Iiist. Wo nimmt er nur die ganzen Is her?

»Megan, ich hab dich was gefragt.«

Mich?

Der fremde Typ seufzt, dann schweigt er und kurze Zeit später spüre ich, wie er mich unter den Achseln packt und in die Horizontale verfrachtet.

Ich höre mich selbst kichern. »Kitzelt ...«, sage ich und rolle mich auf dem Sofa ein.

»Schlaf deinen Rausch aus. Danach müssen wir reden.«

Ja. Wir werden reden. Über irgendwelche Wellen, einen mexikanischen Markt und K.o.-Tropfen. Vielleicht helfen diese Tropfen Harley bei seinem nächsten Kampf. Wieder muss ich kichern. Tropfen sind besser als Schläge, oder nicht? K.o.-Tropfen ... Wer denkt sich sowas aus?

Bevor ich dem Gedanken weiter folgen kann, dämmere ich weg.

»Aufgewacht, Dornröschen.«

Ich öffne die Augen und blicke auf das vergoldete Gebiss eines Kerls, den ich schon mal irgendwo gesehen habe. Er grinst mich an und tritt einen Schritt zurück, sodass ich ihn besser mustern kann. Mit einem Mal fällt mir alles wieder ein und ich bringe mich mühsam in eine sitzende Position.

»Wo bin ich?« Noch immer klingt meine Stimme etwas leiernd, aber das ist nichts im Vergleich zu dem Zustand, in dem ich mich befunden habe, als ich das letzte Mal aufgewacht bin. Und vor allem scheint mein Verstand wieder vollständig klar zu sein und richtig zu arbeiten. »Wer sind Sie? Kommen Sie mir auf keinen Fall zu nahe!«

»Ich heiße Chico.« Er hebt abwehrend die Hände. »Und ich hab nicht vor, dich zu bedrängen, Megan.«

Er kennt meinen Namen, richtig. Nur woher? Woher kennt er mich und Russell?

»Ich bin ein, sagen wir, Freund von deinem Harley.«

Sofort schießt mein Puls in die Höhe. Wahrscheinlich kenne ich den Typen von ihm. Aus dem Gym? Von seinem Probekampf? »Ich versteh nicht ...«

Chico schiebt mir erneut das Glas herüber. »Trink was. Und essen musst du auch, damit dein Körper dieses Gift besser loswerden kann.« Er geht ein paar Schritte und ich folge ihm mit den Augen.

Gleich hinter dem Sofa befindet sich eine winzige Küchenzeile. Ich beobachte, wie Chico eine Packung mit irgendeinem Fertigessen aus dem Kühlschrank holt, die Folie abzieht und es in die Mikrowelle stellt. Während das Gerät meine Mahlzeit erhitzt, lehnt sich Chico an die Anrichte und sieht zu mir rüber. Ich kann sein Gesicht nur schlecht erkennen und erst jetzt wird mir klar, wieso. Überall in der Wohnung sind die Rollos runtergelassen.

Chico bemerkt meinen Blick und verzieht den Mund, als hätte er Schmerzen. »Du musst keine Angst haben. Das ist ...« Er macht eine umfassende Bewegung. »... alles reine Tarnung. Und damit uns Luigi und die anderen nicht gleich entdecken, habe ich für einen Sichtschutz gesorgt.«

Ich verstehe immer noch nur Bruchstücke. »Könntest du mir erklären, was hier los ist? Bitte.«

»Sicher, sicher.«

Die Mikrowelle gibt ein Pling von sich und Chico serviert mir mein dampfendes Mahl, bevor er seine Erklärung startet. »Ich hoffe du magst Reis. Und Bohnen.«

Dankend nehme ich die Plastikschale und die Gabel, die er mir reicht an mich und beginne zu essen. Erst jetzt spüre ich, wie groß mein Hunger eigentlich ist. »Das ist großartig«, nuschle ich mit vollem Mund.

»Du musst wirklich Hunger haben.« Chico lächelt und setzt sich wieder in seinen Sessel. Dann kommt er zur Sache. »Ich bin ein investigador encubierto. Undercover-Polizist, wie ihr sagen würdet.«

Verdutzt sehe ich ihn an.

»Eigentlich ist es gegen die Vorschrift, dass ich es dir erzähle, aber ich tue es trotzdem.« Er zuckt mit den Schultern »Ich bin vor einem halben Jahr in die Szene eingeschleust worden. Seitdem arbeite ich für Luigi.«

Ich mustere Chico. Ein Polizist? Er? Er sieht nicht aus wie einer. Aber Harley tut das auch nicht und er war früher ebenfalls einer. Während ich den lauwarmen Reis und die Bohnen in mich hinein schaufle, höre ich weiter zu.

»Wir sind uns schon einmal begegnet, Megan. Und du hast auf meinem Handy angerufen, nachdem dein Harley es benutzt hat, um dich zu erreichen. Kam sich unheimlich gerissen vor.« Er grinst. »Unheimlich gerissen ... Jedenfalls bin ich so auf dich gekommen.«

Ein weiteres Mal mustere ich ihn, und jetzt wird mir klar, woher ich ihn kenne. Er war der Kerl, der an der Wand lehnte. Vor den Duschen. Als wir auf dem Weg zu Harley waren, um ...

Nein, nicht daran denken.

»Ich glaube, dass du mir helfen kannst, den ganzen Laden hochgehen zu lassen«, fährt Chico fort. »Luigi, seine Leute, aber auch deinen Ex. Wir können sie alle drankriegen. Wichtig ist, dass du mir jetzt sagst, ob du dich bereit dazu fühlst, mir zu helfen.«

»Ja«, sage ich ohne zu zögern, auch wenn das vielleicht naiv ist, schließlich kenne ich diesen Kerl gar nicht. Aber irgendwie habe ich das Gefühl ihm vertrauen zu können.

Chico nickt langsam und zufrieden. »Pass auf, dein Harley ist mir sympathisch und ich glaube nicht, dass er einer von den Bösen ist.«

»Ist er nicht«, stimme ich Chico zu. »Er ist da in was reingeraten.«

»Dachte ich mir. Dieser Kampf, den er vor sich hat, ist besonders hart. Es gibt bei diesen illegalen Kämpfen oft Tote. Ziemlich oft sogar. Das sind keine fairen, organisierten Kämpfe. Wenn du in Mexiko in irgendeinem Hinterhof einem Fight zustimmst, dann geht es um dein Leben. Und Harleys Chance ist hier nicht sein Können, sondern seine, wie sagt man, Entschlossenheit, sein Zorn und sein ... Überlebenswille.«

Eine Gänsehaut überzieht bei diesen Worten meinen Körper. Ich habe gewusst, dass Harley in Schwierigkeiten steckt, aber dass es so schlimm ist, hätte nicht gedacht. Und ich dumme Kuh mache ihm auch noch zusätzlich Schwierigkeiten, indem ich mit Russell vor seiner Nase herumstolziere. »Hör zu, du musst ihm bitte von mir sagen —«

»No, du hörst zu.«

Ich runzle die Stirn und lasse die Schachtel mit dem Essen sinken.

»Das ist eine sehr romantische Idee, Mädchen. Aber Romantik hilft uns jetzt nicht.«

»Was dann? Was kann ich tun?«, frage ich.

»Diese Geschichte mit deinem Ex. Mach damit weiter. Was auch immer du dir dabei gedacht hast – denn verliebt bist du sicher nicht in diesen majadero –, wirf deinen Plan über Bord. Wichtig ist nur, dass Harley ihn und dich zusammen sieht. Das macht ihn sauer, was gut für den Fight ist.« Kurz spannt Chico seine Muskeln an und mir fallen die blauen Flecken an seinen Armen auf. Ob er selber auch kämpft? »Und da er vor dem Kampf keine Chance haben wird, mit dir zur reden, stärkt das seinen Wunsch zu gewinnen. Zu überleben. Also halt dieses Ekel bei der Stange. Das ist das Beste, was du für Harley tun kannst.«

Kurz sage oder tue ich nichts. Auf diese Idee wäre ich gar nicht gekommen. Wenn diese Kämpfe wirklich so tödlich sind, dann braucht Harley eine gute Portion Wut, um zu gewinnen. So wie gestern, oder wann auch immer es war, dass wir uns begegnet sind. Wie er seinen Gegner verdroschen hat, war absolut kaltblütig und ich bin anscheinend nicht die Einzige, die glaubt, dass mein Auftritt mit Russell eine Menge damit zu tun hat. »Also gut«, sage ich darum. Auch wenn sich nach der Sache mit den K.o.-Tropfen alles in mir sträubt, zu Russell zurück zu kehren, verstehe ich Chicos Einwand dennoch. Außerdem bin ich ja jetzt gewarnt und kann darauf achten, dass ich keine Nahrungsmittel mehr aus den Augen lasse.

»Ich weiß nicht, wie groß dein Wunsch ist, dich an Luigi und seinen Männern zu rächen ...«

»Sehr groß«, gebe ich zu. »Sie haben Sally.« Kurz erzähle ich ihm die Geschichte und Chicos Miene verfinstert sich.

»Ich habe es geahnt. Aber ich konnte sie noch nicht finden.«

So ein Mist. Wenn nicht mal ein Polizist in der Lage ist, sie zu finden, wie sollen wir Sally dann jemals retten?

»Hör mal, Megan, ich habe eine Idee, aber sie ist ein bisschen riskant ...«

Riskant. Im Moment ist so vieles riskant, sodass mich dieses Wort in keinster Weise mehr abschrecken kann.

»Ich würde alles tun.«

»Gut«, sagt Chico, dann lehnt er sich zurück und offenbart mir seinen Plan.

KAPITEL 12

MEGAN

Keine Stunde später stehen Chico und ich vor dem kleinen Apartmenthaus, in dem sich seine Wohnung befindet, und warten. Ich fühle mich nach dem Essen viel besser und durch den Schlaf gestärkt. Chico hat mir außerdem eine Aspirin verabreicht und seit unserem Gespräch noch mindestens einen Liter Wasser. Er scheint ein guter Kerl zu sein und auf eine gewisse Weise strahlt er etwas ganz Ähnliches aus wie Harley. Kein Wunder, dass die beiden sich verstehen.

»Wo bleibt er denn nur?«, frage ich und wippe nervös auf meinen Füßen herum.

»Der kommt schon«, sagt Chico und verschränkt die Arme vor der Brust. Mit seinem weißen Feinrippunterhemd und den vielen Tätowierungen auf seinen Armen sieht er wirklich kein Stück aus wie ein Polizist. Doch der Plan, dessen Teil ich jetzt bin, klingt nach einem richtigen Cop. Und Chico hat keinen Grund, mich zu belügen. Ich stand unter Drogen. Wäre er auf Luigis Seite, hätte er sich nicht mein Vertrauen erschleichen müssen. Er hätte alles von mir in Erfahrung bringen kön-

nen, was er wollte. Er hätte auch alles mit mir tun können, was er wollte, aber er hat mich nicht angerührt,
sondern brav gewartet, bis es mir besser ging.

»Hast du eigentlich eine Frau? Oder Freundin?«, will
ich wissen.

Chico grinst mich an. »Tut mir leid, aber das Mädchen
von meinem Freund rühre ich nicht an.«

Ich schlage ihm vor die Schulter. »Blödmann! Das war
kein ...«

»Ja, ja«, erwidert er unbestimmt und blickt wieder die
Straße hinunter. Dann verändert sich sein Gesichtsausdruck auf einmal, und im nächsten Moment vernehme
ich die Motorengeräusche.

Ich blicke nun ebenfalls in Richtung Straße und entdecke Russells rotbraunen Wagen, der durch die Reihen aus mehr oder weniger schäbigen Gebäuden auf
uns zukommt. Für einen Moment wird mir schlecht,
meine typische alte Reaktion, wenn sich Russell nähert. Dann wird mir klar, dass sich die Dinge geändert
haben. Russell ist nur noch eine Spielfigur für mich.
Und am Ende wird er derjenige sein, der sich geschlagen geben muss. Ein für alle Mal.

»Showtime«, sagt Chico, als das klapprige Auto vor
uns am Straßenrand hält. Dann steigt Russell aus.

Für einen Moment befürchte ich ganz automatisch,
dass er zornig ist, dass er einfach auf mich einstürmt,
mich bei den Haaren packt und mit sich zerrt – alte Impulse, die ich wohl nie so ganz loswerden kann.

Dann ergreift jedoch Chico die Initiative, geht auf
Russell zu und hält ihm die Hand hin.

»Russell«, sagt er, »da bist du ja, eh?«

Die beiden klatschen ab, dann haut Chico Russell sogar freundschaftlich auf die Schulter. Russell wirkt seltsam erleichtert. Wahrscheinlich dachte er, er handelt sich jetzt eine Tracht Prügel ein..

»Ich muss mich bei dir entschuldigen!«, ruft Chico, ehe Russell auch nur zu Wort kommt. »Ich habe dich nicht erkannt, mein Freund. Du bist auch einer von Luigis Männern, was?«

»Klar bin ich das«, grummelt Russell.

Chico deutet auf mich. »Deine Freundin hat mir alles erzählt. Jetzt ist mir auch klar, dass du ihren Drink sicher nicht mit diesem Zeug vergiftet hast. Das muss ein anderer gewesen sein. Vielleicht der Barmann. Den Typen ist nicht zu trauen!«

Russell nickt langsam, dann sieht er zu mir herüber. »Ich würde so etwas nie tun«, sagt er gedehnt. »Ich habe ja auch gar keinen Grund dazu, oder, Maggie?«

»Nein, Russell, natürlich nicht«, gebe ich zurück und trete aus Chicos Schatten, um Russells Hand zu nehmen. »Das habe ich ihm auch erklärt ... sobald ich wach war.« Ich bemühe mich, immer noch ein bisschen zu lallen, denn ich will, dass mich Russell gleich im Hotel einfach in Ruhe lässt. Der alte Trick, eine Migräne vorzutäuschen, funktioniert sicherlich umso besser, wenn man vorher unter Drogen gesetzt wurde.

Russell nickt, dann sieht er Chico an. Jetzt, wo er weiß, dass Chico nicht vorhat, ihn zusammenzuschlagen, wagt er sich ein Stück weiter vor. »Ich will nicht, dass so was noch mal vorkommt, klar?«

Chico hebt die Hände. »Verlass dich darauf, mein Freund. Jetzt weiß ich ja, zu wem sie gehört.«

Ich senke den Blick und kann mir ein Lächeln kaum verkneifen. Ja, Chico weiß, zu wem ich gehöre. Und er gibt mir die Chance, dem Mann, den ich liebe, zu helfen. Dafür bin ich unendlich dankbar.

»Gut«, knurrt Russell. »Dann werden ich und Maggie jetzt gehen.«

»Klar doch. Aber pass noch ein wenig auf sie auf.« Chico tippt sich an die Stirn. »Das Zeug hat fiese Nachwirkungen. Hab ich Recht, Maggie?«

Ich nicke. »Mein Kopf explodiert.«

»Keine Sorge. Ich werde mich gut um sie kümmern«, sagt Russ. Dann zieht er mich mit sich zum Auto. Fürsorglich, wie er ist, hält er mir die Tür auf und schiebt mich an der Schulter auf den Beifahrersitz. Verstohlen sehe ich aus dem Fenster und nicke Chico zu. Er erwidert mein Nicken, dann steigt Russell ein und startet den Motor.

»Fahren wir nach Hause«, sagt er.

»Nichts lieber als das«, erwidere ich und muss ganz automatisch an Moms gemütliches Haus in Somerset denken. Die Zeit dort kommt mir so unendlich weit entfernt vor und ich frage mich, ob es je wieder so sein wird wie in den friedlichen Tagen dort. Ob Harley je wieder so sein wird, wie er dort war.

Dann denke ich an den Kampf, den ich gesehen habe, kurz bevor ich selbst ausgeknockt wurde. Harley hat gekämpft wie ein Ungeheuer. Unmenschlich. Ich erinnere mich, wie er in Chicago einst sagte, dass er kein finsterer Typ sei. Kein Ungeheuer. Und ich weiß, dass er sich zu seiner Zeit dort fürchtete, eins zu werden. Ich hoffe nur, dass diese Angst jetzt nicht Wahrheit geworden ist. Dass es noch nicht zu spät ist.

Russell fährt ein paar Meter, dann sieht er zu mir herüber und lächelt. »Du weißt, dass ich dir nie was ins Getränk tun würde«, sagt er.

»Natürlich«, gebe ich zurück.

Doch eigentlich sind seine Worte eine klare Drohung und meine eine klare Lüge. Ich habe zu glauben, dass er das mit dem K.o.-Tropfen nicht war – sonst wird er mich auf seine Art dazu bringen.

Ich seufze und lasse mich tiefer in den Sitz sinken, um zu unterstreichen, wie kaputt ich bin. Ich kann wirklich nur hoffen, dass er mich in Ruhe lässt.

***

Die erste böse Überraschung erwartet mich noch unterwegs, denn wir fahren nicht zurück zu meinem Hotel. Stattdessen fahren wir etwas weiter raus zu einem der Touristenbunker, der höchstens 2 Sterne haben kann und damit sicherlich besser ausgestattet ist als mein Zimmer in dem Stundenhotel – dafür wirkt er jedoch viel weniger charmant. Ein riesiger Klotz mit kleinen Fenstern, die wie fiese Schweineäuglein wirken. Passt irgendwie zu Russell.

»Was machen wir hier?«, frage ich träge, als Russell parkt.

»Hier wohne ich zurzeit. Wenn ich mich bei Luigi gut anstelle, verschafft er mir eine Wohnung. So wie diesem Chico. Weißt du eigentlich, dass das ein ganz mieser Schlägertyp ist? Du hast Glück, dass er deine Lage nicht ausgenutzt hat. ... Hat er doch nicht, oder?«

»Vielleicht hätte er, wenn ich nicht die Freundin von einem seiner Kollegen wäre.«

Russell nickt zufrieden. Das wollte er hören – immer, wenn er das Gefühl hat, respektiert zu werden, ist er glücklich. Gott, dieser Typ ist so leicht zu durchschauen.

»Ich hätte Kleinholz aus ihm gemacht«, sagt er, dann steigt er aus.

Ich warte reglos, bis er mir die Tür öffnet und mir aus dem Wagen hilft. Dann führt er mich in die Lobby, die dank Klimaanlage eiskalt ist, als würden wir eine Leichenhalle betreten. Ein paar müde aussehende Touristen hängen auf den abgewetzten Sofas herum, hinter der Rezeption sitzt eine gelangweilte junge Mexikanerin. Mitleidig sieht sie mir nach, als Russell mich zu den Aufzügen führt. Wahrscheinlich sehe ich ganz schön verkatert aus.

»In welchem Stock wohnen wir?«, frage ich.

»Weit oben. Du kannst also nicht aus dem Fenster abhauen.« Russell grinst, aber ich weiß, dass dieser Satz nicht so scherzhaft gemeint ist, wie er tut. Er traut mir immer noch nicht. Nach meiner Rettung durch Chico vermutlich erst recht nicht mehr.

Ich lache leise, sage aber nichts und warte geduldig, bis sich die Lifttüren öffnen. Dann folge ich Russell zu seinem Zimmer – und erlebe, als er die Tür aufschließt und mich galant als Erste eintreten lässt, die zweite böse Überraschung: Auf der Fensterbank, den Nachttischen und der Oberseite des alten Röhrenfernsehers flackern künstliche LED-Kerzen. Auf dem notdürftig gemachten Bett sind Rosenblätter verstreut. Und auf dem kleinen Tisch gleich vorm Fenster stehen eine Flasche billiger Champagner und zwei Gläser.

Noch ehe ich reagieren kann, umfangen mich Russells Arme von hinten.

»Ich dachte, wir feiern jetzt endlich unsere Wiedervereinigung«, sagt er und drängt sich gegen mich.

Augenblicklich beginnt mein Hirn wieder, fieberhaft zu arbeiten. Damit, dass er so forsch ist, hätte ich nicht gerechnet. Ich muss mir etwas überlegen. Schnell. Denn immer noch sträubt sich alles in mir dagegen, mit ihm zu schlafen, und dass nicht nur, weil ich mich unfassbar vor ihm ekle, sondern auch und vor allem wegen Harley. Ich will ihm treu bleiben. Ich will das mit uns nicht beschmutzen.

»Das ist wirklich süß«, sage ich trotzdem.

»Ich weiß«, sagt Russell, dann lässt er mich zum Glück los – aber nur, um zum Tisch zu gehen und sich die Champagnerflasche zu schnappen. Scheiße, dieser Kerl ist zu allem auch noch so was von rücksichtslos! Hat er Chico denn gar nicht zugehört? Wenn ich eines jetzt ganz sicher nicht brauche, dann ist das Alkohol!

»Alte Barkeeperweisheit«, sagt er fröhlich, »einen Kater bekämpft man am besten mit einem guten Drink!«

Ich setze ein Lächeln auf, das eigentlich gar nicht echt aussehen kann »Ich würde ganz gerne zuallererst duschen. Ich bin total verschwitzt«, sage ich dann. »Hast du ... zufällig meine Sachen mitgebracht?«

»Ja. Und noch viel besser: Ich habe dir ein paar nette neue Sachen besorgt«, erwidert Russell und deutet dann auf eine Plastiktüte, die an der Tür zum Bad lehnt. Das ist doch nicht sein Ernst! Jetzt will er mich auch noch verkleiden? Dieser Kerl ist echt so was von widerlich!

»Wow, danke«, sage ich trotzdem und tue, als würde ich mich freuen, während ich zum Bad gehe und einen Blick in die Tüte werfe. Mir schwant nichts Gutes – das Zeug sieht so was von billig aus und es riecht richtig nach Plastik.

»Für dich ist mir nichts zu teuer«, erwidert Russell und meint es offenbar völlig ernst.

Ich lächle ihn an, dann gehe ich ins Bad und schließe die Tür hinter mir.

Der Raum ist winzig, mehr eine Nasszelle, dennoch fühle ich mich hier deutlich besser, als ich es im Zimmer bei Russell getan habe. Ich ziehe mich aus und gehe tatsächlich duschen, denn dass ich mich nach seiner K.o.-Tropfen-Attacke gestern total verschwitzt fühle, war nicht gelogen. Dann begutachte ich die Kleidung aus der Tüte genauer.

Er hat mir zwei Paar Hot Pants gekauft – eine in Weiß und eine in Jeansblau. Dazu zwei Trägershirts. Das eine davon ist am Ausschnitt mit Spitze versehen und zeigt mehr, als es verhüllt. Das andere ist wie die eine der Hosen weiß und ganz leicht transparent. An Unterwäsche hat Russell auch gedacht – schwarz, glänzend und nuttig scheint bei der Auswahl sein Motto gewesen zu sein. Ich zwänge mich in den Push-up-BH, der natürlich nicht die richtige Größe hat und den knappen, dazu passenden String, dann ziehe ich die blauen Shorts an und dazu das weiße Trägershirt. Unmöglich. Aber das Einzige, was sonst noch in der Tüte ist, ist ein weiteres Kleid, und wenn ich das jetzt anziehe, sieht es erst recht aus, als wollte ich Russell verführen – dabei ist das so ungefähr das Allerletzte, was ich will.

Zu guter Letzt schnappe ich mir meinen anderen BH – den, den ich bis gerade anhatte – und löse von der Innenseite eines Körbchens einen winzigen, eingerollten, mit Tesafilm befestigten Zettel. Darauf steht Chicos Handynummer, die er mir glücklicherweise für den Notfall gegeben hat. Ich pappe ihn kurzerhand an die Innenseite meines neuen BHs.

Schon will ich das Bad verlassen, da kommt es mir auf einmal doch zu unsicher vor, nur diesen kleinen Zettel zu haben. Also löse ich ihn vorsichtig und rolle ihn auf. Dann versuche ich mir die Zahlen darauf genau einzuprägen. Mein Dad hat mir früher mal erklärt, dass man sich Zahlen am besten merkt, indem man für jede Ziffer eine Eselsbrücke findet. Ich versuche es. Die 0 steht für Russell. Die 1 für Harley – er ist schließlich der Unbesiegte. Die 7 steht für ... Hm, da fällt mir auf den ersten Blick nichts ein. Aber dann doch: Goldgräber. Die sieben in Flüssen nach Gold, oder nicht? Die 2 steht für Harley und mich gemeinsam und die 8, die dann folgt, für die Unendlichkeit, die ich mit ihm verbringen möchte. Oh Mann. Noch weiß ich nicht ganz, wie ich Harley und mich, meine romantischen Träume von unserer Zukunft, Russell und irgendwelche Goldgräber zu einer halbwegs schlüssigen Geschichte in der richtigen Reihenfolge zusammenfügen soll. Aber mir wird schon was einfallen, und als ich mir schließlich, einige Minuten später, etwas zusammengesponnen habe, verstecke ich den Zettel wieder und verlasse endlich das Bad.

Russell sitzt auf der Bettkante und hält mir die Schampusflasche entgegen – sie ist noch zu.

»Hier«, sagt er. »Damit du siehst, dass du mir vertrauen kannst.« Er lächelt bemüht harmlos.

Ich gebe mir einen Ruck, setze mich neben ihn und nehme ihm die Flasche ab. »Ich weiß, dass du es nicht warst«, sage ich. »Wieso solltest du so was auch tun? Ich bin ja kein fremdes Mädchen, das du in der Disco aufzureißen versuchst.«

»Dafür würde ich so ein Zeug allerdings auch nicht brauchen«, gurrt er und rutscht enger an mich heran. Dann landet seine Hand auf meinem Schenkel und gleitet langsam nach oben.

Ich hantiere mit dem Flaschenkorken herum, als sei das die komplizierteste Wissenschaft der Welt.

»Die Sachen stehen dir«, macht Russell mit seinem Verführungsversuch weiter. »Du bist immer noch in Form.«

Ich lasse den Korken aus der Flasche ploppen. Eigentlich hatte ich gehofft, dass sie überläuft und ich mich gleich noch mal ins Bad verkrümeln kann, aber nichts da. Diese Flasche ist ein mieser Verräter.

Mit einem unbestimmten Lachen stehe ich auf und gehe zu den Gläsern. »Danke«, sage ich und dann, nach einer Pause: »Hör mal, wie wäre es, wenn du auch duschen gehst und dann machen wir es uns richtig nett, hm?«

Mir ist eine Idee gekommen – mit etwas Glück steht mir ein entspannter, ruhiger Abend bevor.

»Was meinst du mit richtig nett?«, fragt Russell und ich kann sein blödes Grinsen förmlich hören.

»Dasselbe wie du, schätze ich.«

Russells Zufriedenheit schwappt wie eine warme, klebrige Welle zu mir herüber. Aber wenigstens steht er auf. »Gut, dann werde ich mich mal frisch machen«, sagt er und dann höre ich das Rascheln von Stoff.

In aller Seelenruhe gieße ich den Champagner ein. Dann erst drehe ich mich um und sehe, dass Russell sich bis auf die Unterhose ausgezogen hat. Sein Körper stößt mich ab, er ist viel zu massiv und bullig und über seinen Muskeln liegt eine ungesund wirkende Schicht Fett.

»Du willst also wirklich, dass ich erst dusche, ja?«, fragt er gespielt scherzhaft.

»Du weißt doch, ich mag es frisch und sauber.«

»Na, wenn das so ist ...« Damit bewegt er sich in Richtung Bad, was mir die Zeit verschafft, die ich brauche.

Eigentlich hatte ich ja gehofft, dass er mich in Ruhe lässt, wenn ich auf müde und benommen mache. Stattdessen nutzt er den Abend offenbar lieber für einen weiteren seiner dämlichen Tests, wie ernst ich es mit ihm meine.

Tja, selber schuld. Ich blicke mich um und bleibe an Russells Sachen hängen. Da muss es sein. Dann wollen wir doch mal sehen.

***

HARLEY

Es ist Abend im Trainingslager. Ich sitze auf meiner Pritsche und warte, während Luan, einer der anderen Kämpfer, ein paar Vorkehrungen trifft. Er hat neben meinem Bett einen kleinen Klapptisch aufgestellt und ist daran zugange.

Die Stimmung ist angespannt.

Wir haben den genauen Termin noch nicht, denn der wird, wie bei illegalen Turnieren üblich, erst kurz davor bekannt gegeben. Aber wir alle wissen, dass es bald losgeht, und das macht natürlich jeden hier nervös.

Die Halle mit den Feldbetten kommt mir übervoll vor, alle schreien herum und Bierdosen kreisen. Ein paar Mal wird mir etwas angeboten, aber ich verzichte, auch wenn ich mir die Sache mit Megan liebend gern aus dem Kopf trinken würde.

Wäre ich zu Hause und stünde mir kein wichtiger Kampf bevor ...

Aber so ist es nicht. Also lenke ich mich anders ab. Wie habe ich es in dem italienischen Trainingslager gelernt, das mich zu dem gemacht hat, der ich heute bin? Der Schmerz steht über allem. Schmerz kann berauschend sein, genauso wie Gewalt, und in manchen Momenten wirkt er sogar besser, als es der stärkste Drink könnte.

»Bereit?«, fragt Luan, nachdem er die Nadel mit Alkohol gereinigt und in die Tinte getaucht hat.

Ich nicke und ziehe mein Shirt aus. Dann kehre ich ihm den Rücken zu und warte geduldig, bis er den ersten Stich setzt. Die Vorzeichnung habe ich nicht gesehen. Es geht nicht darum, dass diese Tätowierung schön wird. Sie soll nur ihren Zweck erfüllen.

Luan geht hinter mir in Position, und kurz darauf spüre ich, wie die Nadel in meinen Rücken gestochen wird. Nicht einmal, sondern mehrfach, kurz und schnell, sodass winzige Schmerzimpulse durch meinen Körper fahren. Ich schließe die Augen, doch wenn ich das tue, sehe ich sogleich wieder ihr Gesicht. Megans

Gesicht. Wie sie neben Russell gestanden und gelacht hat. Mit meiner Kette um den Hals und doch so anders, als ich sie kenne.

Ich mache die Augen wieder auf. Konzentriere mich auf die Nadel. Und denke an das Turnier. Ich muss gewinnen, koste es, was es wolle. Und dann schnappe ich mir Sally und Dale und verschwinde mit ihnen irgendwo hin, wo Luigi und seine Leute sie nie wieder anrühren können. An einen Ort, an dem ich nicht mehr an Megan denken muss. Falls es einen solchen Ort überhaupt gibt.

Herrgott! Was hat diese Frau nur mit mir gemacht? Ein ganzes Jahr lang ist es mir, bevor ich sie kennengelernt habe, mühelos gelungen, mich auf nichts anderes als das Kämpfen zu konzentrieren – doch seit sie in mein Leben getreten ist, ist alles anders.

Alles, was ich tue, dreht sich irgendwie nur noch um sie. Dieses Tattoo. Meine geplante Flucht mit Sally und Dale. Auf irgendeine Art beziehe ich sie in alles mit ein, als hätte sie sich in meinem Hirn festgesetzt wie eine Krankheit.

Ich spüre, wie sich all meine Muskeln anspannen, als ich an Russell und seine selbstzufriedene Visage denke. Vielleicht gehe ich die ganze Sache ja falsch an. Vielleicht sollte ich nicht so schnell aufgeben. Das sieht mir auch eigentlich nicht ähnlich. Vielleicht kann ich Megan beweisen, dass ich der Mann an ihrer Seite sein sollte – ich und nicht er.

So oder so: Ich muss das Turnier gewinnen. Ich muss das hier hinter mir lassen, dieses Lager, das sich mehr und mehr wie ein Gefängnis anfühlt, um mich um die

Menschen kümmern zu können, die wirklich wichtig sind in meinem Leben.

Und wer weiß? Vielleicht werde ich Megan an diesem Ort, an den wir gehen, gar nicht vergessen müssen. Vielleicht wird sie dort an meiner Seite sein.

Verdammter Optimist, sagt eine spöttische Stimme in meinem Inneren. Ich ignoriere sie und konzentriere mich wieder auf die Nadel. Ich spüre, wie Blut und Tinte meinen verschwitzten Rücken hinunterlaufen. Ein paar der anderen haben sich um uns versammelt und sehen zu. Irgendwer hält mir ein Bier hin. Ich lehne ab.

»Der Unbesiegte«, sagt ein anderer, »macht wieder auf geheimnisvoll.«

»Nicht mehr lange, dann kann er sich ›Der Besiegte‹ nennen!«

Ich balle die Hände zu Fäusten. Das wollen wir doch erst mal sehen.

Noch habe ich das Turnier nicht verloren.

Und noch habe ich vielleicht auch Megan nicht endgültig verloren.

***

MEGAN

Als Russell frisch geduscht aus dem Bad kommt, erneut mit nichts als einer knappen Unterhose bekleidet, sitze ich entspannt auf dem Bett und blicke ihm entgegen. »Das ging schnell«, sage ich.

»Ich hatte ja auch allen Grund, mich zu beeilen.«

Ich lächle und wage es, mich für einen Moment in einen Tagtraum zu stehlen. Wenn ich nun nicht mit Russell hier in Mexiko wäre, sondern mit Harley, wenn er es wäre, der nur in Shorts aus dem Bad gekommen wäre ... Ich stelle mir seinen tätowierten Oberkörper vor. Seine geschmeidige Art, sich zu bewegen, die verrät, dass er seinen Körper bis in die letzte Faser unter Kontrolle hat ...

»Hier.« Ich halte Russell eines der Gläser entgegen. »Stoßen wir auf den Abend an.«

»Klingt gut«, sagt Russell, nimmt mir das Glas ab und lässt es laut gegen meins klirren. Dann leert er es mit einem großen, durstigen Zug. Tja, es ist eben sehr warm in Mexiko.

Ich zögere, doch dann tue ich es ihm gleich.

Russell lacht. »Schon wieder so viel Lust auf Alkohol?«

»Ich fühle mich wieder richtig gut.«

»Pass auf, am Ende hast du vermutlich gar keine K-O-Tropfen bekommen und dieser Chico hat sich ganz umsonst aufgeregt. Vermutlich warst du einfach nur besoffen.«

Innerlich koche ich schon wieder. So etwas hat Russell schon früher ständig versucht – mir seine Version der Realität aufzudrängen, als wäre sie die Wahrheit und ich einfach hysterisch, paranoid oder vollkommen bescheuert. Als wüsste ich nicht, was ich empfunden habe, als die Droge meinen Körper lahm legte.

»Schon möglich«, sage ich trotzdem und dann ringe ich mir auch noch ein »Trinken wir noch ein Glas. Es ist heiß hier«, ab.

Russell greift nach der Flasche und gießt uns erfreut nach. Er denkt, wenn ich betrunken bin, kann er endlich über mich herfallen. Ha ha, von wegen. Ich setze das Glas an, trinke einen kleinen Schluck, dann sage ich: »Russ, es gibt da noch etwas, das ich mit dir besprechen möchte.«

»Okay«, sagt er und setzt sich neben mich. Der Geruch seiner Haut wabert zu mir herüber und obwohl er gerade erst geduscht hat, finde ich ihn komischerweise alles andere als angenehm. Ich muss an den Duft von Harleys frisch geduschtem Körper denken. So maskulin und –

Stopp. Ich muss mich konzentrieren. Tief hole ich Luft.

»Dass ich dich damals verlassen habe«, sage ich langsam, als würden mich die Worte Mut kosten. In Wahrheit will ich nur Zeit schinden. »... Das habe ich im Affekt getan. Weil ich so geschockt war über meine vielen Verletzungen. Heute weiß ich, dass es so weit gar nicht erst hätte kommen müssen. Dieser dumme Streit, den wir damals hatten ... Der ging, zumindest zu einem guten Teil, auf mein Konto.«

Russell nickt langsam. »Du hättest mich einfach nicht provi ... pro ...« Er runzelt die Stirn.

Ich sehe ihn erwartungsvoll an.

»Du hättest mich nicht ... Oh Mann, der Schampus steigt mir schon zu Kopf.«

Ich lache leise. »Ja, das billige Zeug ist das stärkste.«

Russell zieht verärgert die Brauen zusammen. »Billig? Von wegen billig! Ich habe —«

Weiter spricht er nicht, stattdessen stützt er sich plötzlich mit den Armen auf dem Bett ab, als würde er befürchten, dass er gleich einfach nach hinten kippt. Und im nächsten Augenblick kippt er tatsächlich – aber leider nach vorn. Mit voller Fahrt in mein Dekolleté.

»Oh Megan«, nuschelt er. »Du bist so ...«

Weiter spricht er nicht, dafür spüre ich seinen feuchten Atem an den Ansätzen meiner Brüste und presse fest die Lippen zusammen. Ehe seine Lippen mich berühren können, packe ich seine Schultern und bringe ihn in eine aufrechte Haltung. »Russell ...«, sage ich unbestimmt.

Wie lange dauert das denn noch?

»Lassesunsjetztun«, nuschelt Russell und zieht mich mit letzter Kraft auf sich. Doch kaum habe ich das Gleichgewicht wiedergefunden, fallen ihm auch schon die Augen zu und er beginnt augenblicklich zu schnarchen.

Ich atme auf und klettere, so schnell ich kann, von ihm herunter, weil ich schon jetzt das Gefühl habe, Harley zu betrügen. Gerade noch einmal davongekommen. Ich blicke herunter auf Russells massiven Körper, den ich auf keinen Fall jemals wieder zwischen meinen Schenkeln spüren will. Dann sehe ich zu seiner Kleidung. Zuerst habe ich sie durchsucht und dann, als ich dort nichts gefunden habe, den Papierkorb. Dort habe ich dann das kleine Röhrchen mit der klaren Flüssigkeit gefunden, die sich nun endgültig als K.o.-Tropfen erwiesen hat.

Wusste ich's doch.

Ein letztes Mal sehe ich prüfend herunter auf Russell, aber der schläft wie ein Stein, also klettere ich vom Bett und ziehe sein Handy aus seiner Hosentasche. Eben habe ich mich nicht getraut, es zu durchsuchen, aber jetzt wird er mich wohl kaum daran hindern.

Ich schnappe mir das Telefon, drücke den Homebutton ... und werde aufgefordert, eine PIN einzugeben. Scheiße! Vier Stellen soll die Nummer haben. Russell ist ein egozentrischer Mistkerl, also versuche ich es mit seinem Geburtstag. Falsch. Was für ein Mist. Dann eben mein Geburtstag ... auch falsch.

Okay, Meg, durchatmen. Mehr als drei Versuche hat man bei so etwas nicht. Welches Datum könnte ihn noch beeinflusst haben? Unser Kennenlernen? Ich wette, er weiß gar nicht mehr, wann das genau war. Unser erstes Date? Auch daran wird er sich nicht mehr so genau erinnern, da meine Besuche in dem Club, wo er arbeitete, am Anfang stufenlos in Dates übergingen.

Welches Datum ist wichtig für ihn?

Ich habe eine Idee und beiße mir auf die Unterlippe, während ich es eintippe. Scharf atme ich ein und halte die Luft an – und dann leuchtet der Bildschirm auf und ich sehe Russells Hintergrundbild, das, Überraschung, eine alte Aufnahme von ihm und mir ist.

Dieser Widerling! Er hat das Datum als PIN, welches das Ende unserer Beziehung markiert. Den Tag, an dem er mich fast getötet hätte. Wütend sehe ich zu ihm herüber. Dann konzentriere ich mich auf sein Telefon. Mit Chico habe ich vereinbart, dass ich versuche, möglichst viel über Russells Verstrickung in Luigis Geschäfte herauszufinden. Aus einem einfachen Grund: Ich will ihn hinter Gittern sehen. So lange wie nur möglich.

Also öffne ich seine WhatsApp-Nachrichten, aber die fallen überraschend dünn aus. Keine einzige von Luigi persönlich und auch sonst auf den ersten Blick nur belangloses Zeug. Er schreibt sich regelmäßig mit seiner Familie, die aus ähnlichem Abschaum besteht, wie er selbst ist. Ein paar Nachrichten von Frauen, die aus den letzten Wochen stammen. Gott, gibt es wirklich noch weibliche Wesen, die auf seinen zweifelhaften Charme hereinfallen?!

Ich entdecke, dass er auch ein paar SMS auf dem Handy hat. Aber auch hier nichts, das mir direkt weiterhelfen würde. Nur kurze Texte wie

Fracht angekommen

oder

Besprechung morgen um 6.

Hm. Das läuft bis jetzt ziemlich enttäuschend. Ich schließe die SMS und überlege kurz. Dann öffne ich, einem Instinkt folgend, seine Galerie – und das Erste, was ich entdecke, sind Bilder, die mich beim Schlafen zeigen. Oh Mann, was für ein Stalker!

Ich scrolle herunter … und dann spüre ich, wie Adrenalin in meine Venen schießt. Denn nach ein paar harmlosen Bildern, die Cancún und Russell selbst zeigen, folgen doch tatsächlich drei verwackelte Aufnahmen, die in einem abgedunkelten Raum entstanden sind. Das Blitzlicht lässt das Gesicht auf den Fotos unnatürlich grell wirken. Dennoch erkenne ich, dass es eindeutig Sallys ist. Sie ist geknebelt und in ihren Augen steht die nackte Angst. Ob sich Russell an so etwas aufgeilt? Ich habe mir schon immer gedacht, dass er ein verdammter Sadist ist!

»Du Mistkerl«, zische ich. »Damit kriege ich dich dran.«

Dann mache ich Screenshots der Bilder und sende sie an Chico, dessen Nummer ich mir verblüffenderweise wirklich merken kann. Russell, der an einem Fluss nach Gold sucht ... und so weiter. Ich habe alle 12 Ziffern noch im Kopf.

Ich lösche die Screenshots sofort wieder und entferne den neuesten Eintrag aus Russells Chatverlauf. Dann stecke ich das Handy zurück an seinen Platz und spüre, wie mich zwei Gefühle zugleich erfüllen: Mitleid für Sally. Und ein unheimlicher Triumph darüber, dass ich Russell ertappt habe. Er ist so was von in die Entführung einer US-Bürgerin durch ein internationales Verbrecherkartell verstrickt. Und das wird ihn teuer zu stehen kommen.

Gerade will ich zu dem abgesessenen Sofa gehen, das an der dem Bett gegenüberliegenden Wand steht, um etwas Ruhe zu finden, als mich das Klingeln von Russells Handy zusammenfahren lässt. Es schellt nur kurz – eine Nachricht! Was soll das? Chico wird doch nicht so unvorsichtig sein, mir auf dieses Handy zu antworten!

Schnell werfe ich einen Blick zu Russell, dann gehe ich in die Hocke und hole es noch mal hervor. Ich entsperre den Bildschirm und sehe, dass tatsächlich eine WhatsApp-Nachricht eingegangen ist. Doch als ich die Vorschau öffne, atme ich auf. Die Nummer, von der die

Nachricht stammt, ist definitiv nicht Chicos. Aber als ich den Text lese, der mir ebenfalls in der Vorschau angezeigt wird, gefriert das Blut gleich wieder in meinen Adern:

GET READY!! Das diesjährige BLOODFORCE TOURNAMENT findet morgen Abend ...

Mehr kann ich nicht sehen. Aber das reicht mir. Das Turnier, bei dem Harley kämpfen soll, findet morgen statt. Ich schließe die Augen und stelle mir vor, dass bereits übermorgen früh alles vorbei sein kann. Alles kann gut werden. Harley und ich können wieder zusammen sein.

Aber vielleicht auch nicht. Vielleicht werde ich Harley nach morgen nie wiedersehen.

Mein Herz schlägt schmerzhaft heftig in meiner Brust. Und auf einmal kann ich es gar nicht mehr erwarten, dass Russell aufwacht und ein neuer Tag anbricht.

KAPITEL 13

MEGAN

Er soll aufwachen.

Immer wieder blicke ich zu Russell hinüber, der schläft, als wäre er gestorben. Es ist bereits weit nach Mittag und ich frage mich insgeheim, ob ihn die Dosis an K.o.-Tropfen vielleicht umgebracht haben könnte. Doch ich wage es nicht, mich ihm zu nähern und so bleibe ich an meinem Platz am Fenster stehen. Ich schaue hinaus, ohne wirklich zu sehen, was sich draußen abspielt. Ich hänge meinen düsteren Gedanken um Harley nach, zu denen sich jetzt auch noch düstere Gedanken in Bezug auf Russell mischen. Was ist, wenn er tot ist?

Ich möchte niemanden auf dem Gewissen haben, auch nicht so einen Widerling wie Russell. Außerdem möchte ich heute Abend zum Kampf und da in der Nachricht keine Adresse stand, bin ich auf Russell angewiesen. Ohne ihn finde ich Harley nie. Ohne ihn kann ich Chicos und meinen Plan nicht in die Tat umsetzen.

Oh je, der Plan. Immer, wenn mir das Kamikaze-Kommando in den Sinn kommt, das wir geplant haben, rebelliert mein Magen. Ich bin so nervös wie nie zuvor, aber gleichzeitig bin ich auch so entschlossen wie noch nie. Ich weiß, was alles schief gehen kann, ich weiß, was auf dem Spiel steht ... Alles hängt davon ab, wie gut ich heute Abend schauspielere. Wie gut ich sowohl Harley als auch Russell etwas vormache. Aber ich werde es schaffen. Dessen bin ich mir sicher.

Ich versuche mich auf das zu konzentrieren, was sich vor dem Fenster abspielt, doch das ist nicht viel. Ein paar LKW donnern vorbei, Motorroller, Autos ... Eine Touristin zerrt an der Hand ein Kind hinter sich her, eine alte Frau geht spazieren ...

Das eintönige Bild vor dem Fenster schafft es nicht, mich abzulenken.

Was ist, wenn Russell gestorben ist?

Mit einem Ruck fahre ich herum und gehe entschlossen auf das Bett zu. Dabei sage ich mir immer wieder, dass er unmöglich tot sein kann. So viele Tropfen waren es nicht.

Gerade will ich zwei Finger an Russells Hals legen, um seinen Puls zu fühlen, da öffnet er sie Augen und grinst mich verschlafen an.

»Maggie ...«

Ich starre ihn an, das spüre ich. Ich muss aussehen, als wäre ich einem Geist begegnet. Schnell lächeln, Meg. Lächeln.

»Guten Morgen. Oder eher Mittag.«

»Schon so spät?« Stöhnend dreht Russell sich auf die Seite und schwingt die Beine aus dem Bett.

Schweißgeruch wabert zu mir herüber und ich bin froh, dass ich das Fenster geöffnet habe. Unauffällig trete ich einen Schritt zurück.

»Ziemlich spät, ja. Soll ich Kaffee holen?«

Ohne mir zu antworten, greift Russell nach seinem Handy, wahrscheinlich um die Uhrzeit zu checken. Jetzt stößt er sicher auch auf die Nachricht.

Ich schweige, verschränke die Arme und lehne mich ans Fensterbrett.

Eine Weile sieht Russell auf sein Handy, dann hebt er den Blick und mustert mich. »Wolltest du nicht Kaffee holen?«

Ich spare mir jeden Kommentar und nicke nur gefügig. Bevor er es sich anders überlegen und seine Paranoia sich wieder durchsetzen kann, verlasse ich schnell das Zimmer.

Warum kann nicht schon Abend sein?

Der restliche Nachmittag zieht sich schleppend in die Länge. Ich habe beim Kaffee holen getrödelt, dann habe ich so getan, als würde ich ewig lange die Tageszeitung studieren, die uns irgendein Hotelmitarbeiter vor die Zimmertür gelegt haben muss. Es ist eine englischsprachige Zeitung, trotzdem konnte ich mich nicht auf nur einen einzigen Artikel konzentrieren. Russell hat sich nach unserem späten Frühstück ins Bad zurückgezogen und ich sitze auf dem Bett und langweile mich zu Tode. Außerdem spielen meine Nerven langsam komplett verrückt. Russell hat das Turnier noch immer nicht erwähnt, dabei bin ich mir sicher, dass er die Nachricht nach dem Aufwachen gelesen hat. Was ist, wenn er es sich anders überlegt hat und doch nicht hingehen will? Oder wenn er vorhat, ohne mich zu gehen? Vielleicht hat ihn die Sache mit Chico misstrauisch gemacht ...

Am liebsten würde ich ihn unauffällig auf den Kampf ansprechen, aber das ist wohl kaum möglich. Er würde sofort wissen, dass ich in seinem Handy herumgestöbert habe.

»Wie viel Alkohol hatten wir denn gestern?« Russell steht nur mit einem Handtuch bekleidet in der Badezimmertür. Er sieht ziemlich übel aus. Sein Gesicht ist fahl und seine Augen sind rot gerändert. Eine Folge der K.o.-Tropfen. Das hat er nun von seinem eigenen Gift.

»Nicht allzu viel ...«, sage ich und mustere ihn. »Geht es dir nicht gut? Vielleicht bekommst du die Grippe oder so. Leg dich doch etwas hin und –«

»M-mh.« Russell schüttelt den Kopf. »Keine Zeit. Ich habe eine Überraschung für dich, Maggie. Heute Abend.«

Am liebsten wäre ich vor Freude aufgesprungen, aber ich beherrsche mich, nur ein leichtes Leuchten in meine Augen zu legen. »Eine Überraschung?«

»Ganz genau. Und weißt du, was wir bis dahin machen?«

Tausend Gedanken rasen mir durch den Kopf. Bitte kein Sex, bitte kein romantisches Dinner, bitte kein gemeinsamer Saunabesuch, bitte –

»Wir kaufen dir etwas Hübsches zum Anziehen. Etwas, das ganz nach deinem Geschmack ist und worin du hervorragend aussehen wirst.«

Wir kaufen etwas nach meinem Geschmack? Wohl kaum. Wenn Russ dabei ist, wird es wohl etwas nach seinem Geschmack sein. Trotzdem spiele ich die Erfreute und insgeheim bin ich zumindest erleichtert. Es gibt Schlimmeres als Shoppen, oder nicht?

***

HARLEY

Der Van, mit dem wir über irgendeine unbefestigte Schotterpiste zur Halle gefahren werden, droht bei jedem Schlagloch auseinander zu fallen. Wir werden derart hin- und hergeschleudert, dass ich fürchte, dass wir alle bereits eine Gehirnerschütterung haben, bevor wir überhaupt in den Ring steigen. Ich blicke aus dem Fenster und sehe Gestrüpp an mir vorbei ziehen. Entweder findet der Kampf extrem weit außerhalb statt oder der Fahrer kennt eine Abkürzung. Mir soll es egal sein, Hauptsache, wir kommen lebend an.

Ich streckte mein Bein durch, so gut es geht und spüre einen scharfen Schmerz bis in meinen Oberschenkel schießen. Heute Morgen habe ich mir beim Übungskampf etwas gezerrt. Eine schlechte Voraussetzung. Aber ich wollte und konnte mir ein letztes Training einfach nicht verkneifen. Ich muss heute gewinnen, um jeden Preis. Auch mit schmerzendem Bein. Trotzdem bereue ich gerade, dass ich die Stunden vor dem Kampf nicht zur Regeneration genutzt habe. Doch das konnte ich einfach nicht. Wenn ich ehrlich zu mir selber bin, dann habe ich das Training nicht gemacht, weil ich glaubte, es zwingend nötig zu haben, sondern um abgelenkt zu sein. Ich weiß, wie der Tag ausgesehen hätte, wenn ich darauf verzichtet hätte. Meine Gedanken wären immerzu um Megan gekreist. Um sie und diesen ekelhaften Russell.

Sofort beschleunigt sich mein Herzschlag und mein Blut pulsiert mit doppelter Geschwindigkeit durch meinen Körper. Alleine der Name dieses Kerls macht mich ganz krank. Wenn ich mir ausmale, was er alles mit Megan angestellt haben könnte. Und sie mit ihm. Am liebsten würde ich diesen Penner in den Ring zerren und vor aller Augen zu Kleinholz verarbeiten. Stattdessen muss ich mich wohl damit begnügen, in meinem wirklichen Gegner einfach Russell zu sehen. Ich werde mir vorstellen, dass ich ihn vor mir habe und dann werde ich mit Sicherheit gewinnen.

Aber alles zu seiner Zeit. Jetzt heißt es erstmal, Russell aus meinem Kopf zu verbannen und mich zu sammeln. Auf der Suche nach Ablenkung lasse ich meinen Blick durch den Wagen wandern. Die anderen Jungs schlafen alle oder tun zumindest so. Alle haben die Augen zu und ich weiß, dass auch ich mich ein bisschen ausruhen sollte. Ich schließe die Lider, verschränke die Arme vor der Brust und lasse mich in meinem Sitz etwas tiefer rutschen.

Heute Abend ist alles vorbei. Ich werde diesen Kampf gewinnen und Sally zurückholen. Und nicht nur Sally …

Als der Wagen ruckelnd zum Stehen kommt, werde ich wach. Offenbar bin ich eingeschlafen, denn als ich die Augen öffne, hat sich meine Umgebung drastisch geändert. Ich sehe um uns herum Hügel und vor uns eine riesige Farm. Doch anders, als es üblich ist, sehe ich keine Tiere, keine Feldarbeiter und keine Hofläden. Hier ist alles auf den heutigen Kampf ausgelegt. Ein großes Plakat über einem Gebäude, das sicher einst eine Scheune war, kündigt die Fights an. Die Breitseite der Scheune ist geöffnet und ein Absperrband flattert im Wind. Draußen befinden sich mobile Stände, deren

Beschriftung den Verkauf von Bier, Schnaps und Grillfleisch anzeigt. Anscheinend fühlen sich die Veranstalter hier draußen im Nichts absolut sicher.

»Alle raus, wir sind da.«

Ich sehe herüber zur offenen Wagentür und entdecke Luigi und einige andere Männer, die ich nicht kenne. Nacheinander steigen die anderen Kämpfer aus dem Wagen. Ich bin als Letztes an der Reihe und obwohl ich versuche, mir nichts von meiner Verletzung anmerken zu lassen, nimmt mich Luigi dennoch direkt zur Seite.

»Jones, was ist los?«

»Keine Ahnung, was du meinst«, knurre ich und will an ihm vorbei, doch er packt mich am Arm und hält mich zurück. Mit einer energischen Bewegung löse ich mich von ihm. »Was willst du?«

»Du humpelst.« Demonstrativ schaut Luigi auf mein Bein.

»Und wenn schon.«

»Nicht: Und wenn schon!« Luigi sieht hinter sich, wo die anderen Kämpfer stehen und neugierig zu uns rüber schauen: »Habt ihr nichts zu tun?! Macht, dass ihr reinkommt, na los! Macht euch mit der Halle vertraut, wärmt euch auf, macht irgendwas, aber glotzt nicht einfach nur blöd! Solche Idioten ...« Damit wendet er sich wieder mir zu. »Also, was ist los?«

Ich beschließe, einfach die Wahrheit zu sagen, bevor Luigi mich noch weiter löchert, denn ich habe keinen Nerv auf seine widerliche Visage. »Eine Zerrung oder so. Nichts Wildes.« Ich zucke gleichmütig mit den Schultern und hoffe, dass er es dabei belässt.

Doch das hat er anscheinend nicht vor. Im Gegenteil. Sein Gesicht wird kalkweiß und seine Augen weiten sich ein Stück. »Das ist jetzt nicht dein Ernst«, zischt er.

Ich glaube nicht, dass er eine Antwort erwartet, also warte ich ab, bis er sich wieder halbwegs gefangen hat.

»Weißt du eigentlich, was alles von diesem Turnier abhängt?!«

»Oh ja, das weiß ich sehr wohl«, sage ich, auch wenn ich bezweifle, dass er das Gleiche meint wie ich. »Und ich kriege das schon hin.«

»Ach ja?« Unvermittelt stößt mich Luigi an den Schultern von sich.

Ich mache einen Schritt nach hinten, was erneut einen scharfen Schmerz durch mein Bein jagt und mich wegknicken lässt. Ich schaffe es, mich zu fangen und nicht zu Boden zu gehen, dennoch ist die Botschaft eindeutig. Ich schweige, denn ich weiß nicht, wie ich mich aus der Nummer noch weiter rausreden soll.

»Siehst du?« Luigi schüttelt den Kopf und beginnt, auf und abzulaufen. »Was mache ich nur mit dir, Jones?«

Ich antworte ihm auch diesmal nicht, da ich genau weiß, dass er die Frage nicht an mich richtet, sondern nur laut denkt. Stattdessen versuche ich das Ziehen in meinem Bein auszublenden und ebenfalls ein paar Schritte über den staubigen Boden zu gehen.

Aus dem Augenwinkel sehe ich, wie Luigi jemanden zu sich ruft und bleibe stehen – darauf gefasst, dass er dem anderen Typen jetzt irgendwelche Befehle in Bezug auf Sally gibt. »Luigi, ich kriege das nachher hin. Wenn –«

»Du hältst jetzt die Schnauze.« Leise redet Luigi mit dem anderen Kerl, dann nimmt er von ihm ein kleines

Fläschchen entgegen, lacht und kommt zu mir herüber. »Siehst du, was ich hier habe, ja?« Er präsentiert mir die Flasche zwischen Daumen und Zeigefinger. Sie ist aus braunem Glas und es klebt kein Etikett drauf.

»Nein«, sage ich wahrheitsgemäß. »Was ist das?«

»Tilidin.« Luigi wirkt stolz. »Das Zeug wirkt wie –«

»Ich weiß«, fahre ich ihm dazwischen. »Ich weiß, was Tilidin ist.«

Es ist ein starkes Schmerzmittel, das wegen seiner Wirkung gerne missbraucht wird. Es nimmt einem nicht nur jedes Schmerzempfinden, sondern in der richtigen Dosis auch jedes Gefühl von Angst. Es macht absolut hemmungslos und ist vorzugsweise bei Straßenkämpfern extrem beliebt. Ich zweifle nicht daran, dass einige meine Gegner diese gefährliche Wunder-Droge intus haben werden, aber woran ich zweifle ist, dass Luigi sie mir geben will. Ich muss an das letzte Mal denken, als er vorgab, mich gegen eine aufkommende Grippe behandeln zu lassen. Ich erinnere mich noch genau daran, wie stark ich neben mir stand und wie schwer es mir fiel, mich auf das Kämpfen zu konzentrieren.

»Vergiss es.« Ich verschränke die Arme und sehe Luigi direkt an. »Du glaubst doch nicht, dass ich vor einem Kampf auch nur ein einfaches Glas Wasser von dir annehmen würde!«

Luigi sieht mich an, als würden ihn meine Worte ernsthaft kränken, dann lacht er. »Schon gut, schon gut. Ich verstehe ja, dass du mir nicht traust. Aber diesmal habe ich wirklich ein Interesse daran, dass du gewinnst. Sieh dir die Wettquoten an.« Er zückt sein Handy und ruft eine Tabelle auf, die er mir hinhält.

Ich betrachte sie einen Moment lang. Tatsächlich wird in erster Linie auf mich gesetzt und es scheint niemanden zu geben, der eine größere Summe gegen mich gewettet hat. Luigi schient diesmal also eine andere Strategie zu verfolgen. Eine, bei der ich für seinen Erfolg tatsächlich gewinnen muss.

»Also schön«, sage ich, nehme ihm das Fläschchen aus der Hand und gehe los, in Richtung der improvisierten Halle.

Ich kann Luigis zufriedenen Blick förmlich im Rücken fühlen. Soll er sich ruhig freuen. Mir ist es egal, ob er durch meinen Sieg noch eine Spur reicher wird. Wichtig ist mir nur, dass ich gewinne, Sally retten und dem ganzen Spuk endlich ein Ende setzen kann.

***

MEGAN

Ich hatte befürchtet, dass die Shoppingtour zum Albtraum wird. Aber, dass sie so fürchterlich werden würde, hätte ich nicht erwartet. Zwar durfte ich mir etwas nach meinem Geschmack aussuchen, allerdings hat Russell den Laden bestimmt. Und so landeten wir in einem Erotikshop, der zwar ein riesiges Sortiment an Unterwäsche, aber kaum Kleider im Angebot hat. Die wenigen Kleidchen, die ich entdeckt habe, waren alle extrem durchsichtig, mit Netz, hauteng und in knalligen Farben. Es war schwer, etwas halbwegs Seriöses zu finden – wobei es seriös eigentlich nicht einmal annähernd trifft –, das nicht schon aus hundert Metern Entfernung ›Straßenstrich‹ ruft. Ich habe mich für ein schwarzes Schlauchkleid entschieden, das an jedem Saum mit billigen Klebenieten versehen ist. Dazu habe ich mir Sandaletten ausgesucht, die einzigen, deren Absatz unter 15 Zentimetern zu sein schien und von Russell eine Netzstrumpfhose aufschwatzen lassen. Auch wenn ich mich schon für das kleinste Übel entschieden habe, fühle ich mich trotzdem noch wie eine Prostituierte.

Russell scheint zufrieden.

Er sitzt neben mir im Auto und kann gar nicht aufhören zu grinsen. Immer wieder wandert sein Blick anzüglich an meinen Netzstrümpfen nach oben. Ich kann nur froh sein, dass wir es eilig haben und keine Zeit für einen kleinen Zwischenstopp bleibt.

Es ist bereits zehn nach sieben. In zwanzig Minuten beginnt das Turnier und ich kann weit und breit keine Halle oder einen Sportplatz oder so sehen. Um uns herum ist es ländlich und die Dämmerung hat eingesetzt. In der Ferne erkenne ich nur noch vage sanfte Hügel, ansonsten erinnert mich hier alles an die texanische Wüste. Nur Kakteen kann ich keine erblicken.

»Wohin fahren wir?«, frage ich. Offiziell weiß ich es noch immer nicht und deswegen sehe ich mich gespielt ratlos um.

»Lass dich überraschen, meine Süße.« Wieder dieser anzügliche Blick.

Langsam wird mir ein bisschen mulmig. Was ist, wenn Russell gar nicht vorhat, mit mir zum Turnier zu fahren? Wenn er hier im Niemandsland etwas ganz anderes mit mir plant ... Hier wäre ein guter Ort, um eine Leiche zu verscharren. Ich packe meine Tasche fester. Zwar ist sie nicht besonders schwer, weil ich eigentlich kaum etwas darin habe, trotzdem ist sie die einzige Waffe, die ich habe.

»Also schön ...«, sage ich, darum bemüht, mir meine Anspannung nicht anmerken zu lassen.

»Wir sind fast da. Gleich nach der Kurve ... Achtung ...« Wir biegen ab. »Siehst du?«

Tatsächlich mache ich im Dämmerlicht vor uns einen beleuchteten Komplex aus, der mich an einen Bauernhof erinnert. Mehrere Gebäude stehen auf einem großen Platz. Ich entdecke unzählige Menschen, die zwischen den Häusern herumstehen. Ich glaube, sie rauchen und trinken. Ein Gebäude zieht meine Aufmerksamkeit ganz besonders auf sich. Es erinnert an eine Art Scheune und grelles Licht dringt daraus hervor.

»Was ist das?« Ich hoffe, ich stelle mich nicht schon auffällig blöd an.

»Heute ist der Kampf von deinem Ex, meine liebe Maggie. Heute werde ich dem Loser zeigen, wer am Ende immer gewinnt.«

Ich grinse schief und sehe hinaus, um Russell nicht augenblicklich in den Schoß zu kotzen.

»Da ist ein Parkplatz«, bringe ich nach ein paar Sekunden mühsam hervor.

»Sehr gut.« Russell parkt den Wagen und ich steige aus, noch bevor er die Handbremse angezogen hat. Die Luft hier draußen ist kühler als gedacht, trotzdem sauge ich sie gierig in meine Lungen.

Gleich ist es also so weit.

Russell kommt zu mir herum und greift nach meiner Hand. »Dann wollen wir mal.« Er geht mit mir los und ich muss mich bremsen, um ihm nicht vorweg in die improvisierte Kampfarena zu laufen.

In mir tobt ein Gefühlschaos aus Aufregung, Angst, Vorfreude und unzähligen Emotionen mehr.

Vor dem Eingang der Scheune hat sich ein beachtlicher Pulk gebildet und ich stelle schnell fest, dass die meisten Gäste hier männlich sind. Bei uns zu Hause sah das ganz anders aus. Ich glaube sogar, dass die Mädels, die Harley und seine Gegner bewundert haben, in der Überzahl waren. Die mexikanischen Frauen und Touristinnen allerdings scheinen sich nicht für Kampfsport dieser Art zu interessieren und auch ich hätte mir vor einem Jahr niemals träumen lassen, dass ich mal derart dicht mit dieser Szene verbunden sein würde.

Ein breitschultriger, kleiner Kerl mit Lederweste und Bart drängt sich an uns vorbei und quetscht sich in Richtung Eingang. Ich sage nichts und natürlich schweigt auch Russell, doch den anderen Wartenden scheint der Drängler nicht so egal zu sein. Sie rufen ihm etwas hinterher, was ich nicht verstehe, was aber sehr aggressiv klingt. Einige versuchen den Typen am Arm zu packen, aber er reißt sich einfach los.

Ich spüre, wie hinter uns Leute nachrücken und fühle mich eingeengt. Irgendjemand schreit, dann fliegen zwei Pappbecher mit Bier über uns hinweg. Ich kriege nur ein paar Sprenkel ab, doch die reichen mir schon. Angewidert versuche ich das Getränk aus meinem Gesicht zu wischen, aber ich kann die Arme kaum heben, so eingezwängt bin ich.

»Russell, es ist verdammt eng hier«, sage ich. Doch er reagiert gar nicht.

Er starrt nur nach vorne, wie ein Stier, der irgendwo in der Ferne ein rotes Tuch gewittert hat.

»Scheiße«, murmle ich und versuche mir etwas Platz zu verschaffen, indem ich meine Ellbogen zur Hilfe nehme.

Hinter uns wird wieder Gebrüll laut und dann höre ich dumpfe Geräusche. Ich glaube, da prügeln sich welche, aber ich habe nicht genug Platz, um mich umzudrehen und nachzusehen. Stattdessen werden wir ein ganzes Stück weiter nach vorne geschoben. Ich halte mich an meinem Vordermann fest, um nicht umzufallen, denn ich glaube, wenn ich hier falle, werde ich einfach niedergetrampelt werden. Die schwitzenden Körper der anderen berühren meine bloßen Arme und hinterlassen feuchte Spuren. Unter anderen Umständen wäre ich längst umgedreht, hätte am Rand gewartet, bis der Großteil der Leute drinnen gewesen wäre, und wäre dann in Ruhe in die Halle spaziert. Doch diesmal ist es anders. Ich kann es kaum erwarten reinzukommen und Harley zu sehen. Zwar weiß ich, dass ich ihn so oder so erst zu Kampfbeginn sehen werde, aber irgendwie würde ich es nur schwer ertragen, hier draußen herum zu stehen und nichts zu tun.

Es geht wieder ein ganzes Stück vorwärts und ich entdecke Chico in der Menge. Zuerst denke ich, dass er ebenfalls versucht in die Scheune zu kommen, dann sehe ich, dass er eine Art Kartenabreißer ist. Allerdings steht er am anderen Ende des breiten Eingangs. Ich muss ihn unbedingt nochmal sehen, bevor der Kampf losgeht. So war der Plan. Ich muss Russell also irgendwie dazu bekommen, zu ihm rüber zu gehen. Nur wie?

»Scheiß-Warterei, oder, Russ?«, sage ich laut in sein Ohr, damit er mich nicht wieder ignoriert.

»Kannst du laut sagen.«

»Oh, schau mal, eine Lücke!«, rufe ich, packe seine Hand und quetsche mich an ihm vorbei, sodass ich vor ihm bin. Bevor er reagieren kann, zerre ich ihn an der Hand einfach hinter mir her durch die Menschenmenge und in Richtung Chico.

Einige der Männer protestieren, andere pfeifen mir hinterher, machen Platz und geben anzügliche Kommentare von sich, doch der Rest scheint einfach nur perplex zu sein. Aber nicht lange. Chico und der Eingang kommen immer näher und ich freue mich gerade darüber, dass meine etwas unkonventionelle Art funktioniert, da wird Russells Hand von meiner getrennt und hinter mir bricht ein Tumult los. Ein Blick über die Schulter verrät mir, dass Russell in Ärger verwickelt ist. Anscheinend hat hier keiner ein Problem damit, mich durchzulassen. Damit, dass Russell sich vordrängelt allerdings schon.

Aber das ist mir egal. Ich kann Chico beinahe schon berühren. Und auch er scheint mich endlich zu entdecken. Er sieht in Richtung des Aufstands, der um Russell entstanden ist und fixiert dann mich. Schnell winkt er die Männer, die vor mir stehen durch, dann zieht er mich am Arm zu sich und raunt mir ins Ohr: »Du hast es hergeschafft. Bist du dir immer noch sicher?«

Ich nicke entschieden. Ja. Ich bin mir sicher. Absolut sicher.

»Gut.« Chico drückt mir etwas in die Hand – wie vereinbart – und ich lasse den Gegenstand schnell in meiner Tasche verschwinden. »Pass auf, ich mach dem Theater ein Ende.« Chico schiebt mich hinter sich, dann zieht er eine Pistole und gibt zwei Warnschüsse in die Luft ab.

Sofort ist Ruhe.

»Ab jetzt gesittet, Freunde!«, ruft Chico auf Englisch, dann sagt er noch etwas Mexikanisches, von dem ich denke, dass es die gleiche Bedeutung hat.

Die Warnung scheint Eindruck gemacht zu haben, dann tatsächlich entbrennt die Prügelei nicht wieder von vorne. Ich sehe Russells wutverzerrtes Gesicht in der Menge. Wären wir beide wirklich zusammen und würde ich heute Abend mit ihm nach Hause fahren, dann weiß ich, dass ich Schläge kriegen würde. Dafür, dass ich Russell in so eine Situation gebracht habe. Aber ich werde nicht mit ihm nach Hause fahren und ich werde mich auch nie wieder von ihm schlagen lassen.

Ich hebe die Hand und winke ihn zu mir: »Russ, hier!«

»Lasst den Mann durch«, befiehlt Chico und winkt Russell mit der Pistole zu sich. »Komm hierher, na los!«

Die Wartenden lassen Russell durch, der Chico sein Handy zeigt, auf dem sich die Einladung befindet.

»Alles klar.« Chico haut Russell auf die Schulter, dann deutet er ins Innere der Scheune. »Ihr sitzt ganz vorne. Erste Reihe.«

Erst jetzt sehe ich mich um. Man hat tatsächlich eine improvisierte Kampfarena in der Scheune errichtet. Es gibt einen Ring – kein Oktagon –, Ränge und sogar Scheinwerfer an der Decke. Alles wirkt etwas wackelig.

Viele Plätze, vor allem in den hinteren Rängen, sind bereits belegt. Die vorderen Reihen sind anscheinend alle reserviert und gehören wahrscheinlich den Anzugträgern, die überall verteilt herum stehen. Trotz ihrer edlen Garderobe sehen sie alle irgendwie zwielichtig aus und ich denke, dass es die Männer sind, die hier das meiste Geld verwetten.

»Komm!« Russell packt mich grob am Oberarm und zieht mich hinter sich her.

»Ich kann alleine laufen.« Ich reiße mich los und ernte einen halb erstaunten, halb wütenden Blick von meinem Ex. Doch er sagt nichts, zuckt nur mit den Schultern und geht vor mir her in die erste Reihe.

Wir haben wirklich gute Plätze. Von hier aus werde ich Harley ganz genau sehen können. Ich lasse mich erleichtert auf meinen Sitz fallen und atme durch.

Nur noch wenige Minuten ...

***

HARLEY

In einem abgesperrten Bereich hinter der Scheune warten wir darauf, dass wir dran sind. Es gibt hier nichts außer sandigem Boden und ein paar Kästen voller Wasserflaschen. Ein paar der Jungs rauchen am Rand Zigaretten. Einige machen sich mit Liegestützen und Sit-ups warm. Das habe ich bereits hinter mir, genau wie meine erste Dosis Tilidin.

Was soll ich sagen? Normalerweise liegt es mir fern, irgendwelche Drogen zu nehmen. Aber hier geht es um Sallys Leben. Und wenn dieses Zeug meine Siegchancen erhöht, dann ist es okay für mich. Verdammt, ich würde sogar pures Gift trinken, wenn ich wüsste, dass es mir hilft, sie da raus zu holen. Sie ist meine Schwägerin und sie kann nichts für die Fehler meines Bruders – und doch leiden sie und Dale bis heute am meisten darunter.

Während ich in den Zuschauerraum sehe, der sich langsam füllt, betaste ich mein Bein. Es schmerzt tatsächlich überhaupt nicht mehr. Und dabei fühle ich mich kein bisschen benommen, sondern im Gegenteil hellwach und absolut bereit. Das ist gut. Ich schätze, ich habe verdammt gute Chancen heute.

»Und, Kumpel? Wie sieht es aus? Schon aufgeregt?«

Ich muss mich nicht umdrehen, um Chicos Stimme zu erkennen. Anscheinend nimmt er mir die vielen Treffer, die er in der letzten Zeit von mir kassiert hat, nicht übel. Vermutlich ist er insgeheim von Luigi zu meinem Trainingspartner berufen worden und hat es mir nur nicht gesagt, damit ich nicht gleich ablehne.

»Nein«, sage ich wahrheitsgemäß.

»Ach, komm schon!« Chico lässt seine Hand auf meinen Rücken klatschen und trifft haargenau die frische Tätowierung, aber ich spüre nicht das Geringste. Ich lächle zufrieden. Gut so.

»Ich bin nicht aufgeregt«, bekräftige ich meine Antwort. Warum auch? Von jetzt an gibt es nur noch zwei Optionen.

Gewinnen oder verlieren.

Und für mich kommt nur eines davon in Frage.

Ich wende mich wieder dem Zuschauerraum zu. Die reichen Anzugträger sind schon da, umringt von einer Menge aus Touristen und Mexikanern. Die Stimmung ist ziemlich aggressiv, lediglich die Geldsäcke direkt am Ring tippen teils desinteressiert auf ihren Handys herum. Schon will ich mich abwenden, als ich auf einmal jemanden entdecke, mit dem ich zwar hätte rechnen müssen, dessen Anwesenheit mich aber trotzdem aufregt: Russell.

Zuerst sehe ich nur ihn, sein feistes, rotes, zufriedenes Gesicht und spüre, wie sich sofort alles in mir verspannt. Wenn ich heute doch nur gegen ihn in den Ring steigen könnte ...

Und dann entdecke ich sie. Megan. Sie ist knapp hinter ihm, folgt ihm durch die Reihen und sieht so verändert aus, als sei sie eine komplett andere Frau. Ihr dunkles Haar, das sie sonst oft zu einem kleinen Zopf gebunden trägt, liegt gewellt um ihren Kopf, ihre Schultern sind nackt und ihr freizügiges Dekolleté kann ich bis hierher erkennen. Und dann, als Russell sich setzt, gleich in die erste Reihe, sehe ich auch, was sie anhat: ein knallenges, kurzes schwarzes Kleid, darunter billige Netzstrümpfe.

Ohne auch nur für eine Sekunde nachzudenken, donnere ich meine Faust gegen die Holzwand der Scheune. Es tut nicht weh, natürlich nicht.

Dann lacht jemand.

Ich fahre herum und sehe in das Gesicht von Terry Suvaez, dem Halbmexikaner, gegen den ich in der ersten Runde antreten soll.

»Gehen dir die Nerven durch, Jones?«, fragt er und kommt einen Schritt näher. »Würde mir an deiner

Stelle genauso gehen.« Noch ein Schritt näher, sodass mir sein nach Zigaretten riechender Atem ins Gesicht schlägt. »Denn ich werde dich zu Kleinholz verarbeiten. Und dann frage ich Luigis neuen Schoßhund, ob ich mir die kleine Schönheit auch mal ausleihen darf. Willig sieht sie ja aus. Vielleicht –«

Ich sehe rot und mein Körper reagiert, ehe mein Verstand auch nur einsetzen kann. Ich stürze mich auf Terry, reiße ihn mit mir zu Boden und lasse meine Faust mit voller Wucht in sein Gesicht knallen – oder zumindest würde ich, wenn mein Arm nicht im letzten Moment zurückgerissen würde.

»Cálmate! Cálmate! No te enojes!«

Ich fahre herum und bin drauf und dran, demjenigen, der mich zurückhält, mit der freien Hand eine zu verpassen. Dann erkenne ich wie durch einen blutroten Nebel, dass es Chico ist.

»Wenn du das machst, wirst du sofort disqualifiziert, verstehst du mich?! Die Leute wollen da draußen was sehen! Schlägereien hier drinnen sind streng verboten!!«

Ich stoße schnaubend die Luft aus und wende mich wieder Terry zu. »Du hast ihn gehört. Gleich da draußen geb ich den Leuten, was sie wollen. Du bist dran! Sei besser froh, wenn ich dir nicht dein verdammtes Rückgrat breche!«

Damit stehe ich auf. Terry bleibt einen Moment liegen, scheint trotz der Aggressivität, die hier herrscht, irgendwie geschockt von meinem Zorn. Auch die anderen, die sich um uns herum versammelt haben, sehen mich nur schweigend an.

»Was ist? Hat noch einer von euch ein Problem?«

Es ist Chico, der schließlich die Initiative ergreift. Er packt meine Schulter und sagt: »Gehen wir an die frische Luft.«

KAPITEL 14

MEGAN

Es geht los. Die Lichter in der Scheune werden gedimmt, wobei sie flackern, als wäre die Stromversorgung hier draußen nicht gerade die sicherste. Jubel bricht los. Dann erscheint ein Mann im Ring. Es ist nicht Luigi, was mich nicht wundert, sondern jemand, den ich nicht kenne, aber der in der Szene durchaus eine Berühmtheit zu sein scheint, denn manche der Zuschauer rufen einen Namen, den ich über den aufbrandenden Lärm nicht verstehen kann.

»Ladies und Gentlemen!«, ruft er in akzentfreiem Englisch. »Endlich ist es so weit! Das diesjährige Bloodforce Tournament steht in den Startlöchern!«

Der Jubel wird lauter. Russell stimmt in den Applaus mit ein. Mir wird ganz anders – es ist hart zu wissen, dass der Mann, den ich liebe, gleich in diesen Ring steigen wird.

»16 Fighter haben sich für euch bereit gemacht! 16 Männer, die heute Nacht die Bestie in sich herauslassen werden, um sich Ruhm, Ehre und die Siegprämie von sage und schreibe 10 000 Dollar zu sichern!«

Ich schließe die Augen. Ich weiß, wie dringend Harley auf dieses Geld angewiesen ist. Und wie dringend er Sally befreien will. Er wird keine Gefangenen machen.

»In diesem Turnier gilt: Du verlierst, du bist raus! Es gibt keine zweiten Chancen! Jeder Kampf geht über eine einzige Runde! Sonderregel: Es ist erst vorbei, wenn es vorbei ist – das heißt, wenn einer der Kontrahenten abklopft oder sich nicht mehr rührt ... was deutlich häufiger vorkommt!«

Ohrenbetäubender Jubel. Gott, wie ich diese Atmosphäre hasse. Wie kann man so sehr auf Gewalt aus sein? Die meisten der Menschen hier wissen vermutlich nicht einmal annähernd, wie es sich anfühlt, eine Faust ins Gesicht zu bekommen. Ich weiß es genau.

»Sonderregel 2«, fährt der Moderator im Ring fort: »Keine Fotos! Keine Videoaufnahmen! Was heute Nacht passiert, bleibt unter uns und nur unter uns! Und Sonderregel Nummer 3: Bei den heutigen Fights gibt es keine Regeln! Keine Handschuhe, keine Bandagen, 100% Bare Knuckle, Tiefschläge, Augenstechen, Beißen, hier ist alles erlaubt!«

Ich muss wieder daran denken, wie einer von Harleys letzten Gegnern ihm im Drogenrausch in den Arm gebissen hat. Das war bei einem gewöhnlichen Kampf nach eigentlich fairen Regeln, nicht bei einer Wahnsinnsveranstaltung wie dieser hier. Hier wollen die Zuschauer genau so etwas sehen – echten MMA-Fans hingegen geht es auch um Fairness, um das Können der Fighter, die sich nicht mit Steroiden zuknallen, sondern viel und hart trainieren. Wenn man sich mit MMA beschäftigt, lernt man schnell, dass der Sport im Grunde genommen nicht annähernd so schlecht ist wie sein Image. Bei solchen Veranstaltungen wie dieser hingegen schon. Mehr als das.

Der Moderator ruft noch ein paar martialisch klingende Sätze, um die Menge weiter anzuheizen, dann verschwindet er und der Ring wird in helles Scheinwerferlicht getaucht. Verdammt. Es geht los. Und ich fühle mich wie kurz vor der ersten Abfahrt bei einer Achterbahn.

»Das wird eine geile Show!«, ruft Russell neben mir.

»Hm? Ja, bestimmt!« Ich taste nach dem Gegenstand, den Chico mir eben zugesteckt hat. Es ist ein Handy – wie vereinbart. Und noch ein weiterer Grund, nervös zu sein, denn ich habe keine Ahnung, ob alles laufen wird wie geplant. Ob Luigi und seine Leute reagieren werden, wie sie sollen. Ich kann es nur hoffen.

Die Stimme des Moderators, jetzt von irgendwo außerhalb des Rings, kündigt per Lautsprecher an, dass der erste Fight beginnt. Harleys Name wird nicht genannt und ich bin froh über den Aufschub. Ich umfasse das Handy fest, während das Licht im Zuschauerraum noch ein wenig heruntergeregelt wird. Genau präge ich mir ein, an welcher Stelle Luigi sitzt. Schräg rechts von mir, auf der anderen Ringseite, während Russell links neben mir ist. Das ist eine ziemlich gute Ausgangsposition. Ich atme noch einmal tief durch.

Dann steigen die ersten beiden Kontrahenten in den Ring und der Gong ertönt.

Sofort fangen die zwei Männer an, aufeinander einzudreschen. Einer von ihnen ist ein ziemlich hochgewachsener Schwarzer mit kahlem Kopf, der andere ist kleiner, wirkt aber massiver. Beide tragen nichts außer knappen Kampfhosen und es zeichnen sich binnen Sekunden die ersten großen roten Flecken auf ihren Körpern ab. Sogar über den Jubel hinweg hört man es klatschen, immer wenn einer von ihnen einen Treffer landet. Ich versuche, nicht jedes Mal zusammenzuzucken. Russell applaudiert neben mir und scheint dabei auf niemandes Seite zu sein – er freut sich einfach über jeden brutal Schlag oder Tritt, der sein Ziel trifft.

Dann gehen die beiden Männer in den Bodenkampf und ich beginne mit meiner Arbeit. Bemüht unauffällig ziehe ich das Handy aus meiner Tasche und rufe die Kamera auf. Russell ist abgelenkt und bekommt nichts mit. Gut, denn er würde es mir vermutlich sofort abnehmen. So aber kann ich das Telefon in aller Ruhe auf meiner rechten Seite in Position bringen, etwa in Hüfthöhe, und das erste Foto schießen. Kurz nehme ich es hoch und blicke ziemlich offensichtlich aufs Display, dann mache ich noch ein weiteres Bild. Dann sehe ich wieder aufs Handy und tippe darauf herum.

Als der Jubel und die Anfeuerungsrufe lauter werden, sehe ich auf. Der Schwarze im Ring hat seinen Gegner in den Würgegriff genommen und drückt erbarmungslos zu. Das Gesicht des anderen ist blutverschmiert, seine Augen schwellen bereits zu. Trotzdem klopft er nicht ab, sondern versucht sich irgendwie aus dem Griff des anderen herauszuwinden.

Ich beschließe, gleich mal ein kleines Video zu drehen und lasse das Handy dabei auch auffällig-unauffällig über die Menge aus Zuschauern des illegalen Turniers gleiten. Dann wird der Applaus ohrenbetäubend laut und ich sehe, wie der Schwarze wankend aufsteht und die Arme in die Höhe reißt. Sein Kontrahent wälzt sich nach Luft schnappend am Boden. Es wird etwas heller im Saal und ich stecke das Handy weg, sehe mich nach beiden Seiten um. Ganz die Reporterin auf der Suche nach einer neuen Story.

Russell wendet sich mir zu. »Geil, oder?«, brüllt er über den immer noch tosenden Applaus hinweg.

Ich nicke heftig. »Den hat er richtig fertiggemacht, was?«

Russell lacht. »So was gefällt dir, he? Das hätte ich auch geschafft!«

»Daran habe ich keinen Zweifel«, erwidere ich und sehe dann schnell wieder nach vorn, damit Russell nicht auf die Idee kommt, mich zu küssen oder so. Dabei beobachte ich, dass der Kämpfer und sein Opfer – Letzteres wird von zwei Helfern gestützt – durch einen schmalen Gang inmitten der Zuschauermenge zu einer Hintertür der Scheune geführt werden. Dort scheint also der Backstagebereich zu sein. Ich schlucke, als mir klar wird, dass Harley dort sein muss. Ob er mich beobachtet? Gerade jetzt? Ob er mich sieht? Überhaupt weiß, dass ich hier bin? Am liebsten würde ich zu ihm laufen, aber das geht natürlich nicht. Ich muss meinen Plan verfolgen. Nur so kann ich ihn aus Luigis Fängen befreien und wieder mit ihm zusammen sein.

»Ladies und Gentlemen, das war der erste Fight des Abends und wie ihr gesehen habt, hat sich Otis Knight für die nächste Runde qualifiziert! Es folgt ...«

In diesem Moment taucht ein finsterer Kerl vor uns auf, den ich schon mal bei Luigi gesehen habe. Er tippt Russell an und flüstert ihm, als er sich erhebt, etwas zu.

Russell blickt zu mir herunter, dann nickt er dem Typen zu. »Ich muss kurz weg«, sagt er, wieder an mich gewandt.

Ich lächle nervös. »Ist gut. Ich warte hier.«

Dann blicke ich ihm nach, wie er sich mit dem anderen entfernt. Auf einmal habe ich Schwierigkeiten zu atmen. Weshalb hat der finstere Kerl nichts zu mir gesagt? Verdammt, die müssen doch gesehen haben, dass ich Aufnahmen mache! Während der nächsten Runde muss ich mich vielleicht noch auffälliger anstellen.

Apropos nächste Runde. Das Licht wird wieder gedimmt und ich sehe erneut zu der Hintertür. Kurz passiert nichts, dann betreten zwei neue Kämpfer die Scheune – und der Jubel wird lauter denn je. Kein Wunder: Einer der beiden ist ein fies aussehender Typ, den ich nicht kenne. Und der andere ist kein Geringerer als Harley. Der Unbesiegte.

Ganz automatisch stehe ich auf, so wie die meisten anderen auch, und starre ihn an.

Er sieht so verändert aus. Sein Körper ist tatsächlich noch muskulöser geworden. Seine Haut glänzt schon jetzt vor Schweiß. Sein Gesicht wirkt absolut ernst, das Haar klebt ihm verschwitzt in der Stirn. Entschlossen marschiert er auf den Ring zu und zeigt nicht das geringste Anzeichen von Furcht. Er scheint überzeugt zu sein, dass er das hier gewinnen wird. Dennoch möchte ich nichts lieber tun, als zu ihm zu laufen und ihn von diesem Wahnsinn abzuhalten. Denn zum einen sieht sein Gegner nicht gerade wie ein Schwächling aus. Und zum anderen macht mir diese neue Art an Harley Angst. Sein Blick, seine Körperhaltung, alles an ihm verrät mir, dass er ohne Rücksicht auf Verluste kämpfen wird.

Ich beobachte, wie er und der andere den Ring betreten und hoffe für einen Augenblick, dass er zu mir sehen wird. Mir irgendwie signalisieren wird, dass er immer noch derselbe ist. Der Harley, den ich kennengelernt habe, dem ich vertraue und von dem ich weiß, dass er immer das Richtige tut. Stattdessen macht er unter dem anhaltenden Jubel ein paar Schritte, testet den Ringboden aus, und wendet mir dabei den Rücken zu. Mein Herz macht einen schmerzhaften Satz, als ich sehe, dass er eine neue Tätowierung auf dem Rücken hat. Irgendwie fühle ich mich betrogen. Als ginge es mich etwas an, was er mit seinem Körper anstellt. Es sind Worte, in drei Reihen untereinander geschrieben, die etwa in der Mitte seines Rückens quer über seine Wirbelsäule verlaufen: FAMILIA ANTE OMNIA.

Trotz meiner mangelnden Lateinkenntnisse verstehe ich den Sinn. Die Familie über alles. In meiner Kehle bildet sich ein Kloß. Ob er mich da noch mit einbezieht, nachdem er mich mit Russell gesehen hat? Ich hoffe so sehr, dass ich das mit uns wieder geradebiegen kann. Doch ich bemerke auch, dass die Tätowierung noch rot und geschwollen aussieht. Sie muss sehr frisch sein und ist noch nicht einmal abgedeckt. Wie kann er so in den Ring steigen? Das ist vollkommen unverantwortlich. Was ist denn nur los mit ihm?

Mir bleibt keine Zeit, darüber nachzudenken, denn schon ertönt der Gong. Alles in mir zieht sich zusammen und ich kann noch nicht einmal mehr blinzeln, als ich sehe, wie Harley auf seinen Gegner einstürmt. Er hält nichts zurück und die beiden landen sofort auf dem Boden, wo Harley auf den anderen einschlägt, als gäbe es kein morgen.

Doch wie befürchtet ist sein Kontrahent nicht schlecht. Er schlingt ein Bein um Harley und wirft ihn mit Schwung von sich herunter, dann ist er plötzlich oben und es sind seine Faustschläge, die auf Harley niederregnen. Der verteidigt sich nicht, versucht noch nicht einmal, seinen Kopf zu schützen, sondern probiert von der ersten Sekunde an alles, um wieder Oberhand zu gewinnen. Verdammt, was macht er den? Er soll aufpassen, dass er keine Kopftreffer kassiert!

Ich will ihn anfeuern, aber ich traue mich nicht. Das wäre zu offensichtlich. Also stehe ich nur in der tobenden Menge, halte das Handy fest umklammert und die Luft an, während Harley den anderen von sich wirft und auf die Füße kommt. Sein Gesicht ist bereits blutverschmiert, sein Atem geht heftig, sein Blick ist nicht kalt wie sonst, wenn er im Ring steht, sondern erfüllt von brennendem Zorn. Seine Lippen formen zwei Worte, ich glaube, er brüllt seinem Gegner ein ›Komm her!‹ entgegen und realisiere erst jetzt, dass er noch nicht mal einen Mundschutz trägt. Dieses Turnier ist vollkommen verrückt!

Der andere lässt sich Harleys Aufforderung nicht zweimal sagen, stürmt auf ihn los und beide fliegen, ineinander verkeilt, in die Seile. Das hält sie jedoch nicht davon ab, sofort wieder aufeinander einzuschlagen. Ich erfasse nur noch Momentaufnahmen: Harleys Muskeln, die sich spannen wie Stahlseile, als er zuschlägt. Harleys Gesicht, das zur Seite fliegt, als er selbst getroffen wird. Blut spritzt, ich weiß nicht, von wem der beiden es stammt. Eine Faust kracht gegen eine

Schulter, ein Knie landet in einer Magengrube, einer der beiden keucht schmerzhaft, ich höre einen wütenden Schrei und sehe einen Treffer auf ein Auge, der den Getroffenen eigentlich erblinden lassen müsste ...

Und dann nehme ich aus dem Augenwinkel eine Bewegung wahr, die nicht zum Wogen der jubelnden Menge passt. Es ist Russell. Er kommt auf mich zu. Und er sieht wütend aus.

Na endlich, denke ich.

***

HARLEY

Ich spüre ihre Blicke auf mir, die ganze Zeit, seit ich den Ring betreten habe. Und ich spüre ihre Furcht. Am liebsten würde ich zu ihr laufen und ihr klar machen, dass sie keine Angst haben muss, dass ich keine Schmerzen spüre, dass ich diesen Kampf nicht verlieren werde.

Dass ich heute Nacht tatsächlich unbesiegbar bin.

Aber weil ich ihr das nicht sagen kann, muss ich es ihr mit Taten klarmachen. Und nach dem, was Terry vorhin hinter der Scheune von sich gegeben hat, fällt es mir nicht schwer. Ich versuche gar nicht erst, Distanz zwischen ihm und mir zu wahren oder irgendeine Strategie zu verfolgen, sondern ich schlage einfach zu, immer und immer wieder, und wenn ich genug Raum bekomme, platziere ich einen Tritt, der sich gewaschen hat.

Terry tut es mir aber leider gleich – doch glücklicherweise spüre ich seine Treffer tatsächlich nicht. Kein Stück. Und so ist es klar, wer von uns als Erster zu Boden gehen wird. Fair ist das nicht und früher hätte ich einen Kämpfer wie mich verabscheut.

Aber die Dinge haben sich geändert.

Gerade ramme ich meine Faust mit aller Wucht in Terrys Magengrube, als ich merke, wie sich etwas verändert. Megan. Ich spüre ihren Blick nicht mehr auf mir.

Ich drehe den Kopf in ihre Richtung und kassiere dafür einen Schlag ins Gesicht, der mich zurücktaumeln lässt. Durch das grelle Scheinwerferlicht kann ich nicht viel erkennen – aber es reicht, um zu sehen, wie eine Frau von einem bulligen Kerl durch die Ränge gezerrt wird. Ihr welliges Haar, die schlanke Figur … Keine Frage, das ist Megan! Und der Kerl ist Russell! Scheiße, was hat er mit ihr vor?!

Ein weiterer Treffer und ich fliege in die Seile, aber das interessiert mich jetzt nicht mehr. Ich vergesse den Kampf, Luigi, für den Moment sogar Sally. Da vorn ist Megan, und sie wird von ihrem gewalttätigen Kerl aus der Scheune gezerrt! Ich erkenne, wie Russell ihr einen schmalen, eckigen Gegenstand aus der Hand reißt, und auf einmal wird mir alles klar. Das muss ein Handy sein. Und dass er es ihr wegnimmt, kann nur zwei Dinge bedeuten: Entweder hat sie die Bullen gerufen. Oder sie hat heimlich Aufnahmen gemacht.

Weil sie nicht auf mich gehört, sondern sich hier eingeschleust hat. Um meinen Arsch zu retten.

In dem Moment, als mir das klar wird, weiß ich nicht, wer der größere Idiot ist: sie oder ich. Aber dafür weiß ich, was ich zu tun habe.

Mit einem gezielten Hieb befreie ich mich aus Terrys direkter Reichweite, dann springe ich über die Ringseile und lande mitten in der Menschenmenge. Sofort stürmen die Fans auf mich ein und es bleibt mir nichts anderes übrig, als einen von ihnen niederzuschlagen, damit sie mir Platz machen. Sobald der junge Typ, den ich erwischt habe, mit einer halben Drehung in sich zusammensackt, stiebt die Menge auseinander und einige der Zuschauer starren mich mit offenen Mündern an, während andere nach der Security rufen, als gäbe es hier welche. Es gibt keine, dafür aber Luigis Männer, die mir sicher nicht viel Zeit lassen werden, also schiebe ich mich durch die Menschenmenge, während der Jubel der Fans langsam zu Buhrufen wird. Manche versuchen sogar mich festzuhalten und brüllen mich an, dass ich zurück in den Ring soll, aber ich schere mich nicht um sie. Ich muss zu Megan. Sie von Russell befreien. Solange das noch möglich ist.

***

MEGAN

Innerlich bin ich auf einmal ganz ruhig. Seit mich Russell ins Auto gezerrt hat, müsste ich eigentlich Panik haben, aber so ist es nicht. Stattdessen schreit alles in mir: Es funktioniert!

Ich muss mich beherrschen, um nicht zu grinsen und zumindest noch ein bisschen in meiner Rolle bleiben.

So zucke ich also pflichtschuldig zusammen, als Russell sich auf den Fahrersitz fallen lässt und die Tür zuknallt. Ich gebe einen leisen, erschrockenen Schrei von mir, als er Gas gibt und die Reifen durchdrehen. Ich flehe ihn an, vorsichtig zu fahren, als er mit Vollgas über die Schotterpiste heizt. Ich tue all das, was er von der verschüchterten Megan erwartet, für die er mich immer noch hält.

Russells Gesicht ist die ganze Zeit über eine wütende Grimasse. Er umklammert das Lenkrad so fest, dass seine Fingerknöchel weiß hervor treten. Er sagt nichts, starrt nur in die Dunkelheit vor uns und atmet so heftig, dass bei jedem Ausatmen ein leises Schnauben zu hören ist.

Es ist schon fast komisch, wie zornig und cholerisch manche Leute werden können. Ich drehe mich weg und grinse meine eigene Spiegelung in der Scheibe an. Russell ist eine Witzfigur und ich frage mich, wie ich jemals Angst vor ihm haben konnte.

»Du dreckiges, kleines, verlogenes Stück Scheiße«, zischt er.

Er wird wohl mich damit meinen, wobei die Bezeichnung eher auf ihn zutrifft. Aber das sage ich ihm nicht.

Stattdessen starte ich den letzten Akt meines Schauspiels, sammle mich und setze eine verschüchtere Miene auf, von der ich hoffe, dass sie echt aussieht.

»Russ ... Schatz ...« Ich strecke die Hand nach ihm aus und rechne fest damit, dass er sie beiseite schlagen wird. Tatsächlich setzt er dazu an, aber ich bin schneller und ziehe sie weg, bevor er auch nur in die Nähe meines Arms kommt.

Danke Harley, für das Schulen meiner Reflexe.

»Russell ... Du kannst und musst mir vertrauen. Ich wollte dir nichts Böses ...«

»Halt die Schnauze, Maggie, ich warne dich. Halt deine verfluchte Schnauze!«

Wie armselig er doch ist, mit seinen primitiven Beschimpfungen und den Drohungen.

»Ich wollte dir doch nur erklären, was –«

Russell lässt die Faust aufs Lenkrad krachen und für einen Augenblick hoffe ich, dass er den Airbag auslöst und ihn richtig schön ins Gesicht bekommt. »Du schweigst jetzt, ist das klar?! Ich hätte meine Hand für dich ins Feuer gelegt und was machst du? Du hintergehst mich! Du bringst nicht nur dich, sondern auch mich in Schwierigkeiten!!«

»Ich ...«, stammle ich und hoffe, dass ich mich glaubwürdig benehme. Dann lasse ich mich in meinem Sitz hinab rutschen und schlinge die Arme um meinen Oberkörper. »Du kannst mir wirklich vertrauen ...«

»Das werden wir ja noch sehen«, knurrt Russell und gibt noch mehr Gas. »Und jetzt halt endlich den Mund.«

***

HARLEY

Atemlos sehe ich dem rostroten Wagen hinterher, der in Richtung Straße holpert und dann Vollgas gibt. Verflucht! Ich habe Megan und Russell knapp verpasst! Hastig sehe ich mich um. Hier parken eine Menge Autos, aber ich muss eines erwischen, das offen ist. Ich darf keine Zeit verlieren!

Und es dauert zum Glück auch nicht lange, bis ich die Lösung meines Problems entdecke. Während schon die ersten Zuschauer aus der Halle kommen, vermutlich um mich abzufangen, mich zu überreden, weiterzukämpfen, laufe ich wieder los und springe über ein paar Motorhauben, bis ich die schwarze Limousine erreiche, die meine Aufmerksamkeit erregt hat. Das ist Luigis Wagen, und wenn er zu Events kommt, dann fährt er nie selbst.

Ich reiße die Fahrertür auf und zerre den Chauffeur heraus, der eine Zeitung in den Händen hält und nicht zu wissen scheint, wie ihm geschieht. Irgendwer brüllt meinen Namen und der Fahrer versucht, mich festzuhalten. Er sagt irgendwas, aber ich herrsche ihn sogleich an: »Schnauze, oder ich schlag dir die Zähne aus!!« Damit steige ich ein und taste nach dem Schlüssel. Er steckt. Ich knalle die Tür zu, starte den Motor –

Und dann wird auf einmal die Beifahrertür aufgerissen.

Blitzschnell drehe ich den Kopf und entdecke keinen Geringeren als Chico. Verflucht! Wahrscheinlich hat ihn Luigi auf mich angesetzt, damit er mich zurückholt. Er denkt sicher, dass wir nach unseren gemeinsamen

Trainingseinheiten irgendwie ein gutes Verhältnis haben. Ich hingegen weiß, dass Chico mir im Kampf zumindest annähernd gewachsen ist und mache mich schon mal bereit, ihn wenn nötig auszuschalten.

»Geh zur Seite!!«, herrsche ich ihn an.

»Hör zu, amigo –«

»Weg vom Wagen, sage ich!«

»Du verstehst mich nicht!« Chico blickt hinter sich, dann steigt er kurzerhand zu mir in den Wagen. »Gib Gas!«, ruft er, und noch währenddessen trete ich das Pedal durch.

»Was zur Hölle hat das zu bedeuten, Chico?!«

»Fahr erstmal, wir reden später!«

»Ob du es glaubst oder nicht, ich kann beides, und wenn das hier irgendeine linke Nummer ist …«

»Das ist es nicht, du kannst mir vertrauen!«

Kurz blicke ich zu ihm herüber, dann holpert der Wagen auf die Straße und ich sehe stattdessen nach vorn. Meine Hände umklammern das Lenkrad so fest, dass es eigentlich zerbersten müsste und ich gebe Vollgas. »Einen Scheiß werde ich tun und einem von euch vertrauen! Wo bringt er Megan hin?«

»Das weiß ich nicht, darum müssen wir so dicht wie möglich an ihm dranbleiben.«

»Und dann? Wie erklärst du es deinem Boss, dass ich sie befreien werde?« Ich verstehe wirklich nicht, was diese Nummer hier auf einmal zu bedeuten hat. Klar, wir waren Sparringspartner, aber uns verbindet keine langjährige Freundschaft. Es gibt keinen Grund für ihn, sich auf meine Seite zu stellen – und nach dem, was ich hier gerade abziehe, wird es auf meiner Seite bald wohl auch verdammt finster werden. » Du reitest dich gerade mächtig rein, Chico!«

Einen Moment lang sagt der Mexikaner auf dem Beifahrersitz gar nichts. Dann erwidert er: »Mein Name ist Francisco Ortiz. Sergeant Francisco Ortiz, um genau zu sein.«

Kurz und fassungslos blicke ich zu ihm herüber.

Chico sieht mich ebenfalls an und schiebt dabei ein frisches Magazin in eine Neunmillimeterwaffe. »Was? Ich dachte, Cops erkennen einander zehn Meilen gegen den Wind!«

Ich schüttle ungläubig den Kopf, dann sehe ich wieder auf die Straße. »Du wirst mir das alles bis ins kleinste Detail erklären!«

»Verlass dich drauf«, erwidert Chico.

Ich nicke und hole alles, was geht, aus Luigis Wagen heraus.

KAPITEL 15

MEGAN

Russell rast mit mir durch die finstere mexikanische Wüste. Er benutzt kein Navi, also muss er genau wissen, wo er hin will. Wenn es der Ort ist, auf den ich hoffe, dann war er sicherlich schon öfter dort.

Arme Sally. Ich kann nur hoffen, dass ihr dieses komplexbeladene Monster von einem Mann keinen Schaden zugefügt hat. Und außerdem hoffe ich, er wird mir keinen Schaden zufügen. Auch wenn meine Panik vor ihm verflogen ist, möchte ich heil aus der ganzen Sache herauskommen. Heil zurück zu Harley. Gott, ich hoffe, dass es ihm gut geht! Dass er den Kampf überstanden hat! Und gleichzeitig hoffe ich, dass sich Chico an unsere Abmachung hält.

Immer wieder sehe ich unauffällig in den Außenspiegel. Manchmal glaube ich für einen Moment, Lichter hinter uns zu sehen. Die Scheinwerfer eines anderen Autos. Aber jedes Mal verschwinden sie nach kurzer Zeit und ich bin wieder ganz alleine mit Russell.

Russell, der zwischenzeitlich immer wieder kurz vor einem Totalausfall zu stehen scheint.

»Herrgott, du bist so eine verdammte Schlampe!«, brüllt er und schlägt mit der flachen Hand gegens Armaturenbrett, wobei er das Lenkrad gefährlich verreißt.

»Ich habe doch gar nichts getan!«

»Du hast Aufnahmen vom Turnier gemacht, obwohl du wusstest, dass es verboten ist! Dachtest, du kannst das große Geld machen, was?!«

»Was meinst du damit? Ich wollte doch nicht –«

»Halt deine Schnauze!«, brüllt er, und so geht es immer wieder, bis er schließlich, nachdem wir eine gefühlte Ewigkeit gefahren sind, ruckartig das Tempo drosselt und in eine Seitenstraße einbiegt, die ich noch nicht einmal sehe. Rechts vor uns erhebt sich etwas, das eine alte Mühle zu sein scheint – ein runder Ziegelbau, an dessen Oberseite löchrige Mühlblätter in den Nachthimmel ragen. Davor glaube ich einen Teich ausmachen zu können, und das erklärt auch, dass das Gelände einigermaßen dicht bewachsen ist. Muss das sein? Ich hätte es gern übersichtlich gehabt. Aber jetzt kann ich sowieso nichts mehr ändern, also füge ich mich in mein Schicksal und sammle mich. Nur durchhalten. Mehr kann und muss ich im Moment nicht tun.

Dennoch beschleunigt sich mein Puls, während Russell aussteigt und um den Wagen herumstapft, um auch mich herauszuzerren. Ich kann mich gerade noch abschnallen, ehe er mich auf die Füße zieht und meinen Arm dabei so fest umklammert, als würde er ihn am liebsten auf der Stelle brechen.

»Au, du tust mir weh!«

»Das hast du dir selbst zuzuschreiben!« Er zerrt mich mit sich und ich stolpere durch das Gestrüpp, das den

Boden bedeckt, auf die alte Mühle zu. Es ist stockdunkel, aber zum Glück sternenklar, sodass ich zumindest genug von meiner Umgebung erkenne, um nicht zu fallen.

»Du wolltest nicht mehr so zu mir sein!« Ich versuche mich loszumachen, denn wenn ich zu gefällig bin, fällt das auch auf.

»Dann hättest du mich nicht verarschen sollen!« Russell lässt meinen Arm los, aber nur, um gleich darauf meine Haare zu packen und mich daran weiterzuzerren. Ich greife mit beiden Händen nach seiner Hand, trotzdem tut das höllisch weh. Tränen schießen mir in die Augen, meine Sicht verschwimmt und dann falle ich doch noch. Ich schlage mir das Knie an und fürchte so langsam, dass mir die Situation doch noch entgleitet. Müssten Chico und seine Leute nicht längst hier sein? Wenn Russell mich erst rein bringt, wer weiß, was er dann mit mir macht ... Es gefällt ihm schließlich, Frauen leiden zu sehen, wie ich mittlerweile weiß.

»Russell, lass uns bitte reden!«, starte ich einen erneuten Versuch.

»Damit du mich wieder manipulierst?! Ist es das, was du willst?«

»Nein, ich will nur, dass du aufhörst mir zu misstrauen! Ich habe nichts getan!«

Russell schleudert mich herum, packt mich am Kragen und presst mich gegen die steinerne Wand der alten Mühle. »Dann erklär mir, was du mit den Aufnahmen vorhattest!«

»Ich wollte nur ein paar Fotos haben, für mich!«

»Aufnahmen sind streng verboten!«, wiederholt er seine Worte von vorher.

»Das muss ich überhört haben, bitte, ich –«

Russell umfasst mit einer Hand meinen Hals und drückt zu. Ich keuche. Tief sieht er mir in die Augen. »Ich glaube dir kein Wort«, zischt er. Dann stößt er mich voran und ich taumle weiter um die Mühle herum. Russell dreht mir unsanft den Arm auf den Rücken und führt mich vor sich her, aber wenigstens zerrt er nicht mehr an meinen Haaren.

Ich stolpere noch einmal, ehe wir die andere Seite des alten, runden Gemäuers erreichen. Dort erlebe ich eine böse Überraschung: Zwei Wachmänner stehen vor der Tür des Gemäuers. Sie sind nicht schwer bewaffnet, so wie diejenigen, die wir gesehen haben, als wir zu dem Probekampf kamen. Ich sehe keine Gewehre in ihren Händen, aber Pistolen an ihren Gürteln, und wegen der Dunkelheit wirken diese Männer schattenhaft, fast wie zwei Statuen, was mich nervös macht. Wenn ich Blickkontakt herstellen könnte, könnte ich sie vielleicht irgendwie auf meine Seite ziehen ...

Andererseits: Wenn das hier der Ort ist, auf den ich hoffe, dann haben sie vermutlich kein Mitleid mit einer Frau, die hier eingesperrt werden soll.

»Ich bringe hier die Fracht!«, ruft Russell, während er mich auf die beiden Männer zuschiebt.

»Sonderbehandlung?«, grunzt der eine von ihnen. Sie wirken nicht überrascht. Offenbar sind sie schon über mein Kommen informiert worden.

»Noch nicht«, sagt Russell, was mir einen kalten Schauer über den Rücken jagt. Was zur Hölle ist die Sonderbehandlung? Folter? Vergewaltigung? Ich muss schlucken, aber meine Kehle ist trocken wie Sandpapier.

Der eine Wachmann löst sich von seinem Platz neben der Tür und schließt selbige dann mit einem massiven Schlüssel, der an seinem Hosenbund hängt, auf. Sie macht einen ziemlich massiven Eindruck – leider. Ich habe keine Ahnung, wie ich mich aus dieser Lage befreie soll. Und Chico ist immer noch nicht hier.

Die Tür öffnet sich wie ein schwarzes Loch, das bereit ist, mich zu verschlucken. Russell treibt mich weiter vor sich her, ins Innere des Gebäudes, dann löst er wenigstens eine Hand von mir und lässt die Taschenlampe seines Handys aufleuchten. Ich erkenne eine Treppe, die nach unten führt. Kurz befürchte ich, dass er mich sie einfach hinabstoßen wird, so wie damals, als ich fast gestorben wäre. Aber zum Glück schiebt er mich nur weiter, in einen staubigen Keller, und dort auf eine zweite Tür zu. Sie ist aus Holz, wirkt aber ebenfalls nicht, als stünde sie kurz vor dem Zusammenbruch. So ein Mist!

»Russell, bitte ...«

Diese Tür schließt er selbst auf, während er mich gegen ihr feuchtes Holz presst.

»Du hast dir das ganz allein zuzuschreiben!«, zischt er. Dann öffnet er die Tür und stößt mich in den Raum dahinter, und im nächsten Moment wird sie wieder abgeschlossen.

Ich brauche eine Sekunde. Sehe mich hastig um, denn hier drin brennt schummriges Licht – und dann entdecke ich sie. Sally. Sie kauert in einer Ecke, gefesselt und geknebelt, und scheint einen Moment zu brauchen um zu erfassen, was hier gerade passiert ist.

Ich stürze auf sie zu, rufe ihren Namen und reiße den schmuddeligen Knebel von ihrem Mund. Sie hustet.

»Sally! Bist du okay?!«

»Megan«, krächzt sie und fährt sich mit der Zunge über die rissigen Lippen. »Was ... was machst du denn hier?«

Sie redet etwas schleppend und ihr Blick ist trüb, aber ansonsten scheint sie unverletzt zu sein. Gott sei Dank! Ich umarme sie fest und realisiere erst jetzt, wie sehr sie mir in der kurzen Zeit, die wir zusammen bei meiner Mutter gelebt haben, ins Herz geschlossen habe.

»Wie ... wie geht es Dale?«, fragt sie leise.

»Es geht ihm gut. Meine Mom kümmert sich um ihn und die Polizei passt auf ihn auf.«

»Aber ... was machst du hier?«, fragt sie erneut.

Ich löse mich von ihr und sehe sie an. »Später, okay? Wir müssen jetzt deine Fesseln lösen und uns bereit machen. Wenn die Tür das nächste Mal geöffnet wird ...«

»Megan ... Megan, hör auf!« Sally sieht mich eindringlich an. »Wir kommen hier nicht raus ... Die haben Pistolen ... und sie sorgen dafür, dass wir zu schwach sind um uns zu wehren ... Wir bekommen kaum etwas zu essen und zu trinken ... und selbst, wenn wir es raus schaffen ... Wir sind hier mitten in der Wüste, Megan ... Mitten im Nirgendwo ...«

Ich sehe sie an und meine Gedanken rasen. Sicher ist sie nur fertig, weil sie schon so lange hier sitzt. Es muss einen Weg raus geben. Es gibt immer einen Weg, oder nicht?

Ich haste zurück zur Tür, drehe vorsichtig den Griff, aber sie ist natürlich abgeschlossen. Dann taste ich sie ab, suche nach losen Holzbrettern, nach irgendwas ...

»Maggieeee«, säuselt Russells Stimme von der anderen Seite der Tür. »Ich kann dich hören. Besser, du machst keine Dummheiten, sonst sorge ich dafür, dass du doch noch eine Sonderbehandlung bekommst ...«

Hinter mir schluchzt Sally und mein Puls beschleunigt sich. Aber ich versuche, mich nicht einschüchtern zu lassen. »Russell, wir wollten doch einen Neuanfang ... Wie soll ich dich noch lieben, wenn du so etwas mit mir machst?«

Schweigen. Langes Schweigen, und dann wird die Tür aufgeschlossen. Ich schließe die Augen, atme aus. Ich wusste, dass ich ihn auf diese Art und Weise kriegen würde. Er hat panische Angst, mich zu verlieren. Jetzt muss ich nur noch –

Russell stürmt ins Innere der Zelle, schließt in aller Ruhe hinter sich ab, und dann überfährt er mich wie ein Zug. Er packt mich, drückt mich gegen die Wand, presst seinen massigen Körper gegen mich.

»Du drohst mir, mich schon wieder zu verlassen, he? Denkst du wirklich, dass das eine gute Idee ist? Ich werde dir zeigen, dass du zu mir gehörst!«

Damit packt er meinen Kopf und zwingt seine Zunge in meinen Mund. Ich sollte zubeißen. Aber Russell ist der Einzige hier, den ich kenne, der Einzige, den ich vielleicht noch halbwegs beeinflussen kann, also unterdrücke ich den Würgreiz und auch den Ekel, als eine seiner Hände fest meine Brust umfasst. Was zur Hölle hat er jetzt mit mir vor?!

Sei nicht so naiv, Megan. Du weißt es.

Ich spüre, wie mir das Atmen schwerer fällt, während Russell mir seinen Kuss aufzwingt und dabei meine Brust knetet, als wollte er mich mit aller Macht dazu bringen, dass ich etwas empfinde. Panik macht sich in mir breit. Ich hätte ihn nicht provozieren dürfen. Er kann jetzt alles mit mir tun – alles, was seinem kranken Kopf einfällt.

Seine Hand beginnt, den Stoff meines Kleides herunterzuschieben ...

Und dann höre ich auf einmal einen Knall, der verdächtig nach einem Schuss klingt. Russell prallt zurück und ich atme hastig ein. Adrenalin durchspült meinen Körper. Kommt endlich Hilfe?

»Was zur Hölle war das?!«, fährt Russell mich an.

»Ich weiß es nicht, Russ, ich ...«

Ein weiterer Knall. Oh Gott. Ich hoffe so sehr, dass Chico und seine Leute endlich da sind. Vereinbart war, dass er uns folgt und von unterwegs Verstärkung ruft, die zuvor in der Nähe der Kampfarena positioniert werden sollte. Es war wichtig, Sallys Aufenthaltsort herauszufinden, bevor Chico Luigis Laden hochgehen lässt und seine Leute sämtliche Spuren verwischen. Aber das da oben gerade klingt nicht, als liefe alles nach Plan. Ich höre keine Sirenen, keine Funkgeräte, nur diese vereinzelten Schüsse. Nicht, dass er am Ende allein gekommen ist und einfach erschossen wurde ...

Russell sieht mich an, sein Gesicht ist verzerrt vor Zorn. »Wir verschwinden hier. Nur du und ich!«, sagt er.

»Bitte ... Lassen Sie sie in ...«

»Schnauze!«, fährt er Sally an. Dann packt er mich wieder an den Haaren und zieht mich zur Tür. »Ich werde dich an einen Ort bringen, an dem wir ungestört sind! Kein Luigi mehr! Niemand, nur du und ich!«

Mein Herz rast. Jetzt dreht er vollkommen durch. Was für einen Ort meint er? Ich denke daran, wie er mich gerade begrabscht hat und male mir ganz automatisch aus, was er tun wird, wenn wir erst ungestört sind. Ich höre, wie er die Tür öffnet und denke fieberhaft nach, aber ich komme zu keinem Schluss, mir wird das alles zu viel, zu verrückt, zu beängstigend, und dann …

Dann sehe ich einen großen, breiten Schatten in der Tür stehen und im nächsten Moment lässt Russell mich los, und ehe ich weiß, wie mir geschieht, fliegt er an mir vorbei, reißt mich mit sich zu Boden, und kracht dann gegen die Rückwand der kleinen Zelle.

Sally schluchzt, es klingt verängstigt und erleichtert zugleich.

Ich blicke auf, ganz langsam, weil ich es mir nicht erlauben will, mir falsche Hoffnungen zu machen.

Und dann erkenne ich ihn. Er steht immer noch in der Tür. Sein Gesicht ist immer noch blutverschmiert und sein Haar schweißfeucht. Sein Atem geht heftig und seine Muskeln malen sich so deutlich ab, dass ich sofort weiß, dass niemand, und schon gar nicht Russell, diesen Mann besiegen kann.

Harley.

Ich keuche seinen Namen und merke erst, dass ich ihn laut ausgesprochen habe, als er zu mir herunterblickt. Von draußen ist Kampflärm zu hören, aber den blende ich aus, genau wie alles andere um uns herum – da sind nur Harleys Augen, die mich von oben bis unten mustern. Ich muss schlimm aussehen. Noch immer hocke ich am Boden, mit wirrem Haar, verschmiertem Lippenstift und meinem halb heruntergezogenen

Kleid. Ich beobachte, wie Harleys Wut zu rasendem Zorn wird.

»Ich bring dich um«, zischt er. Dann stürzt er sich auf Russell.

Ich atme tief durch, während ich meinen Ex aufschreien höre, wütend, überrascht und panisch zugleich. Ein Gefühl tiefer Genugtuung macht sich in mir breit, denn ich weiß, dass Harley diesen Widerling fertigmachen wird.

Langsam richte ich mich auf und sehe mich nach Sally um. Sie sitzt immer noch entkräftet in ihrer Ecke, doch Tränen der Erleichterung laufen über ihr Gesicht und sie lächelt mich zuversichtlich an. Ich erwidere ihr Lächeln, so gut ich kann, dann stehe ich auf und wende mich dem ungleichen Kampf zu.

Russell liegt am Boden, begraben unter Harley, und versucht fahrig, dessen Schläge abzuwehren. Doch er hat keine Chance.

Harley drischt auf ihn ein und für einen Moment sitze ich nur da, bewundere das Spiel seiner Muskeln, die pure Kraft und Überlegenheit, die er ausstrahlt ...

***

HARLEY

Was auch immer jetzt geschieht, ich lasse es geschehen. Ich denke nicht nach. Die Zeiten, in denen ich mir jeden meiner Schritte vorher sorgsam überlegt habe, sind ein für alle Mal vorbei. Denn am Ende bringt es sowieso nichts, Pläne zu machen oder irgendeine Strategie zu verfolgen. Am Ende zählen nur die, die wie verlieren – und die, die wir retten können.

Ich habe meinen Bruder an Luigi und seine Bande verloren.

Aber Megan werde ich nicht verlieren. Nicht an Luigi, nicht an irgendjemanden sonst, und schon gar nicht an diesen Bastard.

Obwohl sie irgendwo hinter mir ist, sehe ich ihr Gesicht vor mir. Ihre verschmierte Schminke, ihre geröteten Augen. Der Mistkerl hat sie angerührt, er hat ihr wehgetan, und dafür wird er büßen!

Ich schlage mit voller Wucht zu, in sein Gesicht, gegen seinen Oberkörper, wieder und wieder, und nicht nur einmal spüre ich einen seiner Knochen unter meinen Fäusten brechen. Es ist mir egal. Da ist kein Gewissen, das sich meldet, kein Reflex, der mich ab irgendeinem Punkt dazu bringt, aufzuhören. Ich bin jetzt genau das, was ich von Anfang an werden sollte. Das, was schon in Italien aus mir hätte werden sollen. Eine absolut tödliche Waffe.

Russell starrt mich an, versucht sogar noch irgendwas zu sagen, aber ich höre nur das Rauschen meines eigenen Blutes und das Hämmern meines eigenen Herzens. Der Pisser hebt die Arme und versucht fahrig, mich abzuwehren, aber er hat keine Chance, denn ich bin viel zu schnell für ihn.

Ich schlage ihm mit voller Kraft gegen den Kiefer, dann treffe ich sein Jochbein, wieder knackt irgendwas. Gut so. Er wird Megan nie wieder anrühren, Er wird ihr nie wieder irgendetwas tun. Ich werde hiermit weitermachen, bis er nur noch ein lebloser Körper auf dem schmutzigen Boden dieser Zelle ist.

Als wäre ihm klar, dass er sowieso keine Chance hat, lässt Russell die Hände sinken. Sein Kopf kippt zur Seite. Lange wird es nicht mehr dauern.

***

MEGAN

Russells Arme sinken zu Boden, er rührt sich nicht mehr und ich sehe, dass sich bereits eine kleine Blutlache auf dem schmuddeligen Boden ausbreitet.

Endlich wache ich auf. »Harley!«, rufe ich, doch er hört nicht auf, auf Russell einzuschlagen. »Harley, hör auf!« Ich stürze zu ihm, gehe hinter ihm in die Knie und umklammere seinen schweißnassen Oberkörper. »Hör auf«, sage ich atemlos und eindringlich zugleich, »du willst kein Menschenleben auf dem Gewissen haben … Hör auf … beruhig dich … Es geht mir gut.«

Erst der letzte Satz scheint wirklich zu ihm durchzudringen. Harley hört auf, seine Fäuste in Russells Gesicht und auf seinen massigen Körper knallen zu lassen. Schwer atmend hockt er auf Russells reglosem Leib und starrt auf ihn hinab.

Ich umklammere ihn fester und spüre jetzt ganz deutlich das, was mir während unserer letzten Begegnungen Angst gemacht hat. Etwas in Harley hat sich verändert. Er hat sich nicht mehr im Griff. Er würde mich vor allem und vor jedem beschützen, koste es was es wolle. Und mein Job ist es jetzt, ihn vor sich selbst zu schützen – denn ich weiß, dass er eigentlich niemanden umbringen will.

»Es geht mir gut«, wiederhole ich leise und lege meinen Kopf an seinen Rücken.

»Sag mir, dass er dich nicht angerührt hat«, bringt Harley mühsam hervor.

»Nicht ernsthaft.« Ich hauche ihm einen Kuss auf die Schulter und spüre, dass immer noch jeder seiner Muskeln bis zum Zerreißen gespannt ist. »Du bist rechtzeitig gekommen.«

Abermals scheinen meine Worte den Bann ein Stück weit zu brechen. Langsam dreht Harley den Kopf in meine Richtung und ich richte mich auf, sodass ich ihn ansehen kann. Er blinzelt und der Wahnsinn, die Raserei in seinem Blick weicht ein kleines Stück weit etwas, das mir vertraut ist. Ich lächle und streiche Harley eine feuchte Strähne aus der Stirn. Er sieht mich einen weiteren Moment lang an, dann blickt er zu Sally.

»Ich bin okay«, krächzt sie und ich bewundere die Kraft, die sie für diese Worte aufbringt, denn ich weiß ja, wie mies es ihr geht.

»Gracias a Dios«, sagt in diesem Moment eine Stimme von der Tür her. Ohne mich umzusehen, weiß ich, dass sie Chico gehört.

Dennoch blicke ich alarmiert in seine Richtung, als ich weitere Schritte von der Treppe her vernehme. Doch es sind nur uniformierte Polizisten, die zu uns herunterkommen, dazu zwei Männer, die für mich nach Sanitätern aussehen.

Ich atme auf. Anscheinend ist doch noch alles nach Plan gelaufen.

Es ist vorbei.

***

Einige Stunden später sitzen wir in einem kühlen Flur auf dem Polizeirevier von Cancún und warten. Wir sollen Aussagen machen und haben uns beide dazu bereiterklärt. Ansonsten haben wir noch nicht viel gesprochen. Ich bin bleiern müde, auf eine gute Art, und gleichzeitig hellwach vor lauter Erleichterung.

Ich lehne an Harley und halte seine Hand. Er hat den Arm um mich gelegt und obwohl er mittlerweile nicht mehr oben ohne ist, sondern einen schwarzen Jogginganzug trägt, spüre ich seine Wärme, als würde meine Haut seine berühren. Ich habe die Augen geschlossen und lausche auf seine Atemzüge, weil es nichts anderes gibt, das jetzt gerade wichtig ist. Er hätte heute Nacht bei diesem Turnier draufgehen können. Ich hätte ebenfalls draufgehen können. Oder von Russel verschleppt werden können. Stattdessen bin ich hier, bei Harley, wir sind zusammen, und es kann absolut nichts mehr geschehen.

Plötzlicher Lärm lässt mich aufschrecken. Ich mache die Augen auf und sehe hoch zu Harley. Er starrt den Gang hinunter und ich folge seinem Blick, nur um im nächsten Moment Luigi zu erkennen. Sofort bin ich in Alarmbereitschaft – dann wird mir klar, dass Luigi nicht mehr gefährlich ist. Er trägt Handschellen und wird von zwei ziemlich finster aussehenden Polizisten festgehalten, und eine ganze Armee eskortiert eine

Reihe seiner Leute, die hinter ihm her geführt werden. Russell ist nicht unter ihnen. Genau wie Sally ist er erstmal im Krankenhaus. Von ihr wissen wir schon, dass sie nur entkräftet und stark dehydriert ist, ansonsten geht es ihr gut. Und was Russell betrifft: Ich weiß nicht, wie hart Harley ihn erwischt hat. Ob er in Lebensgefahr schwebt. Ob er wieder gesund wird oder irgendwelche Folgeschäden davon trägt. So hart das klingt, es ist mir auch egal, was mit ihm passiert. Russell ist ein Ungeheuer durch und durch, und ich möchte keinen einzigen Gedanken mehr auf ihn verschwenden.

»Jones!«, bellt Luigi, als er und seine Eskorte sich uns bis auf wenige Meter genähert haben. »Wir sind noch nicht fertig miteinander! Das werde ich dir und deiner Schlampe heimzahlen, verlass dich darauf!«

»Pass besser auf, wen du hier Schlampe nennst«, sagt Harley und seine Stimme klingt kalt und vollkommen ruhig. »Sonst komme ich dich im Knast besuchen. Irgendwann in den nächsten 80 Jahren.«

Wütend starrt Luigi ihn an und versucht sogar, sich von seinen Bewachern zu befreien, aber er hat keine Chance. Sie treiben ihn an uns vorbei, und dann verschwinden er und seine Handlanger in irgendwelchen Verhörräumen und es wird mehrfach hinter ihnen abgeschlossen.

Ich sehe hinauf zu Harley und lächle, als ich erkenne, dass er mich ebenfalls anblickt.

»Alles okay?«, fragt er, wobei er noch immer ziemlich angespannt wirkt.

»Alles bestens.«

»Du hättest nicht herkommen sollen, Megan. Du hättest bei deiner Mutter und –«

Ich lege ihm einen Finger auf die Lippen. »Pschscht. Ich habe es ja versucht, okay?«

»Wie lange? Eine Stunde?«

Zum ersten Mal seit unserem Wiedersehen blitzt wieder der alte Harley in ihm auf. Der, der auch in der finstersten Lage nie die Nerven verliert und nie um einen Spruch verlegen ist. Doch ich weiß, dass die vergangene Zeit Spuren bei ihm hinterlassen hat. Und ich weiß nicht, ob es möglich sein wird, diese Spuren auszumerzen.

Aber ich weiß glaube ich, was ein guter Anfang dafür wäre. »Etwas länger war es schon, du Scherzkeks«, sage ich leise und fahre mit den Fingerspitzen über seine Wange, wo sich ein blauer Fleck gebildet hat. Sowieso sieht er ziemlich lädiert aus, aber das kenne ich ja mittlerweile. Und es gibt nichts, das diesen Mann weniger attraktiv für mich machen könnte. »Übrigens: Die Sache mit Russell hatte nichts zu bedeuten. Ich habe nur seine Freundin gespielt, um an dich heranzukommen.«

»Hast du mit ihm ...?«

Ich schüttle heftig den Kopf, ehe Harley ausreden kann. »Du musst mir vertrauen«, sage ich dann und drücke ihm einen Kuss auf die Lippen.

»Das tue ich ja«, sagt Harley. Dann sieht er an mir hinab und sein Blick fällt auf meine Kette, die ich immer noch trage.

»Danke«, sage ich leise. »Die hat mich daran erinnert, was wir bereits zusammen durchgestanden haben.«

Harley blickt kurz auf und scheint für einen Moment nicht zu wissen, was ich meine. Dann greift er nach der Kette und dreht einen der kleinen Anhänger zwischen den Fingern. »Entschuldige. Ich war nicht ich selbst in der letzten Zeit.« Damit zieht er mich enger an sich

»Ich weiß«, sage ich, schlinge die Arme um seinen Körper, vergrabe mein Gesicht an seiner Schulter und atme tief seinen männlichen Geruch ein. Er hält mich fest und wir sitzen minutenlang einfach nur so da, ehe sich jemand geräuschvoll direkt vor unserer Bank räuspert.

»Chico, versteh mich nicht falsch, aber du störst«, sagt Harley.

Chico lacht und macht keine Anstalten zu verschwinden.

Also sehen Harley und ich ihn schließlich an. Obwohl er jetzt ein Pistolenhalfter am Gürtel trägt und damit eigentlich wie ein Cop aussehen müsste, wirkt er immer noch wie ein Verbrecher.

»Das mach ich ja nur sehr ungern«, sagt er, »aber ihr könnt jetzt eure Aussagen machen. Und dann muss mein Boss noch über etwas anderes mit euch reden.«

»Was denn?«, frage ich.

»Das Zeugenschutzprogramm.« Er hebt die Schultern. »Wir wissen noch nicht, wie weit diese Gangster international vernetzt sind. Keiner kann für eure Sicherheit garantieren, solange das nicht klar ist.«

Ich sehe Harley an, er erwidert meinen Blick und ich weiß, dass wir beide dasselbe denken: Wir werden tun, was immer nötig ist, damit die Familie nie wieder in Gefahr gerät.

»Also schön«, sagt Harley. »Reden wir darüber.«

KAPITEL 16

**In der Nähe von Arecibo, Puerto Rico
25. Mai 2017**

HARLEY

»Oh, verdammt, ich habe so einen Muskelkater«, flucht Megan und lässt sich in die Hängematte sinken, die auf unserer Veranda gespannt ist.

Ich lehne am Geländer und beobachte sie. »Du weißt doch, was da hilft: Nackt ausziehen und dich ganz, gang langsam bewegen.«

»Mistkerl.« Sie wirft einen ihrer Flip-Flops nach mir, dem ich mühelos ausweiche.

Ich lache und beobachte amüsiert, wie sie versucht, sich in eine halbwegs bequeme Position zu bringen. Sie hat sich verändert. Ihre Haut ist gebräunt und ihr schönes Gesicht von Sommersprossen gesprenkelt. Ihr Haar ist länger geworden und durch die salzige Luft stets ein bisschen wirr. Mir hat sie auch mit kurzem Haar gefallen. Eigentlich gibt es nichts an ihr, das mir nicht von Anfang an irgendwie gefallen hätte. Das war ja das Problem. Jetzt jedoch ist es keines mehr.

»Nie wieder werde ich mit Dale wandern gehen!«, beschließt sie, als sie endlich liegt.

»Wirst du wohl!«, ruft Dale. Er sitzt ein paar Meter vom Haus entfernt im Sand und zeichnet. Er ist ein seltsamer Junge – die Hälfte der Zeit über will er von mir Boxen lernen und die andere Hälfte verbringt er damit, Bilder zu malen, die für ein Kind ziemlich kunstvoll aussehen. Ich hoffe für ihn, dass er sich irgendwann für diese Richtung entscheidet und das Kämpfen voll und ganz aus seinem Leben verbannt. Trotzdem bringe ich ihm bei, sich zu verteidigen. Ihm und Megan, Sally und sogar Patricia, so weit das in ihrem Alter geht. Wer weiß, wofür es gut ist?

»Hey!«

Der zweite Schuh fliegt in meine Richtung und diesmal weiche ich nicht aus, sondern er erwischt mich an der Brust. Ich sehe Megan an.

»Du sollst nicht über dieses finstere Zeug nachdenken. Wir sind hier im Paradies. Entspann dich.«

»Ein gutes Stichwort!« Sally kommt aus dem Haus und trägt eine große Schüssel vor sich her. »Wie kann man sich besser entspannen als bei einem gemeinsamen Essen?« Sie stellt die Schüssel auf dem Esstisch ab, der die andere Hälfte der Veranda einnimmt. In der Ecke dahinter qualmt bereits der Grill vor sich hin. Ist eigentlich mein Job, mich darum zu kümmern, aber das habe ich bei Megans Anblick irgendwie vollkommen vergessen.

Ich löse mich von meinem Platz, beuge mich über sie und gebe ihr einen Kuss, ehe ich mich ums Fleisch kümmere. Ihre Lippen sind weich und sie schlingt die Arme um mich, hält mich einen Augenblick lang fest.

»Ich bin froh, dass du wieder da bist, Harley«, sagt sie leise.

Ich lächle sie an, drücke ihr noch einen Kuss auf die Stirn, dann schiebe ich mich an Sally vorbei. Ich weiß genau, worauf Megan anspielt. Die ersten Wochen hier waren hart. Wir hatten beide eine Zeit hinter uns, die Spuren hinterlassen hat. Wir waren in ständiger Alarmbereitschaft und es kam nicht selten vor, dass ich die Nächte damit verbrachte, hellwach durchs Haus zu streifen und auf jedes Geräusch von der fernen Straße zu achten, während Megan ebenfalls wach lag und versuchte, nicht über Russell nachzudenken.

Russell. Unser letzter Stand der Dinge ist, dass er sich mittlerweile im Staatsgefängnis von Illinois befindet, das er so schnell wohl auch nicht mehr verlassen wird, nachdem er vom Kleinkriminellen zum Mafia-Angehörigen geworden ist. Chico hat mir berichtet, dass er wohl immer noch mit den Folgen meiner Schläge kämpft, und das gefällt mir, auch wenn ich weiß, dass es mir nicht gefallen sollte. In dem Lager in Mexiko hätte ich mich beinahe selbst verloren. Und dann hätte mich auch Megan verloren – und ich sie. So weit darf es nicht kommen. Niemals. Allein schon aus diesem Grund ist es gut, dass Russell, Luigi und seine Handlanger eine beträchtliche Zeit im Knast verbringen werden, sodass wir uns hoffentlich nie wieder mit ihnen herumschlagen müssen. Wie viele Jahre sie genau bekommen, ist nicht bekannt, aber bei Luigi könnte es durchaus lebenslänglich werden – das schätzt zumindest Dylan so ein, der uns auf dem Laufenden hält, denn die Beweise, die wir alle zusammen – allen voran Chico – gesammelt haben, sind belastend genug.

»Beeil dich mit dem Grillen«, sagt Sally. »Ich sterbe vor Hunger.«

»Iss doch schon mal den Salat, den kannst du sowieso für dich allein haben.«

»Lustig, Schwager«, sagt sie, dann setzt sie sich zu Megan.

Etwa eine halbe Stunde später sitzen wir alle zusammen am Tisch, während die Sonne langsam über dem Ozean versinkt. Ich blicke Megan, Dale, Sally und Patricia der Reihe nach an. Jedem von ihnen geht es gut. Sie alle wirken zufrieden.

»Was für ein wunderbarer Ort«, seufzt Patricia und blickt Richtung Meer. »Nur mein Whirlpool auf der Veranda fehlt mir noch.«

»Mom, du hast hier das Meer vor der Tür! Mit Privatstrand! In Badewannentemperatur!«, lacht Megan ungläubig.

»Das Meer sprudelt aber nicht. Und in meinem Whirlpool gab es keine Fische.«

Megan stöhnt gespielt entnervt. »Essen wir«, sagt sie grinsend.

Ich blicke zu ihr herüber. Sie erwidert meinen Blick und ich erkenne, dass es ihr gut geht. Russell hat nichts in ihr kaputt gemacht, diesmal nicht, und das ist das Wichtigste.

»Essen wir«, wiederhole ich ihre Worte und stelle wie an so vielen dieser friedlichen Abende fest, dass es absolut richtig war, ins Zeugenschutzprogramm zu gehen. Sicher, für alle außer mich ist es gleichzeitig hart, weil sie alle Freunde und Bekannte zurücklassen mussten, zu denen sie bis auf Weiteres keinen Kontakt aufnehmen dürfen. Aber Dale, der hier unter falschem Namen in die Schule geht, hat bereits Freunde gefunden,

Patricia ist überglücklich, ihre Tochter wieder zu haben und Sally flirtet sogar mit einem Obstverkäufer, der hier in der Nähe eine kleine Plantage hat.

Megan und ich bleiben meistens unter uns und vielleicht ist das irgendwie komisch, aber schließlich müssen wir uns erst mal richtig kennenlernen. Mit jedem Tag, der verstreicht, bin ich mir sicherer, dass wir den Rest unseres Lebens miteinander teilen werden und dass das, was wir jetzt haben, das ganze Chaos wert war.

Manchmal muss man eben den harten Weg gehen. Aber in der Regel lohnt er sich.

EPILOG

MEGAN

Es ist dunkel geworden an unserem Strand. Ich stehe im Sand und lasse das warme Wasser meine bloßen Füße umspielen, während ich raus aufs Meer blicke. Der Himmel ist sternenklar und das Firmament spiegelt sich auf der unendlich weiten Wasserfläche. Alles ist perfekt hier. Fast. Nur eine Kleinigkeit fehlt …

Doch im nächsten Moment höre ich seine Schritte, und dann spüre ich ihn dicht hinter mir, und ehe ich mich zu ihm umdrehen kann, schlingt Harley auch schon seine starken Arme um mich.

»Hallo, Baymax«, sagt er leise. Ich spüre seinen Atem in meinem Nacken und bekomme sofort eine Gänsehaut.

»Du sollst mich doch nicht so nennen«, wehre ich mich halbherzig und schmiege mich dabei an ihn. Er ist nackt, genau wie ich. Ungestörter, als wir es hier sind, kann man gar nicht sein.

Anstatt mir eine Antwort zu geben, haucht mir Harley einen Kuss aufs Haar und ich schließe die Augen, lausche dem Meer und seinen gleichmäßigen Atemzügen und könnte gar nicht glücklicher sein.

»Harley?«, frage ich nach einem Moment.

»Hm?«

»Du weißt, dass ich dich liebe, oder?«

»Ja«, sagt er, ohne zu zögern. Trotzdem muss ich für einen Moment schmerzlich an unsere Begegnung in dem Trainingslager denken, an den Tag, als er mich geküsst hat und ich ihn für Russell stehen lassen musste, und wenige Minuten später ...

»Und ich liebe dich auch, Megan «, unterbricht er meine unschönen Erinnerungen. »Ich schätze, das tue ich seit unserer ersten Begegnung.«

Einen Moment lang rühre ich mich nicht, sondern lasse mich überschwemmen von den anderen Erinnerungen, die wie eine Welle in meinen Geist branden. Harleys und mein erster Moment, damals in seiner Kabine. Wie unsere Blicke einander begegneten. Wie seine Augen, als er mich ansah, nicht mehr eiskalt, sondern sanft waren ...

Dann drehe ich mich in seiner Umarmung zu ihm um, schlinge die Arme um seinen Nacken, doch ehe ich dazu komme, ihn zu küssen, zieht er mich an sich und küsst mich so leidenschaftlich, dass ich eine Gänsehaut bekomme. Dass ich mich frage, wie ich je ohne diesen Mann an meiner Seite leben konnte.

Ich erwidere seinen Kuss und genieße es, seine Haut so dicht an meiner zu spüren, seine Körperwärme, seinen Herzschlag. Als wären wir eins.

»Gehen wir rein«, flüstert er in mein Ohr, kaum dass sich unsere Lippen voneinander gelöst haben.

»Nichts lieber als das«, erwidere ich, und dann muss ich lachen, als er mich kurzerhand hochhebt und in die warmen, salzigen Fluten trägt. Und in diesem Moment ist alles, was wir gemeinsam und auch getrennt voneinander durchgemacht haben, für mich vergessen. Es spielt keine Rolle mehr. Wichtig ist nur, dass wir jetzt zusammen sind und dass das Band zwischen uns mit jeder gemeinsamen Sekunde wächst – bis uns nichts mehr je trennen können wird.

Später liegen wir gemeinsam im Sand, der noch warm ist von dem sonnigen Tag, den wir hinter uns haben. Immer noch sind wir splitternackt.

Wie gesagt: Wir haben diesen Strand ganz für uns. Er liegt in einer versteckten Bucht abseits von einer wunderschönen kleinen Stadt, und was das Zeugenschutzprogramm angeht, hätte es uns nicht besser treffen können. Wir wurden nicht nach Alaska oder in irgendeine Einöde geschickt, sondern an einen Ort, der fröhlicher und lebendiger nicht sein könnte.

Wie lange wir bleiben werden, wissen wir noch nicht. Der Prozess um Luigi und seine Leute steht noch an, alle tun sich schwer mit ihren Aussagen und es ist nach wie vor nicht bekannt, ob sie jemanden auf uns angesetzt haben. Unser Strandhaus wird darum verstärkt von Streifenwagen bewacht und es ist uns verboten, irgendwen in Chicago zu kontaktieren.

Oft denke ich an Ellie und Jasper, aber Chico hat versprochen, ihnen über Umwege mitzuteilen, dass es mir gut geht und so glaube ich, dass sie sich keine allzu großen Sorgen machen. Ansonsten kommt mir mein altes Leben in Chicago vor, als läge es Jahrzehnte zurück und ich könnte mir durchaus vorstellen, mir mit Harley hier etwas aufzubauen. Ab und zu trainiert er schon die Jugendlichen aus der Stadt; und ich habe mit einem

Buch angefangen. Einem Roman, keinem Enthüllungs-
bericht. Vielleicht trete ich damit nicht ganz in die Fußstapfen von Theo Clark, aber dafür sind fiktive Ge-
schichten viel, viel ungefährlicher.

»Du sollst doch nicht dauernd über dieses finstere
Zeug nachdenken«, höre ich Harley knurren.

Ich hebe den Kopf und sehe zu ihm auf. »Das tue ich
gar nicht«, sage ich leise und lächle ihn an. Bis auf eine
kleine Narbe an seinem Kinn sind all seine Verletzungen verheilt. Er sieht fantastisch aus mit seinen Tattoos
und seinen Muskeln und seinen blauen Augen, in denen ich endlich wieder den Mann erkennen kann, der
er wirklich ist.

Wer weiß, vielleicht kann er hier in Puerto Rico ja sogar wieder als Cop anfangen.

»Sondern?«, fragt er ebenso leise.

»An die Zukunft«, sage ich.

Harleys Lippen verziehen sich zu einem schiefen Lächeln. »Klingt gut«, erwidert er. »Erzähl mir davon.«

»Das mach ich nur zu gerne«, flüstere ich. Dann beuge
ich mich über ihn und gebe ihm einen langen, leidenschaftlichen Kuss.

Harley vergräbt die Hände in meinem Haar, erwidert
meinen Kuss und mein Herz klopft so heftig, als wolle
es in meiner Brust zerspringen.

Die Zukunft fühlt sich gut an, denke ich.

Dann höre ich auf zu denken und konzentriere mich
nur noch auf Harley Jones.

ENDE